JEAN-CHRISTOPHE GRANGÉ

KAIKEN

Z angielskiego przełożyła
WIKTORIA MELECH

Wydawnictwo
A. Kuryłowicz

Tytuł oryginału:
KAÏKEN

Redakcja: Dorota Jakubowska

Zdjęcie na okładce: Josh van Gelder/Gallery Stock

Skład: Laguna

ISBN 978-83-7885-977-2

Książka dostępna także jako e-book

Dystrybutor
Firma Księgarska Olesiejuk sp. z o.o. sp. j.
Poznańska 91, 05-850 Ożarów Mazowiecki
tel. (22) 721 30 00, faks (22) 721 30 01
www.olesiejuk.pl

Sprzedaż wysyłkowa – księgarnie internetowe

WYDAWNICTWO ALBATROS ANDRZEJ KURYŁOWICZ S.C.

I

STRACH

1

Deszcz.

Czerwiec, miesiąc najpaskudniejszy ze wszystkich.

Od kilku tygodni ta sama szara, wilgotna, lodowata mono-
tonia. A jeszcze gorzej było w nocy. Oficer Olivier Passan
przeładował berettę Px4 Storm SD i odbezpieczoną położył
na kolanach. Ujął ponownie kierownicę lewą ręką, a prawą
wyciągnął iPhone'a. Włączył GPS i na ekranie dotykowym
pojawiła się mapa. W padającym od dołu świetle Passan
wyglądał jak wampir.

— Gdzie jesteśmy? — mruknął Fifi. — Kurwa, gdzie my
jesteśmy?

Passan nie odpowiedział. Jechali wolno ze zgaszonymi
światłami, niewiele widząc. Labirynt w stylu Borgesa. Ceglane
mury pokryte różowawym tynkiem, z wieloma wejściami,
alejkami, zakrętami, zamknięte dla kogoś z zewnątrz, niczym
Wielki Mur Chiński chroniący tajemnicze wnętrze.

Ten labirynt to po prostu przedmieścia. Le Clos-Saint-
-Lazare w Stains.

— Nie mamy prawa tu być — rzucił Fifi. — Jeśli komenda departamentu dziewięćdziesiąt trzy dowie się, że...

— Bądź cicho.

Passan prosił go, żeby ubrał się na ciemno, by nie zwracać uwagi. I co zobaczył? Fifi włożył hawajską koszulę i czerwone szorty, jakie noszą deskorolkarze. Olivier wolał nie wiedzieć, czym się uraczył przed spotkaniem z nim. Wódka, amfetamina, koka... Z pewnością i jednym, i drugim, i trzecim. Nie puszczając kierownicy, sięgnął po leżącą na tylnej kanapie kamizelkę kuloodporną — taką samą miał pod kurtką.

— Włóż to.

— Nie potrzebuję.

— Rób, co ci mówię. W tej koszuli wyglądasz jak przebieraniec z parady gejów.

Fifi, a właściwie Philippe Delluc, wykonał polecenie. Olivier dyskretnie go obserwował. Rozczochrane tlenione włosy, blizny po trądziku, kolczyki w kącikach ust. Spod rozchylonego kołnierza wyzierał pysk strasznego smoka, zdobiący lewy bark i ramię. Po trzech latach wspólnej pracy Passan wciąż się zastanawiał, jak taki człowiek zdołał wytrzymać osiemnaście miesięcy rygoru w Wyższej Szkole Policyjnej, jak przeszedł przez rozmowy kwalifikacyjne, wizyty u lekarzy...

Został jednak policjantem, i to takim, który trafiał do celu z broni kalibru .9 mm na odległość ponad pięćdziesięciu metrów — obojętnie, czy trzymał pistolet w prawej, czy lewej ręce; mógł również spędzić wiele kolejnych nocy z panienkami i nie odczuwać najmniejszego zmęczenia. Ten zaledwie trzydziestoletni porucznik już przynajmniej pięć razy uczestniczył w strzelaninie, dzielnie się spisując. Był najlepszym współpracownikiem, jaki trafił się Passanowi.

— Podaj mi jeszcze raz adres.

Fifi zerwał żółtą kartkę przyklejoną do tablicy rozdzielczej.

— Rue Sadi-Carnot sto trzydzieści cztery.

Według GPS-u byli już bardzo blisko, ale wciąż mijali ulice z innymi nazwami — rue Nelson-Mandela, square Molière, avenue Pablo-Picasso... Co dziesięć metrów samochód podskakiwał na garbach drogowych. Od powtarzających się ruchów Passanowi zaczynało się robić niedobrze.

Wcześniej poświęcił trochę czasu na wydrukowanie planu tej okolicy. Le Clos-Saint-Lazare jest jednym z większych miast departamentu Seine-Saint-Denis. Prawie dziesięć tysięcy ludzi ulokowano w blokach komunalnych postawionych krętym szeregiem w lesistym parku. Górujące nad okolicą budynku o prostych liniach przypominały rozstawione straże.

— Cholera! — syknął przez zęby Fifi.

Sto metrów dalej kilku czarnych znęcało się nad mężczyzną leżącym na ziemi. Passan przyhamował, wrzucił bieg na luz i podjechał do nich wolno. Regularna rozróba. Ofiara usiłowała chronić twarz przed kopniakami napastników.

Ciosy spadały niczym grad, trafiając mężczyznę z różnych stron. Jeden z bandziorów, w uciętych dżinsach i czapce Kangol, nadepnął butem na usta ofiary, zmuszając ją do połknięcia wybitych zębów.

— Poliż moje buty, Żydzie! Poliż je, bękarcie! — Wcisnął mocniej but w poranione dziąsła mężczyzny. — Poliż je, gnoju!

Fifi chwycił swojego CZ 85 i otworzył drzwi samochodu, ale Passan go zatrzymał.

— Siedź. Wszystko spieprzysz.

Rozległ się krzyk. Napadnięty mężczyzna zerwał się na nogi. Wbiegł po schodach i zniknął w środku budynku. Czarni pękali ze śmiechu i nie zamierzali go ścigać.

Passan włączył pierwszy bieg i przejechał obok nich. Fifi cicho zamknął drzwi. Kolejny garb na jezdni. Subaru nie robiło więcej hałasu niż łódź podwodna płynąca na dużej głębokości. Rzut oka na iPhone'a.

— Rue Sadi-Carnot... — mruknął Passan. — To tutaj...

— To znaczy gdzie?

Była po prawej stronie, za ogrodzonym placem budowy. Najwyraźniej trwały tu jakieś roboty renowacyjne. Na tablicy informacyjnej widniał napis: „Schronisko dla kotów". W głębi, wśród ruin i sprzętu budowlanego, stały podobne do klocków, bezosobowe hale. W dzielnicach podmiejskich w tego rodzaju budynkach mieszczą się zwykle szkoły albo magazyny.

— Sto dwadzieścia osiem... Sto trzydzieści... Sto trzydzieści dwa... — odliczał Passan półgłosem. — To tam.

Spojrzeli na bramę bloku. Passan zgasił silnik, wyłączył iPhone'a. Widać było tylko czarne, tłuste kałuże upstrzone kroplami deszczu.

— Co robimy? — zapytał Fifi.

— Idziemy tam.

— Jesteś pewien, że powinniśmy to zrobić?

— Niczego nie jestem pewien. Po prostu tam idziemy.

Kiedy usłyszeli krzyk kobiety, mrużąc oczy, próbowali się zorientować, skąd pochodził. Zobaczyli kilku bandziorów popychających przed sobą nastoletnią dziewczynę, która szlochając, usiłowała im się opierać. Jeden z nich kopał ją w tyłek, drugi walił po karku. Szli w kierunku przyczepy mieszkalnej na placu budowy.

Fifi ponownie otworzył drzwi.

— Spokojnie — powiedział Passan, chwytając go za ramię. — Nie po to tu jesteśmy. Jasne?

Fifi spojrzał na niego ze złością.

— Właśnie po to jestem policjantem. Kapujesz?

Passan zawahał się. Znowu usłyszeli krzyk.

— A niech to szlag... — skapitulował. Wyciągnęli broń i wysiedli z subaru. Pobiegli, skrywając się za kilkoma parkującymi samochodami, po czym skoczyli na bandziorów. Bez żadnego ostrzeżenia. Passan walnął w głowę pierwszego, który upadł w kupę piasku. Fifi podciął nogi drugiemu, przewrócił go na brzuch i sięgnął po kajdanki. Trzeci zwiał, ciskając przekleństwa.

To samo zrobiła dziewczyna, roztrzęsiona, z potarganymi włosami. Obaj policjanci spojrzeli po sobie. Sprawa szybko się skończyła. Nie było ofiary, nie było napadu, nie mieli nic. Korzystając z ich wahania, typ leżący na ziemi odtrącił lufę pistoletu Fifi i skoczył na równe nogi.

Padł strzał. Kajdanki osunęły się z cichym brzękiem.

— Cholera! — wykrzyknął Passan.

Odruchowo powiódł wzrokiem w kierunku domu, w którym otworzyły się właśnie drzwi. Ujrzał łysą głowę, krępą sylwetkę, jasnoniebieskie rękawiczki chirurgiczne. Tyle razy wyobrażał sobie ten moment. W myślach widział zawsze bardzo wyraźnie tego zbrodniarza przyłapanego na gorącym uczynku.

Wymierzył czterdziestkępiątkę i wrzasnął:

— Ani kroku dalej!

Mężczyzna znieruchomiał. Na łysinie mokrej od deszczu odbijało się światło dochodzące z półotwartych drzwi. Wewnątrz palił się ogień. Przybyli za późno. W tym momencie Passan się odwrócił i zobaczył zatrzymanego przed chwilą niedoszłego gwałciciela uciekającego w stronę centrum.

Fifi złożył się do strzału z palcem na spuście, ale przełożony zmusił go do opuszczenia ręki.

— Nie o niego chodzi, prawda?

Znowu zwrot akcji — łysy także rzucił się do ucieczki, ale w przeciwnym kierunku. Jego czarny płaszcz powiewał na wietrze. Czyżby fiasko całej akcji? Passan popatrzył na Fifi, który znowu stał w pozycji do strzału, celując na zmianę to w jednego, to w drugiego uciekiniera.

— Zostaw tamtego ptaszka! — krzyknął do niego. — Łap Guillarda!

Porucznik rzucił się w kierunku warsztatu, a Passan pobiegł do magazynu. Schował do kabury berettę, nałożył niezdarnie rękawiczki i pchnął bramę na szynach.

Wiedział, co go tam czeka.

Było jeszcze gorzej.

W hali o powierzchni około stu metrów kwadratowych, wypełnionej motorami, łańcuchami, narzędziami, różnymi rupieciami, do ustawionej na wysokości półtora metra cysterny była przywiązana młoda kobieta. Ręce i nogi miała skrępowane skórzanymi rzemieniami. Arabka ubrana w dres Adidasa. Spodnie i majtki opuszczone do kostek, T-shirt rozerwany.

Rozcięto jej brzuch od mostka do kości łonowej. Wnętrzności wypłynęły aż na podłogę. Przed nią w kałuży benzyny palił się płód. Ten sam sposób działania. Kilka sekund wydawało się wiecznością. Passan stał bez ruchu. Ciało dziecka czerwieniło się w duszącym dymie. Miał wrażenie, że obserwują go wypalone ogniem oczy.

W końcu ocknął się z odrętwienia i pobiegł slalomem między oponami, wałami napędowymi, tłumikami. Chwycił matę podłogową i przykrył nią maleńkie zwłoki, usiłując zgasić płomień. Znalazł składaną drabinę. Jednym naciśnięciem uruchomił mechanizm i wspiął się na górę do przywiązanej kobiety. Wiedział, że nie żyje, ale chciał się upewnić, dotykając palcami jej szyi. Kiedy odezwał się iPhone, Passan sięgnął do kieszeni i omal nie spadł z drabiny.

— Co ty tam robisz? — Usłyszał zdyszany głos Fifi.

— Masz go?

— Zwiał.

— Gdzie jesteś?

— Nie mam pojęcia!

— Już idę.

Passan, z bronią w ręku, zeskoczył na ziemię i pobiegł do wyjścia. Omijał betoniarki, potykał się o występy, worki z gipsem, stalowe pręty. Nic nie widział.

Przebiegłszy kilka metrów, runął jak długi. Podniósł się i poszukał wzrokiem przeszkody, która spowodowała jego upadek. Fifi leżał z nogą zaklinowaną pod pojemnikiem do rozrabiania gipsu.

— Przewróciłem się, Passan... przewróciłem...

Trudno było orzec, czy Fifi śmieje się, czy płacze. Olivier nachylił się, żeby mu pomóc, ale porucznik krzyknął:

— Zostaw mnie! Znajdź tego łajdaka!

— Gdzie on jest?

— Za tamtym murem!

Passan odwrócił się i kawałek dalej zobaczył mur długi na kilkaset metrów, a nad nim poświatę drżącego światła — szosa. Rzucił się w tamtym kierunku z berettą w ręku, znalazł schodki, wbiegł na nie i przeskoczył przez mur. Upadł po drugiej stronie, ale natychmiast się podniósł.

Tonący w ciemnościach, rozległy teren. W oddali sunęły samochody. W świetle reflektorów ukazała się sylwetka Guillarda. Potykał się na śliskich grudach ziemi, biegnąc z trudem w kierunku szosy.

Passan, dysząc ciężko pod kamizelką kevlarową, odbezpieczył pistolet. Stopy grzęzły mu w błocie. Z trudem odrywał je od rozmokłej ziemi.

Mimo to powoli doganiał zbiega.

Guillard docierał do szosy, wspinając się na nasyp. Passan wydłużył krok. Tamten już miał przeskoczyć przez metalową barierkę, kiedy Passan chwycił go za nogi i ściągnął na dół. Zabójca próbował łapać się kęp trawy, ale Passan chwycił go za kołnierz, obrócił do siebie i kilkakrotnie walnął jego głową o betonowy ściek.

— Ty cholerny draniu...

Guillard usiłował odepchnąć policjanta, ten jednak uderzył go kolbą pistoletu, czując pulsowanie krwi w palcach, oczach, nerwach. Ziemia drgała pod ciężarem samochodów przejeżdżających kilka metrów nad nimi.

Nagle Passan schował pistolet i wspiął się na nasyp, wlokąc przeciwnika aż do szosy.

W ciemności zabłysły reflektory. Z dużą szybkością zbliżał się jakiś ciężki pojazd.

Jednym kopnięciem Passan pchnął Guillarda pod koła wozu. Od półciężarówki dzieliło go zaledwie kilka metrów.

Passan zamknął oczy.

To on stanowił prawo.

Był mieczem sprawiedliwości i wydawał wyrok...

Wystarczyła sekunda, żeby ciężki wóz zmiażdżył czaszkę zabójcy. Opanował się jednak i odciągnął Guillarda. Przetoczyli się przez metalową barierę i zsunęli w dół po nasypie.

Ciężarówka z głośnym łoskotem, włączonymi wszystkimi reflektorami i ryczącym klaksonem przejechała kilka metrów od ich splecionych ciał.

2

____

— To cię będzie drogo kosztować! Przysięgam, że nie ujdzie ci to płazem!

Passan patrzył bez słowa na kapitana brygady kryminalnej. Na rozzłoszczonego niskiego mężczyznę w dżinsowej kurtce, z dobrze widocznym sig sauerem. Na rękawie miał wyszyte logo brygady — linia budynków w celowniku pistoletu. Patrolujący okolicę helikopter przelatywał nad mokrymi dachami, omiatając je silnym światłem reflektorów. Passan wystarczająco często przemierzał tego rodzaju dzielnice, żeby wiedzieć, czego taki patrol szuka — ukrywających się grup chuliganów, gotowych do napaści z użyciem butelek, świec dymnych, kamieni. Funkcjonariusze sił specjalnych CRS zeszli już do piwnic w poszukiwaniu taczek załadowanych brukowcami.

Passan otarł ręką twarz, oddalił się na kilka kroków od zbiegowiska. To, co się tu działo, nie dotyczyło go. Dochodził do siebie po niedawnym ataku szaleństwa. Oślepiające światła ciężarówki. Głowa mordercy na asfalcie. Gwałtowna, mor-

dercza żądza kryjąca się pod pozorem wymierzania sprawiedliwości.

Wrócił do kapitana, tak niskiego, że przywodził na myśl
Tomcia Palucha.

— Sytuacja była nagła — przyznał w końcu.

— I dlatego wdzierasz się na moje terytorium, nikogo
o tym nie informując?

— Dostaliśmy cynk w ostatniej chwili.

— Słyszałeś o artykule pięćdziesiątym dziewiątym?

— Cholera, chodziło o to, żeby dopaść go na gorącym
uczynku. Trzeba było działać szybko. W całkowitej dyskrecji.

Kapitan policji zaśmiał się złośliwie.

— Nie wyszła ci ta dyskrecja!

Wokół nich panowało zamieszanie — migające lampy
wozów policyjnych, taśmy odgradzające, mundury, białe kom-
binezony. Funkcjonariusze brygady kryminalnej, miejscowi
policjanci, agenci tajnych służb, ludzie z CRS i technicy
z policyjnego laboratorium — byli tutaj wszyscy. Grupa
nastolatków w zbyt szerokich T-shirtach i bluzach z kap-
turami napierała na żółte taśmy.

— Jesteś chociaż pewien, że to Akuszer?

Olivier pokazał na drzwi warsztatu.

— To ci nie wystarcza?

Właśnie zabierano zwłoki. Dwaj mężczyźni z zakładu
pogrzebowego pchali nosze na kółkach, ciało ofiary wsunięto
do plastikowego worka. Za nimi trzeci niósł lodówkę ze
znakiem czerwonego krzyża. Był w niej spalony płód.

Kapitan poprawił sobie naramiennik.

— Cholera, naraziliście całą dzielnicę na niebezpieczeństwo.

— Ta twoja dzielnica sama w sobie stanowi zagrożenie.

17

— I to może moja wina?

Passan uchwycił we wzroku kapitana cień znużenia. W jednej chwili minęła mu cała złość i pogarda dla tego człowieka, który był zwyczajnie u kresu sił, zmęczony latami beznadziejnej miejskiej wojenki. Rozejrzał się jeszcze raz dokoła. Ludzie w oknach, opryszki zgrupowane wokół ogrodzonej strefy bezpieczeństwa, dzieciaki w piżamach, stłoczone przed wejściami do swoich bloków, funkcjonariusze sił porządkowych, w kaskach, z bronią na gumowe kule, gotowi strzelać z nich w tłum. Kilku „etnicznych" policjantów — czarni, Arabowie — usiłowało opanować sytuację. Passanowi przyszli na myśl Indianie tropiciele, którzy na kontynencie amerykańskim otwierali białym drogę do nieznanego wrogiego świata. Ci policjanci też byli takimi zwiadowcami.

Odwrócił się i skierował do swojego samochodu. Przed oczami przemknęły mu szybko wydarzenia, które doprowadziły go do bram piekła. Dwa dni temu zgłoszono zniknięcie Leïli Moujawad — dwadzieścia osiem lat, w dziewiątym miesiącu ciąży. Kilka godzin wcześniej brygada zajmująca się przestępstwami finansowymi przekazała informację, że holding kierowany przez głównego podejrzanego, Patricka Guillarda, kryje w sobie inną spółkę offshore, do której należą warsztaty w Stains przy rue Sadi-Carnot 134. Nikomu nieznany hangar znajdujący się niecałe trzy kilometry od miejsca, gdzie znaleziono trzy pierwsze ofiary.

Wezwał Fifi. Pojechali. Przybyli za późno. O życiu Leïli i jej dziecka zadecydowało kilka minut... Passan zbyt wiele widział w swoim życiu zawodowym, żeby buntować się z powodu kolejnej niesprawiedliwości.

Nagle w panującym zgiełku rozległ się krzyk. Młody mężczyzna odepchnął agentów CRS i pobiegł w kierunku samochodu zakładu pogrzebowego. Passan natychmiast go rozpoznał. Mohamed Moujawad. Trzydzieści jeden lat. Mąż Leïli. Przesłuchiwał go poprzedniego dnia w siedzibie Regionalnej Policji Sądowej.

Na tę noc miał już dosyć. Zaraz przybędzie prokurator. Wyznaczą nowego funkcjonariusza, który będzie musiał odpowiadać na pytania Ivo Calviniego, sędziego zajmującego się tą serią zabójstw. W każdym razie on nie dostanie tego śledztwa. Musi najpierw odkupić swoje winy. Nielegalna rewizja. Nieudana próba złapania przestępcy na gorącym uczynku. Złamanie zakazu zbliżania się do Guillarda na odległość mniejszą niż dwieście metrów. Brutalne potraktowanie podejrzanego, który ma prawo do traktowania zgodnie z zasadą domniemania niewinności. Adwokaci tego łajdaka dobiorą się Passanowi do skóry.

— Spadamy?

Fifi, siedząc w subaru, palił papierosa. Z otwartych drzwi wystawały jego owłosione nogi; jedną z nich opatrzyli i zabandażowali sanitariusze z pogotowia.

— Daj mi jeszcze sekundę. — Passan zawrócił do jaskini zbrodni. Nieprędko będzie miał okazję zapoznać się z tym, co zostanie tutaj znalezione. Technicy z dochodzeniówki już się tu krzątali. Na ścianach odbijały się światła lampy błyskowej fotografa. Pudry, pędzelki, plastikowe torebki krążyły z rąk do rąk. Tysiąc razy oglądany spektakl, powtarzający się do obrzydzenia.

Dostrzegł Isabelle Zacchary, którą sam wezwał, by dowodziła tą operacją. Ubrana w biały kombinezon, stała przy poczerniałych wnętrznościach zamordowanej kobiety.

— Masz już coś? — zapytał.

— Prowadzisz tę sprawę?

— Wiesz dobrze, że nie.

— Nie wiem, czy...

— Proszę cię tylko o pierwsze wnioski.

Zacchary ściągnęła kaptur, jakby było jej duszno. W masce z filtrem wiszącej na jej szyi przypominała stwór nie z tego świata. Przy każdym jej ruchu słychać było szelest papierowego kombinezonu. Nie zdjęła okularów, które zazwyczaj dodawały jej powagi i seksapilu. Ale nie tego wieczoru.

— Na razie niczego nie mogę ci powiedzieć. Prześlemy wszystko do laboratorium.

Passan rozejrzał się. Zakrwawiona cysterna, wiszące rzemienie, brązowe od krwi narzędzia chirurgiczne na stole. Na podłodze leżały jeszcze strzępy spalonego ciała.

Nagle przyszła mu do głowy pewna wątpliwość.

— Macie jego odciski palców?

— Są wszędzie. Przecież to jego warsztat.

Należy je odnaleźć na ciele ofiary. Na narzędziach, które posłużyły do jej torturowania. Na pojemniku z benzyną użytą do spalenia dziecka. No i może pod paznokciami ofiary uda się znaleźć naskórek mordercy. Istotny jest każdy ślad, który mógłby powiązać właściciela tego warsztatu z ofiarami.

— Wyślij mi mailem wyniki — poprosił.

— Słuchaj, to naprawdę wbrew regułom, ja...

— To moje śledztwo, rozumiesz?

Zacchary kiwnęła głową. Passan wiedział, że zrobi to, o co ją prosi — osiem lat współpracy, dwie lub trzy spędzone razem noce, więź, która nadal między nimi istniała. Mógł liczyć na Isabelle.

Wyszedł z warsztatu, ale nie odczuł żadnej ulgi. Na dworze było tak samo źle jak w środku. Znowu padał deszcz. Tłum próbował się przedrzeć przez kordon CRS. To wszystko źle się skończy. Na szczęście chyba nikt na razie nie powiadomił mediów. Jakimś cudem nie pojawił się jeszcze ani jeden dziennikarz czy fotoreporter.

Obchodząc swój wóz, żeby usiąść za kierownicą, zobaczył drugie nosze na kółkach, popychane w kierunku ambulansu. Patrick Guillard okryty srebrną folią. Miał kołnierz ortopedyczny na szyi i oddychał przez plastikową maskę tlenową, która deformowała mu rysy, nadając jego twarzy wygląd łysego, bladego i odrażającego potwora, którym zresztą był.

Pielęgniarze otworzyli drzwi karetki i ostrożnie wsunęli nosze. Niebieskie światło lampy na dachu wozu odbijało się w załamaniach folii, wywołując wrażenie, że oprawca wynurza się z kokonu turkusowych cekinów.

Ich spojrzenia się skrzyżowały.

Wzrok zabójcy uzmysłowił Passanowi, że jeszcze nie wygrał tej wojny.

I chyba nie wygrał nawet tej bitwy.

3

Godzinę później Olivier Passan stał pod prysznicem w nowej siedzibie biura. Odnosił wrażenie, że woda ma w sobie jakąś moc. Spłukiwała z niego nie tylko kurz i pot, ale również swąd spalonych zwłok, obraz torturowanych ciał, śmierci i rozkładu, od których wciąż nie mógł się uwolnić. Schylił głowę pod szumiącą, chłodną, wręcz zimną wodą. Strumienie biły go po głowie i siekły po skórze, która robiła się czerwona.

W końcu wyszedł spod prysznica i wytarł się do sucha. Poczuł się jak nowo narodzony. Niedawno oddana do użytku siedziba Centralnej Dyrekcji Głównej Policji Sądowej przy rue des Trois-Fontanot w Nanterre robiła wrażenie. Najnowocześniejsza technologia, przestrzeń, neutralność, jakżeż niepodobne do ciemnego labiryntu na Quai des Orfèvres. Na czas przebudowy dotychczasowej siedziby umieszczono tutaj wiele brygad. Chodziły jednak słuchy, że z powodu braku funduszy wkrótce wrócą na stare śmieci.

Stojąc z nagim torsem, przyglądał się sobie w lustrze nad

umywalką. Wychudła twarz, mocno zarysowana szczęka, krótko ostrzyżone włosy — wyglądał raczej jak komandos niż policjant. Mimo to w twarzy o regularnych rysach było coś delikatnego. Spojrzał na pierś. Wypukłe, twarde mięśnie — efekt wielu godzin spędzonych na siłowni. Passan nie ćwiczył, żeby utrzymywać formę. Robił to dla wykazania siły woli.

Podszedł do szafek na ubrania, włożył brudne ciuchy i wsiadł do windy. Drugie piętro. Stalowa konstrukcja, szklane ściany. Szara wykładzina na podłodze. Podobał mu się ten monotonny, chłodny wystrój.

Fifi, wykąpany i uczesany, kręcił się przy automacie do kawy.

— Nie działa? — spytał Passan.

Porucznik kopnął brutalnie dystrybutor.

— Działa. — Wyjął kubek z parującym płynem i podał go przełożonemu. Kopnął ponownie automat i sięgnął po drugą kawę. Z wilgotnymi włosami jego twarz wyglądała na jeszcze bardziej zmaltretowaną niż zwykle.

Wypili w milczeniu. Porozumieli się wzrokiem. Mówić o czymś innym. Za wszelką cenę pozbyć się napięcia. Milczenie jednak za bardzo się przeciągało. Poza pracą policyjną mieli tylko jeden wspólny temat — marazm prywatnego życia każdego z nich.

— Jak tam twoje sprawy z Naoko? — odezwał się w końcu Fifi.

— Rozwodzimy się. Oficjalnie.

— A co z domem? Sprzedajecie?

— O tym nie ma mowy. Nie w tym momencie. Na razie go zachowamy.

Fifi miał sceptyczną minę. Wiedział, że zastój na rynku nieruchomości nie ma nic wspólnego z decyzją Passana.

— Kto w nim zostanie? — zapytał.

— Oboje. Będziemy mieszkać na zmianę.

— Jak to?

Passan zgniótł kubek i wrzucił go do kosza na śmieci.

— Każde z nas będzie mieszkać przez tydzień.

— A dzieci?

— One zostają. Nie zmieniają szkoły. Po zastanowieniu doszliśmy do wniosku, że będzie to dla nich mniejszy wstrząs.

Fifi milczał, dając w ten sposób do zrozumienia, że ma wątpliwości.

— Wszyscy teraz tak robią — dodał Passan, jakby chciał sam siebie przekonać. — Taka organizacja życia jest teraz bardzo popularna.

Porucznik też pozbył się swojego kubka.

— Idiotyczny pomysł. Niedługo to one będą was przyjmować w swoim domu. Staniecie się turystami bez własnego dachu nad głową.

Passan przygarbił się. Przez wiele tygodni ważył tę decyzję, usiłując przekonać samego siebie, że to najlepsze — i jedyne — rozwiązanie. Tygodniami odrzucał po kolei wszystkie możliwości.

— W ten sposób pozostaną w mojej piwnicy.

Od pół roku mieszkał w suterenie, w pomieszczeniu z oknami na poziomie ziemi. Ukrywał się tam jakby w strachu przed bombardowaniem.

— I co dalej? — odezwał się znowu Fifi. — Będziesz sprowadzał dziewczynki do piwnicy? Naoko będzie znajdować w pościeli ich majtki? Będzie spać w tym samym łóżku?

— Zaczynamy dziś wieczór — uciął Passan. — W tym tygodniu zostaje Naoko. Ja przeprowadzam się do kawalerki, którą wynająłem w Puteaux.

Skonsternowany Fifi pokiwał głową.

— A u ciebie? Co u niej słychać? — zapytał z kolei Passan.

Porucznik się zaśmiał, czekając przy automacie na drugą kawę.

— Przedwczoraj zasnęła, kiedy się kochaliśmy. — Wziął kubek i popijając kawę, dodał: — To chyba dobry znak, jak myślisz?

Obaj się roześmiali. Wszystko było lepsze niż rozpamiętywanie koszmaru, jaki zgotował im Akuszer.

4

Przy rytmicznym szumie wycieraczek Passan słuchał w roztargnieniu wiadomości nadawanych w radiu. Jechał do Suresnes, żeby spędzić ostatnie godziny w domu przed przepro-
wadzką do Puteaux. Nie wiedział jeszcze, czy położy się
spać, czy będzie kontynuował pakowanie swoich rzeczy do
kartonowych pudeł, czy zabierze się do sporządzenia raportu.
Poniedziałek, dwudziesty czerwca 2011 roku, nie wyróżniał
się niczym szczególnym. Uwagę Passana przyciągnęła jedynie
historia pewnego rozwiedzionego mężczyzny, który rozpoczął
strajk głodowy na wiadomość o finansowym zadośćuczynie-
niu dla byłej żony. Pomysł ten wywołał uśmiech na twarzy
Passana.

Z Naoko nie miał takich problemów. Wspólny adwokat,
opieka nad dziećmi na zmianę, żadnych wydatków — za-
rabiała o wiele więcej niż on — a jedyny majątek do podziału
to dom.

Jechał Dion-Bouton w kierunku mostu Suresnes. Drżał
z zimna, ale nie włączał ogrzewania. Przecież, do cholery,
był czerwiec. Ta pogoda działała mu na nerwy. Wstrętna,

przejmująca chłodem, w niczym niepodobna do letnich upałów, wywołująca bóle w plecach.

Z prefektury w Nanterre mógłby dojechać do Mont-Valérien przez miasto, ale potrzebna mu była przestrzeń — niebo i rzeka w brzasku wschodzącego słońca. Prawdę mówiąc, niewiele widział. Po lewej stronie w dole miał Sekwanę, a drzewa po prawej zasłaniały miasto. Szare niebo nad nim wydawało się nasiąknięte wodą niczym gąbka. Mogłoby to być każde inne miejsce na ziemi.

Przypomniał sobie, jak przytrzymywał nogą Guillarda, gotów pozwolić na to, aby głowa tamtego została zmiażdżona pod kołami ciężarówki. Któregoś dnia zatrzasną się za nim drzwi celi. Rozwód był jedną z ostatnich rzeczy, które wiązały go z normalną egzystencją.

Skręcił w prawo w boulevard Henri-Sellier. Potem w avenue Charles-de-Gaulle. W miarę jak jechał pod górę w kierunku Mont-Valérien, ukazywały się domy przyczepione do zboczy, ściany obrośnięte bluszczem. Otwierały się kolejne kawiarnie...

Zatrzymał się i wstąpił do oświetlonej już piekarni. Rogaliki. Bagietka. Lizaki Chupa Chups. Znowu ogarnęło go poczucie nierzeczywistości. Jaki może być związek między tymi banalnymi czynnościami i koszmarem w Stains? Czy można uporządkować świat ot tak, pstryknięciem palców?

Wrócił do samochodu i ruszył dalej. Szczyt Mont-Valérien z jego rozległymi trawnikami przywodził na myśl pola golfowe. Panowała tu atmosfera jak na wysokogórskim płaskowyżu. Symetria linii, płaski teren... Zakład uzdatniania wody, wyraźnie widoczne instalacje. Stadion Jean-Moulin i przylegające do niego, wytyczone jak pod sznurek tereny zielone. Cmentarz amerykański z szeregami białych krzyży.

Dzień wstawał z opóźnieniem, ale widok na Paryż był niezwykły. Przestrzeń dodawała mu otuchy. Patrzył na tysiące gasnących latarni, niezliczone wieże i budynki otulone mgłą, przywodzące na myśl tragiczną scenerię wojenną. Miasto wszelkiego rodzaju przemocy. Na tej wysokości czuł się bezpieczny. Znalazł się znowu w swoim sanktuarium, w swojej pustelni.

Gdy dotarł na rue Cluseret, zwolnił przed bramą i otworzył ją pilotem. Minął podjazd i jechał możliwie najwolniej, napawając się widokiem. Główny element obrazu stanowił biały dom na zielonym tle. W porównaniu z innymi w tej dzielnicy jego ogród był ogromny — prawie dwa tysiące metrów kwadratowych. Działka kosztowała majątek, ale była warta swojej ceny.

Rozmyślnie niczego, lub prawie niczego, tu nie sadził. Stworzył tylko niewielki ogród w stylu zen w cieniu kilku sosen po lewej stronie. Skręcił w prawo i zgasił silnik. Dom nie miał parkingu, Passan nie chciał bowiem psuć architektonicznej spójności. Zbudowany w latach dwudziestych ubiegłego wieku był prostopadłościanem w stylu modernistycznym, z płaskim dachem. Stalowa konstrukcja. Filary ze zbrojonego betonu, podtrzymujące otwartą galerię. Szeregowe okna. Prostota. Solidność. Funkcjonalność. Uśmiechnął się do siebie z dumą.

Z rogalikami i bagietką w ręku otworzył kluczem drzwi i wszedł do przedpokoju. Zobaczył, że kurtki Shinjiego i Hirokiego są na wieszaku, i wsunął do kieszeni każdej po lizaku.

Mała niespodzianka od tatusia. Potem przed wejściem do salonu zdjął buty.

Kupno tego domu było przede wszystkim dobrym interesem. Po śmierci Jeana-Paula Queyrau, ostatniego przedstawiciela rodziny marszandów, w marcu 2005 roku dom został wystawiony na licytacji. Passan był pierwszym, który się zgłosił, ponieważ to właśnie on jako funkcjonariusz brygady kryminalnej stwierdził zgon zadłużonego po uszy Queyrau, w wyniku strzału w usta.

Kiedy przybył na miejsce, zakochał się w tym domu. Obejrzał wszystkie pokoje, nie zwracając uwagi na ich fatalny stan. Właściciel żył jak kloszard w opuszczonym baraku. Passan wyobrażał już sobie, co mógłby tu zrobić.

Do kupna doszło tylko dzięki Naoko. Od roku zajmowała ważne stanowisko w firmie specjalizującej się w audytach finansowych. Ponadto lata pracy jako modelka pozwoliły jej zaoszczędzić pewien kapitał, dostała też pieniądze od rodziców, właścicieli ziemskich z Tokio. Mimo iż jej wkład finansowy był znacznie większy od tego, który wyłożył Passan, podpisała umowę o współwłasności — połowa domu należała do niej, połowa do niego. Za wszystkie konieczne prace remontowe miał odpowiadać wyłącznie on.

Zabrał się więc do roboty. Przeświadczony, że w ten sposób zapewni trwałość własnej rodziny. Że wzmocni fizycznie jej podstawy. Ochroni ją przed atakami z zewnątrz, przed rozpadem, erozją... Niestety, metoda okazała się nieskuteczna. Dzisiaj zgadzali się jedynie, gdy chodziło o Diega.

— Bądź cicho, Diego — szepnął — obudzisz wszystkich...

Wziął koszyczek na pieczywo, by włożyć do niego rogaliki, a bagietkę położył na stole, w widocznym miejscu. Następnie wyjął serwetki w kratkę, miseczki dzieci z ich imionami wykaligrafowanymi po japońsku, filiżankę z laki, w której Naoko piła herbatę z mlekiem. Konfitury, płatki zbożowe, sok pomarańczowy. Fakt, że robił to w samotności, nie smucił go, bo od dawna nie jadał śniadania z żoną i dziećmi.

Kiedy zamierzał już wyjść z kuchni, mimo woli zatrzymał się przed fotografiami wiszącymi na ścianie. Zapalił światło, żeby lepiej je widzieć. Na jednym ze zdjęć, zrobionym osiem lat temu, byli z Naoko na tarasie świątyni Kiyomizu--dera, górującej nad Kioto. Na twarzy miał ten swój charakterystyczny sztywny uśmiech, podczas gdy Naoko zaledwie nieznacznie unosiła kąciki ust, tak jak to robiła, będąc modelką. Mimo to ze zdjęcia emanowała atmosfera szczęścia. A zwłaszcza wzajemnego szacunku i dumy, że są razem...

Spojrzał na inne zdjęcie. Rok 2009. Shibuya, modna dzielnica w Tokio. Trzymał na rękach czteroletniego Hirokiego w czapce Totoro, znanej postaci z filmu Miyazakiego. Naoko trzymała sześcioletniego Shinjiego, który dwiema rękami pokazywał V — znak zwycięstwa. Wszyscy się śmiali, ale wyczuwało się skrępowanie, rozdrażnienie dorosłych. Zmęczenie i frustrację — efekt mijającego czasu.

Po lewej fotografia z roku 2002, plaża na Okinawie. Ich podróż poślubna. Passan nie pamiętał już jej szczegółów. Przypominał sobie tylko twarz Naoko na lotnisku Roissy, kiedy podekscytowana dawała swoją kartę Flying Blue, aby odnotowano na niej, ile mil przeleci. Naoko chętnie korzystała z kart rabatowych, była także uzależniona od wyprzedaży. Pamiętał, że wtedy na lotnisku przysiągł sobie, że zawsze będzie chronił tę dziewczynę, która w niego wierzyła.

Czy dotrzymał obietnicy?

Zgasił światło i przeszedł przez salon do betonowych schodów.

Czas wrócić do jego królestwa. Do podziemnego pałacu Władcy Szczurów.

5

Korytarz z malowanych cegieł. Na lewo pomieszczenie na wszelkiego rodzaju sprzęt i pralnia z pralką oraz suszarką. Na prawo zainstalował doprowadzenie wody, żeby urządzić tam łazienkę. W głębi pomieszczenie, które przerobił na sypialnię i zarazem gabinet.

Rozebrał się w pralni, wrzucił ubranie do bębna i włączył pranie. Od miesięcy żył tak w całkowitej niezależności, jedząc swój zestaw *bento* przy biurku, śpiąc samotnie. Nagi przyglądał się, jak poplamione krwią ubranie obraca się w pienistej wodzie. Niszczarka koszmarów.

Z kosza wyjął T-shirt i bokserki pachnące płynem zmiękczającym. Włożył je i poszedł do pokoju. Dwadzieścia metrów kwadratowych z nieotynkowanymi ścianami i piwnicznymi okienkami. Pod jedną ścianą łóżko polowe. Pod drugą, pod okienkami, drewniana płyta położona na dwóch kozłach. W głębi stół warsztatowy, na którym rozkładał i czyścił broń. Ten bunkier w pewnym sensie bardziej mu odpowiadał niż przestrzeń na górze. Był jego kryjówką.

Na ścianach Passan rozwiesił portrety swoich idoli. Yukio Mishima, który w 1970 roku w wieku czterdziestu pięciu lat popełnił samobójstwo. Rentaro Taki, japoński Mozart, zmarł na gruźlicę w 1903 roku, mając dwadzieścia cztery lata. Akira Kurosawa, twórca *Rashōmona* i wielu innych arcydzieł, który ledwie przeżył po próbie samobójczej w 1971 roku z powodu niepowodzenia jego pierwszego filmu w kolorze *Dō desu ka den*. Naprawdę niezbyt zabawne towarzystwo...

Podłączył iPoda do głośników. Ciche dźwięki sielanki na koto i orkiestrę kompozytora Akiry Ifukubego. Wzruszający utwór, którego we Francji z pewnością słuchał tylko on. Passan pasjonował się japońską muzyką symfoniczną XX wieku, absolutnie nieznaną w Europie i niezbyt popularną w Japonii.

Pora herbaty. Kupił kiedyś w Japonii urządzenie, w którym woda zachowywała temperaturę dziewięćdziesięciu stopni. Napełnił wodą czajniczek, wsypał pięć gramów *hoji-cha* — zielonej herbaty prażonej na mocnym ogniu. Czekając, aż się zaparzy — dokładnie trzydzieści sekund — zapalił kadzidełka. Machał dłonią, żeby mocniej się żarzyły. Nie chciał na nie dmuchać, bo w buddyzmie usta uchodzą za nieczyste.

Z filiżanką w ręce ulokował się na łóżku i zamknął oczy. Koto, rodzaj cytry, wydawało bardzo ostre wibrato, melancholijne i zarazem dokuczliwe. Passan miał wrażenie, że każdy dźwięk szarpie jego nerwy. Ściskało go w gardle, ale jednocześnie z głębi piersi uwalniała się jakaś kojąca siła. Wytchnienie dla serca, ukojenie dla duszy...

Japonia.

Odkrywając Japonię, odkrył samego siebie. Pierwsza podróż natychmiast przewróciła jego życie do góry nogami.

Urodził się w Katmandu w 1968 roku. Jego rodzice po zapaleniu chilomu poczęli go na pełnym haju u stóp posągu Buddy. Ojciec zmarł rok później wskutek utraty krwi, którą sprzedawał, żeby kupić opium. Matka zniknęła kilka miesięcy później, nie zostawiając adresu. Ambasada Francji w Nepalu zrobiła, co było konieczne. Zawieziono go do kraju i został podopiecznym państwa. Przez piętnaście lat był sierotą przerzucaną od jednej rodziny zastępczej do drugiej. Mieszkał zarówno u ludzi bardzo życzliwych, jak i łajdaków; takich, którzy mieli na niego dobry lub zły wpływ. Po zakończeniu edukacji, przerywanej niepowodzeniami w departamentach 92 i 93, obrał stanowczo złą drogę. Kradzież samochodów, handel fałszywymi dokumentami, rozboje... Udawało mu się jednak unikać problemów z policją.

Opamiętał się, gdy skończył dwadzieścia lat. Opuścił przedmieścia — Nanterre, Puteaux, Gennevilliers — i wytrząsnąwszy ze skarbonki forsę z czasów, gdy kradł, wynajął służbówkę przy rue Descartes w Piątej Dzielnicy. Zapisał się na wydział prawa na Sorbonie, która znajdowała się niedaleko jego mieszkania.

Trzy lata przeżył w niskiej, siedmiometrowej klitce, wkuwając, zapychając się żarciem z McDonalda i czytając na głos notatki z wykładów. Pasjonował się sztuką, filozofią, muzyką klasyczną. Prawdziwa kuracja odwykowa. Wydał na to całe oszczędności. Przeprowadził się więc do pokoju w uniwersyteckim akademiku, przydzielonego przez organizację CROUS, i nie powrócił do poprzedniego stylu życia.

Po zrobieniu licencjatu zdecydował się wstąpić do Wyższej Szkoły Policyjnej. Kiedy się nad tym zastanowił, uznał to za jedyną drogę powrotu do dawnego świata. Noc, adrenalina, życie na marginesie.

Jak powiedział któregoś dnia jeden z jego zastępczych ojców, emerytowany robotnik z fabryki Chausson w Gennevilliers: „Glina to nikt inny jak złodziej, któremu się nie udało".

Postanowił wykorzystać to swoje niepowodzenie. Dochodził do tego jeszcze jeden osobisty powód — być policjantem znaczy służyć krajowi. A on miał wobec kraju dług. To państwo francuskie ocaliło go, wyżywiło i wykształciło.

Osiemnaście miesięcy szkoły policyjnej bez narzekania. Najlepsze wyniki z każdego przedmiotu. W chwili promocji przyszedł mu do głowy dziwny pomysł. Zamiast myśleć o pracy w ministerstwie lub intratnym stanowisku w jakimś prestiżowym wydziale w policji, zasięga informacji o możliwości pracy za granicą — jako łącznik, instruktor, oficer wywiadu. Chociaż nie wyjeżdżał nigdy poza granice Francji, wybrał miejsce najbardziej od niej odległe. Został asystentem oficera łącznikowego w Tokio.

Kiedy przybył do Narity, jego życie odmieniło się na zawsze.

Odtąd Japonia miała się stać krajem jego oczekiwań, pragnień, nadziei. Czyste ulice, miejsca publiczne, toalety. Wyrafinowane jedzenie. Surowość zasad. Do tego dochodziło kultywowanie tradycji. Kodeks honorowy samurajów. Fascynacja dobrowolną śmiercią. Piękno kobiet na malowidłach *ukiyo-e*.

Reszty nie chciał widzieć. Obłędny materializm. Obsesja na punkcie nowoczesnej technologii. Ogłupienie narodu, który pracuje dziesięć godzin dziennie. Poczucie wspólnoty, a jednocześnie wyobcowanie. Udawał również, że nie widzi estetyki komiksów, których nie znosił, tej obsesji wielkich czarnych oczu, podczas gdy on lubił te w kształcie migdałów. Wolał nie dostrzegać zafascynowania gadżetami, automatową grą *pachinko*, durnymi sitcomami i grami wideo...

Przede wszystkim zaś Passan ignorował fakt, że Japonia podupada. Sytuacja stale się pogarszała. Kryzys ekonomiczny. Chroniczne zadłużenie. Bezczynność młodej generacji... Na ulicach wypatrywał ludzi pokroju Toshira Mifunego, ulubionego aktora Kurosawy, z mieczem w dłoni, i nie dostrzegał zniewieściałych nastolatków zafascynowanych komiksami, ludzi drzemiących w metrze w drodze do pracy... Całe pokolenie, które nie odziedziczyło siły swoich przodków, przeciwnie — popadało w śmiertelne, wyniszczające zmęczenie. Dekadenckie społeczeństwo zatrute zachodnim rozkładem.

W miarę upływu lat, mimo iż poślubił na wskroś nowoczesną Japonkę, Passan nadal marzył o Japonii ponadczasowej, nierealnej, z której czerpał spokój i równowagę ducha. Co ciekawe, nigdy nie ćwiczył japońskich sztuk walki, poprzestając na technikach walki poznanych w szkole policyjnej, nigdy też nie zrozumiał, na czym polega medytacja zen. Stworzył ten świat rygoru i estetyki, żeby lepiej radzić sobie z pracą. Ziemia obiecana, w której miał znaleźć oparcie, gdy lina zerwie się na dobre. A kiedy miewał za sobą taką noc jak ta w Stains, zawsze pozostawała mu sielanka Ifukubego i melancholijne spojrzenie Rentaro Takiego.

Na tę myśl otworzył oczy i sięgnął po leżący obok łóżka polowego zbiór japońskich wierszy. Przerzucił kartki i znalazł to, czego szukał:

Przy świetle księżyca
Zostawiam moją łódź,
Aby wejść do nieba...

Przekartkował tomik, szukając innego wiersza, ale nie wiedzieć kiedy zasnął, a sny utworzyły nad nim ciężki kamienny grobowiec.

6

Naoko, potargana, wymięta, nie do końca obudzona, przyglądała się mężowi.

Stała bez ruchu na progu kryjówki potwora. Miała przed sobą wrak. Nie mężczyznę, nie policjanta — chociaż Passan był najlepszym policjantem na świecie — ale wrak męża. Na tym polu kompletnie mu się nie udało, i nie mogła mieć o to do niego żalu, sama bowiem doszła do tego samego punktu, z którego nie było powrotu.

Zastanawiała się, jak to się stało. Zgasło światło, które ich opromieniało. I ich miłość niczym opalenizna znikła stopniowo, zanim zdali sobie z tego sprawę. Ale dlaczego miejsce miłości zajęła ta irytująca obojętność? Miała na to własną odpowiedź — z powodu seksu. A dokładniej, z powodu braku seksu.

Tokijskie dziewczęta cichym głosem powtarzają magiczną liczbę. Według słynnego sondażu wszyscy Francuzi uprawiają miłość od trzech do czterech razy w tygodniu. Taka regularność budzi zainteresowanie Japonek, przyzwyczajonych do marnej kondycji seksualnej Japończyków. Francja, kraj romantyków i raj dla seksu!

Przed wyjazdem do Paryża Naoko nie wiedziała o jednej istotnej rzeczy — o próżności Francuzów. Teraz, kiedy ich poznała, zrozumiała, że z idiotycznym uśmiechem i frywolnym wzrokiem popisują się swoimi wyimaginowanymi zdobyczami. Passan nie dotykał jej już od dwóch lat. Nie było mowy o żadnym kontakcie. Najpierw pojawiło się wzajemne znużenie, rozdrażnienie, potem nienawiść i wreszcie całkowity brak kontaktu.

Przyjaciele przyglądali się im z niedowierzaniem. Olive i Naoko — modelowa, idealna miłość wykraczająca poza wszelkie granice! Przykład budzący zazdrość u innych, ale jednocześnie dający nadzieję. Potem nieubłaganie pojawiły się pierwsze oznaki kryzysu. Podniesione głosy, złośliwe uwagi przy obiedzie, nieobecności... I wyznanie wypowiedziane cichym głosem: „Nie układa się nam. Zastanawiam się nad rozwodem...".

Znajomi naiwnie przypisywali tę klęskę dzielącym ich różnicom kulturowym. Tymczasem nawet te różnice nie wystarczyły, żeby ocalić ich związek od nudy.

Naoko śledziła rozwój ich związku w sposób niemal naukowy, odnotowując każdą zmianę, każdy szczegół. Kiedy się poznali, Passan był w nią wpatrzony jak słonecznik w słońce. W tamtym okresie miała wrażenie, że jest jego krwią, jego światłem. Zadowolona i rozpromieniona, wcale nie była wyniosła. Potem znalazł inne źródło. W samym sobie. Wrócił, jak sam mówił, do swoich fundamentów — pracy policjanta, jej patriotycznych wartości, a później do dzieci. Ale także, o czym dobrze wiedziała, do nocy wypełnionych przemocą

39

i występkiem... W tym czarno-białym świecie, w którym mogli być jedynie zwycięzcy i zwyciężeni, sprzymierzeńcy i wrogowie, brakowało dla niej miejsca.

Sądziła, że gorzej być nie może. Myliła się. Stała się dla męża przeszkodą ograniczającą jego wolność. Czego on właściwie chciał? Czy nie był już wystarczająco wolny? Gdyby go o to zapytała, nie umiałby odpowiedzieć. Nie zadawał sobie takiego pytania. Nie chciał przyznać, że ponieśli klęskę. Koncentrował się na zajęciach domowych, pracy i obsesyjnie zajmował się dziećmi. Poświęcał się im z samozaparciem, zapominając o własnych potrzebach. Wobec niej zachowywał się irytująco, wrogo.

Ona z kolei się uodporniła. Miłość żywi się uczuciem tego drugiego. Bez uniesień serce wysycha. Ginie umiejętność dzielenia się. W końcu każdy się chroni, zamykając w sobie, i pozostaje to, co jest najsmutniejsze — samotność.

Bezszelestnie wślizgnęła się do pokoju Passana — zawsze zwracała się do niego według zwyczaju japońskiego, po nazwisku. Rozsunęła zasłony, wyłączyła muzykę, podniosła książkę. Wykonała te codzienne zwykłe czynności, nie patrząc na męża, po czym wróciła na górę. W kuchni zobaczyła rogaliki ułożone w koszyku na pieczywo, nakryty stół i mimo woli się uśmiechnęła. Łowca zabójców, sam także zabójca, był aniołem stróżem.

Zaparzyła sobie kawę i popatrzyła w roztargnieniu na zdjęcia na ścianie. Ile razy je oglądała? Dziś jednak dostrzegała na nich coś innego.

Swój samotny los. Samotność.

Bo Naoko zawsze była sama.

7

Naoko Akutagawa, urodzona pod znakiem Zająca, przeszła najpierw przez zwykłe piekło, jakiego doświadczają
japońskie dzieci. Surowe wychowanie oparte na biciu pasem, lodowatym prysznicu, pozbawianiu snu i jedzenia...
Terror.

Jej ojciec, urodzony w 1944 roku, był wychowywany tak
samo. W Europie dyskutowano o dziedziczeniu skłonności
do przemocy, uważano, że bite dziecko często samo staje
się brutalnym rodzicem. W Japonii mówiono po prostu, że
bicie po twarzy jest wskazane. Jej ojciec, profesor historii
w Tokio, był tego żywym przykładem.

Do koszmaru w rodzinnym domu dochodził koszmar
systemu szkolnego. Musiała być najlepsza w liceum i jednocześnie przygotowywać się do egzaminu konkursowego na
uczelnię. Zakres wiedzy był zupełnie inny. Znaczyło to, że
Naoko musiała uczyć się zawzięcie nie tylko w dzień, lecz
także wieczorami, w weekendy i podczas wakacji. Pod koniec

każdego semestru otrzymywała informację o zajmowanym miejscu na liście krajowej, a na koniec roku dowiadywała się, że jest na trzy tysiące dwieście dwudziestym miejscu na tej liście. Że nie ma już szans na najlepsze uniwersytety. Nie było to motywujące.

Mimo to wkuwała. Jeszcze i jeszcze. Bez jednego dnia wakacji. Bez jednej wolnej godziny. Bo musiała jeszcze zaliczyć naukę sztuk walki, kaligrafii, godziny tańca klasycznego, zajęcia praktyczne w szkole... Powtarzać stale w pamięci tysiące kanji, znaków pochodzenia chińskiego, z których każdy posiada wiele znaczeń i może być wymawiany na wiele sposobów. I z pomocą żelaznej samodyscypliny nieustannie należało się doskonalić moralnie i fizycznie.

Jednocześnie — to jeden z licznych paradoksów Japonii — Naoko była rozpieszczana przez matkę. Spała z nią aż do ósmego roku życia. Jako piętnastolatka nie chciała nocować poza domem. Do osiemnastego roku nie podjęła żadnej decyzji bez konsultowania się z *mama-san*.

Wreszcie, po ukończeniu prywatnego protestanckiego liceum w Jokohamie, Naoko została przyjęta na dobrą uczelnię w tym samym mieście. Przez lata studiów tak często odbywała podróż między Tokio a Jokohamą, że, jak mówiła, ta trasa wpisała się na zawsze w jej krew. Coś z tego odziedziczyły jej dzieci, znające nazwę każdej stacji.

Nie była tak zdolna, żeby studiować medycynę, ale wystarczyło jej uporu, żeby nie zgodzić się na studia prawnicze, jak tego chciał ojciec. Wybrała księgowość, języki i historię sztuki.

W 1995 roku nastąpił w życiu Naoko kolejny zwrot. Pewien fotograf zaczepił ją w metrze i zaproponował próbne zdjęcia. Naoko nie posiadała się ze zdumienia. Miała dwadzieścia lat. Do tej pory nikt nigdy nie wspominał o jej urodzie. W Japonii żadnemu rodzicowi nie przyszłoby na myśl, żeby chwalić za to swoje dziecko. A Naoko była piękna. Naprawdę piękna. Od pierwszej próbnej sesji zdjęciowej codziennie otrzymywała tego potwierdzenia. Przeszła pomyślnie przez pierwsze castingi i zaczęła zarabiać pieniądze, które jej wydawały się niebotyczne. Nie powiedziała o tym rodzicom, kontynuowała studia, oszczędzając po kryjomu, by móc uniezależnić się od ojca. Uciec na zawsze.

Zrozumiała, że jeśli chce zrobić karierę, musi wyjechać. Jej urody nie doceniono by na azjatyckim rynku. W Japonii podobają się Eurazjatki, które nie mają skośnych oczu. Dziewczęta z tego kraju, ale mające coś więcej, coś egzotycznego, ożywiającego...

W wieku dwudziestu trzech lat z dyplomem w kieszeni poleciała do Stanów Zjednoczonych, następnie do Europy — Niemcy, Włochy, Francja... Idealnie pasowała do powszechnego na Zachodzie wyobrażenia o Japonce — gładkie, czarne włosy, wydatne kości policzkowe, mały, lekko zakrzywiony nos.

Pewien fotograf z Mediolanu powiedział jej kiedyś: „Mają delikatność pędzelka, a zarazem ostrość noża do papieru".

Nie rozumiała, co to znaczy, ale się tym nie przejmowała — pracy nie brakowało, pieniądze płynęły strumieniem. W końcu z powodów czysto finansowych zamieszkała na stałe w Paryżu. Zrealizowała marzenie, ale nie swoje, tylko matki. Oka-san to prawdziwa wielbicielka wszystkiego, co francuskie. Oglądała filmy Nowej Fali, słuchała Salvatore Adamo, czytała Flauberta i Balzaca. Naoko odrabiała lekcje przy dźwiękach piosenki *Tombe la neige*, musiała obejrzeć dwadzieścia razy *Pogardę* Jeana-Luca Godarda i znała na pamięć *Most Mirabeau* Apollinaire'a.

Kontrast między wyidealizowanym przez matkę Paryżem a nieprzyjaznym miastem, w którym przyszło mieszkać Naoko, był zaskakujący. Nie poznawała niczego. Błądziła po brudnych ulicach. Dawała się oszukiwać kierowcom taksówek. Przede wszystkim była zaszokowana arogancją Francuzów. Otwarcie kpili z jej akcentu, nie próbując nigdy pomóc, przerywali jej w pół słowa, mówili przesadnie głośno, zwłaszcza gdy byli innego zdania. Zresztą Francuzi mają zawsze inne zdanie.

W szpitalu Sainte-Anne jest specjalny oddział *Paris shokogun* (syndrom Paryża). Rocznie setka Japończyków rozczarowanych tym miastem popada w depresję i paranoję. Są tam leczeni, a potem wracają do kraju. Naoko była twarda — dzięki ci, tato — z góry nie wiązała z Paryżem romantycznych nadziei.

Po dwóch latach, kiedy jej francuski stał się do przyjęcia, zrezygnowała z pracy jako modelka — nie znosiła tego zajęcia, tego środowiska. Zajęła się tym, do czego była naprawdę przygotowana — finansami. Najpierw wykonywała na zlecenia audyty dla przedsiębiorstw japońskich lub niemieckich. Potem weszła do poważnej spółki ASSECO. Wreszcie miała zapewnioną przyszłość.

Jedyny problem stanowił seks. Nie godziła się na załatwianie czegokolwiek przez łóżko ani na sypianie z przełożonymi. Poznała ten problem już w świecie mody. W nudnym świecie ekspertyz i finansowych audytów było jeszcze gorzej.

Z jasną karnacją i atramentowoczarnymi włosami robiła fantastyczne wrażenie. Miała odpowiednie kwalifikacje do pracy, ale pracodawcy zawsze chcieli od niej czegoś więcej. Czasem odmawiała wprost. Niekiedy pozwalała się uwodzić, ale nigdy nie posuwała się dalej. Rezultat był zawsze taki sam — kiedy pracodawca zdawał sobie sprawę, że nie uzyska tego, czego chce, zwalniał ją.

Takie sytuacje zdarzały się też poza pracą. Pewnego dnia ukradziono jej torebkę. W Japonii kradzieże nie istnieją. Udała się na komisariat. Torebki od Gucciego nie odnaleziono, ale miała spory problem, żeby uwolnić się od porucznika, który zajmował się tą sprawą...

Wszystko się zmieniło, gdy pojawił się Passan.

Była to miłość od pierwszego wejrzenia. Nic nie rzucało cienia na ich szczęście. Nie mieli wątpliwości, że są dla siebie stworzeni. Passana poznała przez brata. Kiedy przybyła do Paryża, mieszkał już tam starszy od niej o trzy lata Shigeru. Alkoholik w wieku piętnastu lat, uzależniony od heroiny w wieku siedemnastu lat, opuścił dom rodzinny, by zrobić karierę gitarzysty rockowego w Europie. Spędził kilka lat w Londynie, potem zamieszkał w Paryżu. Przez wiele miesięcy nie dawał znaku życia. Pojawił się na nowo w 1997 roku, uwolniony od nałogów, rozpromieniony, tęższy o dziesięć kilogramów. Mówił doskonale po francusku. Otrzymał nawet stanowisko asystenta dyrektora w INALCO — Instytucie Języków Orientalnych w Paryżu.

Naoko nie była zbyt blisko związana z bratem. Jedyne, co ich łączyło, to kilka przykrych wspomnień — garbowanie skóry przez ojca, obelgi pod ich adresem, upokarzanie. Nikt nie ma ochoty spotykać się z kimś, kto widział nas ze spuszczonymi spodniami lub szlochających na progu rodzinnego domu w zimowe wieczory. Mimo to Naoko skontaktowała się z bratem po przyjeździe do Paryża. Pomógł jej znaleźć mieszkanie. Czasami jedli razem lunch albo przychodziła się z nim zobaczyć, kiedy kończył zajęcia na rue de Lille w Siódmej Dzielnicy.

Tam właśnie spotkała Passana, trzydziestodwuletniego funkcjonariusza policji, zafascynowanego Japonią, uczęszczającego regularnie na wieczorne wykłady Shigeru. Od pierwszej wspólnie zjedzonej kolacji, pewnego czwartego listopada, zrozumiała, że ten nieokrzesany policjant jest mężczyzną, jakiego zawsze szukała. Nie było w nim nic z pseudoromantycznego Francuza ani z wielbiciela soi, obsesyjnie odwiedzającego dzielnicę Shibuya.

Dzięki Passanowi dowiedziała się wiele o sobie. Rzecz dziwna, ale uwielbienie, jakie żywił do Japonii, urzekło ją. A przecież już od dawna jej nie interesowały opowieści o samurajach ani kodeks *bushidō*. Nawet jeśli żałowała, że wraz z rozwojem ekonomicznym kraju zapomniano o tradycjach, a dzisiejsze młode pokolenie nie ma w sobie tyle siły co przodkowie.

I oto odnalazła te wartości w silnym, szorstkim Francuzie. W atlecie o niskim głosie i wciśniętym w źle skrojony garnitur, którego szwy trzeszczały przy każdym wybuchu śmiechu. Passan na swój sposób był samurajem. Człowiekiem oddanym ojczyźnie, tak jak dawni wojownicy byli wierni szogunowi. Sposób mówienia, wygląd, wszystko w nim świadczyło o szlachetności, moralności, które już od pierwszego wejrzenia budziły zaufanie.

I wszystko to było teraz tak odległe...

Dziś się z nim rozwodziła. Już jej nie ochraniał, ale była wolna. Podobno w latach pięćdziesiątych w złotym okresie filmu japońskiego nie korzystano z usług kaskaderów. Z prostego powodu — żaden japoński aktor nie odmówiłby grania sceny akcji w obawie, że straci wiarygodność.

Była gotowa żyć dalej bez dublera.

Spojrzała na zegar na ścianie — siódma czterdzieści. Czas obudzić dzieci.

8

— Jeszcze jednego! Chcę jeszcze jednego rogalika od tatusia!

— Za późno, umyłeś już zęby.

Hiroki powiedział to po francusku, Naoko odpowiedziała mu po japońsku. Zapinała małemu guziki kurtki, klęcząc na podłodze w przedpokoju. Zależało jej bardzo, żeby synowie poznali oba języki. Jednak wpływ szkoły i kolegów sprawiał, że łatwiej im było porozumiewać się po francusku. Stale o tym pamiętała.

— A mój worek na basen?

Odwróciła się do Shinjiego, który stał z kciukami zatkniętymi za paski plecaka. Był poniedziałek. Lekcja pływania. Cholera! Wstała bez słowa i poszła na piętro. Z ręką na kamiennej poręczy wykonała zbyt gwałtowny zakręt i uderzyła biodrem w ostry kant. Zaklęła znowu. Nagle znienawidziła ten betonowy dom pełen kantów.

W pokoju dziecinnym zebrała kąpielówki, obowiązkowy czepek, ręcznik oraz kosmetyczkę z grzebieniem, szamponem i mydłem. Zapakowała to wszystko do nieprzemakalnego worka. Wychodząc z pokoju, spojrzała na zegarek. Ósma piętnaście. Chłopcy powinni już być przed drzwiami szkoły. Dusiła się z gorąca. Twarz miała mokrą od potu. Pomyślała o makijażu. Sprawdzi go potem...

Ósma trzydzieści dwie. Zwolniła przed szkołą Jean-Macé przy rue Carnot. Pędziła jak szalona, niepotrzebnie narażając się na niebezpieczeństwo. Czuła, że nerwy ma napięte jak postronki. Zobaczyła lukę między samochodami zaparkowanymi na chodniku, ale drugi kierowca był szybszy, wyminął ją i się tam wślizgnął.

— Skurwysyn! — krzyknęła.

Shinji wsunął główkę między dwa fotele z przodu.

— Powiedziałaś brzydkie słowo, mamusiu.

— Przepraszam.

Stanęła trochę dalej, na jezdni, zgasiła silnik, włączyła światła awaryjne. Wyskoczyła z auta, by otworzyć tylne drzwi. Co za upał!

— Wysiadać, szybko! — rzuciła po japońsku.

Trzymając chłopców za rączki, pobiegła do wejścia. Ostatnie metry pokonali w szalonym tempie. Pod drzwiami zobaczyła lizaka wystającego z kieszeni Hirokiego.

— A co to takiego?

— Prezent od tatusia! — odpowiedział chłopiec wyzywającym tonem.

— Ty też masz lizaka? — zwróciła się do Shinjiego.

Starszy synek przytaknął jeszcze bardziej zaczepnie.

— Proszę mi je oddać — rozkazała, wyciągając rękę.

Chłopcy wykonali polecenie z naburmuszonymi minami, a ona schowała lizaki do kieszeni.

— Znacie zasady: żadnych cukierków ani lizaków.

— Powiedz to tacie — poskarżył się Shinji.

Naoko ucałowała obu ze ściśniętym sercem i popatrzyła, jak biegną. Widok dwóch tornistrów kołyszących się na ich plecach wzruszył ją. Zadała sobie ponownie pytanie, które dręczyło ją w dzień i w nocy: czy rozwód to na pewno dobry pomysł? Czy te dwa aniołki mają cierpieć przez konflikty ich rodziców? W takich chwilach mówiła sobie, że jej własne życie nie jest najważniejsze.

Wrzuciła lizaki do kosza na śmieci i wróciła do błyszczącego nowością fiata 500. Ruszyła i skupiła myśli na czekającym ją spotkaniu. Miała się zobaczyć z dyrektorem przedsiębiorstwa, którego bankructwo było kwestią zaledwie miesięcy; wystarczyło prześledzić opadającą krzywą wyników finansowych. Jak mu o tym powiedzieć? Jakich użyć słów? Japoński jest językiem złożonym, poza trzema różnymi alfabetami ma wiele poziomów grzeczności — pięter, które stanowią jakby oddzielne dialekty. Ale jak to wygląda w języku francuskim? Czy mówi tym językiem dostatecznie dobrze, żeby jej wyjaśnienia zabrzmiały łagodnie?

Przejechała most Puteaux. Znowu zaczęło lać. Wjechała w Lasek Buloński i w tym momencie drgnęła. Odniosła wrażenie, że jest śledzona. Spojrzała w tylne lusterko, ale nie zauważyła niczego szczególnego. O tej porze ruch był dość duży i samochody przejeżdżały obok niej jak zawsze.

Jechała dalej tak, jak pozwalał na to tłok na jezdni, ani nie przyspieszając, ani nie zwalniając. Zerknęła w tylne lusterko. Nic specjalnego. Przestała myśleć o swoim podejrzeniu i skoncentrowała się ponownie na czekającym ją spotkaniu. Trzeba będzie, jak powiadają Francuzi, załatwić to w rękawiczkach.

Przez Porte Maillot wjechała w avenue de la Grande--Armée. Widok Łuku Triumfalnego jak zawsze podtrzymał ją na duchu. Z biegiem lat pokochała Paryż. Jego brud i piękno. Jego szarość i wielkość. Jego nudziarzy i małe knajpki.

Teraz bez wątpienia należała do tego miasta.

Na dobre i na złe.

9

— Nie rozumiem pana, Passan. Od samego początku zawziął się pan na Guillarda.

Sędzia Ivo Calvini miał mafijne nazwisko i minę inkwizytora. Podłużna twarz porysowana pionowymi zmarszczkami, głęboko osadzone oczy, przenikliwy wzrok, zaciśnięte pogardliwie usta, wyraz rozgoryczenia. Jego uśmiech wydawał się krzywy. Siedział za biurkiem odchylony do tyłu i całą swoją postawą mówił, że nie jest skłonny do dyskusji.

Passan poruszył się na krześle.

— Guillard telefonował do dwóch pierwszych ofiar.

Calvini kartkował akta.

— Nie zamierza pan zrezygnować? Przecież to obsesja! Jeden telefon dwudziestego drugiego stycznia do Audrey Seurat. Drugi do Kariny Bernard czwartego marca. To są pańskie dowody?

— To jedyne nazwisko, które pojawia się w związku z dwiema pierwszymi ofiarami.

— Ale nie przy trzeciej.

— Mógł ją odnaleźć w inny sposób. Nie kontaktował się także z ofiarą tej nocy i...

Sędzia podniósł rękę, by mu przerwać.

— We wszystkich tych wypadkach Guillard nie dzwonił osobiście. To wiemy. Pierwszy telefon pochodził z jednego z jego warsztatów, Alfieri. Drugi z innego warsztatu mechanicznego, Fari. Pańskie dowody to telefony do klientek, wykonane bez wątpienia przez jego pracowników.

Passanowi nie trzeba było przypominać o kruchości jego dowodów. Wyciągając wnioski, opierał się wyłącznie na intuicji. Wiedział jednak, że Akuszerem jest Guillard. Odkąd umieścił tego właściciela warsztatów samochodowych na swojej liście podejrzanych, ani przez chwilę nie miał wątpliwości.

— Nie twierdzę, że kontaktował się z nimi, by je uprzedzić, że zamierza je zabić. Prawdopodobnie zobaczył je na miejscu, w warsztacie.

Calvini przewrócił stronę.

— Nie ma tam swojego biura. Jego siedziba mieści się w trzecim warsztacie, w Aubervilliers, który...

Passan przechylił się nad biurkiem i powiedział podniesionym głosem:

— Poświęciłem tej sprawie prawie cztery miesiące. Guillard bywa we wszystkich warsztatach. Dzięki temu zobaczył te ciężarne kobiety. To nie może być przypadek.

— Oczywiście, że może, i pan wie o tym tak samo dobrze jak ja. Warsztaty znajdują się w La Courneuve i Saint-Denis. Trzy ofiary mieszkają w tych miastach. Zabójca działa w tej strefie. I na tym kończą się zbiegi okoliczności. Równie dobrze mógłby pan podejrzewać strażnika w tamtejszym supermarkecie...

Passan usiadł prosto i zapiął marynarkę. Drżał z zimna. Biuro sędziego charakteryzowała chłodna nienaganność. Metalowe meble, wykładzina o trudnym do ustalenia wieku i kolorze.

Sędzia przedstawiał dalej fakty. Passan nie chciał po raz drugi wyjaśniać, co oznacza dla niego intuicja. Ivo Calvini był człowiekiem o wyjątkowej inteligencji. W wieku pięćdziesięciu lat zaliczał się do najbardziej wpływowych sędziów Sądu Drugiej Instancji w Saint-Denis. Nie miał jednak doświadczenia w terenie. Chłodny umysł, geniusz z dyplomem, rozwiązujący sprawy jak równania matematyczne, bez empatii dla żadnej strony.

Lefebvre, nadkomisarz brygady kryminalnej, mistrz aforyzmów, powiedział kiedyś Passanowi: „Calvini to superinteligentny facet, ale ja nie jestem takim chujem jak on".

Passan skupił się znowu na słowach gospodarza tego gabinetu.

— Patrick Guillard ma alibi na czas każdego z tych zabójstw.

Passan westchnął. Ile razy można powtarzać te same argumenty?

— Nie znamy nawet daty ani dokładnej godziny tych morderstw — powiedział Calvini.

— Wiemy, kiedy zniknęły te kobiety.

— Powiedzmy. Ale Guillard ma alibi: zeznania jego pracowników.

— To nic nie znaczy. To on jest Akuszerem. Nie mam

najmniejszej wątpliwości. Zresztą o czym my tu mówimy? Wie pan, co się wydarzyło tamtej nocy. To panu nie wystarcza?

— Czytałem raport ludzi z brygady kryminalnej. Nie przemawia na pańską korzyść. Czekam na raport od pana.

Passan zasępił się. Spał tylko kilka godzin, a po przebudzeniu przeczytał SMS-a, w którym pilnie wzywano go do Calviniego. Wziął prysznic, ogolił się i wyruszył do departamentu 93 drogą A86, zatłoczoną o tej porze dnia. Musiał jechać zygzakiem z wyjącą syreną na dachu między sznurami samochodów. Jeszcze teraz ten dźwięk rozbrzmiewał mu w uszach.

— Pracujemy razem nad tą sprawą już kilka miesięcy — odezwał się Calvini nieco cieplejszym tonem. — I tylko tyle można powiedzieć, że nie nadajemy na tej samej fali.

— Nie jesteśmy tutaj po to, żeby się przyjaźnić. — Passan natychmiast pożałował tych słów.

Sędzia podawał mu rękę, a on ją odtrącił. Calvini westchnął. Wyjął z segregatora kartkę maszynopisu. Olivier domyślił się, że to dokument dotyczący prowadzonego przez niego śledztwa. Siedział ze skrzyżowanymi ramionami, z podniesionym kołnierzem; cały czas drżał z zimna.

— Na początku maja Patrick Guillard wniósł na pana skargę. Za nękanie go przez policję.

— Kazałem go śledzić.

— W dzień i w nocy. Przez trzy tygodnie. Bez nakazu sądowego. Wsadził go pan do aresztu na dwadzieścia cztery godziny wyłącznie na podstawie przypuszczeń. Przeprowadził pan nielegalne przeszukanie.

— Rutynowe działania.

— W jego prywatnym mieszkaniu?

Passan nie odpowiedział. Poczuł, że jego prawa noga drży. Wydawało mu się, że przyłapał zbrodniarza na gorącym uczynku, a tymczasem wszystko wskazywało na to, że Guillard się wywinie. Wiadomo przecież, że prawo chroni przestępców.

— Rozporządzenie sądu z Saint-Denis, wydane siedemnastego maja, zabrania panu zbliżania się do Patricka Guillarda na odległość mniejszą niż dwieście metrów.

Passan trwał w uporczywym milczeniu.

— Sądziłem więc — perorował Calvini — że zajmie się pan innymi śladami, innymi podejrzanymi. Pomyliłem się.

Jego rozmówca podniósł wzrok. Pora postawić wszystko na jedną kartę.

— Odkryłem nowy fakt.

— Jaki?

— Motyw, jakim kieruje się Guillard. Dlaczego zabija ciężarne kobiety. Dlaczego pali dzieci.

Sędzia uniósł brwi. Dał znak Passanowi, by kontynuował.

— Guillard jest kobietą.

— Słucham?

— Raczej hermafrodytą. Jego kariotyp zawiera parę chromosomów XX. W budowie jego narządów płciowych zapewne występują jakieś anomalie. Nie miałem jednak dostępu do jego dokumentacji medycznej. Ta cholerna tajemnica zawodowa...

— Kazał pan zbadać jego kariotyp? Bez mojej zgody?

Passan poruszył się na krześle. Miał nadzieję, że kiedy sędzia usłyszy tę niespodziewaną informację, nie zwróci uwagi na nielegalne metody, za pomocą których została zdobyta. Nic z tego. Rozzłoszczony Calvini wstał i podszedł do okna; czekał na jego wyjaśnienia.

— Na ciele trzeciej ofiary znaleźliśmy DNA innej osoby. Chciałem je porównać z DNA Guillarda. Nic to nie dało, ale w laboratorium ustalono jego kariotyp.

Calvini wpatrywał się w jakiś tajemniczy punkt w szarości Saint-Denis. Passan zauważył, że lekko drgnęła mu szczęka.

— Jakim sposobem ten element związany z genetyką miałby stanowić mu motyw?

— Guillard jest psychopatą — odrzekł Passan, jakby to wszystko wyjaśniało. — Być może przypuszcza, że jego matka miała jakieś problemy, gdy była z nim w ciąży. Nienawidzi jej, a także wszystkich ciężarnych kobiet.

— Dlaczego palił te dzieci?

— Nie wiem. Do nich też czuje nienawiść. Do chłopców i dziewczynek, którzy rodzą się bez żadnych wad. Chce je wszystkie unicestwić.

Calvini odwrócił się do niego.

— Skąd pan wziął tę bazarową psychologię?

— Guillard urodził się jako dziecko nieznanych rodziców. Nie zna swoich korzeni. Może odrzucili go właśnie z powodu tej anomalii, nie wiem. Nie trzeba odwoływać się do Freuda, żeby domyślić się reszty. Chciałem dowiedzieć się na ten temat czegoś więcej, ale wydział dla nieletnich pomocy społecznej odmówił pokazania mi jego akt.

Sędzia wrócił za biurko. Nie usiadł, tylko pochylił się do Passana, opierając ręce na krawędziach blatu.

— Nie wszystkie źle traktowane sieroty stają się seryjnymi mordercami.

Olivier walnął dłonią w blat.

— Ten facet jest stuknięty, to nie ulega wątpliwości!

— Dlaczego zaatakował go pan w nocy?

— Nie miałem takiego zamiaru. Od trzech miesięcy szukam miejsca, gdzie zabija. Wczoraj wieczorem otrzymałem informację, która wydała mi się bardzo istotna. System powiązań przedsiębiorstw wchodzących w skład holdingu Guillarda jest tak skomplikowany, że dopiero po wnikliwej analizie okazało się, że należy do niego warsztat w Stains. Kiedy sprawdziłem adres, doznałem olśnienia. Trzy pierwsze ciała zostały znalezione w promieniu mniejszym niż trzy kilometry od warsztatu. Uznałem, że wszystko odbywało się właśnie tam.

— Ale nikogo pan o tym nie powiadomił.

— Musiałem się spieszyć. Leïla Moujawad zniknęła dwa dni wcześniej.

Calvini usiadł z jeszcze bardziej sceptyczną miną.

— Kto panu dostarczył informację o warsztacie?

— Wydział zajmujący się przestępstwami finansowymi.

— Zwrócił się pan do nich? Znowu bez mojej zgody.

Olivier machnął lekceważąco ręką.

— Czasami w nagłej sytuacji trzeba pominąć procedury.

— To nie biurokracja, lecz prawo. Znajdę człowieka, który pomógł panu bez upoważnienia. A wszystko to dla skandalicznego widowiska. Wtargnął pan do prywatnego domu o trzeciej nad ranem!

— Chodziło o złapanie przestępcy na gorącym uczynku!

— Powiedziałbym raczej, że to nadużycie władzy. Przesłuchano Guillarda w szpitalu. Twierdzi, że nie ma z tym nic wspólnego, że znalazł w swoim warsztacie, tak jak pan, palące się zwłoki dziecka.

— To absurd.

— Mówi, że cierpi na bezsenność. Pojechał do warsztatu w nocy, żeby pomajstrować przy swoich motorach. Zaskoczył zabójcę, który stamtąd uciekał.

— Którędy?

— Jest drugie wyjście, z tyłu.

Passan zacisnął zęby. Nawet nie zauważył tego wyjścia.

— Były ślady włamania?

— Nie, ale to niczego nie dowodzi. Przeprowadzono analizy i nie znaleziono najmniejszego śladu krwi Leïli Moujawad na rękach czy ubraniu Guillarda.

Passanowi wydało się, że czuje zapach prochu.

— Miał na rękach rękawiczki chirurgiczne — powiedział.

— Widział go pan, jak zabijał? Kaleczył? Podkładał ogień?

— Uciekał na nasz widok.

— Wycelował pan w niego pistolet — nie dawał za wygraną Calvini.

Passan chciał coś jeszcze dodać, ale nie dał rady. Zaschło mu w ustach. Paliło w gardle.

— Funkcjonariusze policji z Saint-Denis przepytali sąsiadów — mówił dalej sędzia. — Nikt nie widział, żeby Guillard przyprowadził tam ofiarę. Nie ma obciążającego go zeznania.

— Od tygodni jeżdżę po tej okolicy. Tamtejsi ludzie woleliby sobie uciąć rękę niż rozmawiać z policją.

— Ich milczenie sprzyja Guillardowi.

— Wie pan doskonale, że jest mordercą. Zaskoczyłem go na popełnianiu przestępstwa.

— Nie. Nic pan nie widział, nic pan nie słyszał. Pod przysięgą nie mógłby pan powiedzieć nic konkretnego.

Passan był bliski wybuchu. Cała sprawa się rozmydlała.

— Bawimy się w grę słów, ale...

— Nie. Mówimy o faktach. Patrick Guillard wnosi skargę przeciw panu za pogwałcenie obowiązującego pana zakazu zbliżania się do niego. Pobicie, rany. Próbę świadomego zabójstwa. Twierdzi, że próbował go pan wrzucić pod koła ciężarówki.

Passan pojął w końcu, że znalazł się już na liście do odstrzału.

— I co z tego wynika?

— Godzinę temu podpisałem jego zwolnienie. Błagajmy niebiosa, żeby nie zechciał rozmawiać z mediami. Przez pańskie zachowanie zostaliśmy zmuszeni do potraktowania go w niezwykle łagodny sposób.

— A co ze mną?

— Stanie pan przed komisją dyscyplinarną. IGS ma już pana papiery.

— Odebrano mi prowadzenie tej sprawy?

Sędzia pokiwał głową. Jego wzrok wyrażał lekceważenie i zarazem coś w rodzaju znużenia i smutku.

— A jak pan uważa?

Olivier jednym ruchem ręki zrzucił wszystkie przedmioty stojące na biurku sędziego.

10

— Dokąd jedziemy, proszę pana?

— Do domu.

Kierowca ruszył.

Siedząc z tyłu, zdjął kołnierz ortopedyczny i usadowił się głębiej na skórzanej kanapie. W tym kołnierzu był podobny do Ericha von Stroheima w filmie *Towarzysze broni*. Podniósł pokrywę podłokietnika, gdzie znajdowała się mała lodówka, wyjął colę zero i westchnął z ulgą.

Czuł silny ból w karku, rękach, nogach i klatce piersiowej, ale wziąwszy pod uwagę brutalność utarczki, nie było tak źle. Te kilka godzin w areszcie w centrum szpitalnym w Saint--Denis też okazały się nie aż tak uciążliwe.

Dziś, wczesnym rankiem, pozwolono mu na jeden telefon. Adwokat załatwił wszystko w dwie godziny.

Nękanie go przez Wroga działało na jego korzyść. To, co zdarzyło się tej nocy, było tylko kolejnym epizodem. To Wróg był psychopatą. Owszem, znalezienie ciała w jego warsztacie go obciążało. Jeśli nawet to nie on mordował ciężarne kobiety, istniało powiązanie między tym miejscem a serią zabójstw. Nie da się temu zaprzeczyć. Miał jednak dużo czasu na przygotowanie obrony. Na skierowanie podejrzeń na jednego ze swych pracowników albo jakiegoś przestępcę grasującego w okolicy.

Poza adresem warsztatu Wróg nie miał nic nowego. Domyślił się tego, kiedy zobaczył go na czatach razem z jego ludźmi. Zareagował więc natychmiast i pozbył się jedynego elementu pozwalającego połączyć go z Matką. Nie był dumny ze swojej ucieczki, ale musiał tak postąpić. Musiał stworzyć jak największy dystans między sobą i Dziełem. Jak najbardziej się oddalić od tego, co prawo francuskie nazywa „zbrodnią", żeby móc iść dalej Drogą. Dopełnić Dzieła Feniksa.

Plan zadziałał. Mimo obciążających okoliczności sędzia nakazał go uwolnić. Brakowało dowodów świadczących o kontakcie fizycznym między nim i ofiarą. Nocna akcja oficera policji była całkowicie nielegalna. Zostanie wszczęte śledztwo, przeprowadzi się nowe przesłuchania, nowe rewizje... On jednak niczego się nie obawiał — mógł opisać dokładnie wszystko, co robił przez ostatnie pięć dni. Nie miał żadnego kontaktu z Leïlą Moujawad.

Teraz musi się trzymać obranej strategii. Udawać niewinnego właściciela warsztatu, zaszokowanego całym zajściem, wnieść skargę na X. Kto sforsował jego drzwi? Kto pozwolił sobie na takie barbarzyństwo w jego domu? Jak wyjaśnić takie zachowanie? Nie będzie to łatwe, ale poradzi sobie z tym.

Słabym punktem jest to, że gdzieś na polu za Clos-Saint-Lazare zgubił coś, co mogło być dowodem rzeczowym. Nie mógł tam wrócić. Zostawało mu tylko modlić się, żeby nikt tego nie znalazł.

Drugi problem stanowił warsztat w Stains. Trzeba będzie wyjaśnić, dlaczego nie wspomniano o nim w dokumentach holdingu. I mieć nadzieję, że nie zostaną znalezione ślady wiążące to miejsce z innymi ofiarami. Za każdym razem jednak oczyszczał wszystko za pomocą ognia — tak więc nic nie mogło go zdradzić.

Jedynym realnym zagrożeniem był Wróg. Ten, którego nazywał także Myśliwym lub Rycerzem Nocy.

Na myśl o nim poczuł znowu lekki niepokój. Popił trochę coli. Olivier Passan nie odpuści mu nigdy. To już nie było śledztwo ani praca, ale obsesja.

Który bóg postawił mu na drodze taką przeszkodę? Jaki był sens tej próby?

Tablice drogowe informowały: „Nanterre. La Défense. Neuilly-sur-Seine".

Lubił tę trasę. Przejazd z departamentu 93 do 92. Odbył tu własną drogę w odwrotnym kierunku. Z ponurych dzielnic La Courneuve do luksusowych rezydencji w Neuilly-sur--Seine. Jeden po drugim pokonywał szczeble drabiny społecznej, żeby osiągnąć cel. Wydobyć się z upodlenia. Wyrwać z nędzy środowiska, z którego pochodził. Nienawidził burżuazji, głupiej i nietolerancyjnej, ale w Neuilly atmosfera życia bogaczy stanowiła dla niego oazę spokoju. We własnym domu czuł się jak w wieży z kości słoniowej. Znajdował w niej ukojenie w cierpieniu. Mógł cieszyć się swoim Odrodzeniem.

Pomyślał znowu o Myśliwym. Czy on znał jego tajemnicę? Chyba tak. Przypomniał sobie, jak w areszcie pobierano mu krew do badania DNA. Zadrżał na to wspomnienie.

Passan nie był zwykłym policjantem. Każdy mężczyzna, każda kobieta ma w sobie mieszaninę elementów męskich i żeńskich. Dominują w nas cechy jednej z płci, ale zawsze pozostaniemy skażeni przez tę drugą. Kiedy pierwszy raz zetknął się z tym policjantem, to, co w nim zobaczył, wzburzyło go. Ten człowiek był bliski absolutnej doskonałości. Sto procent męskich hormonów. Szlachetny metal bez skazy.

Przezwyciężając niepokój, zachował obojętną minę, uśmiech i uprzejmy ton. Wizyta Myśliwego to był tylko zwiad. Dowody, którymi dysponowała policja, można było uznać za zwykły zbieg okoliczności — jedna z ofiar kupiła samochód w salonie w Saint-Denis, druga oddała do naprawy samochód w warsztacie w La Courneuve. Nic poza tym. „Przypadek" — odpowiadał na wszystkie pytania, cały czas udając zaskoczenie.

Ale przecież żaden z nich nie był naiwny. Passan przybył tam z jego powodu i, co nie ulegało wątpliwości, miał taki sam instynkt jak on. Zaczynał się więc pojedynek. Dalszy bieg wypadków to potwierdził. Obserwacja, rewizja, przesłuchanie. Ten policjant zawziął się na niego. Aresztował go w połowie maja, zaraz po trzecim zabójstwie. Na szczęście, od kwietnia 2011 roku, zgodnie z nowym prawem, przy aresztowanym musiał być adwokat. A jego adwokat przystopował tego śledczego.

Wniósł skargę przeciw Passanowi. Opisał brutalność postępowania wobec klienta. Zażądał natychmiastowego zawieszenia w pracy Passana, jednak dotychczasowy przebieg służby przemawiał na jego korzyść. Zostawiono mu śledztwo, ale nie miał prawa zbliżać się do swojego podejrzanego numer jeden, który odtąd stał się nietykalny.

Powinien był zrezygnować z aktów Odrodzenia, ale nie potrafił tego zrobić. Kwestia życia i śmierci. Zdwoił ostrożność. Zmienił metodę. Nie zmienił jedynie miejsca. I omal nie przypłacił tego utratą wolności...

Otworzył drugą puszkę. Zimny gazowany napój popłynął do gardła. Zamknął oczy. Pod powiekami ukazał się realistyczny obraz. Kiedy wraz z Passanem staczali się po nasypie, myślał, że umiera. I wtedy stał się nią. Strach zniknął i zamienił się w prawdziwą radość. Wtedy ona się poddała w przypływie nieopisanego podniecenia, przyjmując Wroga w swoje ramiona.

— Jesteśmy na miejscu, proszę pana.

Płakał. Wyprostował się i otarł łzy, które zmoczyły opatrunek. Ruch ten wywołał ostry ból promieniujący od podstawy kręgosłupa aż do karku. Potrzebował kilku sekund, żeby zorientować się, gdzie jest — żelazne ogrodzenie, prywatne domy stojące szeregiem wzdłuż trotuaru...

— Proszę mnie tu zostawić i wrócić do salonu.

Szofer, który był tak samo rozmowny jak głaz, skinął głową. Słowem nie skomentował opuchniętej twarzy swego pracodawcy ani kilkugodzinnego pobytu w szpitalu. W głębi ducha Guillard polubił tego człowieka, który w ciągu dnia wszędzie go zawoził, nie zadając żadnych pytań.

Z trudem wysiadł z samochodu. W myślach już układał listę ziół i chińskich proszków, które zażyje, żeby uśmierzyć cierpienie. Od lat nie przyjmował żadnych zachodnich leków — z wyjątkiem Soku Życia. Jego organizm w młodości wchłonął zbyt wiele odżywek, substancji aktywnych, lekarstw. Odrzucając je, odrzucał cywilizację, w której nie było dla niego miejsca.

Słońce ponownie schowało się za grubą wstęgą chmur. Uliczka w deszczu znowu zrobiła się szara i brudna. Szedł ociężale wzdłuż domu. Cierpiał nie tylko z powodu doznanych urazów. Myśliwy przerwał jego Rytuał, proces Odrodzenia nie został zakończony.

Czuł się spragniony, nienasycony.

Miał więc tylko jedno wyjście.

11

Sandrine Dumas zaparkowała przed bramą wjazdową, zawadzając o wystającą płytę, której wcześniej nie zauważyła. Stłumiła w ustach przekleństwo, po czym wysiadła, powtarzając to samo przekleństwo półgłosem. Zamknęła kluczykiem drzwi samochodu i nie oglądając szkód na masce, poszła avenue Ponthieu. Była nieuczesana, niedbale ubrana. Przede wszystkim jednak była spóźniona.

Przez dwanaście lat, odkąd poznała Naoko, nigdy nie przyszła punktualnie na umówione spotkanie. Kiedyś próbowała jej wyjaśnić, na czym polega zasada grzecznościowego kwadransa opóźnienia, ale widząc zdumioną minę przyjaciółki, zrezygnowała. Przypomniała sobie film dokumentalny o Japonkach, które przez osiem godzin potrafią przebierać perły. Zrobiły na niej wrażenie te czarne wytrzeszczone oczy, precyzyjne jak soczewki mikroskopu. A także niezwykła koncentracja, jaką widać było na twarzach robotnic, podkreślona jeszcze przymrużeniem skośnych powiek, dających niekiedy wrażenie lekkiego zeza.

Naoko miała taki sam wyraz twarzy, kiedy słuchała o tym, że kwadrans spóźnienia jest dopuszczalny.

Sandrine przeszła na czerwonym świetle na drugą stronę avenue Matignon, zmuszając samochody do hamowania. Wciąż mrucząc pod nosem, nie słyszała klaksonów. Dlaczego Naoko nalegała na spotkanie o takiej porze, kiedy są największe korki. Zjedzą lunch w wielkim pośpiechu. Mogła mieć pretensje tylko do siebie, bo to ona wybrała ten lokal. A wykłady zaczynały się dopiero o piętnastej.

Gdy dotarła do restauracji, wygładziła na sobie ubranie, głęboko odetchnęła i weszła do środka. Spocona była jak ruda mysz. To jeden z efektów ubocznych chemioterapii. Od razu zauważyła Naoko. Ta Japonka poza urodą miała w sobie jeszcze coś irytującego. Nienaganną świeżość, która sprawiała, że twarze innych kobiet przywodziły na myśl stare, pomarszczone afisze.

Czasami Naoko dawała jej japońskie kosmetyki. Na większości opakowań widniał wyraz *bihaku*, co znaczyło mniej więcej „blade piękno". Naoko była idealnym wcieleniem *bihaku*. Miała twarz osoby, która żywi się wyłącznie ryżem, mlekiem i wodą Evian. Co było nieprawdą, bo jadła za cztery i znała wszystkie cukiernie w Paryżu. Powodowana małostkowością Sandrine próbowała wyobrazić ją sobie o trzydzieści lat starszą. Nie udawało się. Cera Naoko lśniła jak słońce i nic poza nią nie było widać.

— Przepraszam za spóźnienie — powiedziała Sandrine, łapiąc oddech.

Naoko odpowiedziała uśmiechem, który znaczył: „Jak zawsze". Ale także: „Nic się nie stało". Zdejmując płaszcz,

Sandrine poczuła swój pot, a każdy zapach wywoływał mdłości. To również był efekt chemioterapii.

— Zajrzałaś do karty? — spytała. — Podobno to jedna z najlepszych japońskich restauracji w Paryżu.

Naoko skrzywiła się z powątpiewaniem.

— Co? — zdziwiła się Sandrine, maskując przestrach.

— To koreańska restauracja.

— O cholera! Czytałam artykuł w „Elle", w którym...

— Daj spokój.

Sandrine od lat starała się odkrywać dla niej nowe japońskie restauracje. W jednym wypadku na dwa były one prowadzone przez Chińczyków lub Koreańczyków.

Otworzyła kartę. Nie warto się sprzeczać o taką drobnostkę. Pragnęła wykorzystać do maksimum fazę remisji. Od dwóch tygodni, po okresie jadania tylko kleików, cieszyła się, że jedzenie znów ma smak.

— Zamówię maki moriawase. Talerz dobrego sushi to jest to, czego mi potrzeba!

— To nie sushi, ale maki. Maki znaczy „zawijać". — Naoko powiedziała to tonem szorstkim, w którym brzmiała lekka gorycz.

Sandrine domyśliła się, że przyjaciółka jest w złym nastroju.

— A ty, co wybrałaś? — zapytała lekkim tonem.

— Zupę miso, to mi wystarczy.

— Tylko tyle?

Japonka nie odpowiedziała. Jej oczy były tak czarne, że z trudem można było w nich dostrzec źrenice.

— W dalszym ciągu kłócicie się z Olivierem?

— Nawet i to nie. Cały czas siedzi w piwnicy. Nie mamy żadnego kontaktu. Zresztą dziś wieczorem się wyprowadza.

Podszedł kelner i przyjął zamówienie, a po krótkiej chwili milczenia Sandrine zapytała:

— Co się dzieje?

— Nic takiego, nie jest gorzej niż zazwyczaj. Wstałam ze straszną chandrą, to wszystko. Moje małżeństwo okazało się kompletną katastrofą.

— Oryginalne.

— Nie rozumiesz. Mam wrażenie, że Olivier nigdy mnie nie kochał.

— Znam wiele kobiet, które chciałyby w taki sposób być niekochane.

Naoko pokręciła głową.

— On kocha Japonię. Kocha iluzję, ideę. Coś, co nie ma nic wspólnego ze mną. Od paru lat już ze sobą nie śpimy...

Sandrine powstrzymała westchnienie. Po to jechała w korku, żeby teraz odgrywać psychologa. Nie skarżyła się jednak. Słuchała melodii słów, uwielbiała to. Naoko nigdy nie mogła poradzić sobie z francuskim akcentem i wymową „r" lub „u".

— Uczucie, jakim mnie darzył, było zawsze abstrakcyjne — mówiła dalej. — Na początku wierzyłam, że zainteresuje się mną jako kobietą. Wyszło zupełnie odwrotnie. Pogrążył się w swojej obsesji. W dalszym ciągu nocami ogląda filmy o samurajach, czyta książki, których tytułów nawet nie znam! Słucha starych kompozycji na koto, których w Japonii nikt już nie pamięta, chyba że puszczają je pod koniec roku w centrach handlowych. Chciałabyś mieszkać z facetem, który przez cały rok puszcza piosenki o Świętym Mikołaju?

Sandrine uśmiechnęła się bez słowa. Kelner wrócił z półmiskiem w kształcie łodzi pełnym kawałków surowej ryby, ozdobionych różowymi płatkami marynowanego imbiru i zielonym wasabi. W głębi duszy cieszyła się na myśl o tych smakołykach. Odkąd wykryto u niej nowotwór, każda przyjemność, nawet najmniejsza, była jak ostatni papieros dla skazańca.

Naoko podniosła miseczkę z zupą i mówiła ze wzrokiem wbitym w stół:

— Teraz jego ulubionym zajęciem jest słuchanie dialogów ze starych komedii muzycznych wytwórni Shochiku. Zamówił w internecie jakieś dziwne płyty kompaktowe. Puszcza je na okrągło, ze słuchawkami na uszach, nie rozumiejąc ani słowa. Uważasz, że to normalne?

Sandrine zrobiła współczującą minę, nabierając łyżką kolejną porcję alg, tuńczyka i ryżu. Naruszyła już znaczną część ładunku łodzi.

— Dziesięć lat małżeństwa i wciąż nie wiem, czy on zdaje sobie sprawę z tego, że jestem kobietą. Dla Passana jestem przede wszystkim okazem w jego muzeum.

— Ale głównym okazem.

Naoko skrzywiła się sceptycznie. Miała zmysłowe usta. Z profilu jej dolna warga była lekko wysunięta do przodu, co nadawało jej wdzięku — przywodziła na myśl sarenkę. Sandrine nie znała Japonii, ale słyszała o historycznym mieście Nara, w którym swobodnie spacerują łanie. Zawsze mówiła sobie, że Naoko pochodzi właśnie stamtąd.

— Jego zdaniem mieć za żonę Japonkę to niespodziewane szczęście. Żeniąc się ze mną, zaakceptował mój kraj. W języku francuskim jest takie słowo, używane, kiedy król wyświęca rycerza...

71

— Pasuje na rycerza.

— Właśnie, Passan został pasowany przez Japonię. Nawet nasi synowie są częścią tego procesu. Czasami mam wrażenie, że są genetycznym eksperymentem. Próbą wymieszania jego krwi z krwią mojego narodu.

Sandrine miała ochotę powiedzieć Naoko, że w życiu bywają gorsze rzeczy. Jak na przykład zbliżanie się do czterdziestki bez mężczyzny, bez dziecka, z nowotworem, który zżera piersi, wątrobę i macicę.

Naoko jednak patrzyła na to szerzej. Ruchem ręki pokazała ogrom swojego cierpienia.

— A w ogóle to mam z nim taki problem, jaki cały czas miałam z Francją. Zawsze czułam się tutaj niczym dziwaczne zwierzę wystawione na targu. Jeszcze dziś, kiedy ludzie dowiadują się, skąd pochodzę, mówią: „Uwielbiam sushi!". Czasami nawet się mylą i mówią mi o wietnamskich krokietach nem. Innym razem, kiedy chcą mi podziękować, krzyżują ręce na piersi, tak jak to robią Tajowie. Albo składają mi życzenia noworoczne w lutym, na chiński Nowy Rok. Mam tego naprawdę dosyć!

Sandrine sięgała po resztki z rufy. Jakie to cudowne czuć znowu te zapachy... Jodowy smak ryb. Ostry imbir. Słony sos sojowy. Niczym ukąszenia kochanka.

— Kiedy już ktoś pozna mnie bliżej — szepnęła wciąż zamyślona Naoko — pyta, czy to prawda, że Japonki mają węższą waginę.

— To prawda?

— Kiedy przyjechałam do Francji — Naoko zignorowała to pytanie — myślałam...

— Chciałaś być Francuzką?

— Nie. Tylko ludzką istotą pod każdym względem. A nie jakimś egzotycznym produktem. Nie waginą w rozmiarze XS.

Sandrine, z pełnymi ustami, zapytała wprost:

— A ty jesteś pewna, że już go nie kochasz?

— Kogo?

— Passana.

— Nie jesteśmy już na tym etapie.

— A na jakim?

— Na etapie całkowitej wyprzedaży. Dziesięć lat wspólnego życia, a ja nie wiem nawet, czy mamy wspólne wspomnienia. Dziś czuję do niego po prostu sympatię, ale także litość. I złość... — Przerwała bliska płaczu. — Nie możemy już żyć pod jednym dachem. Nie znosimy się już, rozumiesz?

Sandrine wzięła jeszcze odrobinę ryżu i surowej ryby, które połknęła bez przeżuwania. Boże, jakie to dobre, pomyślała.

— Naprawdę, ten łosoś jest tak przyrządzony...

Nagle Naoko oparła łokcie na stole, jakby wpadła na jakiś pomysł.

— Powiem ci coś w sekrecie.

— Wal, uwielbiam to.

— W Japonii nigdzie nie znajdziesz sushi z łososia.

— Nie? Dlaczego?

— Bo to zbyt ciężka potrawa.

Sandrine puściła jej oko.

— Chcesz powiedzieć, że tak jak Francuzi?

Naoko w końcu się uśmiechnęła i zabrała do jedzenia swojej zupy.

12

Passan od godziny przeglądał protokoły przesłuchań, urzędowe wnioski, raporty z sekcji zwłok, zeznania sąsiadów, opinie ekspertów oraz opisy zarekwirowanych przedmiotów, zgromadzone przez cztery miesiące śledztwa w sprawie Akuszera. Lekko mówiąc, pięć, sześć kilogramów papieru.

Oficjalnie porządkował dokumentację dochodzenia przed przekazaniem jej swoim następcom. W rzeczywistości skanował najważniejsze dokumenty i przegrywał je na pendrive'a. Jednocześnie wszystko drukował, zamierzając zabrać to do siebie, do mieszkania w Puteaux.

— Spieprzyłeś sprawę, Passan. Naprawdę spieprzyłeś.

Nie podnosząc wzroku, rozpoznał głos — akcent z Marsylii. Komisarz Michel Lefebvre, jego bezpośredni przełożony w brygadzie kryminalnej. Przyjechał tu z Quai des Orfèvres 36, żeby osobiście mu nawymyślać. To swego rodzaju zaszczyt. Olivier spodziewał się tego, odkąd rano sporządził raport.

Bez słowa dalej umieszczał dokumenty w plastikowych koszulkach, a następnie wkładał je do kartonowych seg-

regatorów leżących na jego biurku. Za nim szumiała drukarka. Miał nadzieję, że Lefebvre nie będzie się do tego wtrącać.
— Nawet nie zabrałeś ze sobą grupy interwencyjnej. Za kogo ty się masz? Za samotnego kowboja?

Passan w końcu podniósł wzrok. Zobaczył komisarza, jak zawsze eleganckiego, w garniturze z fil à filu. Lefebvre miał ponad metr dziewięćdziesiąt wzrostu i musiał szyć garnitury na miarę. Szpakowate, wypomadowane włosy zaczesane do tyłu, koszula Forzieri, krawat Milano. Miał to być „włoski szyk". Wyróżniał się nie tylko wzrostem, lecz także kwadratową twarzą o rysach najemnika. Przywodził bardziej na myśl generała Pattona niż Giorgia Armaniego.

Przytył, ale szrama na czole świadczyła o tym, że nie spędził całego życia zawodowego za biurkiem. Passan wiedział, że drugą bliznę, znacznie większą, ma na lewym boku. Lefebvre był uosobieniem jednego ze swoich aforyzmów: „Prawda o człowieku jest jak tatuaż — można ją obejrzeć na łóżku lub w kostnicy".

— Kto przejmuje po mnie dochodzenie? — zapytał Passan, nie przerywając pakowania dokumentów.
— Levy.
— Levy? To najbardziej skorumpowany policjant w brygadzie.
— Ma doświadczenie.
— Doświadczenie w popełnianiu przestępstw, to nie ulega wątpliwości.

Znał Jeana-Pierre'a Levy'ego od dawna. Facet tonął w długach z powodu gry na wyścigach konnych i niepłaconych alimentów. Zarówno w hazardzie, jak i w życiu prywatnym stawiał zawsze na złego konia. Wielokrotnie był oskarżany

75

o korupcję. Dochodzenia prowadzone przez Generalny In-
spektorat Policji szybko utykały w martwym punkcie, ale
nikt nie miał wątpliwości, że chodzi o przywłaszczenie rzeczy
zarekwirowanych przez policję, handel narkotykami, wy-
muszenia, tajne negocjacje...

Lefebvre przeszedł ciężkim krokiem przez pokój. Stanął
przed biurkiem i wskazał leżące na nim teczki. Pachniał
luksusową wodą toaletową.

— Co to jest?

— Dokumentacja dochodzenia w sprawie Akuszera.

— Doskonale. Przyjdą po nią chłopcy od Levy'ego.

Passan przykrył dłońmi stos papierów.

— Ta bestia jest na wolności, Michel. Trudno będzie go
ponownie aresztować.

— A czyja to wina?

— Musiałem tej nocy działać bardzo szybko. Naprawdę
można go było złapać na gorącym uczynku i byłyby podstawy
do oskarżenia. Calvini to zimny facet, który...

— Calvini chroni swój tyłek. Gdyby Guillarda aresztował
ktokolwiek inny, nie byłoby problemu. Ale ponieważ to ty
dowodziłeś akcją, nie mógł tego zaakceptować.

— Mdli mnie od tego.

— Daj sobie spokój, stary. — Lefebvre przyjął ojcowski
ton; z jego głosu zniknął południowy akcent. — Mój telefon
nie przestaje dzwonić. Politycy otrzymywali wiadomości
z Beauvau. Są stuknięci. Twoja nocna korrida to ostatnia
rzecz, jakiej potrzebowali. Marzyli o głośnym skandalu, a ty
wszystko zepsułeś. Brawo. Pozostaje nam tylko się modlić,
żeby Guillard i jego adwokaci trzymali gęby na kłódki. I żeby
media tym razem o nas zapomniały.

— Wystarczy, że dacie im moją głowę.

Krótki śmiech komisarza zabrzmiał niczym puszczenie bąka.

— Nie zgrywaj męczennika, Passan. Kryjemy cię, i o tym wiesz. — Znowu ten śmiech. — Zresztą nie mamy dużego wyboru. O tym też wiesz. A co udało ci się osiągnąć w innych dochodzeniach?

Passan musiał się wysilić, żeby przypomnieć sobie o innych bieżących sprawach. Uświadomił sobie, jak bardzo się od nich oderwał. Od swojej pracy i od siebie samego. Zmyślił coś na poczekaniu, ale nie zabrzmiało to przekonująco.

— Jeśli chcesz pozostać w brygadzie, miej się na baczności — uprzedził go przełożony. — Jeśli nadal będziesz wszystkich wkurzać, wrócisz do patrolowania Lasku Bulońskiego. I będziesz mógł mieć nadzieję tylko na to, że ci obciągnie jakiś bezzębny przebieraniec udający kobietę.

Odwrócił się i wyrwał z kontaktu wtyczkę niszczarki do papieru.

— Co robisz?

— Tak na wszelki wypadek, gdybyś zamierzał pozbawić Levy'ego jakichś papierów.

— To nie w moim stylu. Zrobię wszystko, co w mojej mocy, żeby pomóc...

— Nic nie zrobisz, i dobrze to wiesz. Kopiujesz te dokumenty dla siebie. Na miłość boską, przestań się wygłupiać. W jakim języku mam do ciebie mówić?

Gdy Lefebvre wyszedł, Passan zamknął drzwi na klucz i wrócił do drukowania. Jednej rzeczy nie znosił w nowym biurze — przeszklonych ścian. Każdy policjant był wystawiony na widok wszystkich niczym ryba w akwarium. Jego szef miał rację. Znowu poniesie fiasko przez te głupoty. W trakcie rozwodu to nie najlepszy moment. Trzeba wracać do szeregu i zachowywać się wzorowo. Przypomniało mu się zdanie z Nietzschego: „Chcesz mieć łatwe życie? Trzymaj się stada i zapomnij o sobie samym".

Żeby się zmotywować, pomyślał o poczuciu obowiązku, oddaniu krajowi. Zasady pisane od dużej litery — Porządek, Republika, Ojczyzna. Nie dodało mu to wcale energii. Przeciwnie — zabrzmiało jak puste frazesy.

Nachylając się nad drukarką, zobaczył inne kartki, przeczytał kilka linijek i tym razem coś zaskoczyło w jego umyśle.

Akuszer... To on napędzał Passana.

Jeszcze tego wieczoru zacznie czytać wszystkie raporty od początku, żeby znaleźć jakąś lukę, nowy szczegół, coś, co da mu inny punkt zaczepienia.

Prawdę mówiąc, nie musiał czytać tych papierów kolejny raz. Znał je na pamięć.

Z jednej strony — śledztwo. Z drugiej — niebezpieczny epizod w jego życiu.

13

Pierwsze zwłoki zostały znalezione osiemnastego lutego na trawniku w Maladrerie, osiedlu z niewygórowanym czynszem, w forcie Aubervilliers, na północ od miasta. Ciężarna kobieta, naga, z rozprutym brzuchem, przy niej spalone dziecko, połączone z matką pępowiną.

Początkowo myślano, że to porachunki małżeńskie w makabrycznej wersji. Szybko jednak okazało się, że to błędna hipoteza. Audrey Seurat, dwadzieścia osiem lat, w ósmym miesiącu ciąży, zniknęła trzy dni wcześniej. Zaginięcie zgłosił jej mąż. Miał niepodważalne alibi. Nie było mowy o kochanku ani o kimś podejrzanym w otoczeniu ofiary. Najprawdopodobniej została porwana, a następnie zamordowana w nieznanym miejscu. Zabójca przetransportował potem matkę i dziecko do parku Maladrerie, przez nikogo niezauważony.

Prokurator przekazał sprawę brygadzie kryminalnej w Paryżu, a tam dochodzenie powierzono Olivierowi Passanowi. Natychmiast pojął, że będzie to śledztwo jego życia. Oglądając na zdjęciach nagie ciało kobiety i spalone dziecko na trawie, był wstrząśnięty. Kontrast między zakrwawionymi ciałami i soczystą zielenią...

Nieprawdopodobne okrucieństwo zbrodni, niejasna przyczyna śmierci matki — chociaż miała rozpruty brzuch, lekarz sądowy był zdania, że mogła zostać otruta — brak jakichkolwiek wskazówek i świadków... Wszystko przemawiało za tym, że morderca ma nerwy ze stali, jest psychicznie chory i jednocześnie doskonale zorganizowany. Szaleniec, a zarazem ktoś, kto działa z precyzją i na pewno na tym nie poprzestanie.

Na odprawie swojej grupy przekazał instrukcje — podjąć śledztwo od zera, przepytać sąsiadów, prześledzić dokładnie życie ofiary, odtworzyć jej ostatnie dni, sprawdzić w archiwach, czy w przeszłości nie doszło gdzieś do podobnego morderstwa... Trudności zaczęły się od samego początku. Wywiad z sąsiadami nic nie dał. La Maladrerie nie należy do miejsc o najwyższym wskaźniku przestępczości w departamencie 93; policja jest tam przyjmowana z otwartymi ramionami. Zbadanie sceny zbrodni również niewiele dało. Żadnych odcisków palców, śladów organicznych, żadnej wskazówki. Szperanie w archiwum nie przyniosło efektu — takie zbrodnie zdarzają się tylko w filmach...

Centrum nadzoru miejskiego rejestrowało wszystkie nagrania wideo, wezwania radiowe, lokalizacje patroli. Jednakże analiza tych danych też na nic się nie zdała, bo większość kamer była zniszczona. W ostatnich tygodniach nie zarejestrowano w tej strefie żadnego podejrzanego zdarzenia. Pojawiało się przypuszczenie, że zabójca korzystał z urządzenia pozwalającego na dziesięć minut zakłócić działanie radarów w promieniu jednego kilometra. Potwierdziło się to przy kolejnych zabójstwach. Każdej nocy poprzedzającej transportowanie zwłok przed samym świtem dochodziło do kilkuminutowej awarii prądu. Godzina zabójcy.

Po zasięgnięciu bliższych informacji okazało się, że tego typu urządzenie produkowane jest w Pakistanie i że sprzedaje się je nielegalnie. Ale czy poznanie dokładnej godziny awarii prądu w dzielnicy Aubervilliers cokolwiek dało? Nie. Czy dała coś wiedza o tym, że morderca użył sprzętu pochodzącego z Pakistanu? Też nie. Szukano dróg, którymi można zaopatrzyć się w takie urządzenie. Bez skutku.

Badania toksykologiczne krwi, moczu i żółci nie potwierdziły obecności trucizny. Kobieta zmarła po wstrzyknięciu chlorku potasu, związku chemicznego stosowanego do usunięcia embrionu przy ciąży mnogiej. Passan wiedział, że zastrzyk dożylny z tą substancją prowadzi do zatrzymania krążenia z powodu migotania komór. Związek ten jest obecny w organizmie człowieka, to składnik pożywienia, stosuje się go przy produkcji nawozów, czasem bywa używany jako trucizna.

Podwładni Passana rozmawiali z ludźmi zajmującymi się zaopatrzeniem szpitali i klinik. Sprawdzali magazyny. Szukali informacji o ewentualnych kradzieżach. Rozmawiali z chemikami, żeby zrozumieć, w jaki sposób można zmienić tę substancję w śmiertelną truciznę. Od anestezjologów dowiedzieli się, że osoby, które chcą popełnić samobójstwo, wybierają ten środek ze względu na jego skuteczność. Zainteresowali się także chemikami amatorami. Wszystko to na próżno.

Nie pomogły także informacje dotyczące ofiary. Ani w Audrey Seurat, ani w jej otoczeniu nie było nic podejrzanego.

Młoda kobieta, od dwóch lat mężatka, pracowała na poczcie. Sylvain, jej mąż, był inżynierem informatykiem. Rodowici mieszkańcy departamentu Saint-Denis, którzy mieszkali w miasteczku Floréal. Nabyli okazyjnie samochód, golf rocznik 2004, i zarezerwowali miejsce w szpitalu położniczym Delafontaine. Audrey załatwiła już termin urlopu macierzyńskiego. Brutalnie przerwane szczęście.

Do połowy marca Passan niczego nie osiągnął. Przełożeni coraz bardziej go naciskali, a sędzia śledczy Ivo Calvini stale musiał odpowiadać na ich telefony. Na szczęście media nie zainteresowały się jeszcze tą sprawą. Nie znając szczegółów, dziennikarze nie dostrzegli spektakularnych rozmiarów tego zabójstwa.

Passan się zawziął. Jeszcze raz odtworzył przebieg ostatnich tygodni życia Audrey. Rozmawiał z jej pracodawcą, kolegami, przyjaciółkami, członkami rodziny, ginekologiem, instruktorem w fitness clubie, fryzjerką... Pojechał nawet do salonu Alfieri Automobiles w La Courneuve, gdzie Seuratowie kupili samochód. Postawił hipotezę, że w pewnym momencie drogi Audrey i zabójcy się przecięły. Jakiś szczegół w jej wyglądzie — twarz, ubranie, ciąża — obudził morderczy impuls w szaleńcu. Passan miał nadzieję, że idąc jej śladami, on także przetnie drogę mordercy.

Wrócił do miejsc znaczących w tej sprawie. Urząd pocztowy w Montfermeil. Okolica, gdzie zniknęła Audrey. La Maladrerie. Zostawiając swój ciemny garnitur i samochód, pojechał tam ekspresowym pociągiem linii podmiejskich RER, obejrzał małe domki ukryte między drzewami i budynki użyteczności publicznej, stanowiące odpowiedź lat sześćdziesiątych ubiegłego wieku na poprzednie dziesięciolecie.

Zanurzył się w to miejsce, zbadał jego puls. Był przekonany, że zabójca miał powód, żeby interesować się tą okolicą. Albo tam mieszka, albo, co było bardziej prawdopodobne, spędził tu dzieciństwo i sprowadzała go tutaj jakaś trauma.

Czyste domysły. Koniec marca. Passan już zaczął myśleć, że nie usłyszą więcej o mordercy Audrey Seurat.

Kilka dni później znaleziono następne zwłoki.

Zadzwonił telefon. Passan drgnął, jakby dotknął przewodu elektrycznego.

Siedział na podłodze zagrzebany w teczkach z dokumentami, z palcami pobrudzonymi tuszem i kurzem. Kolejny raz śledztwo wciągnęło go niczym pole magnetyczne.

Telefon dzwonił uparcie. Spojrzał na zegarek — godzina siedemnasta. Dwie godziny czytał dokumenty, które znał na pamięć. Gdyby ktoś zobaczył go przez szklaną ścianę w tej pozycji, pewnie by się uśmiał.

Telefon nie przestawał dzwonić.

Czując kurcze w nogach, po omacku poszukał telefonu na biurku.

— Słucham?

— Już tu są.

— Kto?

— Ci z Generalnego Inspektoratu Policji. Czekają na ciebie na trzecim piętrze. Pospiesz się.

Passan odłożył słuchawkę i z trudem podniósł się z podłogi. Masując plecy, nie mógł powstrzymać się od uśmiechu.

Po kazaniu szefa kolej na sąd wojenny Generalnego Inspektoratu Policji.

Administracja francuska jest bardzo przewidywalna.

14

Trzy godziny później Yukio Mishima wylądował w pudle kartonowym, zaraz po nim Yasunari Kawabata i Akira Kurosawa. Dwóch samobójców i jeden, który przeżył. Passanowi zależało na tym, żeby zabrać ich zdjęcia do mieszkania w Puteaux. Dla niego byli to artyści o niezwykłej sile, których tragiczne życie w jakiś tajemniczy sposób wzbogaciło ich dzieła, a samobójstwa miały walor estetyczny. Kawabata, laureat Nagrody Nobla w dziedzinie literatury, mając siedemdziesiąt lat, odkręcił po prostu gaz w niewielkim gabinecie, w którym pracował, jakby kończył pracę zaczętą dawno temu.

Passan ostrożnie umieścił w kartonowym pudle seledynowy czajniczek owinięty w jedwabny papier. Spotkanie z ludźmi z IGS wyszło nie najgorzej. Okazali się ugodowi. To tylko „wstępna rozmowa" — powiedzieli od razu. Zastanawiał się w duchu, czy nie szykują mu zawodowego seppuku...

Samobójstwo. Istotny element kultury japońskiej, obsesja Passana, temat sprzeczek z Naoko.

Nie chciała przyznać, że dobrowolna śmierć leży u podstaw jej kultury, i racjonalnie tłumaczyła, że liczba samobójstw w Japonii nie jest teraz większa niż w przeszłości. W odpowiedzi na to przytaczał listę sławnych Japończyków, którzy dobrowolnie położyli kres swemu życiu. Pisarze: Kitamura Tokoku, Akutagawa Ryunosuke, Ozamu Dazai... Generałowie: Maresuke Nogi, Anami Korechika, Sugiyama Hajime... Spiskowcy: Yui Shosetsu, Asahi Heigo... Wojownicy: Minamoto no Yorimasa, Asano Naganori (i jego czterdziestu siedmiu samurajów), Saigo Takamori... Nie mówiąc o kamikaze, którzy w samobójczych atakach rozbijali swoje samoloty na amerykańskich okrętach, ani o zakochanych, którzy woleli rzucić się ze stromych zboczy Tojimbo, niż patrzeć, jak gaśnie ich miłość, co miało sens zwłaszcza wtedy, gdy przeczuwali, że nie zostało im dużo czasu...

Passan podziwiał tych ludzi, którzy nie bali się śmierci. Dla których obowiązek i honor były wszystkim, dla których nie liczyła się banalna radość życia „ludzi szczęśliwych". Naoko nie cierpiała tego chorobliwego podziwu. Według niej był to jeszcze jeden sposób piętnowania jej narodu. Wciąż ten sam refren tragicznej kultury, oscylującej między perwersją seksualną a dobrowolną śmiercią. Banały, które wyprowadzały ją z równowagi.

Unikał dyskusji. Wolał pielęgnować własną teorię. Dla Japończyka życie jest podobne do kawałka jedwabiu. Nieważna jest jego długość, lecz jakość. Nieistotne, czy kończy się w wieku dwudziestu, trzydziestu czy siedemdziesięciu lat — musi być bez skazy, niczym niesplamione. Kiedy Japończyk popełnia samobójstwo, nie zastanawia się nad tym, co go czeka — nie wierzy tak naprawdę w życie pozagrobowe —

85

ale nad tym, co ma za sobą. Ocenia swój los w świetle wyższych wartości, takich jak wierność szogunowi, cesarzowi, rodzinie, firmie... Lojalność i poczucie honoru tworzą kanwę ich życia. Nie wolno doszukiwać się w tym żadnej skazy.

Odłączył od prądu czajnik elektryczny i włożył go do pudła obok czajniczka do herbaty. On sam tak właśnie zawsze żył. Kiedy myślał o przyszłości, widział tylko grób. Czy zostawi po sobie dobre wspomnienie? Czy jego kawałek jedwabiu będzie nieskazitelnie czysty?

Nie miał już na to szans, wziąwszy pod uwagę podłość, kłamstwa i świństwa, do których był zmuszony, żeby po prostu działać zgodnie z prawem. Nigdy natomiast nie zabrakło mu odwagi ani nie zrobił niczego niezgodnego z honorem. W czasach służby w brygadzie antyterrorystycznej bywał w niebezpiecznych sytuacjach. Robił użytek z broni. Zabijał. Otaczał go zapach prochu i rozgrzanej stali. Poznał świst kul, szum powietrza, gdy przelatywały, i towarzyszący temu przypływ adrenaliny. Poznał, co to strach, prawdziwy strach, ale nigdy się nie cofał. Z prostego powodu — niebezpieczeństwo było niczym w porównaniu ze wstydem, którym splamiłby się na zawsze, gdyby stchórzył.

Ostatecznie mniej bał się śmierci niż życia. Życia niedoskonałego, obciążonego wyrzutami sumienia i wzgardą.

Zdjął ze ściany zdjęcie synów i przyglądał mu się przez chwilę. Od momentu, kiedy urodzili się Shinji i Hiroki, wszystko się zmieniło. Teraz chciał przetrwać. Nauczyć ich wielu rzeczy, chronić, jak długo się da. Czy można być dobrym wojownikiem, kiedy ma się dzieci?

— Co robisz?

Passan podniósł wzrok. Naoko stała w cieniu, trzymając w ręce torebkę i płaszcz. Nigdy nie słyszał, kiedy się zjawiała. Lekka jak piórko, z oczami dzikiego kota, który widzi w nocy.

— Zabieram niektóre moje rzeczy.

Popatrzyła na zdjęcia leżące w głębi pudła i na inne „skarby" — starannie kaligrafowane tomiki haiku, pałeczki kadzidła, reprodukcje Hiroshige Utagawy i Utamara...

— Ta twoja fascynacja duchami... — odezwała się oschłym tonem.

— To odważni ludzie. Ludzie honoru.

— Nigdy nie zrozumiałeś mojego kraju.

— Jak możesz tak mówić? Po tylu latach?

— A jak ty możesz wierzyć w takie idiotyzmy? Po dziesięciu latach życia ze mną? Po tylu pobytach tam?

— Nie widzę sprzeczności.

— To, co ty nazywasz „odwagą", to tylko wynik zatruwania. Zostaliśmy zaprogramowani. Uformowani w procesie wychowania. Nie jesteśmy dzielni, jesteśmy ulegli.

— Wydaje mi się, że to ty nic nie rozumiesz. Takie wychowanie wskazuje narodowi najwyższy cel.

— Dziś naszym celem jest wyzwolić się od tego wszystkiego. I nie patrz na mnie tak, jakbym była chora.

— Znam twoją chorobę. To Zachód z jego rozkładem. Rozszalały indywidualizm. Brak wiary, ideologii...

Przerwała jego tyradę machnięciem ręki, jakby ścierała kurz.

— Nie będziemy się znowu sprzeczać.

— Czego chcesz? Powiedzieć mi „do widzenia"? — zapytał ze złością.

— Chciałam ci tylko przypomnieć, że chłopcy nie powinni jeść słodyczy. Od tego psują się zęby. Zawsze zgadzaliśmy się w tej kwestii.

Dopiero po dłuższej chwili Passan domyślił się, o co jej chodziło. On mówił o seppuku, a ona odpowiadała mu o lizakach Chupa Chups. Zawsze zaskakiwał go materializm Naoko, jej irracjonalne przywiązanie do szczegółów codziennego życia. Kiedyś zapytał ją, co najbardziej ceni u mężczyzny. Odpowiedziała: „Punktualność".

— Sądzisz, że dwa lizaki tak bardzo podważą zasady w ich wychowaniu?

— Mam dosyć powtarzania wciąż tego samego.

— To wszystko? — spytał, schylając się, żeby wziąć pudło w obie ręce.

— Nie. Chciałam ci oddać to. — Położyła coś na zdjęciach.

Passan zobaczył sztylet w futerale z czarnego drewna chlebowego. Przy oświetleniu elektrycznym rękojeść z kości słoniowej lśniła nieskazitelnym blaskiem. Rozpoznał go od razu. Pamiętał, dlaczego go wybrał — czerń futerału przywodziła mu na myśl włosy Naoko, a kość słoniowa rękojeści jej białą skórę.

— Zatrzymaj go. To prezent.

— To już dziś nieważne, Olive. Zabierz go.

Puścił te słowa mimo uszu.

— To prezent — powtórzył z naciskiem. — Prezentów się nie odbiera.

— Wiesz, co to jest, prawda?

Sztylet odcinał się na tle nieruchomych twarzy Kawabaty, Mishimy, Kurosawy.

— To *kaiken* — mruknął.

— Wiesz, do czego służy?

— To ja ci o tym powiedziałem! Bo ty nawet tego nie wiedziałaś! — Popatrzył z rozrzewnieniem na cenny przedmiot. — Takim sztyletem żony samurajów zadawały sobie samobójczą śmierć. Przecinały sobie gardła, ale przedtem wiązały złożone nogi, żeby umrzeć w przyzwoitej pozycji i...

— Chcesz, żebym popełniła samobójstwo?

— Zawsze wszystko psujesz — odrzekł znużonym głosem. — Wyrzekasz się własnej kultury. Kodeksu honorowego. I...

— Jesteś nienormalny. Wszystkie te idiotyzmy to przeszłość. Na szczęście.

Pudło wydawało mu się cięższe z każdą sekundą. Ciężar jego minionego życia, ciężar niemodnych wierzeń.

— To czym jest dla ciebie Japonia?! — krzyknął nagle. — Sony? Nintendo? Hello Kitty?

Naoko uśmiechnęła się i w tym momencie pojął, że mimo *kaikenu* leżącego w pudle i pistoletu u pasa jedyną uzbrojoną osobą w tym pokoju jest ona.

— Już naprawdę pora, żebyś się stąd wyniósł.

Passan minął ją i będąc już na progu, rzucił:

— Spotkamy się u adwokata.

15

Naoko drżała z zimna, stojąc na trawniku, ze wzrokiem utkwionym w bramie.

Pomogła Passanowi zanieść pudła do samochodu. Odjechał bez słowa, bez jednego spojrzenia. Było dość chłodno, ale czasami czuło się ciepły powiew, ciężki, wilgotny. Chyba tylko ptaki nie miały wątpliwości, jaka to pora roku, bo świergotały głośno, ukryte gdzieś w drzewach.

W końcu otrząsnęła się i zawróciła do domu. Ściskało ją w gardle z niepokoju. Weszła do pokoju chłopców. Był przewidziany dla nich drugi pokój, ale Passan nigdy nie miał czasu, żeby go wyremontować. Pocałowała Hirokiego, jeszcze potarganego po kąpieli, i Shinjiego, zajętego swoim nintendo. Gdy weszła, chłopcy nie zwrócili na nią szczególnej uwagi, i ta ich obojętność ją uspokoiła. Wieczór jak inne.

Poszła do kuchni. Sola i ziemniaki były już gotowe, ale nie miała apetytu. Wciąż czuła się najedzona po lunchu z Sandrine. Pomyślała o ich rozmowie. Dlaczego tak nie znosiła Paryża i Francji? Przecież już dawno przywykła do losu wygnańca...

Chłopcy wbiegli do kuchni ze śmiechem. Zajęli miejsca przy stole, stukając talerzami i sztućcami.

— Dlaczego rozchodzicie się z tatusiem? — zapytał bez żadnych wstępów Shinji.

Siedział wyprostowany na krześle, jakby zwracał się do nauczycielki w szkole. Domyśliła się, że jako starszy zadał to pytanie także w imieniu brata. Nie miała siły odpowiedzieć po japońsku.

— Żebyśmy się już nie sprzeczali.

— A my?

Napełniła talerze chłopców i usiadła między nimi, żeby jej słowa zabrzmiały serdeczniej.

— Wy zawsze będziecie naszymi kochanymi dziećmi. Wytłumaczyliśmy już wam, jak zorganizujemy życie. Nadal będziecie mieszkać w tym domu, jeden tydzień z mamą, drugi z tatusiem.

— A będziemy mogli zobaczyć nowy dom tatusia? — zapytał Hiroki.

— Oczywiście! To również wasz dom. A teraz jedzcie — odrzekła z uśmiechem, targając mu włosy.

Shinji i Hiroki zajęli się zawartością swoich talerzy. Dzieci były nie tylko sensem jej życia, lecz także stanowiły warunek istnienia. Każde uderzenie serca, a nawet cisza pomiędzy kolejnymi uderzeniami były im poświęcone.

Ośmioletni Shinji był wesołego usposobienia. Miał energię i poczucie humoru ojca, a także naturalną beztroskę, która nie pochodziła ani od matki, ani od ojca. Skrzyżowanie ras uzewnętrzniło się w nim w tajemniczej ironii. Odnosił się do swoich azjatyckich rysów z lekkim dystansem, trochę na wesoło, jakby chciał powiedzieć: „Nie dajcie się zwieść pozorom".

Sześcioletni Hiroki był poważniejszy. Zasadniczy w zachowaniu, zarówno jeśli chodzi o obowiązki, jak i zabawę — bezkompromisowy jak jego matka. Wyglądem natomiast wcale jej nie przypominał. Twarz okolona czarnymi włosami była idealnie okrągła, co zbijało Naoko z tropu. Japończycy są dumni z owalu swoich twarzy, różniących się od okrągłych twarzy Chińczyków lub Koreańczyków. Na jego okrągłej jak księżyc buzi zawsze malowało się marzycielskie roztargnienie. Często zachowywał się tak, jakby pomylił drzwi i nie wiedział, gdzie jest. Rzucał coś niezwiązanego z tematem rozmowy, po czym popadał w milczenie. Mówiło się wówczas, że żyje na innej planecie. I natrząsano się z niego...

Po skończonej kolacji Naoko udało się sprowadzić rozmowę na inne tematy — szkoła, Diego, judo dla Shinjiego, nowa konsola do gier dla Hirokiego... Chociaż im o tym nie przypominała, chłopcy wstawili talerze do zmywarki i pobiegli na pierwsze piętro.

Całując młodszego syna leżącego w łóżku, Naoko szepnęła mu do ucha po japońsku:

— Jutro wrócę wcześniej i razem się wykąpiemy. Umyjemy się tak jak *kokeshi*!

Chłopiec uśmiechnął się na wzmiankę o japońskich lalkach. Był bardzo senny.

— Zostawisz uchylone drzwi? — zapytał mieszaniną japońskiego i francuskiego.

— Oczywiście, ptaszynko. Śpij słodko.

Pocałowała go jeszcze raz w szyję i podeszła do Shinjiego pogrążonego w lekturze komiksu *Mickey Parade*.

— Zostawisz światło w korytarzu? — zapytał po japońsku, żeby się przypodobać.

Zgasiła lampkę na nocnym stoliku i odpowiedziała z uśmiechem:

— Ale z was małe mięczaki!

16

Passan wrócił do swojej kawalerki. Zgubiony. Odrzucony. Wyklęty.

Po drodze, chociaż wiózł w bagażniku swoje japońskie skarby, uległ starym demonom. La Défense. Potem Ósma Dzielnica z jej dobrymi adresami...

Miał swoje ulubione miejsca. Bary. Nocne lokale. Dziwki. Nie stare przyjaciółki, jakie się widzi w filmach, w których policjant zawsze odwiedza tę samą prostytutkę. Passan wolał niespodzianki — nowe dziewczyny, nieoczekiwane przeżycia. Oczywiście nie było go na nie stać, ale policjant zawsze ma do nich dostęp. Niczym nie przypominał dobrotliwego gliny. Nie był na tyle dobry, żeby mieć przyjaciela, ale wystarczająco dobry, żeby nie mieć wroga — drobna różnica... Z niejasnych przyczyn podniecał go dodatkowo klimat strachu i dominacji.

Kilka lat po ślubie, kiedy minęło pożądanie do Naoko, tak jak uchodzi krew z twarzy, wrócił do nawyków z czasów kawalerskich. Podłe lokale nocne. Wykorzystywanie luksusowych dziwek. Zaspokajanie najgorszych zachcianek. Prosta metoda — kilka darmowych numerków gratis za ochronę.

Skąd ta potrzeba szukania zaspokojenia u korpulentnych, wulgarnych prostytutek, kiedy w domu czekała na niego jedna z najpiękniejszych istot w Paryżu? Odpowiedź tkwiła w pytaniu. Nie bierze się kobiety swojego życia „na pieska" ani nie kończy się wytryskiem na jej twarzy. Tym bardziej że chodziło o matkę jego dzieci.

Mamusia i kurwa? Mimo wieku i doświadczenia nie umiał poradzić sobie z tą sprzecznością. Osiem lat seansów psychoanalitycznych nic nie dało. W głębi duszy nie potrafił połączyć pożądania i miłości, seksu i czystości. Kobieta była dla niego niczym rana, która nie może się zabliźnić.

Przy Naoko po raz pierwszy doznał podniecenia tak innego, tak świeżego, że nie miał wrażenia, iż bruka swoją madonnę. Kiedy wróciły dawne upodobania, odsunął się od swojej japońskiej czarodziejki. Wrócił do źródeł. Kobiety z szerokimi biodrami, grubymi udami, ciężkimi piersiami. Upokarzające pozycje. Obelgi. Zaspokojenie żądzy połączone z jakimś niewytłumaczalnym rewanżem. Kiedy napięcie seksualne znajdowało ujście w orgazmie, zaciskał zęby, by nie krzyknąć z triumfem, czarnym, gorzkim, nieodnoszącym się do żadnego konkretnego obiektu.

Nie było mowy o tym, żeby wciągać żonę w taką ohydę. To wewnętrzne piekło dotyczyło tylko jego.

Najdziwniejsze w tym wszystkim było to, że Naoko towarzyszyła mu w jego sennych majaczeniach. Japonki mają niezwykle swobodne podejście do seksu. Odległe o lata świetlne od chrześcijańskiego poczucia winy, które drąży ludzi Zachodu. Ale Passan nie patrzył już na Naoko z pożądaniem. Jej gładka biała skóra, umięśnione, idealnie zbudowane ciało, nie budziły w nim podniecenia. Ona została stworzona, żeby się do niej modlić, a nie po to, by ją pieprzyć. Naoko nie była naiwna. Każda kobieta zna seksualny biorytm swojego partnera. Przeszła nad tym do porządku dziennego być może w imię dawnej tradycji japońskiej, zgodnie z którą mąż robi żonie dzieci, a rozkoszy szuka u prostytutek. Pierwsze milczenie, pierwszy kompromis. Wkradło się między nich poczucie krzywdy, wznoszące niewidoczny mur, zmieniające każdy gest w atak, każde słowo w truciznę. Oddalenie serc zaczyna się zawsze od oddalenia ciał...

Zaparkował w uliczce przy nabrzeżu, na tyłach starego kościoła w Puteaux. Musiał zrobić trzy tury pieszo, żeby przenieść z samochodu swoje papiery i inne rzeczy. Gdy już ostatnie pudło znalazło się w środku, Passan rozejrzał się po swoim nowym mieszkaniu. Trzydzieści metrów kwadratowych parkietu, trzy białe ściany i jedna cała oszklona, z drzwiami balkonowymi. Kuchnia za blatem ze sklejki. Do tego deska na kozłach, która mogła mieć różne zastosowanie, krzesło oraz odbiornik telewizyjny. Wszystko to w budynku z lat sześćdziesiątych. Naprawdę nic nadzwyczajnego.

Wprowadzał się tu już od kilku tygodni, odkładając moment zamieszkania na dobre. Zdjął marynarkę i jeszcze parę minut stał nieruchomo. Jedyne, co mu przyszło na myśl w tym momencie, to słowa pewnego pilota kamikaze, uratowanego dzięki zawieszeniu broni. Kiedy go zapytano, co wówczas czuł, odpowiedział, uśmiechając się zażenowany: „To proste: nie miałem wyboru".

Wszedł pod prysznic; stał tam ponad pół godziny, chcąc zmyć z siebie brudy wieczoru. Zdecydowanie przeceniał moc wody z miejskich wodociągów.

W bokserkach i T-shircie przygotował sobie litr kawy, wstawił do mikrofalówki *bento*, które kupił u japońskiego sprzedawcy, i na stojąco zabrał się do jedzenia szaszłyków z kurczaka, pulpetów z serem i ryżu. Przypomniały mu się lata studenckie — wykłady z prawa, jedzenie na wynos, samotność.

Jedząc, rozmyślał nad informacjami zdobytymi w trakcie śledztwa w sprawie morderstwa w Stains. Patolog, który wykonał sekcję zwłok, Stéphane Rudel, potwierdził, że był to ten sam sposób działania co we wcześniejszych dwóch przypadkach. Zresztą narzędzia znalezione w warsztacie pasowały do okaleczeń zadanych poprzednim ofiarom. Passan był ciekaw, jak Guillard wytłumaczy ich obecność w jego warsztacie. Co do reszty, trzeba czekać. Analizy toksykologiczne były w toku.

Dzwoniła też do niego Isabelle Zacchary, kierowniczka ekipy z Policyjnego Laboratorium Kryminalistycznego. Na razie nie miała nic nowego. Żadnego przedmiotu, żadnej nitki, niczego, co powiązałoby Guillarda z ostatnią ofiarą. Można by sądzić, że jej nie dotknął.

Passan wrzucił resztki jedzenia do kosza na śmieci. Spojrzał na zegarek; dochodziła północ. Nie chciało mu się spać. Wziął dzbanek z kawą, filiżankę, jogurt i wszystko postawił obok komody. Potem usiadł po turecku na podłodze, plecami oparty o kanapę, szykując się do przeglądania dokumentów z pierwszego pudła.

Zabrał się od nowa do ich lektury. Pół godziny później wzrok zaczął mu się mącić. Wypił jeszcze trochę kawy i zamknął oczy. Pod powiekami tańczyły mu różowofioletowe koła.

W myślach znowu powrócił do śledztwa, do punktu, w którym je zostawił po południu.

17

Trzeci kwietnia 2011. Podobnie jak w wypadku Audrey
Seurat, zwłoki trzydziestojednoletniej Kariny Bernard, ciężar-
nej od siedmiu i pół miesiąca, zostały podrzucone w centrum
jednego z miasteczek, w Francs-Moisins w departamencie
Saint-Denis. Dzielnica o wiele bardziej niebezpieczna niż
Maladrerie, zaklasyfikowana jako miejska strefa newralgiczna.
Passan i jego ludzie zabrali się od razu do roboty. Stwierdzili, że scenariusz był identyczny. Ten sam profil ofiary.
Ten sam sposób działania. Taka sama kilkuminutowa awaria
prądu. Brak jakichkolwiek wskazówek i śladów...
Pojawił się jednak nowy fakt. W próbkach cieczy szklistej
pobranej z oczu dziecka — którego ciało było spalone, tak
jak w poprzednim wypadku — w laboratorium toksykologicz-
nym stwierdzono obecność chlorku potasu. Dziecku wstrzyknięto tę samą substancję co matce i dzięki temu przynajmniej
nie spaliło się żywcem. O co chodziło zabójcy? Czy chciał
zaoszczędzić ofiarom cierpień? W ich krwi znaleziono także
ślady środka znieczulającego.

Do wyjątkowo trudnego śledztwa doszedł nowy kłopot — interwencja mediów. Tym razem dziennikarze dostrzegli spektakularny charakter morderstwa i powiązali je z poprzednim. To była sensacja — seryjny zabójca! Morderca kobiet w ciąży! Wymyślili dla niego przydomki: Akuszer, Rzeźnik z 93. Prowadzili własne dochodzenie. Ekipy w terenie. Regularnie podawane informacje. Strony w internecie... Rezultat: zaczęły spontanicznie napływać fałszywe, niedorzeczne relacje „świadków". Natomiast mieszkańcy Francs-Moisins, już z natury niechętni do współpracy, nie chcieli w ogóle rozmawiać z policją ani stawać przed kamerami.

Passan był na cenzurowanym. Dzwonili do niego przełożeni. Dzwonił Ivo Calvini. Dzwonił mer Saint-Denis. Dzwonili dziennikarze... Nie miał im nic do powiedzenia. Nabierał jednak przeświadczenia, że zabójca dorastał w departamencie 93. Przeżył tam jakąś traumę, bez wątpienia związaną z jego narodzinami, i mścił się na swych ofiarach.

Ale samo przekonanie nie wystarczyło. Co mógł zrobić? Przetrząsnąć archiwa oddziałów położniczych w tym departamencie? I czego miałby tam szukać? Połogu, który się źle skończył? Kalekiego dziecka? Odrzuconego? Jego pomysł był zbyt mglisty.

Spojrzał więc na to od strony problemów socjalnych Saint-Denis. Znał dobrze ten rejon — sam tam dorastał. Ale od tamtego czasu wiele się zmieniło. Nieczynne fabryki zamieniły się w siedliska przemocy. Mieszkania socjalne stały się polem bitwy, gdzie toczyła się wojna partyzancka i z obu stron strzelano prawdziwymi pociskami.

Zasięgnął informacji o tym terenie. Zwrócił się do komendy policji departamentu 93, do brygady kryminalnej. Odkrył świat nagłych rewizji, w gradzie kamieni, koktajli Mołotowa, spalonych samochodów, gwałconych kobiet, które wyskakują oknem, okradanych aut z wybitymi szybami...

Spotkał się również z lokalną elitą, doradcami, ekspertami. Poznał optymistów z głowami pełnymi projektów. Panikarzy zalecających kupno dronów, kamer, broni. Radykałów, którzy chcieli wszystko zburzyć, i zbudować wyjątkowo luksusowe rezydencje. Podnieść ceny, a motłoch sam zdechnie.

Rozmawiał też z przedstawicielami lokalnych organizacji, stowarzyszeń. Za ich pośrednictwem nawiązał kontakt z szefami gangów. Został wpuszczony do specjalnie urządzonych piwnic, gdzie młodzi chłopcy znosili skradzione M16, uzi i pistolety z usuniętymi numerami fabrycznymi. W smrodzie odchodów, wśród pustych puszek i zużytych strzykawek Passan postawił sprawę jasno. Opisał metodę zabójcy. Przedstawił własne domysły. Mówił o swoich obawach. Wszyscy z palcem na spuście słuchali tego „białasa".

Przywódcy gangów nic nie wiedzieli, ale obiecali, że roześlą swoje patrole, przeszukają piwnice, dachy, okoliczne pola. Nie ma mowy, żeby morderca działał na ich terenie i pozbywał się tu trupów swoich ofiar. Passan przypomniał sobie film Fritza Langa *M — Morderca*; zabójca dzieci został schwytany i osądzony przez przestępców z miasta, w którym je mordował.

Podczas pracy nad sprawą Kariny Bernard odkrył pewien szczegół. Na początku marca kobieta oddała samochód do naprawy w warsztacie mechanicznym w Saint-Denis, należącym do spółki Fari. Brzmienie tego słowa przypomniało mu nazwę salonu samochodowego, w którym Audrey Seurat kupiła golfa — Alfieri Automobiles. Parę kliknięć myszą wystarczyło do zdobycia w internecie informacji, że właścicielem obu punktów jest niejaki Patrick Guillard.

Zwykły zbieg okoliczności? Podczas sekcji zwłok znaleziono na skórze ofiar ślady nacięć po sznurze oraz cząsteczki odpornej na ogień gumy. Hipoteza patologa: użyto dostępnego w takich miejscach paska. Do tego dochodziły dziwne rowki na językach zamordowanych — morderca kneblował je kawałkami opony.

Passan sprawdził jego życiorys. Nic szczególnego poza tym, że — podobnie jak nim — Guillardem w dzieciństwie zajmowała się opieka społeczna. Urodzony w Saint-Denis jako dziecko nieznanych rodziców, z pewnością wychowywał się w ośrodkach opiekuńczych i rodzinach zastępczych, ale niemożliwe było obejrzenie jego akt z tamtych czasów. Wzmianki na temat chłopca pojawiły się dopiero wtedy, kiedy w wieku siedemnastu lat zaczął pracować jako mechanik w Sommières, na południu Francji.

Olivier prześledził całą jego karierę. Rok 1997 — po raz pierwszy prowadzi warsztat w Montpellier. Rok 1999 — wyjazd do Stanów Zjednoczonych, gdzie reperuje silniki w Arizonie i w Utah. Rok 2001 — Alfieri, pierwszy własny warsztat w Saint-Denis, Guillard ma trzydzieści lat. Rok 2003 — drugi warsztat, Fari, w La Courneuve. Rok 2007 — trzeci punkt sprzedaży, Feria, avenue Victor-Hugo w Aubervilliers. Nie licząc punktów kontroli technicznej i warsztatów szybkiej obsługi (wymiana oleju, opon, przednich szyb, rur wydechowych itp.), wszystkie znajdowały się w departamencie 93, a dokładniej w jego zachodniej części: La Courneuve,

Saint-Denis, Épinay, Saint-Ouen, Stains... Rejon, w którym zniknęły ofiary i odnaleziono zwłoki.

Jeśli chodzi o życie prywatne, Guillard był bezdzietnym kawalerem. Nie figurował w żadnej kartotece, nie był nigdy przesłuchiwany. Sierota, która doszła do wszystkiego sama, dzięki sile woli i zamiłowaniu do mechaniki.

Guillard przyjął Passana w swoim biurze w Aubervilliers i pokazał mu przylegający do niego salon i warsztat. Trzy tysiące metrów kwadratowych pomalowanej cementowej powierzchni na dwóch kondygnacjach, przeznaczonych do sprzedaży samochodów i ich naprawy. Zadziwiająco czyste miejsce; można by tu wręcz jeść z podłogi. Robiło wrażenie. Ale Passan nie dał się omamić.

Miał przeczucie.

Patrick Guillard zachowywał się uprzejmie, ale było w nim coś dziwnego. Przede wszystkim pod względem fizycznym. Ten czterdziestoletni mężczyzna miał figurę umięśnionego atlety na bardzo krótkich nogach, a głowę całkowicie ogoloną, z pewnością po to, by nie mieć problemów z pojawiającą się łysiną. Z twarzy przypominał buldoga. Oczy podkrążone, nos płaski, wargi grube, wydęte, tak jakby jego przodkowie pochodzili z Afryki.

Jednocześnie z tego kolosa w zmniejszonym wydaniu emanowało coś kobiecego. Nierówny chód. Ostry śmiech. Ruchy dłoni zbyt płynne, zbyt wolne... Właściciel salonu samochodowego przywodził Passanowi na myśl aktorów kabuki grających role kobiece — męscy uwodziciele, którym w codziennym życiu nie udaje się nigdy uwolnić od wykwintnych manier.

Guillard oczywiście nie znał ani pierwszej, ani drugiej ofiary, nie miał żadnych kontaktów z klientami swoich salonów samochodowych. Zrobił współczującą minę, kiedy Passan wspomniał o torturach, jakie przeszły te kobiety, a potem na jego twarzy znów zagościł uśmiech i Guillard wyjaśnił, dlaczego nazwy jego salonów brzmią podobnie — marzył kiedyś, żeby pracować w fabrykach Ferrari. „Udało mi się stanąć na własnych nogach, ale te słowa przynoszą mi szczęście".

Passan powinien czuć sympatię dla tego człowieka — obaj byli sierotami — jednak w jego układnych słowach wyczuwał fałsz. Coś tu nie grało.

Nie odpuścił Guillardowi. Zorganizował ze swoimi ludźmi prawdziwą nagonkę. Udało mu się zdobyć samochód zaopatrzony w sprzęt do śledzenia i podsłuchu, przydzielony wcześniej do innego dochodzenia. Sam przejmował nocną zmianę. Wziąwszy pod uwagę stan jego osobistego życia, prywatne sprawy, nie miał z tym żadnego problemu. W dzień szperał w dokumentach, szukając informacji o właścicielu salonów sprzedaży i warsztatów. Nocami obserwował Guillarda, stojąc pod jego domem.

Przez cały czas nie słabły jego podejrzenia. Patrick Guillard miał jednak niepodważalne alibi na czas każdego porwania i zupełnie nie wyglądał na zabójcę. Uwielbiał dzieci, rozdawał prezenty dzieciakom z rejonów przylegających do jego warsztatów. Nie sposób było wyobrazić sobie, że ten człowiek dopuszcza się okrutnych czynów wobec kobiet w ciąży. Dlaczego więc nie miał ani żony, ani dziecka? Homoseksualista?

Pod koniec kwietnia Passan wziął cztery dni urlopu, żeby pojechać w okolice Montpellier i prześledzić tam przeszłość zawodową Guillarda. Odnalazł warsztaty, w których podejrzany pracował jako młody chłopak. Guillard wszędzie zostawił po sobie dobre wspomnienia. Uśmiechnięty, zdolny, pracowity. Według jego pracodawców spędził dzieciństwo w departamencie 93, ale nie lubił o tym mówić. Dręczyły go złe wspomnienia?

Śledzenie, nagłe rewizje, podsłuch telefoniczny, nielegalne zdobywanie danych w internecie i analiza kont bankowych nic nie dały. Olivier uzyskał tylko tyle, że podejrzany zwrócił się do adwokatów. Zwierzchnicy Passana się zaniepokoili. Nawymyślano mu. Przekonano Guillarda, żeby nie składał skargi, ale Passan miał się trzymać od niego z daleka.

Jedenastego maja 2011 roku znaleziono trzecie zwłoki.

Rachida Nesaoui, dwadzieścia cztery lata, w ósmym miesiącu ciąży, naga, z rozprutym brzuchem. Zwłoki leżały na pustym terenie na obrzeżach dzielnicy Forestière w Clichy--sous-Bois, w jeszcze bardziej niebezpiecznej okolicy niż w przypadku dwóch poprzednich.

Wystarczyło więc, że zrezygnowano ze śledzenia, żeby Akuszer znowu uderzył. Dla Passana stanowiło to przyznanie się do winy — Guillard był zabójcą. Mimo niewystarczających dowodów następnego dnia o szóstej rano Passan aresztował go i zakuł w kajdanki w prywatnej rezydencji Guillarda w Neuilly-sur-Seine.

Rewizja osobista, pobranie odcisków palców, próbek śliny. Podejrzany odmówił rozebrania się. Passan nie nalegał, ale maglował go przez wiele godzin. Zastosował wszystkie metody — brutalność, groźby, obelgi, spokojniejsze przerwy, podczas których odgrywał przyjaciela — aż do momentu, kiedy znowu zjawił się adwokat i uzyskał natychmiastowe zwolnienie klienta.

W tym czasie Fifi przeszukał dokumentację w salonach samochodowych i warsztatach. Żadnej wzmianki o Rachidzie Nesaoui. Kobieta nie miała nawet prawa jazdy. Nikłe powiązanie między dwoma poprzednimi morderstwami i Guillardem w tym wypadku nie miało żadnego znaczenia.

Tym razem Guillard złożył skargę. Pod koniec maja Passan musiał stanąć przed sędzią. Jego działania były nielegalne. Nie miał żadnych dowodów, a jego zajadłość była pozbawiona motywu. Został skazany na dwa tysiące euro grzywny za nękanie, obelgi i celową brutalność, za przekroczenie uprawnień funkcjonariusza policji. Sędzia wziął pod uwagę historię jego służby i nie zasądził kary więzienia z zawieszeniem, której domagało się oskarżenie. Nie zgodził się także na zwolnienie go z pracy.

Passan przyjął wyrok bez protestu. Myślami był gdzie indziej. Właśnie dowiedział się, że na miejscu trzeciej zbrodni znaleziono DNA nieznanej osoby. On natomiast miał próbkę śliny Guillarda, którą pobrano od niego podczas zatrzymania. Adwokat domagał się natychmiastowego jej zniszczenia, ale jeśli Passan zareagowałby szybko, zdążyłby jeszcze zlecić wykonanie porównania.

Opuścił budynek sądu pospiesznym krokiem. Wziął próbkę z zamrażarki w Sądowym Instytucie Medycznym Jean-Verdier w Bondy, gdzie przechowywano inne zamrożone fragmenty, pobrane od podejrzanych i z bielizny zgwałconych kobiet. Udał się do Policyjnego Laboratorium Technicznego w Rosny-sous-Bois i poprosił jednego z ekspertów o porównanie obu próbek DNA. Zajęło to tylko parę godzin, Passana spotkało jednak nowe rozczarowanie — próbki DNA nie należały do tej samej osoby.

Ale przy okazji zdobył nową, zaskakującą informację: mapa genetyczna podejrzanego odsłoniła jego seksualną anomalię. Guillardowi doskonale udało się zamaskować swoją kobiecość. Wtopił się w tłum, ale co tak naprawdę działo się w jego głowie? Czy był mężczyzną, czy kobietą? A może obojgiem jednocześnie.

Passan wyobrażał sobie, jakie fizyczne i psychiczne tortury musiał znosić Guillard w domach dziecka, rodzinach zastępczych, ośrodkach pracy dla młodzieży. Strach przed rozebraniem się pod prysznicem, wizytami lekarskimi, przebieraniem się w szatniach... Poznał osobiście takie miejsca — nie było to nic przyjemnego. Jeśli Guillard wychował się w departamencie 93, miał naprawdę powód, by nie cierpieć tej okolicy, która wiązała się ze złymi wspomnieniami.

Skazany przez organa sprawiedliwości, potępiony przez zwierzchników, Passan postanowił kontynuować śledztwo na własną rękę. Dzwonił do szpitali w Saint-Denis, w La Courneuve, w sąsiednich miastach, szukając informacji na temat pacjenta o nazwisku Guillard. Na próżno. Tajemnicy lekarskiej chronił solidny mur i nie było mowy o tym, żeby prosić Związek Lekarzy o odstępstwo od reguły.

Wydział dla nieletnich pomocy społecznej także odmówił udzielenia jakiejkolwiek informacji. Passan nie miał też możliwości dalszego śledzenia Guillarda, nie wolno mu było się do niego zbliżać. W śledztwie dotyczącym trzeciej ofiary nie uzyskano lepszych rezultatów niż w wypadku dwóch poprzednich. Strach zawładnął departamentem. Ciężarne kobiety nie miały odwagi wychodzić z domu. Krążyły plotki, że zabójcą jest policjant, a morderstwa zleca rząd, żeby sterroryzować mieszkańców i pozbyć się ich z tych miast.

W dodatku media doskonale podsycały ogień, nasilając atmosferę paniki, podkreślając brak rezultatów w śledztwie. W tym chaosie zniknięcie Leïli Moujawad osiemnastego czerwca stanowiło moment kulminacyjny.

Passan był zaskoczony. W swym obsesyjnym dążeniu, by dopaść Guillarda, niemal zapomniał, że morderca, bez względu na to, kim jest, może znowu uderzyć. W pierwszej chwili chciał udać się do Guillarda i zmusić go do wyznania, gdzie uwięził ofiarę. Nie wolno mu było jednak działać, a już na pewno nie w ten sposób.

Pozostawały więc klasyczne metody. Wzmożone patrole, rozmowy z ludźmi z sąsiedztwa, apele do świadków. W rzeczywistości wszyscy spodziewali się, że znajdą już tylko zwłoki Leïli...

Wtedy właśnie Passan otrzymał bardzo istotną informację. Kilka tygodni wcześniej namówił pewnego człowieka z wydziału zajmującego się przestępstwami finansowymi, którego siedziba mieściła się przy rue du Château-des-Rentiers, by niezbyt zgodnie z prawem poszukał w internecie informacji na temat holdingu Patricka Guillarda. Nie bardzo wierzył w sukces, ale jego człowiek znalazł pośród wielu spółek przedsiębiorstwo usługowe o nazwie PALF, którego zakres działalności był sformułowany niejasno: „badania i praktyka w dziedzinie utrzymania i napraw samochodów". Przedsiębiorstwo to, z siedzibą na Jersey, wystawiało faktury za konsultacje wielu warsztatom. Inkasowało należności — dość wysokie — a potem przekazywało je angielsko-normandzkiej firmie SCI. Najwyraźniej Guillard wystawiał fikcyjne faktury w obrębie swoich spółek, ale o to nie można się było do niego przyczepić. Z tego bagna wynikło jedno — SCI z Jersey posiadało warsztat mechaniczny w Stains, którego nigdy nie wymieniano pośród licznych spółek Guillarda. Kryjówka? Sanktuarium?

Passan dostał tę informację w niedzielę, dziewiętnastego czerwca, pół godziny przed północą. Nie było sensu mówić o tym komukolwiek — nikt nie zechce interweniować przed dozwoloną godziną, czyli szóstą rano następnego dnia. A każda wzmianka z jego strony o Patricku Guillardzie mogła wywołać jedynie irytację.

Nie miał czasu do stracenia. Telefon do Fifi. Wyprawa we dwóch, bez niczyjej wiedzy, do siedziby warsztatu.

Wynik wiadomy.

Największa klęska w jego karierze zawodowej.

18

Passan potarł powieki i otworzył oczy.

Nic nowego.

Niepowiązane ze sobą fakty, informacje, które do niczego nie prowadziły, miały wpływ na jego organizm — kłucie w żołądku, kurcze w nogach, bóle w krzyżu.

O drugiej w nocy nadal nie czuł senności. Sięgnął do następnego pudła i wyjął zdjęcia z miejsca zbrodni. Przed zanurzeniem się w koszmar napełnił kubek kawą.

Audrey Seurat. Karina Bernard. Rachida Nesaoui. Ta sama sceneria, ten sam wygląd zwłok, albo prawie ten sam. Martwe ciała kobiet, których biel mocno kontrastowała z czarną glinką lub z zielenią trawy, były połączone ze zwęglonymi zwłokami dzieci, jakby kawałkiem wyschniętego sznurka.

Oglądał te zdjęcia po tysiąc razy i nie robiły już na nim większego wrażenia. Tym razem przypomniały mu wydarzenia z dnia poprzedniego. Zamieszanie z bandziorami.

Guillard na progu swojego warsztatu. A w środku kolejny trup, kolejny ogień. Zabójca broniący się przed jego ciosami... Potem zobaczył w myślach siebie na jezdni i zbliżającą się półciężarówkę...

Oprzytomniał, słysząc jej klakson.

Łyk kawy. W głębi jego świadomości pozostawał jakiś szczegół, ale nie wiedział, co to takiego.

Coś bardzo ważnego.

Wrócił do protokołów. Patrick Guillard stoi na progu warsztatu. Czarny płaszcz. Biała czaszka. Refleksy wirującego światła na jego spłoszonej twarzy.

Trzeba się skupić. Ma na rękach jasnoniebieskie rękawiczki poplamione krwią...

Obraz wydarzeń przemknął Passanowi w pamięci. Mija kilka minut.

Stop. Guillard nie ma już rękawiczek na rękach.

Passan chwycił komórkę. Gorączkowo wystukał numer.

— Halo? — rzucił Fifi zaspanym głosem.

— To ja. Wiem, jak przygwoździć Guillarda.

— Słucham?

Passon usłyszał szelest pościeli. Dał swojemu zastępcy kilka sekund, by otrząsnął się ze snu.

— Kiedy rzucił się do ucieczki, miał na dłoniach rękawiczki chirurgiczne. Gdy go dogoniłem na szosie, już ich nie miał. Musiał je cisnąć gdzieś na polu.

— No i co z tego? — Głos porucznika świadczył o tym, że odzyskał już jasność myślenia.

— Te rękawiczki to brakujący dowód. Z jednej strony jest na nich krew ofiary, a z drugiej ślady, które pozostawiły

111

dłonie Guillarda. Drobinki potu, złuszczony naskórek. Te rękawiczki to jego bilet do mamra!

Znowu szelest pościeli, szczęk zapalniczki.

— W porządku — rzekł Fifi, zaciągając się dymem z papierosa. — Co zamierzasz?

— Trzeba przeszukać ten teren.

— Kiedy?

— Teraz. Zaraz po ciebie przyjadę.

19

— Budźcie się, potwory!

Naoko rozsunęła do połowy zasłony, żeby wpuścić światło do pokoju. Spała źle, zaledwie kilka godzin. Obudziła się o świcie i wsłuchiwała w monotonne odgłosy deszczu. W półmroku, kołysana miarowo spadającymi kroplami wody, doznała wrażenia, że znajduje się w Tokio. Na jej wyspie ulewy zdarzają się tak często jak kobietom łzy.

Cierpliwie czekała na porę budzenia dzieci, wciąż zadając sobie w duchu te same pytania. Czy naprawdę trzeba sprzedawać dom? Czy pomysł mieszkania z dziećmi na zmianę jest dobry? Postanowiła, że jeszcze tego dnia porozmawia o tym z Passanem.

Nachyliła się nad Shinjim i delikatnie go pocałowała. Patrzyła na śpiących chłopców, z trudem zmusiła się do tego, żeby ich budzić. Nieustannie walczyła z naturalną skłonnością do czułości, delikatności. Żeby to zrównoważyć, była jeszcze bardziej stanowcza i podkreślała swój autorytet.

— Wstawaj, kochanie — szepnęła po japońsku.

Podeszła do Hirokiego, który budził się o wiele łatwiej. Chłopiec otrząsnął się. Tak naprawdę, Naoko nie potrafiła wyrażać uczuć. To za sprawą brutalności ojca źle sobie z tym radziła.

— Wstawaj, Shinji! — powiedziała do starszego synka, który wciąż się nie ruszał.

Odsłoniła całkiem zasłony i wróciła do niego, zdecydowana wyciągnąć go z łóżka. Stanęła jak wryta — spod jego poduszki wystawał lizak Chupa Chups.

Poczuła na skórze mrowienie. Gwałtownie potrząsnęła chłopcem.

— Obudź się!

W końcu otworzył jedno oko.

— Kto ci to dał? — zapytała po francusku, wymachując lizakiem.

— Nie wiem...

Wiedziona intuicją odwróciła się do Hirokiego. Siedział na łóżku, trzymając w rączkach chupa chupsa.

Wyrwała mu go i krzyknęła:

— Kto wam je dał?! Kiedy?!

Milczenie i niezdecydowanie synka wystarczyły za odpowiedź. Passan! W nocy wślizgnął się do domu i włożył lizaki pod poduszki chłopców...

— Tatuś tutaj był, tak? — Rzuciła się do Shinjiego, który w końcu wstał, i chwyciła go mocno za ramię. — Tatuś?

— To boli...

— Odpowiadaj!

Shinji potarł oczy.

— Ja nic nie wiem.

— Ubieraj się!

Naoko otworzyła szafę, żeby wyjąć ubrania synów.

Opanować się.

Nie dzwonić do niego teraz.

A przede wszystkim dać spokój chłopcom.

Podeszła znowu do Shinjiego, który wciąż jeszcze był zaspany. Zmusiwszy się do spokoju, pomagała mu się ubierać. Hiroki poszedł już do łazienki i mył zęby. Zapięła pasek od spodni starszego synka i kazała mu pójść w ślady brata.

Prostując się, czuła, jak ogarnia ją bezgraniczne zmęczenie. Miała ochotę rzucić się na łóżko i rozpłakać. Na szczęście wracająca złość pomogła jej się opanować.

Passan nie tracił czasu.

20

Trzy godziny brnięcia po błocie. Trzy godziny w strugach nawracającej ulewy.

Passan i Fifi chodzili w nikłym świetle poranka. Widzieli mleczną poświatę przebijającą się przez szarą zasłonę deszczu. W jakimś sensie taka pogoda działała na ich korzyść. Nigdzie żywego ducha, ani przy domach, ani w okolicy placów budowy, ani na całym pustym terenie. Le Clos-Saint-Lazare nie chciało się obudzić.

Passan obawiał się, że deszcz zniszczył ślady na rękawiczkach. Jeśli w ogóle uda im się je znaleźć...

Jak do tej pory poszukiwania nie przyniosły rezultatu. Zaczęli od bramy warsztatu Guillarda, przeszli przez cały plac, następnie przeczesali pusty teren w kierunku szosy. Uzbrojeni w narzędzia znalezione na placu — Passan w blokadę kierownicy w kształcie litery U, Fifi w antenę radiową — grzebali w ziemi, rozgarniali trawę, odrzucali na bok śmieci.

Mimo zimna Passan pocił się z wrażenia. Co chwila oglądał się za siebie, czy nie zobaczy zakapturzonych głów. Wraz z pierwszymi pociągami RER wracały z nocnych wypadów bandy zbirów i najczęściej o świcie dochodziło do najgorszych bójek. Bał się także, że może pojawić się patrol lokalnej policji albo oddział brygady kryminalnej. Jego obecność tutaj nie byłaby dobrze widziana.

Spojrzał na zegarek: dziesięć po ósmej. Wkrótce miał się stawić w Centralnej Dyrekcji Policji Sądowej. Znowu niepowodzenie. Nie był nawet pewny swojego pomysłu. Guillard mógł wrócić po rękawiczki. Może wiatr zagnał je nie wiadomo gdzie. Albo znalazły je dzieciaki i gdzieś rzuciły. Wprawdzie teren był ogrodzony żółtymi taśmami zabraniającymi wstępu, ale tutaj nikt się nie przejmował tego rodzaju ostrzeżeniami. Przeciwnie...

— Zrobimy sobie przerwę?

Passan kiwnął głową. Fifi zapalił jointa i tylko z grzeczności zaproponował mu, żeby się sztachnął, jego przełożony nie tykał bowiem żadnych narkotyków. Potem Fifi usiadł na zardzewiałej lodówce i wyjął z kieszeni srebrzystą piersiówkę. Odkręcił korek i podał ją Passanowi. Ten ponownie odmówił. Porucznik upił mały łyk.

— Powinieneś z tym skończyć — upomniał go szef. — Przekraczasz już pewne granice.

Fifi się zaśmiał.

— Przyganiał kocioł garnkowi.

— O co ci chodzi?

— Chcesz sprawiać wrażenie, że postępujesz jak należy, a tak naprawdę straciłeś kontrolę.

— Nie rozumiem.

— Ta historia z Akuszerem... Nie panujesz już nad niczym.

117

Passan przysiadł na porzuconym wraku motoroweru bez kół.

— Chcę dokończyć swoją robotę, to wszystko.

— Prawie zlinczowałeś tego faceta, rozwaliłeś biurko sędziego, a teraz od świtu szukasz lateksowych rękawiczek...

— Powlekanych nitrylem, nie lateksowych.

— Niech sobie będą powlekane, czym chcesz... Jesteśmy na tym zaplutym terenie całkowicie nielegalnie. Powinieneś podać się do dymisji, byłoby szybciej.

Passan naciągnął na głowę kaptur, bo woda ściekała mu za kołnierz.

— Jak zostaniesz bez pracy — mówił dalej Fifi — to z czego będziesz płacił alimenty?

— Nie będzie żadnych alimentów.

— To się okaże.

— Naoko zarabia więcej niż ja, a dziećmi będziemy zajmować się na zmianę.

Fifi pokiwał głową, znowu wypił łyk, po czym westchnął z satysfakcją, jakby zaspokoił pragnienie na cały rok.

— A ta historia z waszym domem — ciągnął szorstkim głosem. — Jesteś tylko jego współwłaścicielem. Mówisz o jakimś planie. To pomysł Naoko, prawda?

— Skądże znowu. Dlaczego tak uważasz?

Porucznik zaciągnął się jointem tak mocno, że czerwonawy ognik odbił się w jego oczach.

— Bo ja wiem... Ona zawsze miała przedziwne pomysły.

Starając się utrzymać równowagę na siodełku, Passan pochylił się nad kierownicą motoroweru.

— Do czego zmierzasz?

— Japończycy różnią się od nas, to nie nowina. Sam zawsze powtarzałeś, że Naoko jest jakaś... inna.

— Tak mówiłem? — Passan udał, że jest zdziwiony. — Podaj przykład.

— Jest wyjątkowo twarda wobec dzieci.

— Nie wyjątkowo twarda, tylko surowa; to wszystko. I robi to dla ich dobra.

Fifi znowu się napił i ponownie sztachnął — jakby w tym cholernym rytmie znajdował natchnienie.

— Nie byłeś nawet przy ich urodzeniu! — krzyknął, jakby nagle przyszedł mu do głowy ten decydujący argument.

Passan nie spodziewał się ataku od tej strony.

— Chciała rodzić w swoim kraju — odezwał się po kilku sekundach. — Żeby dzieci miały obywatelstwo japońskie. Uszanowałem jej decyzję.

— Ale pojechała bez ciebie — dodał bezlitośnie porucznik.

Passan zachmurzył się. Żałował teraz, że zdradził mu ten sekret.

— Chciała być ze swoimi rodzicami — burknął. — Tłumaczyła, że rodzenie to sprawa intymna, że potrzebuje matki. Tak czy siak, nie mogłem jej towarzyszyć z powodu pracy...

Fifi nie odezwał się. Zapalił nowego jointa, a Passan pomyślał, że jego zastępca za chwilę zacznie pluć ogniem. Słychać było tylko odległy szum deszczu na szosie. Przypomniał sobie, jak siedział ukryty w wozie operacyjnym, kiedy Naoko zmęczonym, ochrypłym głosem poinformowała go przez telefon o narodzinach ich pierwszego syna... Ponad dziesięć tysięcy kilometrów od Paryża.

— To była jej decyzja — powtórzył. — I ja ją szanuję.

Fifi rozłożył ręce w wymownym geście.

— Jest inna, to fakt.

Jego przełożony zerwał się z siodełka i z blokadą kierownicy w ręce podszedł do porucznika; ten cofnął się odruchowo.

— Co ty mi tu pieprzysz! Między nią i mną wszystko skończone i... — Passanowi przerwał sygnał komórki.

— Słucham.

— Co to za historia z tymi lizakami? — zapytała opryskliwie Naoko. Bez przywitania, bez jednego miłego słowa. — Wszedłeś do domu w nocy?

— Nic podobnego.

— Bierzesz mnie za idiotkę. Zawarliśmy umowę. To mój tydzień. Nie masz prawa stawiać nogi w domu.

Passan nic nie rozumiał. Próbował wydobyć z niej jakieś wyjaśnienia.

— Uspokój się. Powiedz, co mi dokładnie zarzucasz.

— Zarzucam ci, że jak złodziej wkradłeś się w nocy do domu i wsunąłeś chłopcom pod poduszki lizaki. Zarzucam ci, że z niewiadomego powodu zgrywasz Świętego Mikołaja i nie dotrzymujesz naszej umowy. Zarzucam ci, że burzysz wspólnie ułożony plan.

Passan już jej nie słuchał. Ktoś obcy wtargnął do ich domu. Do pokoju chłopców. Ostrzeżenie? Groźba? Prowokacja? Ale kto?

Powoli do jego świadomości dotarł głos Naoko.

— To bardzo ważne dla dzieci — mówiła. — One muszą mieć spokój.

— Rozumiem.

Usłyszał jej westchnienie. Minęło kilka sekund. Chciał jeszcze o coś zapytać, kiedy odezwała się znowu:

— Chcę, żebyś wpadł do mnie do pracy.

— Kiedy?

— Dziś.

— Po co?

— Oddasz mi swoje klucze. Tydzień dla każdego z nas i jeden komplet kluczy.

— To śmieszne. To...

— Czekam na ciebie przed lunchem.

Rozłączyła się, a on spoglądał na komórkę. Nie mógł przestać myśleć o jednym — wróg wszedł do jego domu, do pokoju synów. Czuł się tak, jakby ktoś wciskał mu łom w żołądek.

Stojąc na wietrze i w deszczu, Fifi śpiewał ironicznym tonem piosenkę Juliena Clerca *Moja wybranka*:

— *Wierzcie mi, ja jeden tylko wiem, kiedy jest jej zimno. Jej wzrok...*

Z trudem zdołał się uchylić przed metalową wajchą, którą Passan rzucił w jego kierunku.

21

Niecałą godzinę później Passan wchodził do ogromnego holu budynku, w którym znajdowało się biuro Naoko. Marmurowa posadzka. Szereg kolumn. Wysoki sufit przyprawiający o zawrót głowy. Zamiast okien gigantyczne szklane tafle, zwrócone ku połyskliwym ścianom innych wieżowców. Przeklęte miejsce poświęcone kultowi boga Zysku.

Przyspieszył. Miał wrażenie, że jego kroki powodują piekielny hałas. Firma Naoko zajmowała dwa piętra. Biuro audytowe, o którym mówiono, że robi bilans każdej firmy z chirurgiczną precyzją. Bez bicia piany sporządzano tu sprawozdania stawiające diagnozy zbawienne lub zgubne, w zależności od punktu widzenia. Kasowanie filii. Licencje. Wyznaczanie celów...

Ta ogromna przestrzeń ze stali i szkła, w której głos odbijał się echem, przytłaczała go. Podobnie jak czekająca na niego Naoko. Stała ze skrzyżowanymi rękami przy czerwonych kanapach przypominających łodzie ratunkowe zagubione na bezmiernym oceanie.

Od razu zauważył, że jest w złym humorze. Jej twarz przypominała maskę, uprzejmą, nieprzeniknioną. Pasujący do otoczenia lodowy posąg.

Spojrzała na Passana z dezaprobatą — był przemoczony, wymięty, nieogolony. Potem bez słowa opuściła ręce i wyciągnęła otwartą dłoń.

Udał, że nie rozumie, o co jej chodzi. Miała na sobie sukienkę w pastelowym kolorze, podkreślającą delikatną, filigranową sylwetkę. Połyskujący na ramionach szal tworzył wokół niej lekką, promienistą, zniewalającą aurę. Stała z głową wysuniętą do przodu, na twarzy malowały się upór i zdecydowanie.

— Twoje klucze — rzuciła tonem policjanta, który każe złodziejowi opróżnić kieszenie.

— To absurd — powiedział, wyjmując klucze.

— Absurdem jest kupowanie miłości dzieci w zamian za lizaki.

Położył klucze na jej dłoni, którą mocno zacisnęła. Miała pewną szczególną cechę — przy najmniejszym wzruszeniu zaczynały jej drżeć palce i usta. Passan zawsze się zastanawiał, skąd się wzięła opinia o niezwykłym opanowaniu Japończyków. Nigdy nie spotkał nikogo tak gwałtownego w reakcjach, tak wrażliwego jak Naoko. Jej nerwy były napięte jak struny koto.

— Chcesz postawić straż przy dzieciach? — spytał.

— Nie mów głupstw.

— Co ty właściwie knujesz?

— Ależ nic. Zupełnie nic. Przysięgam.

Oboje zamilkli. Szum panujący w holu odbijał się echem od wysokiego sufitu. Przypominał szepty wiernych przed mszą.

— O której godzinie znalazłaś te lizaki?

— Rano, w ich łóżkach. Ja... — Naoko przerwała. Zbladła. — To nie ty?

— Ja — odparł Passan, opuszczając wzrok.

— To żałosne.

— Chciałbym także być przy nich, rozumiesz?

— Ustaliliśmy, że każde z nas ma swój tydzień, i basta. Jeśli nie pomożesz im przywyknąć do nowych reguł, nigdy nam się to nie uda.

Nie odpowiedział. Naoko miała jeszcze jeden szczególny odruch, który ujawniał się, kiedy była zdenerwowana — mrugała o wiele szybciej niż jakakolwiek Europejka. Czasami ten gwałtowny ruch powiek nadawał jej twarzy żywy, figlarny wygląd. Kiedy indziej sprawiała wrażenie, jakby była przerażona brutalną rzeczywistością, oślepiona bezwzględnością świata.

— Na razie — powiedział na koniec. — Zadzwonię do ciebie wieczorem. — Odwróciła się i skierowała do wind.

— Nie trudź się.

22

Passan jechał obwodnicą. W młodości często przemierzał na motorowerze ten betonowy krąg wokół la Défense. Można śmiało powiedzieć, że dzielnica się rozbudowała. Wieżowce EDF, CBX, kompleks Exaltis, Cœur Défense. Szklane iglice. Połyskujące szczyty. Bloki z przezroczystymi ścianami. Wszystko to wdarło się w asfalt, wcisnęło w skorupę ziemi. Tektonika kapitałów i lokat.

Filozofowanie było niewiele warte wobec tego, co się stało. Ktoś wtargnął do domu. Pogwałcono przestrzeń prywatną Passana. Sprofanowano azyl jego żony i dzieci. Jak to się mogło stać? Prawdę mówiąc, nie było to trudne. Mimo doświadczenia zawodowego w sprawach kryminalnych nie chciał zainstalować podwójnych zamków, pancernych drzwi, systemu alarmowego. Wyrażała się w tym jego bardzo silna skłonność do przesądów: „Zbytnia przezorność prowokuje złodzieja" albo: „Im bardziej boisz się nieszczęścia, tym szybciej je na siebie ściągniesz".

Dwie idiotyczne maksymy, od których nie umiał się oderwać.

Natomiast Naoko, dla równowagi, stale okazywała chorobliwy niepokój, sprawdzała po trzy razy zamki w drzwiach, w tłumie wciąż oglądała się za siebie, ściskając mocno torebkę. Nie udało się jej jednak wymóc na nim zainstalowania solidnego systemu ochrony domu.

Co wieczór sprawdzała, czy wszystkie drzwi i okna są zamknięte. Gdyby zamki były wyważone, zauważyłaby. Drugą zagadkę stanowił Diego. Ulubieniec wszystkich domowników nie był mistrzem w pilnowaniu, ale bez szczekania nigdy nie wpuszczał nikogo do pokoju chłopców.

Passan próbował sobie wyobrazić profil intruza — zawodowy włamywacz, nocny ptaszek... Przez głowę przemknęły mu nazwiska, szybko jednak zostało tylko jedno — Patrick Guillard. To przekonanie zrodziło się w głębi jego umysłu. Do jego domu wszedł Akuszer. Było to ostrzeżenie — Passan nie powinien więcej się do niego zbliżać. W przeciwnym wypadku konflikt między nimi zostanie załatwiony na innym terenie.

Dojechał do rue des Trois-Fontanot. Nie. To nie miało sensu. Guillard nigdy nie podjąłby takiego ryzyka. O wiele prościej było dalej prowadzić zabawę z ofiarami i pozwolić działać prawu. Niewinny, męczennik — żadnego powodu, żeby zmieniać linię postępowania.

Trzeba sporządzić wykaz wrogów. Bandziory, których dopadł ostatnio, ale nie zostali jeszcze aresztowani. Przestępcy, których zapuszkował, ale zdążyli już wyjść z więzienia. Ci, którzy jeszcze byli w więzieniu, ale mieli na zewnątrz wspólników.

Kiedy wjeżdżał na parking, znowu pomyślał o Guillardzie. W tym momencie zdał sobie sprawę ze sprzeczności swoich

126

uczuć. Przerażało go, że ktoś zagroził jego synkom, ale jednocześnie miał pewną satysfakcję. Nareszcie drań wyszedł ze swojej kryjówki...

Passan zgasił silnik i zastanawiał się nad rozmiarami własnego szaleństwa. Czy był bardziej policjantem niż ojcem? Pomimo niebezpieczeństwa, które zawisło nad jego bliskimi, czuł podniecenie wojownika. Guillard popełnił w końcu błąd, a Passan czekał na to od miesięcy.

Zamykając drzwi samochodu, uświadomił sobie, że jest naprawdę stuknięty. Należałoby przeszukać własny dom. Odnaleźć ślady włamania. Zebrać odciski palców. Popytać sąsiadów... Nie mógł tego zrobić bez wyjaśnienia Naoko, jaka jest sytuacja, a o tym nie było mowy.

Skierował się do windy. Intruz bez wątpienia był bardzo ostrożny i nie zostawił żadnych śladów. Jedyne, co teraz pozostawało Passanowi, to działania zapobiegawcze. Stały nadzór nad wskazanym celem. Nad rodziną.

23

— Chcę, żeby moja okolica była patrolowana w dzień i w nocy. Przed moim domem ma stać wóz operacyjny. Nie spuszczać z oka Guillarda przez dwadzieścia cztery godziny na dobę. Ustawić wóz operacyjny przed rezydencją na square Chézy i ekipy przy każdym z jego warsztatów. Ma być cały czas pod obserwacją! Jeśli ten pomyleniec zakaszle, chcę usłyszeć to w moim telefonie!

Szedł szybko korytarzem, a Fifi dreptał za nim drobnym kroczkiem.

— Nie mamy takich możliwości, Olive. Wiesz o tym.

— Zadzwonię do sędziego.

— Nie ma potrzeby. Wysłano już ludzi, którzy śledzą Guillarda.

Passan stanął.

— Kogo?

— Z brygady kryminalnej. Albuya i Malençona.

Znał ich obu. Nie byle harcerzyki, ale doświadczeni antyterroryści, częściej chodzący w kamizelkach z kevlaru i ochronnych kaskach niż po cywilnemu.

— Kto ich wezwał? Levy?

— Nie. Calvini. — Fifi uśmiechnął się szeroko, pokazując żółte zęby. — Jest sprytniejszy, niż sądzisz. Nie potrzebuje twoich rad, żeby mieć Guillarda na oku.

— Nie ufam mu — odrzekł rozdrażniony Passan. — Chcę, żeby tę robotę wykonywali nasi chłopcy, kapujesz?

— To ty nie kapujesz. Dzisiaj nie możesz nikogo wyznaczać...

Passan ruszył sprężystym krokiem i wybuchnął śmiechem.

— Bo odebrano mi tę sprawę? Co mam do stracenia? Wyznacz grupę niby do czegoś innego. Cholera, czy mam cię uczyć zawodu?! — Kiedy dotarł do swojego pokoju, przekonał się, że drzwi są zamknięte. Nerwowo wyjął klucz. Nie pasował. Gdy przypatrzył się lepiej, zobaczył, że zamek w drzwiach został zmieniony. Jeszcze było widać błyszczące ślady smaru. — A co to ma znaczyć?

— To właśnie usiłowałem ci wyjaśnić, jak tylko przyszedłeś. Zostałeś przeniesiony na trzecie piętro. Do biura statystyki.

— Jakiej statystyki?

— Sprawy niewyjaśnione. Wskaźniki przestępczości. Wzrost przestępstw w departamencie dziewięćdziesiątym drugim w ostatnim półroczu.

— To może zrobić każdy komputer.

— Liczą na twoje eksperckie oko.

— Nie pracuję u nich!

Porucznik wyjął z kieszeni kopertę.

— Oficjalne powołanie. Zostałeś oddelegowany z brygady

129

kryminalnej. Sprawa wyjątkowa. Wyznaczono cię do sporządzenia tego raportu dla Ministerstwa Spraw Wewnętrznych — powiedział ironicznym tonem. — To rodzaj wyróżnienia.

— A co z naszymi bieżącymi dochodzeniami?

— Przejął je Reza.

— Reza z komendy głównej na Quai des Orfèvres?

— Wracamy tam.

— Beze mnie?

Fifi nie odpowiedział. Passan wsunął palce we włosy, jakby spodziewał się tam znaleźć jakiś pomysł, wytłumaczenie.

— Kurwa mać! — syknął przez zęby.

— Właśnie. Ponieważ sprawa z poprzedniej nocy nie została załatwiona, powinieneś przyjąć to spokojnie. Zajmij się cyframi i niech o tobie zapomną.

— A co z ochroną mojego domu?

— Jedyne, co w tej chwili możesz zrobić, to złożyć skargę w twoim komisariacie. Jednak, szczerze mówiąc, zdziwiłbym się, gdyby ci się udało coś załatwić w związku z tą historią z podrzuconymi lizakami.

Passan, zaciskając szczęki, przyznał mu rację kiwnięciem głowy. W gardle czuł palącą gorycz.

— Pokazać ci twoje nowe biuro? — spytał Fifi.

Bez słowa weszli na trzecie piętro. Wszystko wyglądało tam identycznie jak na dole — wykładzina, oświetlenie... Jednak ani ściany, ani drzwi nie były oszklone. Przynajmniej będzie mógł sobie podrzemać albo się masturbować.

Porucznik otworzył kluczem drzwi pokoju numer trzysta czternaście. Stanął z boku i podał klucz Passanowi; ten ocenił wzrokiem swój nowy gabinet. Jak na ironię ten smutny obraz oświetlało promieniami słońce. Pokój od podłogi do sufitu był wypełniony teczkami akt. Dostęp do szaf blokowały ułożone na podłodze stosy segregatorów. Metalowe biurko było zawalone pożółkłymi i postrzępionymi papierzyskami.

— Na co mi te śmieci?

— Żebyś mógł porównać aktualne dane z poprzednimi latami.

Passan wszedł do środka. W świetle słońca widać było zalegający wszędzie kurz.

Fifi, stojąc na progu, obserwował przełożonego z uśmiechem na ustach. Passan pomyślał, że kpi z niego, ale porucznik wyjął z kieszeni samoprzylepną kartkę.

— Dzisiejszy dzień nie jest dla ciebie tak całkiem stracony.

— Co to takiego?

— Wiadomość dnia.

Passan wziął od niego karteczkę i przeczytał: „Nicolas Vernant". Podniósł pytający wzrok na Fifi.

— Byłem dzisiaj na kawie z pewnym facetem z OCRTEH. Szykują zasadzkę. Od miesięcy śledzą w internecie siatkę pedofilów.

— Vernant jest na tej liście?

— Przez rok prawie trzy tysiące razy wchodził na najgorsze strony z pornografią dziecięcą. Ma pseudonim Sadko.

— No i co z tego?

— A to, że pracuje w ośrodku pomocy społecznej dla nieletnich w Nanterre.

Passan natychmiast zrozumiał. Uprzedzić typa i zawrzeć z nim umowę. Usunięcie z listy jego nazwiska w zamian za teczkę z aktami Patricka Guillarda. Czysty blef. Nie miał uprawnień, żeby proponować taki układ, i nigdy nie oszczę-

131

dziłby żadnego pedofila. Ale kto o tym wie? Na pewno nie ten drań.

— Kiedy mają go przyskrzynić?

— W piątek. Masz czas do końca tygodnia, żeby wyciągnąć od niego te akta. Biura tego ośrodka znajdują się w merostwie w Nanterre, niedaleko stąd i...

— Wiem.

Passan schował kartkę do kieszeni, skinął głową, dziękując Fifi, a kiedy ten zniknął, zamknął za nim drzwi. Podniósł słuchawkę telefonu na biurku.

Musiał wejść w to bagno. Zawrzeć umowę z pedofilem, żeby dostać dokumenty dotyczące domniemanego mordercy. Miał możliwość poznać przeszłość tego potwora... Być może oskarżyć i aresztować.

Dobre nowiny dla policjanta.

24

Solidarność policjantów.

Passan postanowił wykorzystać otrzymaną informację i zaszantażować Nicolasa Vernanta. Zadzwonił do jego biura, przedstawił się i wygarnął wszystko — obserwacja w internecie, zasadzka w najbliższy piątek, jego nazwisko na liście... Wyjaśnił, że chce oszczędzić mu najgorszego. Nie dopuścić do aresztowania. Uniknąć tym sposobem skandalu w administracji francuskiej.

Vernant zaczął protestować, ale Passan nazwał go Sadko i na koniec powiedział: „To nie jest rozmowa na telefon". Wyznaczył mu spotkanie o godzinie osiemnastej w kawiarni Chris'Belle w Nanterre; znał ją, mieściła się na tyłach budynku w kształcie piramidy. Vernant nie zdążył odpowiedzieć, bo Passan już przerwał połączenie.

Cały dzień, zamiast studiować archiwa, poświęcił na analizowanie świeżych zwolnień z więzienia tych wszystkich, których kiedyś wpakował za kratki. Dzwoniąc w wiele miejsc, niszcząc oczy wpatrywaniem się w papiery i ekran komputera, sprawdził procesy, akta apelacji, prośby o zwolnienie warunkowe, sytuację i alibi każdego ze swoich wrogów. Kontaktował się z kolegami, konfidentami, starymi znajomymi, żeby zdobyć informacje o tych wszystkich, którzy mogli mieć do niego jakieś pretensje. Po trzech latach pracy w policji sądowej, czterech w brygadzie antyterrorystycznej, a następnie siedmiu w brygadzie kryminalnej nie było ich mało.

Nie znalazł nic konkretnego. Tylko nałykał się kurzu, a mózg zatruł sobie paskudnymi wspomnieniami. Nie zdołał jednak stworzyć listy poważnych podejrzanych.

Udało mu się załatwić jedynie to, że patrol z komisariatu na placu du Moutier w Suresnes miał od czasu do czasu przejeżdżać przed jego domem. Niewiele, ale lepsze to niż nic. Nie złożył skargi, nie podpisał żadnego dokumentu. Policjanci oddawali mu tę przysługę przez zawodową solidarność. Naoko z dziećmi jeszcze nie wróciła. W kwestii obserwacji domu wieczorami miał własny pomysł.

O siedemnastej trzydzieści jechał avenue Joliot-Curie w Nanterre do kawiarni, w której umówił się na spotkanie. Gdy znalazł się przed merostwem, dużą budowlą w kształcie piramidy Majów, zatrzymał się na wielopoziomowym parkingu i skierował do położonej niżej rue du 8-mai-1945. Znał tę okolicę na pamięć. Właśnie tym pasażem chodził kiedyś, gdy urywał się z lekcji.

Już tu kiedyś był — na początku służby w brygadzie kryminalnej, dwudziestego siódmego marca 2002 roku, kiedy Richard Durn zabił ośmiu radnych, a kolejnych dziewiętnastu ranił nożem. Na miejscu masakry zastanawiał się, czy przypadkiem nie chodził do klasy z tym pomylonym zabójcą. Obaj urodzili się w 1968 roku i z pewnością siedzieli na tych samych krzesłach w tych samych salach liceum imienia Joliot-Curie, znajdującym się naprzeciw merostwa. Jednocześnie dziękował niebu, że sam uniknął drogi przestępstwa. Chris'Belle nie zmieniła się. Była jak grota z pleksiglasu, wmontowana w zbrojony beton grubości jednego piętra. Przypominał sobie, że nazwa lokalu powstała z połączenia imion dwójki dzieci właściciela — Christiana i Isabelle. Wszedł do środka. Tu też nie dostrzegł żadnych zmian. Wnętrze częściowo w drewnie, częściowo w skórze, częściowo w marmurze. Ponure oświetlenie miało w sobie coś sztucznego.

Od razu wypatrzył swojego „klienta" przycupniętego w głębi jednego z boksów. Chudzielec z czaszką jak głowa cukru siedział przy kuflu piwa. Passanowi płacono za to, żeby nigdy nie oceniał człowieka z wyglądu, ale wygląd tego faceta nie pozostawiał złudzeń. Tłuste włosy i blada cera, błyszcząca w przyćmionym świetle sali. Zboczeniec.

Passan usiadł przed nim gwałtownie. Kiedy mężczyzna drgnął, oficer wiedział już, że to właśnie ten, którego szukał. Wyjął z kieszeni plik złożonych na pół papierów — jakieś wykazy, które wziął na chybił trafił ze sterty dokumentów w swoim biurze.

— Wiesz, co to jest? — zapytał.

— Nie... nie.

— Wykaz wejść na pewien obrzydliwy portal.

Vernant z wystraszoną miną popatrzył na kartki.

— Nie... rozumiem.

— Nie rozumiesz? — Passan nachylił się i zniżając głos, powiedział: — Twój pseudonim występuje na tej liście ponad tysiąc razy. Są nawet dowody na to, że zaglądałeś na tę ohydną

135

stronę ze swojego biura. Chcesz, żebym ci podał daty i godziny?

Vernant z bladego zrobił się biały jak śmierć. Passan miał go już w garści.

— W ośrodku macie pewnie bałagan?

Wciśnięty w kanapę pedofil próbował zachować obojętny wyraz twarzy. Wyciągnął rękę po plik kartek. Passan chwycił go za nadgarstek i wykręcił z taką siłą, że tamten aż pisnął z bólu.

— Nie ruszaj. Jeszcze się nie dogadaliśmy.

Gdy zwolnił uścisk, Vernant ze łzami w oczach schował rękę pod stół.

Pojawił się przy nich kelner.

— Co panowie zamawiają?

— Dziękujemy, nic — odrzekł Passan, nie spuszczając wzroku ze swojej ofiary.

— Niestety, muszą panowie coś zamówić.

Passan spojrzał do góry i zobaczył około czterdziestoletniego, potężnie zbudowanego mężczyznę z nieprzyjazną miną. Domyślił się, że jest to Christian, syn właściciela lokalu.

— A ty? Czego sobie życzysz? — spytał, wyjmując legitymację.

Facet ulotnił się. Vernant skurczył się na swoim krześle. Z każdą sekundą wyglądał na coraz bardziej zagubionego, coraz bardziej przerażonego. Pojął, że będzie musiał ulec.

— Z typami takimi jak ty można się rozprawić w dwojaki sposób — podjął Passan lodowatym tonem. — Metodą łagodną i metodą brutalną.

Vernant próbował przełknąć ślinę. Jabłko Adama mu drgało, ale najwyraźniej ślina nie przechodziła przez gardło.

— Metoda łagodna polega na tym, że natychmiast zabiorę cię stąd w ustronne miejsce i zmiażdżę ci jaja między dwoma kamieniami. To mój własny patent na kastrację.

Vernant milczał; pocierał dłonie, niemal zdzierając z nich skórę.

— A metoda brutalna? — wydusił w końcu.

— Droga wymiaru sprawiedliwości. Z tym, co już na ciebie mają i co ja dorzucę od siebie, dostaniesz dobre kilka lat.

— Pan...

— W pudle typy takie jak ty są traktowane w sposób specjalny. Trwa to dłużej niż operacja z kamieniami i jest bardziej bolesne, ale ostateczny rezultat niczym się nie różni. Będziesz mógł nosić swoje jaja w pudełeczku, jak eunuchowie z czasów cesarstwa chińskiego.

— Czy pan... czy pan naprawdę jest policjantem?

Passan uśmiechnął się.

— Wielu jest policjantów podobnych do mnie, mój drogi. Na szczęście. Bo inaczej tacy skurwiele jak ty chodziliby na wolności i zabawiali się z małymi chłopcami.

— Czego... czego pan chce?

— Masz pióro?

Urzędnik podał mu długopis. Bez wątpienia spodziewał się, że Passan wyrwie mu paznokcie lub wydłubie oko.

— Ręka.

Vernant pewnie pomyślał, że czeka go wersja z paznokciem. Passan tymczasem zapisał we wnętrzu jego dłoni nazwisko Guillarda.

— Urodził się jako dziecko nieznanych rodziców siedemnastego lipca tysiąc dziewięćset siedemdziesiątego pierwszego roku w Saint-Denis. Potrzebne mi są jego akta, jutro w południe, w tym samym miejscu.

— To niemożliwe. Takie akta są poufne i to nie mój wydział.

Passan pomachał plikiem papierów.

— Tak naprawdę niemożliwe jest też usunięcie twojego parszywego nazwiska z tej listy.

Vernant spojrzał na wnętrze dłoni.

— To... bardzo popularne nazwisko.

— Siedemnasty lipca tysiąc dziewięćset siedemdziesiątego pierwszego roku. Saint-Denis. Na pewno sobie poradzisz. Wierzę w ciebie. — Schował kartki do kieszeni i splunął w piwo zboczeńca. — Jutro w południe. Tutaj. Nie spraw mi zawodu.

Kiedy wychodził z kawiarni, czuł, jak marynarka przykleja mu się do spoconych ramion. Zastanawiał się, czy nie jest już za stary na takie wygłupy. Jednocześnie uznał, że był jeszcze przekonujący w roli brutalnego policjanta. A to w jego zawodzie jest formą zabezpieczenia na przyszłość.

Minęła osiemnasta. Zaczynała się druga runda.

25

It's quarter to three, there's no one in the place
Except you and me...
Make it one for my baby
And one more for the road...

Naoko ściągnęła z hiszpańskiego serwera jedyną dostępną wersję *The Sky's the Limit*. Niedoceniany film Freda Astaire'a z 1943 roku. Gdyby jej matka była wielbicielką Godarda, Truffauta, Resnais'go, Naoko lubiłaby taniec klasyczny i perkusję. Passan wolałby, żeby oglądała filmy Mizoguchiego lub teatr kabuki. Ludzie sądzili, że uwielbia idoli japońskich czy szaleństwa *butō*. Ale nie. Ona gustowała w tym, co zachodnie, i w dodatku już niemodne. Przepadała za słynnymi baletami. *Gisèle. Coppélia. Jezioro łabędzie*. Była nie do pobicia, jeśli chodzi o znajomość nazwisk sławnych tancerek i choreografów. Przez całą młodość w Tokio jej serce biło dla *pas de deux*. Często w marzeniach bywała w takich magicznych miejscach, jak Opéra Garnier i Teatr Bolszoj, które przyrzekła sobie kiedyś odwiedzić.

Najbardziej jednak lubiła amerykańskie musicale z lat trzydziestych, czterdziestych i pięćdziesiątych ubiegłego wieku. Filmy Stanleya Donena z Audrey Hepburn, *West Side Story*, *Dźwięki muzyki*...

O dwudziestej drugiej dzieci już leżały w łóżkach. Po kąpieli w wodzie o temperaturze czterdziestu dwóch stopni Naoko czuła się zrelaksowana, ożywiona. Nareszcie.

Usadowiwszy się w swoim pokoju z drewnianą tacą na czerwonej kołdrze, z oczami utkwionymi w ekran, popijała drobnymi łykami na przemian zupę szparagową i wonną herbatę.

Pod koniec dnia opadła z niej złość, a świadomość, że klucze Passana spoczywają w jej torebce, uspokajała ją. Nie będzie już mógł wtrącać się w jej życie.

Nagle złapała pilota i zatrzymała płytę. Usłyszała dziwny odgłos, który nie pasował do zwykłych dźwięków w domu. Natychmiast pomyślała o Diegu. Gdzie on się podział?

Nasłuchiwała. Nic. Pomyślała o instalacjach wewnątrz budynku. Kanalizacja. Przewody elektryczne. Wentylacja. Architekt projektujący ten dom umieścił wszystkie te systemy w ścianach. Na zewnątrz nic nie było widać. Jakby dom posiadał ukryte życie.

Wstała i cicho podeszła do drzwi. Żadnego szmeru w korytarzu. Odważyła się wyjść z pokoju. Półmrok, nic się nie działo. Nie zapalając światła, zrobiła kilka kroków — wszędzie panowała cisza. Jej nagie stopy były lodowate.

W pierwszym odruchu pomyślała o dzieciach. Spały spokojnie w przyćmionym blasku nocnej lampki. Gdy gasiła światło, jej niepokój się nasilił. Co właściwie usłyszała? Uderzenia? Kroki? Diego? Ktoś obcy. To nie mógł być Passan.

140

Zajrzała do szafy ściennej, potem wróciła na korytarz. Zaskoczona omal nie krzyknęła. Diego stał przed nią, ciężko dysząc. Roześmiała się. Objęła go. Zwierzę wydawało się zupełnie spokojne. Zeszła na dół z psem przy nodze. Posadzki z malowanego betonu, prawie żadnych mebli. Dom ze swoimi prostymi liniami, surowością, przypominał te tradycyjne japońskie, w ciężkiej, solidnej wersji. Naoko nie musiała się obawiać trzęsienia ziemi.

Przeszła przez salon i jadalnię. Nie zauważyła nic niepokojącego. Skierowała się do piwnicy. Kryjówka Passana. Zapaliła światło na korytarzu. Czuła się niezręcznie w samotni byłego męża. Pospiesznie wróciła na górę i weszła do kuchni; mimo obecności Diega cały czas nie mogła pozbyć się niepokoju.

W ciemności oparła się o kuchenny blat, zmuszając się do głębokich oddechów. W końcu podeszła do lodówki. Napije się dobrego soku owocowego i pójdzie do łóżka. Chwyciła za klamkę i właśnie wtedy zobaczyła przez okno samochód Passana.

Natychmiast ogarnęła ją złość. Naoko szybko pobiegła do drzwi wyjściowych, otworzyła je swoimi kluczami i wyskoczyła na dwór. Pobiegła przez trawnik, czując ziemię pod bosymi stopami. Nienawidziła tego człowieka. Jego zaciętości, uporu, tego, że nawet po pracy zachowuje się jak policjant. Nic nie zrozumiał. Nigdy nie zrozumie...

Z wściekłością nacisnęła przycisk otwierający bramę. Wybiegła na jezdnię, nie zwracając uwagi na wilgotny asfalt pod nogami.

— Co ty tu robisz?! — krzyknęła.

Passan opuścił szybę.

— Przyjechałem zobaczyć, czy u ciebie wszystko w porządku.

Na siedzeniu pasażera dostrzegła zielony termos z herbatą i powieść Tanizakiego. Z wnętrza samochodu dobiegała cicha melodia fletu *shakuhachi*. Idealny zestaw małego japońskiego magika. Miała ochotę go zabić.

— Nie zrozumiałeś, co mówiłam rano? To mój tydzień, dociera to do ciebie? Nie masz prawa kręcić się tutaj! Porozmawiam o tym z moim adwokatem.

Passan uniósł brwi.

— Z twoim adwokatem? Uzgodniliśmy, że będziemy mieli wspólnego!

— Zmieniłam zdanie — rzuciła, krzyżując ramiona na piersi.

— Nie ma już mowy o porozumieniu?

— Zjeżdżaj stąd albo wezwę policję.

Passan otworzył drzwi samochodu, ale Naoko zamknęła je kopnięciem.

— Nie mieszkamy już razem! — krzyknęła. — Możesz to sobie wbić do łba? Nie jesteś mi już potrzebny!

Ruchem głowy wskazał na dom.

— Zobaczyłem, że zapaliłaś światło w piwnicy. Coś się stało?

Ten jego ton dowódcy. Spokój i opanowanie. Naoko ponownie kopnęła drzwi.

— Spieprzaj z mojego domu!

Podniósł rękę w uspokajającym geście i przekręcił kluczyk w stacyjce.

— W porządku... Nie denerwuj się.

Już nad sobą nie panowała. Waliła pięściami w dach samochodu.

— Zjeżdżaj stąd! Zjeżdżaj stąd!

Passan ruszył z piskiem opon na wilgotnym asfalcie, tak że ledwie zdążyła uskoczyć na bok.

Nagle zrobiło się jej duszno, nie mogła złapać oddechu. Podniosła rękę do gardła i zaczęła wymiotować. Gorzka żółć paliła ją w przełyku, twarz miała zalaną łzami. Upadła na kolana.

Po kilku sekundach wszystko minęło. Poczuła się znacznie lepiej. Wyrzuciła z siebie ładunek gniewu, który ciążył jej od rana.

Chwiejnym krokiem przeszła przez trawnik. Czekał na nią Diego. Jego szara sierść srebrzyła się w świetle ulicznych latarni. Naoko pomyślała, że przeszedł od strony kuchni, przez półotwarte drzwi — uniesiona złością nie zamknęła ich za sobą. Pogłaskała psa, który machał ogonem z taką radością, jakby się długo nie widzieli.

— W porządku, Diego... Już dobrze, uspokój się... — szepnęła.

Czuła się rozgorączkowana, ale jednocześnie odprężona. W końcu będzie mogła spać w spokoju. W kuchni, nie zapalając światła, zwilżyła usta pod kranem nad zlewem. Przypomniała sobie, że wcześniej chciała się napić soku.

Otworzyła drzwi lodówki i z krzykiem odskoczyła do tyłu.

Miała przed sobą wykrzywioną twarzyczkę martwego, przynajmniej półrocznego płodu.

26

Passan zażądał, żeby wszyscy zdejmowali buty — policjanci, technicy policyjni, lekarz sądowy... Nie mógł dopuścić do tego, żeby chodzili po posadzce jego domu w zabłoconych buciorach, choćby nawet z ochraniaczami. Zmobilizował całą armię — komisariat w Suresnes, swoich ludzi, Rudela z Instytutu Medycyny Sądowej w Garches, Zacchary i jej ekipę... Nie było już powodu do oszczędzania Naoko. Teraz to właśnie ona znalazła się na pierwszej linii.

W tym momencie przemierzał nerwowym krokiem trawnik, obserwując z oddali byłą żonę. Prawdę mówiąc, spodziewał się nowych wymówek, jakby ponosił winę za wszystko, co wydarzyło się tej nocy. Zresztą w pewnym sensie tak było.

Nigdy nie wydawała mu się tak piękna jak w tej chwili, w blasku obracających się świateł na dachach wozów policyjnych. Wyprostowana, z gołymi stopami, obejmując się drżącymi ramionami, stała wśród ludzi w granatowych mundurach, którzy wszędzie się krzątali, ogradzając teren żółtymi

144

taśmami. Za plecami miała białą fasadę domu oświetloną promieniami migających lamp sygnałowych, przywodzącą na myśl gigantyczny ekran kinowy.

— To nie jest płód dziecka.

Stéphane Rudel, stojąc na trawniku, zdejmował ochronny papierowy kombinezon, pod którym nosił koszulkę polo Lacoste, dżinsy i żeglarskie buty na białych podeszwach. Wyglądał tak, jakby zaraz miał wejść na swój jacht albo pójść na drinka do Sénéquier w Saint-Tropez.

— Co takiego? — zdziwił się Passan. — Co ty mówisz?

— To zwłoki małpy — kontynuował Rudel, chowając kombinezon do teczki. — Chyba z rodziny kapucynek... czy czegoś w tym rodzaju.

Passan potarł czoło. Słyszał pstrykanie aparatów, widział błysk fleszy wewnątrz domu. W kuchni roiło się od techników policyjnych. W jego kuchni!

— Widziałem już w życiu małpy.

— Ta jest obdarta ze skóry.

Obserwował twarz Rudela, jakby to był rzadki palimpsest, z którego można wyczytać wolną od wszelkich podejrzeń prawdę.

— Zrobisz dla mnie autopsję?

— Małpy to nie moja działka.

— Skontaktuj się z weterynarzem. Jakoś sobie poradzisz.

— Przyślij go do Instytutu Medycyny Sądowej — mruknął lekarz. — Zobaczę, co da się zrobić. — Odszedł z teczką w ręku, bez słowa pożegnania, niknąc w mroku.

Naoko także zniknęła. Z pewnością poszła do dzieci. Passan zrobił kilka kroków, usiłując się skoncentrować. Małpa... Był to jakiś trop, którym trzeba pójść i...

145

Kiedy podniósł wzrok, zobaczył sąsiadów w oknach domów po drugiej stronie ulicy. A niech to szlag! Wszystko, czego chciał uniknąć, pojawiło się z dziesięciokrotnym natężeniem. Bezdyskusyjne zagrożenie. Sytuacja nadzwyczajna. Były wszelkie powody do obaw. Nie chodziło już o kaprysy paranoicznego policjanta, ale o normalną procedurę mającą na celu zapewnienie bezpieczeństwa osobie, która złożyła skargę. Pozytywnym punktem tej sytuacji było to, że nie miał już problemów z załatwieniem pozwolenia na stałą obserwację jego domu.

Zanotował w myślach inny fakt — zwykła małpa, czy też małpa obdarta ze skóry, to oczywisty podpis Akuszera.

Wracając, wpadł na Zacchary, która na ganku wkładała buty. Jak zawsze w białym kombinezonie, jak zawsze w kapturze na głowie.

— Masz coś? — spytał.

— Za wcześnie, żeby powiedzieć coś konkretnego. Ale wygląda na to, że nic nie znajdziemy. Nie było włamania, nie ma odcisków palców, nic. Moi chłopcy wciąż pracują.

Nie oczekiwał cudu. Facet zdolny dostać się do domu policjanta, który w tym czasie pilnuje bramy, nie jest z pewnością amatorem.

— Przeczesz dokładnie kuchnię i wszystkie inne pomieszczenia — powiedział autorytatywnym tonem.

Zacchary wzruszyła ramionami.

— O co chodzi?! — krzyknął Passan.

— O nic. Każdemu wolno pomarzyć. — Po tych słowach z chromowaną walizeczką w ręce skierowała się do bramy.

Passan odwrócił się — Naoko znowu stała na progu. Odzyskała swoje zwykłe opanowanie.

Kiedy był chłopcem, czytał na okrągło zbiór opowiadań pod tytułem *15 niezwykłych historii*. Wśród nich było opowiadanie Prospera Mériméego *Wenus z Ille*. Historia antycznego posągu wydobytego z ziemi, z czarnym korpusem i białymi oczami, siejącego wokół przerażenie. Wspomnienie o tym zawsze potwierdzało jego przekonanie, że kobieta to siła wulkaniczna, niezniszczalna, surowo patrząca na ludzi. W pewnym sensie odnalazł negatyw tamtej Wenus — biały posąg z czarnymi oczami.

— Nie jest ci zimno? — zapytał.

Naoko pokręciła głową. Przeszedł kilka metrów, zbliżając się do niej.

— Dzieci śpią?

Przytaknęła z pewnym niedowierzaniem.

— Nie wiem, jak to robią. Zamknęłam żaluzje. Jesteś pewien, że muszą wyjechać z domu?

— Całkowicie. Chcę, żeby technicy sprawdzili dom od piwnicy po dach. Dzwoniłaś do Sandrine?

— Jest w drodze. Wyjaśnisz mi, co się dzieje?

— Lekarz sądowy stwierdził stanowczo, że nie jest to płód dziecka — odpowiedział wymijająco.

— Więc co?

— Małpa. Kapucynka lub jakiś podobny gatunek.

Naoko roześmiała się nerwowo.

— To czyste kpiny.

— Ciało zostało obdarte ze skóry. Wezwiemy weterynarza, żeby zrobił autopsję. Jutro będziemy wiedzieli więcej.

— Nie odpowiedziałeś na pytanie. Co się dzieje?

— Nic.

Uderzyła go pięścią w ramię.

— Nie pogrywaj tak ze mną! To jest związane z twoją pracą? To ostrzeżenie?

— Jeszcze nic nie wiadomo — odpowiedział Passan z wahaniem.

— Kto mógł zrobić coś takiego?

— Domyślam się, ale muszę sprawdzić pewne fakty.

— To nie ty podłożyłeś te lizaki?

— Nie ja.

— Drań.

— Nie chciałem cię niepokoić.

Naoko zrobiła kilka kroków po trawie, na której w świetle migających lamp policyjnych pojawiły się błyski. Księżycowa sceneria. Powiodła ręką po włosach, a po jej twarzy znowu popłynęły łzy.

— Zawsze wszystko przede mną ukrywałeś. I teraz też... Ta twoja przeklęta praca...

— Chciałem cię chronić.

— No i udało ci się. — Zaśmiała się przez łzy.

— Nie wiem, co to wszystko oznacza. Powinienem wrócić do domu.

Naoko wzdrygnęła się, jakby ukąsił ją wąż.

— Nie ma mowy.

— Tylko do czasu, aż sytuacja się unormuje.

— Powiedziałam, że nie ma mowy. Nie wracajmy do tego, co było.

— Wyprowadź się więc z dziećmi.

— O tym również nie ma mowy. To zbyt łatwe.

Pokręcił głową z dezaprobatą, ale w głębi duszy był szczęśliwy, widząc jej determinację. Ulepiono ich z tej samej gliny.

— Wobec tego pozwól, że przyspieszę bieg wydarzeń.

— Nie rozumiem...

— Jutro się wymienimy. Zamieszkam tu na tydzień.

Naoko zagryzła wargi. Dostrzegł jej równe, drobne i białe zęby.

— Co powiemy dzieciom?

— Coś się wymyśli. Ważne jest, żebym tutaj był i w razie jakiegoś problemu mógł reagować.

Nie odpowiedziała. Jej milczenie oznaczało zgodę. W końcu uniosła podbródek i powiedziała:

— Przyjechała Sandrine.

27

Jechała pustą o tej porze obwodnicą. Chłopcy siedzieli z tyłu. Hiroki znów zasnął, a Shinji milczał, wpatrując się w ciemność szeroko otwartymi oczami. Światła lamp przesuwały się po jego twarzy niczym milczące zjawy. Sandrine obserwowała chłopców w lusterku wstecznym, nie odwracając jednocześnie wzroku od znikającego pod kołami asfaltu.

Dwie blade twarzyczki, dwie czarne, gładkie główki... Odnajdywała w nich tajemnicze piękno Naoko. Czystość nieznaną w tej części globu ziemskiego. Skąd takie geny? Jakie jest ich źródło? Jaka geneza? Myśli migały w jej głowie niczym światła w tunelu. Podobnie jak Shinji była zahipnotyzowana ciemnością przerywaną świetlnymi punktami.

Nie myślała o strachu, który zobaczyła w oczach Naoko i Oliviera. Ani o tych wszystkich policjantach biegających po całym domu. Uświadomiła sobie, że kolejny raz wystarczył jeden telefon, żeby się szybko ubrała, wsiadła do twingo i przejechała przez cały Paryż ze wschodu na zachód. W niecałe pół godziny była na miejscu, gotowa ofiarować pomoc, zabrać dzieci, podać rękę każdemu, kto by tego potrzebował. Jednak w ogólnym zamieszaniu nikt jej nie zauważył. Czekała dziesięć minut, stojąc na trawniku, patrząc na scenę rozgrywającą się między Naoko i Olivierem.

Płód w lodówce. Intruz w domu. Zakamuflowana zapowiedź śmierci. Owszem, był powód, żeby wpaść w panikę. Czy jednak ktoś zapytał, jak ona się czuje? W jakim tempie pojawiają się przerzuty? Czy liczba płytek krwi nadal opada?

Nikt jej o to nie pytał, bo nikt o tym nie wiedział.

Na początku choroby uznała, że sama podejmie decyzję, kiedy o niej powie. Potem zdała sobie sprawę, że to inni skłonili ją do takiego postępowania. Przez swój egoizm, obojętność zmusili ją do dyskrecji. Gdyby wiedzieli o chorobie i nie dzwonili, ich milczenie zabiłoby ją...

Pierwszy guzek został wykryty pod lewą piersią w lutym podczas zwykłej kontroli lekarskiej w zakładzie medycyny pracy. Sandrine tak naprawdę nie przywiązywała do tego wagi. Kolejne badania wykazały przerzuty do wątroby i macicy. W dalszym ciągu to do niej nie docierało. Nie czuła się chora. Dopiero po pierwszej kroplówce zdała sobie w końcu sprawę z powagi sytuacji. Słowo „chemioterapia" jest jak sygnał alarmowy, który wszyscy rozumieją. Tylko to, że poddaje się terapii, było dla niej potwierdzeniem, że ma raka. Wyleczą ją, zanim naprawdę się rozchoruje.

Wszystko się zmieniło z chwilą pojawienia się skutków ubocznych. Uprzedzono ją, że będzie odczuwać zmęczenie. Słowo to nie bardzo tu pasowało. Chemia całkowicie odebrała jej siły. Czuła się koszmarnie.

Zaczęły się torsje. Od czterech miesięcy szpikowała się lekami — primperan, vogalen — reagując tak na najmniejszą oznakę mdłości czy bólu. Zdaniem lekarzy strach prowokował kolejne fale mdłości. I tak bez końca. Jeśli dodać do tego uderzenia gorąca, można by sądzić, że jest w ciąży. W śmiertelnej ciąży.

Towarzyszyły temu, jak mawiają powściągliwie lekarze, „problemy przejściowe". Już nie wiedziała, czy chodzi o konsekwencje wywołane nowotworem, chemioterapią czy lekami, które zażywała, by zwalczyć bezpośrednie efekty kuracji. Miała poważne kłopoty z wypróżnianiem. W jednym tygodniu jej organizm działał jak wodospad, w następnym był jak zatkany chińskim murem.

Pojawiły się inne przykre dolegliwości. Zimno zaczynało jej doskwierać do tego stopnia, że przy wyjmowaniu jedzenia z lodówki musiała wkładać rękawiczki. Straciła smak; jeśli nawet coś zjadła, zawsze miała w ustach metaliczny posmak. Wyjaśniono jej to zjawisko — terapia powodowała zapalenie błon śluzowych w jamie ustnej, w przewodzie pokarmowym, a nawet w narządach rodnych. Nawet gdyby uprawiała seks, to nic by nie czuła. Jej egzystencja miała zielonkawą barwę pleśni.

Kiedy indziej z wielką siłą zalewał ją świat zapachów. Zmysł powonienia przybierał przerażająco ostrą formę. Wyczuwała zapach peta wrzuconego do pojemnika na śmieci, zapach perfum koleżanki z sąsiedniego pokoju. Spuszczała pięć razy wodę w toalecie, bo miała wrażenie, że jej mocz cuchnie. Własny pot przyprawiał ją o szaleństwo. Ten stan prowadził ją do mdłości. Dantejskie kręgi obracające się w jej organizmie...

Po prawej stronie wyłoniła się Porte du Pré-Saint-Gervais. Sandrine oderwała się od ponurych myśli i skręciła. Jeszcze kilka zielonych świateł i dotrze do swojej dzielnicy. Avenue Faidherbe i jej światła. Niewysoki, brzydki budynek. Pięć pięter smutnego życia, ludzie bez przeszłości, na wiecznym bezrobociu. Żadnych wątpliwości — była u siebie. Parking. Tylne drzwi samochodu. Delikatnie obudziła chłopców.

— Wysiadajcie, dzieciaki. Dojechaliśmy na miejsce.

Podniosła Hirokiego i wzięła go na ręce. Głowa chłopca opadła ciężko na jej ramię. Nogami instynktownie objął ją w talii. Zamknęła samochód. Shinji szedł przodem chwiejnym krokiem, na pół obudzony.

Kod cyfrowy w drzwiach wejściowych. Winda. Jeszcze chwila i chłopcy zasną w jej sypialni. Ona zadowoli się rozkładaną kanapą w salonie. Shinji i Hiroki nie czuli się tutaj obco, już wcześniej ją odwiedzali. Sandrine, podobnie jak wszystkie stare panny, zawsze była szczęśliwa, kiedy mogła odgrywać zastępczą mamę.

Zapaliła światło w łazience i spojrzała na siebie w lustrze. Jej twarz wcale nie była taka brzydka. Dlaczego więc przegrywała na każdym etapie swojego życia? Śmierć była blisko, a ona nigdy nie doświadczyła niczego dobrego.

Jednym ruchem zdjęła z głowy perukę.

Roześmiała się na widok spiczastej nagiej czaszki.

II

WALKA

28

Godzina dziesiąta. Obwodnica, Porte Maillot.

Passan za kierownicą swojego subaru z głośno wyjącą syreną jechał slalomem między samochodami. Obudził się godzinę temu z koszmarnego snu. Obdarty ze skóry płód wyłaniał się z brzucha Naoko. A ona uśmiechała się i szeptała coś po japońsku. Potrzebował dobrych kilku minut, żeby oprzytomnieć. Prysznic. Kawa. Garnitur. Zmęczenie w nogach. Mdłości z niewyspania. Dławiący strach...

Freud twierdził, że koszmary nocne są realizacją odrzuconego pożądania. Passan uważał wiedeńczyka za prawdziwego geniusza, ale czasami głosił on głupoty. Krwawe strzępy, żywe mięso, ogromne oczy wyłaniające się spomiędzy nóg Naoko... W żadnym wypadku nie mogło tu chodzić o odrzucone pożądanie.

Porte de Champerret.

Wjechał na pas awaryjnego zatrzymywania się i minął kolumnę samochodów. Po dokładnym przeszukaniu domu rozmieścił ludzi na rue Cluseret i wrócił do swojej dziury w Puteaux, zostawiając Naoko w sprofanowanym domu. Od tego ranka policjanci obserwowali także szkołę chłopców.

Na wspomnienie żony stojącej przed bramą powróciło natarczywe pytanie. Czy jeszcze kocha Naoko? Z pewnością nie. Jednak przez długi czas była częścią jego życia. Należała do jego rodziny.

Porte de Clichy.

Jako sierota przez całe życie liczył tylko na siebie. Wzmocnił ciało, wzbogacił umysł. Sam sobie wymyślił zasady działania, ramy, wartości. Kiedy poznał Naoko, musiał uchylić wrota tej fortecy. Japonka miała silny charakter, ale jednocześnie była krucha i wrażliwa. Minęło sporo czasu, zanim włączył ją w swój system życia. Z czasem wywiązała się między nimi prawdziwa wojna.

Porte de Clignancourt.

Kiedy urodzili się chłopcy, wszystko trzeba było zaczynać od początku. Pojawił się Shinji. Potem Hiroki. A on pomimo wszelkich wysiłków stał się bojaźliwy, zbyt wrażliwy. Odtąd żył jak wszyscy rodzice pod presją nieustannych lęków. Budził się w nocy z jakiejś błahej przyczyny. Śniło mu się, że Hiroki spadł ze schodów, że Shinji źle napisał dyktando albo że obaj szlochali za zamkniętymi drzwiami, a on nie mógł nic zrobić. Otwierał oczy w środku nocy, mokry ze strachu, i patrząc na pistolet w skórzanym futerale, zastanawiał się nad rozmiarami swojej bezsilności.

Porte de la Chapelle.

Teraz koszmar zmienił się w rzeczywistość. Zagrożenie skonkretyzowało się. Przed wyjazdem wykonał jeszcze kilka telefonów, przepytał swoich współpracowników, żeby dowiedzieć się, czy nie stwierdzono włamania, czy nie zauwa-

158

żono czegoś dziwnego. Oczywiście nic nie było. Zresztą nie potrzebował już innych tropów.

Zbrodniarz zostawił swój podpis. Spalony płód to dzieło tego psychopaty Guillarda.

Porte d'Aubervilliers.

Zjechawszy z autostrady w boczną drogę, znalazł się w odnowionej dzielnicy, która nie przypominała już zapuszczonego przemysłowego terenu z przeszłości, ze starymi magazynami i zamkniętymi fabrykami. Obecnie była to ogromna strefa handlowa w stylu amerykańskim. Nowe tysiąclecie jeszcze się na dobre nie rozpoczęło, a już miało swój charakterystyczny rys — flagę królestwa rozrywki i konsumpcji. Dzielnica z głośnymi placami budowy, betoniarkami, z dopiero co oddanymi budynkami robiła wrażenie, jakby ją za wcześnie otworzono albo — przeciwnie — za późno ukończono.

Z powodu ulewy Passan nic nie widział. Wyłączył syrenę, żeby nie powiększać ogólnego zamieszania. Wciąż pojawiały się tablice z tą samą informacją: „Zmiana kierunku ruchu". Arterie biegły wzdłuż nowej linii tramwajowej, przecinały liczne place, przechodziły obok kolejnych terenów budowy.

Według GPS-u tylko kilka metrów dzieliło go od celu. Przedtem wpadł do domu, z którego Naoko już wyjechała, chciał bowiem zostawić tam swoje rzeczy i wziąć potrzebny sprzęt. Żółte taśmy nadal ogradzały dom i ogród. Policjanci zostawieni dla obserwacji i ochrony posesji nie byli zdziwieni jego wizytą — przecież był u siebie.

Avenue Victor-Hugo.

Passan skręcił w prawo, przejechał pod prąd, zmuszając jadące z naprzeciwka samochody do hamowania. Dotarł do salonu Feria i zatrzymał się z poślizgiem. Subaru, ubrudzone jeszcze błotem ze Stains, odbijało się w witrynie, zakłócając obraz lśniących chromem aut stojących w środku. Zgasił silnik i wysiadł.

Obszedł samochód i otworzył bagażnik. Wahał się przez sekundę, po czym wyjął siekierę. Nie przyjechał tutaj, żeby czepiać się Guillarda, lecz żeby wyładować się na maskach i przednich szybach kilku wozów. Idąc w kierunku salonu, zobaczył za szybą sprzedawców w nienagannych garniturach, pod krawatami. Poznali go i domyślili się celu jego przybycia.

Uniósł oburącz siekierę, szykując się do uderzenia.

Pochwyciły go silne ramiona. Na karku poczuł lufę rewolweru. Wykręcono mu ręce do tyłu. W swoim szaleństwie kompletnie zapomniał, że za siedzibami przedsiębiorstw Guillarda stali chłopcy z brygady antyterrorystycznej.

W następnej sekundzie leżał jak długi w kałuży. Czyjaś ręką rozbroiła go, czyjś głos syknął do ucha:

— Opanuj się, Passan. Cholera, bo będę musiał cię skuć.

Unosząc głowę, krzyknął w kierunku salonu:

— Wyłaź ze swojej nory, pomyleńcu! Musimy sobie coś wyjaśnić!

Odpowiedziała mu cisza. Żadnego ruchu za szybą. Słyszał tylko dochodzący z tyłu szum ruchu ulicznego.

— Puśćcie mnie — powiedział, usiłując odwrócić głowę do cerberów, którzy go unieruchomili. — To niepotrzebne.

— Na pewno?

— Na pewno — wydyszał. — Pozwólcie mi wstać.

Policjanci odsunęli się na bok. Passan był przemoczony od stóp do głów. Spojrzał na dwóch aniołów stróżów — Albuya i Malençona. Pierwszy w okularach przeciwsłonecznych Ray-Ban Wayfarer, mimo padającego deszczu, i w garniturze od Arnys przypominał żigolaka. Drugi wyglądał na surfera w krótkich spodenkach albo robotnika portowego, typa z Red Hot Chili Peppers. Obaj mieli dobrze widoczną broń. Jeden — glocka 17 9 mm Para, drugi siga P226 Blackwatera.

— Zwariowałeś? — zapytał Albuy. — Za mało masz kłopotów?

Passan opuścił wzrok i zobaczył, że jego beretta znajduje się już za paskiem jednego z policjantów. Siekiera wylądowała dwa metry dalej. Intuicyjnie skierował oczy na zalaną deszczem witrynę; pojawił się tam czyjś cień. Bestia tam była, chroniona pancerną szybą. Nieruchoma sylwetka kulturysty w czarnym garniturze.

Passan skoczył do siekiery i z całej siły cisnął ją w szybę. Dwaj policjanci znowu go obezwładnili.

— Jeśli jeszcze raz zbliżysz się do mojej rodziny, zabiję cię własnymi rękami! — wrzasnął. — Wyrwę ci jaja, jeśli je masz!

— Kurwa mać, Passan, uspokój się!

Jeden z policjantów chwycił go za kołnierz marynarki.

— Przysięgam, że cię zamkniemy.

Passan poczuł metaliczny smak. Podczas szarpaniny uderzył się i miał rozciętą wargę. Splunął różową śliną i krzyknął:

— Ten łajdak był dziś w nocy w moim domu!

— Dziś w nocy? Niemożliwe. Przecież go pilnowaliśmy.

Olivier spojrzał na wystrojonego policjanta. Deszcz spływał po jego twarzy i zlepionych włosach. Szykowny garnitur łopotał niczym żagiel rozerwany przez porywy wiatru.

— Taki facet jak on potrafi prześlizgnąć się między waszymi nogami.

— Za kogo nas masz? Za amatorów? Zapewniam cię, że w tym wypadku Guillard jest czysty.

Passan spojrzał w kierunku witryny — wróg już zniknął. Policjanci zwolnili uścisk. Popatrzył na nich jeszcze raz — twardzi, uparci, godni zaufania.

— Wy go chronicie czy pilnujecie?

— Pracujemy dla ogólnego bezpieczeństwa — odwarknął Albuy.

Atmosfera się rozluźniła. Passan potarł skronie.

A jeśli się całkowicie myli?

Z oddali słychać było zbliżającą się syrenę. Tylko tego brakowało — sprzedawcy z Ferii wezwali policję...

29

Schronił się w najdalszym kącie salonu wystawowego. Siedział w bezruchu, nasłuchując bicia serca, które powoli wracało do regularnego rytmu. Przez szybę obserwował, co działo się na zewnątrz — policja z Aubervilliers, jego pracownicy relacjonujący napad, Passan i dwaj komandosi wyjaśniający sobie coś i gwałtownie gestykulujący. Było coś komicznego w tej scenie jak z niemych filmów.

Niepotrzebnie się tak denerwowali, bo on nie wniesie skargi. Walka będzie się toczyć na innej płaszczyźnie.

W końcu Wróg wsiadł do swojego samochodu i odjechał z piskiem opon.

A on ciągle drżał wstrząsany konwulsjami. Musiał uznać ponurą prawdę — gdy zobaczył tego policjanta zbliżającego się z siekierą, znowu uległ najbardziej prymitywnemu strachowi.

— Czy dobrze się pan czuje?

Stał przed nim jeden z jego przedstawicieli handlowych, cały pokryty żarłocznymi termitami. Słyszał natarczywe brzęczenie owadów. Przeciągnął dłonią po twarzy, by odegnać halucynacje, i zamiast odpowiedzi poprawił węzeł krawata. Podwładny bez słowa zniknął.

On tymczasem przeszedł przez hol sztywnym krokiem. Nozdrza mu drgały. Dla uspokojenia wdychał zapach benzyny, gumy, skóry. Salon wystawowy był jego sanktuarium. Lśniący cement, połyskujące narzędzia, silniki o wielkiej mocy — świat skierowany ku przyszłości. Tak właśnie widział siebie — półbóg, wizjoner, demiurg przemysłu motoryzacyjnego...

Doszedł do części z oszklonymi boksami. Pracownicy szeptali na jego widok za przezroczystymi przegrodami. Narastało w nim poczucie krzywdy. Wizyty tego policjanta, stała obserwacja, zatrzymanie w areszcie, plotki... Te typy stojące od dwóch dni przed jego salonem. A teraz napad.

Zanim wszedł do swojego gabinetu, uśmiechnął się w głębi ducha. Tutaj nikt go nie podejrzewał. Prawdę mówiąc, nikt nie odważyłby się go podejrzewać. Zresztą to, co się działo, nie miało żadnego wpływu na obroty firmy, które utrzymywały się na wysokim poziomie.

Gdy zamykał drzwi, uświadomił sobie z pewnym opóźnieniem, że wciąż drży. Wilgotna koszula przykleiła się do piersi. Nadchodził kolejny atak. Miał wrażenie, jakby się rozpadał na kawałki.

Podniósł ramę przymocowaną do ściany. Sejf. Kod. Odgarnąwszy na bok koperty z gotówką i pliki urzędowych dokumentów, znalazł kartonową teczkę.

Zamierzał usiąść, kiedy mięśnie jego twarzy napięły się

w niemym okrzyku. Gorący pot zrosił mu czoło. Wtedy naprawdę wpadł w panikę. Rzucił teczkę. Udało mu się obejść biurko i dotrzeć do przyległej łazienki. W szafce nad umywalką znalazł opakowanie androtardylu. Rozerwał je, wyjął strzykawkę i wprowadził do niej dwieście miligramów leku. Dawka absurdalna, bo poprzedniego dnia wziął taką samą. Palce mu drżały. W podbrzuszu czuł zbliżającą się rozkosz. Ten potworny, nigdy niezaspokojony głód...

Wbił igłę w zgięcie łokcia i nacisnął tłok. Najpierw zapiekło, a później zalała go fala rozkoszy, rozchodząca się po całym ciele. Jego paliwo. Jego energia.

Zamknął oczy, zgięty wpół pod wpływem ulgi. Ujrzał znowu obrazy własnego przekleństwa, ale teraz już go nie przerażały. Lata młodości spędzone w szpitalu. Badania krwi. Badania moczu. Powtarzające się zastrzyki testosteronu. Ta trucizna czyniła go silnym, męskim i boskim, ale hormony zawładnęły jego organizmem, stopniowo zmieniając mu krew.

Lekarze go ostrzegali, że musi bezwzględnie respektować wyznaczone dawki. Ci, którzy w celu powiększenia muskulatury nadużywają androgenów, albo umierają, albo stają się impotentami.

A on czym miałby się przejmować?

Od urodzenia był martwym impotentem.

Osunął się na podłogę, czując nadchodzącą drugą falę. Najpierw gorąco, potem obezwładniająca moc. Nagle zapragnął to wszystko przerwać.

Między dwoma skurczami odkręcił zimną wodę pod prysznicem i w ubraniu przykucnął pod strumieniem.

Siedział tak w kabinie, czekając, aż w lodowatych strugach wody opadnie gorączka. Upływały niekończące się minuty. Wreszcie podniósł się i stojąc cały czas pod prysznicem, rozebrał się. Jeszcze teraz, kiedy zdejmował ubranie, czuł się tak, jakby zdzierał z siebie bandaże. Wytarł się, z szafy wyjął biały bawełniany szlafrok, włożył go i wrócił do gabinetu.

Opuścił rolety, włączył lampkę nocną, po czym zapalił kadzidełka, których cierpka woń natychmiast oczyściła atmosferę, a dym pochłaniał krążące tu szkodliwe komórki — te agresywne molekuły, które dążyły do tego, aby go zniszczyć, rozerwać, przekształcić w mężczyznę lub kobietę, unicestwić jego integralność, intymność...

Bez pośpiechu usiadł przy biurku. Pragnął być Mędrcem własnej egzystencji. Kapłanem własnego kultu. Otworzył teczkę i przerzucił plik fotokopii. Nareszcie.

Musiał osiągnąć pełnoletność, żeby uzyskać dostęp do swoich akt medycznych. Przeżył wstrząs, ale był to wstrząs zbawienny.

Precyzja terminów naukowych poprawiła mu samopoczucie. Jemu, który wyrósł w niepewności, podobały się te specjalistyczne nazwy. Tworzyły pancerz, tarczę, oferując mu fundament, osobowość. Jego tytuł do chwały.

Rok 1971 — rozpoznanie wnętrostwa. Rok 1974 — plastyka narządów płciowych. Rok 1984 — rozpoznanie kariotypu kobiecego. Rok 1985 — kolejna plastyka narządów płciowych. Rok 1986 — terapia androgenami... Poświęcono mu wiele artykułów. Był książkowym przypadkiem. „Prawdziwy hermafrodyta". „Interseksualizm". „Jajnikowo-

-jądrowe zaburzenie rozwoju płciowego". Sam siebie uważał za „hybrydę". Lubił ten termin, bo mu się kojarzył z Hebrydami, wyspami leżącymi na zachód od Szkocji, a jeszcze bardziej z Nowymi Hebrydami w południowo-zachodniej części Pacyfiku. Sam widział siebie jako mieszkańca nieznanego kontynentu. Albo raczej jako istotę Środka, w nawiązaniu do świata z powieści Tolkiena.

Odłożył plik fotokopii i zaczął przeglądać inne dokumenty — raporty policyjne, wycinki z prasy... Ta reszta nie miała związku z medycyną.

Rok 1988. W niewielkim barze w Saint-Gély-du-Fesc koło Montpellier jakiś pijak wyzywa go od „ciot" czy „pedałów" — już nie pamiętał dokładnie. Rzucił się na tego typa i rozbił butelkę na jego twarzy. Obezwładniono go, gdy odłamkiem szkła chciał trafić pijaka w drugie oko.

Podczas pobytu w la Colombière, szpitalu psychiatrycznym w Montpellier, zdał sobie sprawę z kilku rzeczy. Po pierwsze, musi przerwać wstrzykiwanie sterydów. Po drugie, jego mutacja nie jest kompletna. Chociaż ogolił głowę, wyrzeźbił swoje ciało, zmienił głos, a testosteron pogrubił jego palce i poszerzył szczęki, nadal można w nim było dostrzec cechy kobiece. Nawet pijak to zauważył. Po trzecie, lubi przemoc. Tylko ona go uspokaja.

Pojął, że we wrogim świecie musi być ostrożny, oszukiwać ludzi, ukrywać żądze. I wyciągać korzyści z własnej ułomności. Zresztą wystarczyło, że pokazał swoją dokumentację medyczną, a wszyscy od razu łagodnieli. Sędzia robił się życzliwy, pielęgniarze i lekarze wyrozumiali.

Wbrew temu, co się myśli, ludzie mają litość dla potworów.

167

Po wyjściu z la Colombière znalazł się w impasie. Nie zamierzał robić matury, bo nie miał ochoty gnić w jakimś biurze. Nie było również mowy o kształceniu technicznym, ponieważ nie chciał stać się niewolnikiem. Do jego nowego wychowawcy dotarły słuchy o tym, że Guillard nie ma sobie równych w naprawianiu motorowerów i przywracaniu do życia starych samochodów. Udało mu się przekonać właściciela warsztatu samochodowego w pobliżu Sommières, by przyjął podopiecznego na staż. Istota Środka realizuje się pod maskami wozów coupé i sedanów. Reperuje mechanizmy, jednocześnie regulując swój własny. Lubi demontować i z powrotem montować. Rozumieć, jak to działa. Czuć w rękach moc silników, wibrację zaworów. To jego matematyka. Neutralny teren, na którym może się zatruć i zapomnieć.

Tak naprawdę obsesje go nie opuszczają, ale zamaskowany posuwa się do przodu.

Inni widzą w tym tylko ogień — to chyba najlepsze określenie.

Rok 1989. Korzysta z Programu dla Pełnoletniej Młodzieży, ale nie zgadza się mieszkać w ośrodku dla młodych pracowników. Woli spać w warsztacie, obok samochodów, w smrodzie oleju i benzyny. Wieczorami uczęszcza na kursy, gdzie uczy się podstaw inżynierii. Regularnie wstrzykuje sobie androgeny. Miła niespodzianka — dzięki amnestii ogłoszonej w 1988 roku z okazji reelekcji François Mitterranda zostaje oczyszczona jego kartoteka sądowa.

Rok 1991. Zmiana lokalu. Zatrudniony przez starzejącego się właściciela warsztatu w Béziers, dokonuje cudów. Umie naprawiać silniki, ale potrafi także rozmawiać z klientami.

Po dwóch latach właściciel przekazuje mu warsztat, oferując wyjątkowe warunki kupna. Ma dwadzieścia dwa lata. Jego zamiłowanie do mechaniki nie słabnie. Remontuje. Odnawia. Spłaca warsztat. W jego życiu nie ma ani kobiety, ani mężczyzny — jedynie blachy, silniki, ich moc. By zatuszować umięśnioną sylwetkę, nosi czerwoną bandanę, ciemne okulary, roboczy kombinezon. Jak na ironię przez jego warsztat przewijają się wszyscy macho z tego regionu. Zakochani w swoich wozach, niewidzący niczego poza końcem własnego nosa, uważający, że kobiety nie są godne lizać skórzanych wnętrz ich aut.

Od czasu do czasu ulega swoim demonom. Nikt o tym nie wie. Nikt się tego nie domyśla. Sam siebie przekonał, że jego nocne działania w ogóle nie mają miejsca.

Rok 1997. Dostaje propozycję kierowania salonem z samochodami niemieckich marek w Montpellier. Porzuca bandanę, zmienia styl ubioru. Czarny garnitur od Armaniego, buty marki Weston, koszule Paula Smitha ze sztywnymi kołnierzykami. Tak bardzo pracował nad głosem, zachowaniem, gestami, że nie boi się tej kolejnej przemiany.

Ma dwadzieścia sześć lat. Przebieg jego kariery jest niezwykły. Mieszka w ogromnym apartamencie w samym sercu dzielnicy l'Écusson. Klienci zapraszają go na kolacje. Jest przyjmowany w domach socjety Montpellier. Los się do niego uśmiecha. On jednak nie czuje się szczęśliwy.

W jego wnętrzu nic nie zostało uporządkowane. Co wieczór wkłada kobiece ubranie. Zdarza się, że w nocy przebrany za pielęgniarkę odwiedza kliniki i szpitale w swoim regionie. Niekiedy przechodzi do działania. Potwierdzają to regionalne gazety, które wpadają mu w ręce — jego koszmary są naprawdę realne.

Istota Środka wciąż znajduje się w stanie najwyższego napięcia. Jego osobiste życie jest tak wyjałowione jak nóż chirurgiczny w autoklawie, jak żyletka bez najmniejszej plamki, naostrzona tak, by lepiej cięła...

Rok 1999. Likwiduje interes, spłaca kredyty i wyrusza na podbój Ameryki. Teksas. Utah. Kolorado. Arizona. Wraca do roboczego kombinezonu i motorów. Jest wolny. Szczęśliwy. Dobrze się czuje w tym kraju otwartym dla imigrantów, nawet jeśli, tak jak on, sprawiają wrażenie, że przybywają z jakiejś odległej planety.

Ale ogień wciąż w nim płonie, w samym sercu. Wycinki z prasy donoszą o jego wyczynach na amerykańskich odludziach. Dwie płcie, które się w nim zderzają, są jak dwie stykające się ze sobą stalowe płyty, wykonujące dwa tysiące obrotów na minutę. Przyjemność znajduje tylko w żarze gwałtownie wyładowanej namiętności. To jego przeznaczenie.

Rok 2001. Wraca do Francji. I to nie byle gdzie, ale do departamentu 93. Czy to tęsknota za miejscami dzieciństwa? Tego rodzaju uczucia są mu obce. Zna inne — pragnienie destrukcji, zew krwi... Cały czas korzysta ze swojego źródła, którym jest dziedzictwo z okresu przeżytego na południu Francji. Jego CV wzbogaciło się o dwa lata pobytu w Stanach Zjednoczonych i pogłębioną wiedzę na temat nowoczesnych technologii. Kupuje salon samochodowy i warsztat w Saint-Denis i wywiesza swój pierwszy szyld — Alfieri.

Ma trzydzieści lat. Wrócił syn marnotrawny. Pora wyrównać rachunki.

Podniósł wzrok i wtedy zdał sobie sprawę, że minęły dwie godziny. Spocone palce miał poplamione atramentem. Linijki tekstów w artykułach robiły się nieczytelne. Poczuł spokój. Jak zawsze odwołanie się do przeszłości przynosiło mu nadzieję i otuchę. Tym sposobem dotarł do ostatniego etapu — tego, w którym znalazł klucz do swojego przeznaczenia.

Na drogę Feniksa.

30

Naoko zawsze obawiała się życia z policjantem, ocierania się o świat przemocy i zbrodni. Tymczasem przez dziesięć lat nie zdarzyło się nic poważnego. Dopiero teraz, kiedy zdecydowali się na separację, nadeszła katastrofa, której od tak dawna się bała. Cóż za ironia losu.

Siedziała na jednej z ławek nad kanałem Ourcq, w pobliżu Porte de la Villette. Wprawdzie słońce świeciło, ale było tak słabe, jakby dopiero co zrzuciło z siebie zimową osłonę. Czekała na Sandrine, z którą umówiła się na lunch. Przyjaciółka była na tyle szlachetna, że chciała jej jeszcze raz wysłuchać. Ale z kim innym mogłaby rozmawiać?

W nocy nie zmrużyła oka. Sama w domu, z dwoma policjantami na straży przed bramą, czekała na świt, wciąż mając przed oczami straszliwy obraz zwierzęcia w lodówce. Co to miało znaczyć? Kto się w ten sposób mścił?

Passan, jak zawsze, nie dał jej żadnego wyjaśnienia. Może jednak sam nie wiedział, co myśleć o tym wydarzeniu? Wyobrażała sobie przeróżne scenariusze. Jakiś narkotykowy boss, który właśnie wyszedł z więzienia, zabił małpę zastrzykiem z heroiny i umieścił ją w lodówce jako zapowiedź śmierci. Lub seryjny zabójca, szalony taksydermista, specjalista od wypychania zwierząt, wślizgnął się do ich domu, ostrzegając, że to samo spotka ją i jej dzieci. Albo były lekarz, psychopata, który zabił wiele kobiet podczas operacji plastycznych, wrócił do dawnych praktyk, aby ją oszpecić...

Wokół niej na nabrzeżu było pusto. Woda w kanale wydawała się czarna. Od czasu do czasu pojawiali się biegacze, ścigający beznadziejne marzenie o wiecznej młodości, które nigdy nie mogło się spełnić. W oddali widniała kopuła la Géode niczym olbrzymia błyszcząca kula. Przesłaniające niebo Centrum Nauki i Przemysłu kojarzyło się z miejscem kultu skrywającym jakąś tajemnicę.

Ta sceneria przywiodła jej na myśl pierwsze dzieła Giorgia de Chirico, które zrobiły na niej wielkie wrażenia, kiedy wraz z rodzicami zwiedzała muzea Nowego Jorku. W przewodniku przeczytała, że malarz wyrażał w nich samotność człowieka, zagadkę marzeń, metafizykę nicości... Nic z tego nie zrozumiała. W jej kraju samotność nie istnieje. Poza porankiem po Nowym Roku trudno znaleźć w Tokio czy w Osace pustą ulicę. A i tak są tam zawsze wyczuwalne duchy. Nie była ani sintoistką, ani buddystką, ale wierzyła, że świat zaludniają niewidoczne siły. Bóstwa, które przędą główny wątek rzeczywistości i dbają o spójność wszechświata.

Mimo słońca drżała z zimna. Znowu widziała martwe oczy, drobne zęby w brązowym ciele. Ten obraz tkwił w głębi jej siatkówki. Wszystko, na co patrzyła, było naznaczone tym koszmarem...

Prawdę mówiąc, nie była zaskoczona. Zasłużyła na taką karę. Ukradła szczęście, do którego nie miała prawa. Ojciec uprzedzał ją, że małżeństwo z *gaijin* jest sprzeczne z naturą. Matka ostrzegała ją z innych powodów — to małżeństwo nie miało szans powodzenia ze względu na nią samą. Kiedy się rozpadło, Naoko odczuła niemal ulgę. W końcu potwierdziła się zasłyszana kiedyś sentencja: „Źle nabyte w korzyść się nie obraca".

— Cześć!

Zbliżała się Sandrine, machając nerwowo ręką. Coraz gorzej się ubierała. Indyjska tunika, za szerokie, krótkie dżinsy, zbyt wysoko zawinięte. Blada twarz, przesadny makijaż. Kosmyki włosów wymykające się spod słomkowego kapelusza. Kwiat za uchem... Niezdarna ekscentryczność, która zapewne śmieszyła jej studentów. Sandrine chciała wyglądać jak powracająca do życia hippiska, a przypominała straszydło.

Naoko wstała z ławki. Sandrine ucałowała ją po dwa razy w każdy policzek. Naoko nie cierpiała tego. Przyjaciółka śmierdziała potem i piżmem. Jej gesty były niezręczne, gwałtowne. Wszystko to jednak w jakiś sposób uspokajało Naoko. Ta dziwaczna kobieta była jej aniołem stróżem.

Po przebudzeniu Naoko dzwoniła do niej trzykrotnie. Najpierw, żeby się upewnić, że dzieci dobrze spały. Potem sprawdzała, czy dotarły do szkoły. W końcu, żeby zaproponować „kryzysowe spotkanie".

— To ładnie z twojej strony, że przyszłaś aż tutaj — powiedziała Sandrine, poprawiając kapelusz.

— Chyba żartujesz? To ty jesteś tak szlachetna, że znowu poświęcasz mi czas.

Sandrine uśmiechnęła się jak strażak wyskakujący z płomieni. „Nie dziękujcie mi, to mój zawód".

— Coś nowego? — spytała.

Ruchem głowy Naoko wskazała na puste nabrzeże.

Przeszły kilka kroków, trzymając się pod rękę. W końcu Naoko opowiedziała o swoim złym nastroju, o trudnym do opanowania lęku.

— Nie przejmuj się — uspokajała ją przyjaciółka. — Olive wszystko załatwi.

— Nic nie mówi — odrzekła Naoko z opuszczoną głową. — Nigdy nic nie mówił.

— Bo nigdy nie chciałaś nic wiedzieć. Sama zabroniłaś mu opowiadać o pracy...

Naoko uśmiechnęła się mimo woli. Sandrine znała ich historię na pamięć i miała rację — to ona sama wzniosła ten mur milczenia.

— Ta nocna wizyta ma z pewnością związek z jego pracą — mówiła dalej Sandrine. — Zamierza prowadzić śledztwo i aresztować drania, który to zrobił. Powinnaś wyprowadzić się z domu.

— To właśnie robię. Od dzisiaj on przejmuje dyżur.

— Dyżur?

— Przy dzieciach.

— Nie zostaną u mnie na noc? — Sandrine wydawała się zawiedziona.

— Nie. Przynajmniej w tym jednym się zgadzamy. Nie będziemy ustępować przed groźbami.

— Będziesz spać u mnie?

Naoko, nie wiedząc dlaczego, skłamała:

— Nie. Dziękuję. Znalazłam hotel blisko biura. Zaczynam teraz pracę bardzo wcześnie rano.

— Tak więc Olive przejmuje pałeczkę i walka toczy się dalej?

175

— Właśnie. Będziemy walczyć.

Doszły do kładki prowadzącej do Centrum Nauki i Przemysłu po drugiej stronie kanału.

— Masz ochotę coś przegryźć? — zapytała Sandrine z nadzieją.

— Nie. Nie jestem głodna. Ale jeśli chcesz, możemy pójść...

— Zapomnij o tym — odrzekła przyjaciółka rozdrażnionym tonem.

Poszły dalej pod mostem. Nadal wszędzie było pusto. W rozproszonych promieniach słońca biały kamień silnie kontrastował z czarną powierzchnią wody. Sceneria miała w sobie słoneczną ostrość.

— Nie ma żadnego podejrzanego?

— Powtarzam ci, że on nic mi nie mówi. Zresztą nie rozmawiamy ze sobą już od miesięcy. Ta historia niczego nie zmieniła.

Sandrine niedostrzegalnie spychała ją do brzegu kanału. Już kilka razy, kiedy spacerowały, Naoko zauważyła, że przyjaciółka wiesza się u jej ramienia i idzie trochę skosem, niczym krab.

— Powinnaś mu zaufać. Jest policjantem. To jego praca.

— Właśnie.

— Co właśnie?

Naoko zawahała się. Przez całą noc unikała sformułowania tej hipotezy. Najgorszej ze wszystkich, ale wysuwającej się na pierwszy plan.

— A jeśli to on?

Sandrine zatrzymała się zaskoczona.

— Co on?

— Jeśli to on próbuje mnie przestraszyć.

— Chyba zwariowałaś!

— Nie było śladów włamania. Pies nie szczekał. Intruz to ktoś znajomy.

— Dlaczego miałby to robić?

— Nie wiem. Żeby doprowadzić do naszego zbliżenia. Zmusić nas do stworzenia wspólnego frontu przeciw wyimaginowanemu wrogowi.

— On nie chce rozwodu?

Naoko nie odpowiedziała. Passan nie okazał nigdy żadnych wątpliwości w sprawie ich separacji. To raczej ona się wahała. Nie wiedziała już, co myśleć.

— Całkowicie zbzikowałaś — powiedziała Sandrine. — Jakbyś zapomniała, kim jest Olive.

Naoko ruszyła znowu. Wypowiedzenie na głos tych obaw przyniosło jej ulgę. Przez kilka sekund sama przestała w to wierzyć. Potem zwątpienie powróciło...

— Jest policjantem. Zna tylko przemoc, działanie z użyciem siły.

— I co z tego wynika?

— Zastanawiam się, czy po tych wszystkich latach pracy na ulicy nie jest stuknięty. — Naoko rozpłakała się. Łzy usunęły napięcie, które czuła od poprzedniej nocy.

Sandrine chwyciła ją za ramię, odwróciła twarzą do siebie i objęła.

— Moja kochana, muszę to powiedzieć: kompletnie zwariowałaś.

Naoko wysunęła się z objęć przyjaciółki i otarła łzy. Szły znowu nabrzeżem. Jasny kamień, ciemny kanał, nierówny chód Sandrine. Wszystko to budziło w niej niechęć. Zapragnęła nagle zasnąć, zapaść się w nieświadomość.

— Powiedz... — szepnęła. — Kiedy go poznałam, spotykaliście się, tak?

— Nie. Wtedy to już się skończyło.

— Jaki był wobec ciebie?

— To był tylko flirt. Nic poważnego. Ty jesteś miłością jego życia.

Naoko pokręciła głową.

— Nie. Mamy to już za sobą.

— Rozumiem. Ale powinniście być teraz razem.

Naoko pociągnęła nosem, wyjęła chusteczkę i uśmiechnęła się. Sandrine, ze swoim zwariowanym wyglądem, niezbornymi ruchami, była obdarzona zdrowym rozsądkiem, którego ona nigdy nie miała. Ona, Japonka, jakoby chłodna i powściągliwa, tak łatwo poddawała się emocjom.

Objęła Sandrine. Uderzył ją zapach piżma i dodał otuchy.

— Nie wiem, co bym bez ciebie zrobiła.

31

Passan od dwóch godzin studiował dokumenty wydziału dla nieletnich pomocy społecznej dotyczące Patricka Guillarda. W południe wrócił do Chris'Belle. Vernant przyniósł papiery. Passan od razu je przejrzał, po czym odszedł szybkim krokiem. Vernant go dogonił, usiłując wymusić na nim obietnicę umorzenia jego sprawy. Dostał jedynie cios w wątrobę.

Passan pojechał do Nanterre-Parc i zamknął się w swoim biurze na trzecim piętrze. Wszystkie teczki z dokumentami ułożył w stos pod drzwiami, żeby nikt mu nie przeszkadzał. Ustawiwszy klimatyzację na najchłodniejszą temperaturę, zagłębił się w historii hermafrodyty.

Przedtem dzwoniła do niego Isabelle Zacchary, żeby zdać relację z analizy śladów pochodzących z warsztatu w Stains. Nie mieli żadnych podstaw do oskarżenia Guillarda. Odciski jego palców były wszędzie, ale nie na zwłokach ofiary ani na instrumentach chirurgicznych, których użyto do rozcinania ciała. Na ubraniu Guillarda nie było materiału biologicznego należącego do ofiary, brakowało więc powiązania ze zbrodnią. Nie znaleziono także ani strzykawki, ani chlorku potasu. Passan nie komentował tego, bo uważał, że łajdak się ich pozbył, paląc je razem z nienarodzonym dzieckiem. Wciąż rozważali, czy jakiś inny mężczyzna mógł uciec tylnymi drzwiami. Rzeczywiście w warsztacie były inne drzwi niezamknięte na klucz i widniały na nich tylko odciski palców Guillarda. Czy to wystarcza, żeby go oskarżyć? Nie. Słuchając Zacchary, Passan cały czas myślał o powlekanych nitrylem rękawiczkach, które mogły być jedynym dowodem łączącym zabójcę z ofiarą.

Trzeba wrócić i jeszcze raz przeszukać teren...

Levy nie przekazał mu żadnej wiadomości, zresztą nie spodziewał się niczego z jego strony. Jeśli odkryto nowe szczegóły, to on dowie się o tym ostatni. Został odsunięty od śledztwa, bo sama jego obecność mogłaby wszystko zepsuć. O.J. Simpsona uniewinniono między innymi dlatego, że detektyw prowadzący śledztwo w rozmowie telefonicznej powtórzył ponad czterdzieści razy słowo „czarnuch". Tylko ta jedna okoliczność wystarczyła, żeby podważyć dowody obciążające baseballistę. Jeśli Levy chciał być wiarygodny, musiał trzymać Passana na dystans.

Dokumentacja Guillarda okazała się bardzo bogata. Passan natychmiast znalazł się na dobrze mu znanym terenie. Wyznaczeni wychowawcy. Rodzice zastępczy... Terminologia, którą znał na pamięć. Nie czuł najmniejszej empatii dla podejrzanego, ale czytając te papiery, musiał dojść do oczywistego wniosku, że obaj przeszli przez to samo piekło.

Na pierwszych stronach znalazł istotną wiadomość — Guillard urodził się w klinice Sainte-Marie w Aubervilliers. Kiedy rodzice nowo narodzonego dziecka są nieznani, przepisy nakazują wpisać jako miejsce urodzenia merostwo gminy, w której znajduje się szpital. Tymczasem w dokumencie Guillarda napisano, że urodził się w Saint-Denis. Urzędnik, który dokonał tego wpisu, dodatkowo zatarł ślady, chyba że była to zwykła pomyłka.

Trzeba więc zaczynać znowu od punktu wyjścia. Pojechać do szpitala i sprawdzić jego archiwa. Zidentyfikować matkę bez nazwiska i twarzy. Mając nadzieję, że nie sfałszowano także daty urodzenia. Inna rzecz wiązała się z nazwiskiem. Biorąc pod uwagę fakt, że dziecku nieznanych rodziców na ogół nadawano trzy imiona, a to trzecie stawało się jego nazwiskiem, skąd się wzięło „Guillard"? Inwencja urzędnika? Nie było możliwości, żeby się tego dowiedzieć.

Zgodnie z prawem matka ma sześćdziesiąt dni na zmianę decyzji. Może również zostawić list, który dziecko dostanie do przeczytania w „wieku rozeznania", za „zgodą jego prawnie wyznaczonych reprezentantów". Matka Guillarda nie zmieniła zdania. Niczego nie zostawiła. Od tego momentu Patrick mógł zostać adoptowany, ale nie zgłosił się żaden kandydat. Nikt go nie chciał.

To był kolejny wspólny punkt: Passana także nikt nie adoptował. Zresztą z innego powodu — nie był sierotą. Jego matka narkomanka żyła. Jednego dnia medytowała w aśramie w Sikkim. Kiedy indziej żyła w komunie w Auroville na północ od Pondichéry. Potem poddała się kuracji odwykowej w Zhongdian na granicy tybetańskiej. Następnie znalazła się w Kalkucie, gdzie pobierała nauki u hinduistycznego guru, który składał ofiary bogini Kali. Passan czytał te nieliczne listy z niedowierzaniem. Wyobrażał ją sobie, jak idzie cała we krwi, wśród kwiatów, mając przy nogach

181

kozę z poderżniętym gardłem. Gdy przedawkowała, miał dwadzieścia lat. Trochę za późno na znalezienie rodziny.

Podobnie jak Guillard, poznał weekendy w opustoszałych ośrodkach, wakacje na koloniach, wieczne odbijanie piłeczki między sędziami i wychowawcami. Doświadczył pragnienia miłości bez nadziei, że ktoś ukoi jego serce. Brak czułości czyni człowieka twardym.

Guillard jako dziecko nigdzie długo nie przebywał. Nie było mowy o żadnym wychowywaniu w tym nieustającym stanie tymczasowości. Dokumenty zawierały nazwiska i dane wychowawców, ale Passan wiedział, że nikt z nich nie zechce o tym mówić. Jego jedynym atutem był szczęśliwy zbieg okoliczności. W 1984 roku Guillard przebywał w ośrodku Jules-Guesde w Bagnolet. Passan także spędził w nim kilka lat. Miał ochotę zadzwonić, ale pomyślał, że lepiej będzie pojechać.

Zanim jednak wyruszył, skontaktował się telefonicznie z kilkoma ośrodkami dla dzieci. Wszędzie natrafiał na mur. Natykał się albo na zbyt młodych wychowawców, którzy nic nie wiedzieli, albo na starych, którzy woleli o wszystkim zapomnieć. To samo w rodzinach zastępczych. Udało mu się jednak zamienić kilka słów z Janine Lestaix, która w 1982 roku przyjęła do siebie Guillarda w Clichy-sous-Bois. Kobieta nie potrafiła skleić poprawnie jednego zdania i wciąż powtarzała: „muszę się zastanowić" albo „nie mam zdjęcia". Sprawiała wrażenie, jakby nie była w pełni władz umysłowych.

Wielokrotnie nazywała Patricka Patricią. Kiedy Passan zwrócił jej na to uwagę, powiedziała bez sensu:

— Muszę się zobaczyć z moim adwokatem.

Patrick-Patricia... Dwoistość tego dziecka nasiliła się wraz z okresem dojrzewania płciowego. Może przeszedł jakąś operację, ale dokumentacja medyczna była objęta tajemnicą. Trzeba się tym zająć.

Podniósł słuchawkę i zadzwonił do Fifi.

— Jesteś jeszcze w biurze?

— Pakujemy się.

— Wpadnij do mnie na minutkę.

Czekając na niego, Passan zastanawiał się, czy Guillard, kiedy wrócił do miejsc swego dzieciństwa, obejrzał tę dokumentację. Czy odnalazł rodziców?

— Jak leci, stary?

Podniósł wzrok. Porucznik wszedł do gabinetu. Udawał, że kaszle, i rozgarniał ręką kurz wiszący w powietrzu.

— Jest coś nowego? — zapytał Passan, kiedy Fifi zamykał drzwi.

— Absolutnie nic.

Poszukiwania w domu nic nie dały. Podobnie jak zbadanie próbek w Policyjnym Laboratorium Technicznym. Sekcja zwłok małpy była w toku.

— Kto ją wykonuje?

— Weterynarz. Dam ci jego namiary.

— A skąd się wzięła ta małpa?

— Szukamy w ogrodach zoologicznych, zwierzyńcach, ale przez internet mógłbyś kupić orangutana bez wiedzy władz sanitarnych.

— Przejścia celne?

— Badamy także. Jednak Reza naciska nas w związku z innymi sprawami.

Passan, siedząc cały czas za biurkiem, podał mu fotokopie.

— Co to takiego?

— Wyciągi z akt Guillarda.

— Jakich akt?

— Dostałem je od faceta z wydziału dla nieletnich pomocy społecznej.

— Mój plan zadziałał?

— I to jak! Masz tutaj ośrodki społeczne, domy dziecka i rodziny zastępcze, w których przebywał Guillard. Na początek jedź do szpitala, w którym się urodził. Spróbuj odnaleźć ojca i matkę.

— Olivier, nie mam czasu, jestem...

Passan zerwał się i złapał go za marynarkę.

— Jesteś mi to winien, rozumiesz?

Fifi przytaknął. Passan wiele razy tuszował jego wybryki — nieodbierane telefony, pijaństwo, przedawkowania, zniewagi i rękoczyny... Już nie mówiąc o nielegalnym handlu narkotykami wraz z ludźmi z brygady do walki z przestępczością zorganizowaną. Rekwirowane narkotyki sprzedawali po zaniżonych cenach.

— Zadzwoń do mnie, jak tylko będziesz miał coś nowego — rozkazał Passan, otwierając mu drzwi.

— A ty dokąd się wybierasz?

— Na małą pielgrzymkę.

32

Dotarcie do Jules-Guesde zajęło mu pół godziny. W drodze zastanawiał się, czy nowe śledztwo dotyczące Guillarda ma jakiś sens. Nie był nawet pewien, czy to on wtargnął do jego domu poprzedniej nocy. Tym bardziej nie miał pewności, czy fakty związane z pochodzeniem Guillarda mogą być dowodem jego winy.

Musiał jednak coś robić, działać, rozmawiać. Wszystko, byle nie siedzieć jak więzień w swoim biurze.

Zadzwonił do szkoły chłopców. Nic szczególnego się nie działo. Potem do Gai, opiekunki do dzieci. Miała jak zawsze odebrać chłopców o szesnastej trzydzieści. Na koniec zadzwonił do Pascala Jaffrégo i Jeana-Marca Lestrade'a, dwóch członków jego ekipy, którzy zgodzili się objąć straż w domu od godziny osiemnastej. On przejmie dyżur po nich po normalnym wieczorze spędzonym z dziećmi — co było najtrudniejszym zadaniem.

Minął Porte de Bagnolet i wjechał w avenue Gambetta, kierując się w stronę rue Floréal. Ulice się zwężały. Miał wrażenie, że na niego napierają. Nie czas na takie emocje.

Zaparkował pod platanami rosnącymi wzdłuż ulicy. Od południa słońce mocno przygrzewało. W końcu prawdziwa czerwcowa pogoda. Na asfalcie kołysały się cienie drzew. Oślepiające światło przezierało przez liście. Lato. Czuło się je w drżeniu powietrza, w zapachu palonej gumy, w szczebiocie ptaków, przebijającym się przez szum samochodów. Gdy dzwonił do bramy ośrodka, przestał być zestresowanym policjantem. Ogarnęła go za to dziwna melancholia.

Żelazna brama otworzyła się ze szczękiem. Nikt nie wyszedł mu naprzeciw. Inaczej zapamiętał to miejsce. Trawniki, budynki, aleje — wszystko teraz było mniejsze niż we wspomnieniach. W dzieciństwie te trawniki wydawały mu się bezkresnymi przestrzeniami, ceglane domy — warowniami obronnymi. A teraz zobaczył małe, dwupiętrowe budynki, otoczone kwietnikami o rozmiarach miejskich skwerów.

Szedł aleją i jak wtedy, gdy był chłopcem, omijał cienie kasztanowców. Kiedyś w Guesde przebywało sześciuset podopiecznych, potem ta liczba się zmniejszyła. Obecnie była tu setka dzieci od wieku przedszkolnego, poprzez szkołę podstawową, do gimnazjum i liceum. Ale jedno się nie zmieniło — życie tutaj nigdy nie było łatwe.

W latach siedemdziesiątych ubiegłego wieku ośrodek nazywano „szkołą złodziei". Dzieciaki grasowały grupami na linii metra kursującego na trasie z Pont-de-Levallois do Gallieni, polując na portfele pasażerów. Zgraja ptaszków ze zręcznymi palcami. W pewnym sensie te wypady doskonale przygotowywały do zawodu policjanta. Pamiętał, że kres tej zabawie położył pewien wypadek. Na peronie jednej ze stacji Dido Cygan nie chciał puścić torebki jakiejś kobiety. Pasek torebki urwał się w momencie, kiedy wjeżdżał pociąg. Chłopak przeżył, bo mierzył sto czterdzieści trzy centymetry, tyle, ile wynosiła odległość między szynami, ale stracił obie nogi.

W holu pierwszego budynku panował chłód i półmrok. Posadzka z płytek ułożonych w szachownicę. Lśniące od pasty schody. Absolutna cisza. Znajdował się w budynku administracyjnym, który kiedyś wiązał się z przykrościami i karami. Nigdzie ani żywej duszy. Passan pukał do kolejnych drzwi, w końcu trafił na sekretarkę.

— Chciałbym mówić z Monique Lamy.

— W jakiej sprawie?

Pokazał bukiet peonii, które kupił po drodze.

— Jestem byłym wychowankiem.

Sekretarka bez zapału podniosła słuchawkę.

Monique — jego sekretna miłość. Wychowawczyni od niepamiętnych czasów, stanowiąca jedyny kontakt z przeszłością. W ciągu trzydziestu lat widział ją tylko dwa razy. W 1993 roku przyjechała na uroczystość rozdania dyplomów, kiedy ukończył Wyższą Szkołę Policyjną, zanim wysłano go do Japonii. Kilkanaście lat później przyszła do niego do brygady antyterrorystycznej w sprawie chłopca z gimnazjum oskarżonego o kradzież kwalifikowaną i czynną napaść. Passan w imię starych dobrych czasów zrobił, co trzeba. I to wszystko. Jednak każdego roku na Dzień Matki wysyłał jej kwiaty.

Kroki na schodach. Podniósł wzrok. Monique była osobą bez wieku. Mamuśka w hipisowskiej wersji — pstrokata sukienka, trapery, siwy kok... Już jako młoda dziewczyna przywodziła na myśl kolorową nalepkę na słoiku z konfiturami. Jej niski głos brzmiał niczym pusta struna, dobitnie, spokojnie. Kontrastowało z nim jej zachowanie — nerwowe, szorstkie.

Passan wręczył jej peonie, a potem w kilku słowach wyjaśnił powód swojego przyjazdu. Chciał uniknąć wylewnych podziękowań.

— Czy to wizyta policjanta? — Uśmiechnęła się, wąchając kwiaty.

Odpowiedział jej uśmiechem.

— Czy to nazwisko coś ci mówi?

— Patricka? Oczywiście.

— Pamiętasz go?

— Pamiętam was wszystkich.

Niezbyt spodobała mu się ta odpowiedź, ale dla Monique oni wszyscy byli jej dziećmi. Powierzyła bukiet sekretarce i poprowadziła Passana do ogrodu. Usiedli na ławce w cieniu liści poruszanych ciepłym wiatrem. Z drugiej strony budynku dał się słyszeć hałas — pewnie skończyły się lekcje.

— Ma kłopoty?

— Przykro mi, Monique, ale nawet tobie nie mogę nic powiedzieć.

Znowu się uśmiechnęła. Passanowi przyszedł na myśl rzeczny otoczak wygładzony wezbraną lodowatą wodą i upalnym letnim słońcem. Wyjęła paczkę tytoniu Samson. Przypomniał sobie zapach gorącego w słońcu siana. „Samson".

— Patrick po tej historii z papierosem przebywał u nas dwa lata — powiedziała. — Chyba od tysiąc dziewięćset osiemdziesiątego czwartego. Nie był tutaj szczęśliwy. Z nikim się nie zaprzyjaźnił.

— Ponieważ był „inny"?

— Wiesz o tym?

— Jest o tym wzmianka w jego aktach — odpowiedział wymijająco.

Wypuściła dym przez nos.

— Podczas pobytu u nas był operowany. Zniknął po dwóch miesiącach.

— Na czym polegała ta operacja?

— Nie dowiedzieliśmy się tego. Lekarze z kliniki Neckera byli bardzo dyskretni.

Passan wyobraził sobie kastrację przy użyciu noża chirurgicznego, wyrwane jajniki.

— Czy nikt nie pomagał mu w myciu się?

— Miał już prawie dwanaście lat. Nie chciał, żeby ktokolwiek się do niego zbliżał.

— Ale był chłopcem?

Monique zrobiła niewyraźny gest ręką.

— Powiedzmy, że narzucono mu taką płeć.

— Nie rozumiem.

— Brzmi to strasznie, ale taką płeć wybrano, gdy się urodził. Wybór lekarzy, urzędników, wychowawców. Trzeba było postępować zgodnie z ustaloną linią.

— A twoim zdaniem, kim był z natury?

— Wbrew wszystkiemu... chłopcem. Uprawiał sporty. Zawsze sam w swoim kącie. Przeszedł także kurację testosteronem. Jego mięśnie rozrosły się, ale...

— Ale co?

— Zachował pewne cechy kobiecości, w gestach, w głosie, w sposobie bycia. Inni chłopcy śmiali się z niego, nazywali go pedałem.

— Jaki był na co dzień?

— Nieopanowany, agresywny. Kilka razy zdemolował jadalnię. Takie ataki zdarzały się po serii zastrzyków. Chłopcy go zaczepiali. Nie miał żadnego przyjaciela, żadnego wsparcia. Najlepiej się czuł, kiedy o nim zapominano.

— Nie mogliście nic zrobić?

— Nie da się pilnować dzieci przez dwadzieścia cztery godziny na dobę. Zawsze znajdą kozła ofiarnego.

— Pamiętasz jakieś szczególne przypadki znęcania się?

— Byłam świadkiem pewnej sceny... To nie jest przyjemne wspomnienie.

— Mów. Jestem uodporniony.

— Złapali go na dziedzińcu, ściągnęli mu spodnie i majtki, a potem go zbili. Z trudem udało mi się ich oderwać od niego.

Publiczna egzekucja. Często widywał w szkole takie sceny, które pozostały, mimo wszystkich oglądanych potem okropności, jego najgorszym wspomnieniem. Upokarzanie dziecka. Okrucieństwo innych. Taka zabawa to pierwszy krok do zbrodni.

— Nie przejmuj się — powiedziała. — Pewnie już o tym zapomniał. Czas zaciera takie rzeczy.

— Jesteś tego pewna?

— Prawdę mówiąc, zdarzało mu się to bardzo często.

Passan nie drążył tego tematu. Dzieci z ośrodków wychowawczych nie są ani gorsze, ani lepsze od pozostałych, ale porzucenie, samotność, trauma rozwijają w nich okrucieństwo. Jakby już zaczynały się mścić za swój los.

— Ostatecznie — mówiła dalej Monique — opieka społeczna w porozumieniu z sędzią postanowiła wysłać go do ośrodka na południu Francji. Wszyscy odetchnęliśmy z ulgą. Pod koniec stał się naprawdę niebezpieczny.

— To znaczy?

— Udało mu się ukraść szczypce z gabinetu dentystycznego. Któregoś dnia próbował nimi wydłubać oko jednemu z chłopców. Innym razem chciał wzniecić pożar w sypialni. Znowu zamiłowanie do ognia. Ale to za mało, żeby oskarżyć go o cztery pożary w departamencie 93.

— Chciałoby się, żeby taki dzieciak budził sympatię — ciągnęła, wsuwając zgaszonego peta do kieszeni. — Żeby nie był niewinną ofiarą zawziętości kolegów. Ale Patrick sam był demonem. Torturował ptaki w naszym kurniku. Pierwszy atakował najsłabszych. Tkwiło w nim... niepojęte zło. Niczym się nie interesował, w szkole nic nie robił. Na wszystko reagował negacją, odmową. — Na moment zamyśliła się, po czym szepnęła: — Przypominam sobie pewną książkę...

— Jaką?

Wstała gwałtownie z rękami w kieszeniach.

— Przypuszczam, że wciąż ją mamy.

Odeszła. Passan spojrzał na zegarek; była siedemnasta trzydzieści. Nie mógł tu zostać za długo. Sprawdził w komórce wiadomości. Naoko dzwoniła do niego już piąty raz tego dnia. Chciała wiedzieć, czy w śledztwie są jakieś postępy, czy będzie na czas wieczorem i czy policjanci są już na rue Cluseret.

Chrzęst żwiru. Wracała Monique. Nie siadając, podała mu książkę, którą natychmiast poznał — *15 opowieści z mitologii greckiej*, wydana przez Gautier-Languereau.

— Miał ją zawsze przy sobie — powiedziała. — Kiedy opuszczał nasz ośrodek, chciał ją ze sobą zabrać, ale przepisy na to nie pozwalały. Dałabym mu ją wtedy, ale w tym czasie pracowałam na północy Francji. Potem już było za późno, żeby mu ją wysłać. Informacje o miejscu pobytu dzieci są poufne.

Passan ostrożnie kartkował książkę, podziwiając jakość papieru i ilustracje Georges'a Picharda. Mimo upływu czasu kartki miały nieskazitelną biel hostii. Na okładce widniał brodaty heros, który wyglądał tak, jakby wyszedł ze studia Cinecittà, za nim na dalszym planie widać było statek. Musiał to być Odyseusz albo Jazon...

Poczuł, jak ściska go w gardle. On również spędzał całe popołudnia na pożeraniu tej serii. Pamiętał, jak siedząc na drzewie i ssąc pastylki Vichy, czytał *15 niezwykłych historii*.

— Mogę ją wziąć? — spytał.

— Oczywiście.

Wstał z ławki.

— Dziękuję ci, Monique.

— Już odjeżdżasz? Nie chciałbyś się czegoś napić?

— Bardzo dziękuję, ale muszę wracać, bo dziś wieczorem zostaję sam z dziećmi.

— Co u nich? — W każdym e-mailu pytała o chłopców. — Masz ich fotografie?

Passan miał pełno nowych zdjęć chłopców w swoim iPhonie, ale wolał skłamać, bo nie był to moment do pogaduszek o rodzinie.

— Przykro mi, ale nie. — Uściskał ją i dodał jeszcze jedno kłamstwo: — Wpadnę niedługo.

— Dobrze — odparła lekkim tonem. — Nie powiedziałam ci nic ważnego. Czy to ci pomoże w śledztwie?

Milczał, przyglądając się okładce książki.

— Robimy tutaj, co możemy, ale wszystko jest z góry zapisane — dodała.

Zapadło krótkie milczenie, po czym powtórzyła:

— Pamiętaj, Olivierze, od pierwszych lat życia wszystko jest zapisane. Dla niego. Dla ciebie. Dla was wszystkich.

33

Zza stoisk mercedesów klasy E i klasy S obserwował niecodzienną scenę, która rozgrywała się na parkingu. Właśnie wjechał tam mężczyzna w szarej czapce z daszkiem, siedzący za kierownicą policyjnego wozu, czarnego sedana Audi A6, z włączonym kogutem na dachu. Kiedy wysiadł z samochodu, podszedł do dwóch aniołów stróżów. Ruchem głowy nakazał im odejść. Wykonali polecenie bez słowa sprzeciwu. Mężczyzna zapalił papierosa, jakby to on przejmował po nich straż.

Kim był ten policjant? Nowy śledczy? Zawodowy zabójca przysłany przez Passana? Idiotyzm. Takie rzeczy nie dzieją się we francuskiej policji. Mimo to w jego głowie zapaliła się czerwona lampka ostrzegawcza. Minęła osiemnasta. Zwolnił swoich pracowników i został w salonie sam.

Pot spłynął mu po plecach. Nie był to pot po ćwiczeniach na siłowni. Ani ze strachu w ośrodkach opieki, kiedy jako chłopiec spodziewał się w każdej chwili napaści. Pomyślał o szoferze, następnie o pistolecie automatycznym, który trzymał w sejfie. Nie ruszył się jednak z miejsca, jakby zahipnotyzowany obecnością nieznajomego.

Mężczyzna oparty o sedana nadal palił spokojnie papierosa. Krępej budowy, ubrany na szaro od dołu do góry. Kwadratowa głowa wyglądała jak wykuta z kamienia. Przygarbiony, nijaki. Nosił za duże, podniszczone, drelichowe wojskowe ubranie. Można by rzec — zwierzę urodzone w mieście, żyjące w nim, uodpornione na jego atmosferę, brud i kurz. Musiał mieć około pięćdziesięciu lat, co oznaczało, że miał za sobą przynajmniej ze trzydzieści lat służby.

W końcu facet rzucił peta i ruszył w jego kierunku. A on nawet z tej odległości kobiecą intuicją wyczuwał niebezpieczeństwo.

Wyjął z kieszeni pilota, żeby opuścić metalowe żaluzje, ale było już za późno. Gość dojrzał go przez szybę, zrobił gest, jakby chciał zapytać: „Czy mogę wejść?". Guillard niechętnie odryglował drzwi. Facet wszedł do salonu, jakby był spóźnionym klientem.

Obaj mężczyźni zmierzyli się wzrokiem. Milczenie samochodów wystawionych w wielkiej sali miało w sobie coś z ciszy kościoła. Lakierowana betonowa posadzka błyszczała w promieniach słońca.

— Jean-Pierre Levy — przedstawił się szary mężczyzna. — Z brygady kryminalnej w Paryżu. Kieruję śledztwem w sprawie zabójstwa Leïli Moujawad.

Guillard wziął wizytówkę i przyglądał się jej przez kilka sekund. Jego palce zostawiły ślady potu na kartonie. Pomyślał o chłopcach, którzy kiedyś przezywali go Fajtłapa.

Bez słowa schował wizytówkę do kieszeni, odczuwając niejasną ulgę. Uświadomił sobie, że w głębi duszy obawiał

195

się zabójcy nasłanego przez Wroga. Każdy ma swojego anioła śmierci. Jego anioł nazywał się Olivier Passan.

— Czy jest pan Żydem? — zapytał nagle Levy'ego.

— Czy to stanowi dla pana problem?

Właściciel salonu wskazał ręką na samochody połyskujące w półmroku.

— Sprzedaję mercedesy — odpowiedział pogardliwym tonem. — Przywykłem do różnych klientów...

Levy pokiwał głową.

— Uprzedzono mnie, że jest pan sympatyczny. Można tu palić?

Brak odpowiedzi. Gość zapalił papierosa. Guillard wręcz fizycznie wyczuwał emanującą z Levy'ego siłę i pewność siebie.

— Czego pan chce?

— Policjanci nie odpowiadają na pytania, oni je zadają.

— Proszę więc pytać.

— Jak to się dzieje, że paraduje pan tutaj w garniturze z fil à filu, zamiast siedzieć w ciupie?

Feniks odprężył się. Oczekiwał bardziej bezpośredniego ataku. Czegoś konkretnego. Ten policjant tylko blefował, roztaczając wokół siebie dym z marlboro. Dziwna rzecz, ale jemu nawet się to podobało. Lekkie obłoczki tworzyły nierzeczywistą, świąteczną aureolę nad czymś, co zapowiadało się bardzo groźnie.

— To proste — odparł. — Jestem niewinny.

— Nie. Dlatego, że policjant, który wcześniej kierował tym śledztwem, nawalił. Nie udało mu się znaleźć obciążających pana dowodów ani zachować zimnej krwi. Dobrze znam Passana. Jest inteligentny, zajadły, ale za bardzo impulsywny. Niechcący pozwolił ci się wywinąć, łajdaku.

Zadrżał, słysząc tak bezceremonialną obelgę.

— A pan... pan jest inny?

— Gram zgodnie z zasadami łajdaków, bo się na tym znam.

— To... znaczy?

Poczuł powracającą falę ciepła. Duchotę, żar. Nie mógł sobie pozwolić na słabość na oczach tego obcego człowieka.

— Jesteś jeszcze na wolności i się stawiasz, ponieważ mimo oczywistych faktów brakuje elementu łączącego cię z ostatnią ofiarą, Leïlą Moujawad.

— Dzwonię do adwokata.

Skierował się do biurka, ale Levy zagrodził mu drogę.

— Zostaniesz tutaj, zboczeńcu, i mnie wysłuchasz. Obaj wiemy, że ten element istnieje.

Puls mu przyspieszył. Żar oblał całe jego ciało.

— To para sterylnych rękawiczek marki Steritex — mówił dalej Levy. — Jest na nich krew ofiary. A wewnątrz materiał biologiczny mordercy. Skrawki naskórka sklejone jego potem. Z jednej strony DNA ofiary, z drugiej DNA zabójcy. Mam kontynuować?

Guillard ociekał potem. Ciekawe, ale ta porażka cofnęła groźbę ataku. Napięcie wewnętrzne się ulatniało. Uważał, że wojownicy przegrywają, ponieważ popełniają błędy. Dotyczyło to również jego, chociaż był istotą boską.

— W Stains — ciągnął Levy — nie kochają glin. Pojechałem tam sam. Od razu mnie zauważono. Zaczepił mnie jakiś arabus. Ojciec jednego z dzieciaków, które kręcą się po tym pustym terenie, gdzie wtedy byłeś. Jego syn znalazł parę rękawiczek. Chciał wiedzieć, czy mnie to interesuje, czy jestem gotów wybulić za nie forsę. — Przypalił kolejnego papierosa od poprzedniego. Rzucił peta na podłogę, nie rozdeptując go. Wypuścił długą smugę dymu.

— No... i co pan zrobił?

— Zapłaciłem. Widzisz, że Żyd i Arab mogą się czasami ze sobą dogadać. Przesłałem te rękawiczki w zapieczętowanych torebkach do dwóch różnych laboratoriów. — Podniósł prawy palec wskazujący. — Jednego w Bordeaux. — Podniósł lewy palec wskazujący. — Drugiego w Strasburgu. Każdą do innego. Dziś rano otrzymałem wyniki. — Z papierosem w zębach Levy złączył dwa palce. — Wystarczy połączyć fakty i dostajesz, chłopie, dożywocie.

— Czego... czego pan chce?

— Pięćset tysięcy euro w gotówce. Sam wyznacz godzinę.

— Nie mam takiej sumy.

— W samochodzie zostawiłem wydruki twoich rachunków z ostatnich pięciu lat. Wypłaty bankowe, wyciągi, ubezpieczenia na życie. Wierz mi, skurwysynu, że mógłbyś się uczyć liczyć od Żyda.

Guillard wybuchnął nerwowym śmiechem. Twarz miał rozpaloną. Wyjął chusteczkę z kieszonki na piersi i wytarł nią czoło. Nienawidził tego gestu. Gestu słabości.

— To cię śmieszy? — zapytał gość. — Nie masz powodu do śmiechu. Jeśli wyślę te rękawiczki do trzeciego laboratorium, do którego powinny trafić zgodnie z prawem, to przepadłeś.

Poczuł się lepiej. Przegrał bitwę, ale jego przeciwnik miał jedną słabą stronę: był chciwy.

— Jak się z panem skontaktować?

W rękach Levy'ego zmaterializowała się komórka.

— Użyjesz tego telefonu. Jest w nim zapisany tylko jeden numer. To numer innej komórki, której używam okazjonalnie. Jak tylko zbierzesz pieniądze, zadzwonisz do mnie.

— Będzie pan miał rękawiczki?

— Czekam na wiadomość od ciebie dziś wieczorem. Najpóźniej jutro rano.

Levy rozgniótł ostatniego papierosa na lśniącej karoserii stojącego obok mercedesa klasy S i skierował się do wyjścia.

Ten policjant to prawdziwy dar nieba. Zgubienie rękawiczek było pierwszym błędem, jaki Guillard popełnił od początku swojego Odrodzenia. W rękach Passana ten dowód rzeczowy oznaczałby zgubę.

Scena zakończyła się tak, jak się zaczęła. Dwaj policjanci wrócili na parking. Levy przed odjazdem zamienił z nimi kilka słów. Spojrzeli nieufnie w kierunku salonu sprzedaży i z powrotem zajęli swoją pozycję strażników.

Nacisnął guzik na pilocie. Żelazne żaluzje opadły powoli, pogrążając go w ciemnościach.

Mimo woli wyszeptał to, co przeczytał niegdyś u Jeana Arthura Rimbauda: „Prawdziwe życie jest nieobecne, nie ma nas na tym świecie...".

34

W chwili, kiedy Passan włączał się w nasilony ruch, charakterystyczny dla godziny osiemnastej, otrzymał telefon od Rudela, lekarza sądowego. Weterynarz, specjalista od *Cebus apella*, czyli od kapucynek czubatych, a więc tych właśnie, które ich interesowały, skończył sekcję zwłok małpy.

Philippe Vandernoot miał swój gabinet w Levallois-Perret. Passan właśnie minął Porte de Clichy. Nastawił GPS na adres gabinetu, rue Paul-Vaillant-Couturier. Z odczytu wynikało, że będzie tam jechał dwadzieścia minut. Z syreną na dachu mógł skrócić ten czas do połowy. Skręcił, minął stację metra Porte de Champerret i nacisnął gaz do dechy.

Pasy dla autobusów. Jeden kierunek ruchu. Trotuary. Na miejsce przyjechał w niecałe osiem minut. W drodze zadzwonił do Gai, żeby uprzedzić, że może się nieco spóźnić. Skontaktował się również z dwoma policjantami, którzy mieli pilnować jego domu, z Jaffrém i Lestrade'em. Byli już na miejscu. Nic się nie działo. Na rue Cluseret panował spokój.

Rzucił okiem na wiadomości w komórce. Jeden SMS od Naoko. Chciała wiedzieć, czy wrócił. Cholera. Wyłączył telefon i schował go do kieszeni. Sięgająca ziemi witryna gabinetu weterynarza przypominała laboratorium analityczne lub jakąś agencję. Spłowiałe zasłony, szare litery napisu: „Vandernoot. Porady, szczepienia, chirurgia weterynaryjna". Zaparkował w zatoczce i wysiadł z samochodu w zapadającym zmierzchu.

Pusta poczekalnia była ozdobiona plakatami i afiszami przedstawiającymi zwierzęta domowe. Niski stolik uginał się od pism poświęconych zwierzętom: „30 Milionów Przyjaciół", „Koń", „Atuty Kota", „Zwierzę Zdrowe i Zadowolone"... Wokół unosił się niemiły zapach eteru i zwierząt. Na prawo znajdował się kontuar z dzwonkiem.

Po długiej chwili pojawił się mężczyzna w zielonkawej bluzie. Zapewne Vandernoot we własnej osobie. Niski, krępy, około sześćdziesiątki, z długą, chudą szyją niepasującą do jego sylwetki. Głowa wysunięta do przodu jak u żółwia. Na nosie miał dwuogniskowe okulary, zawieszone na łańcuszku. Szare, głęboko osadzone oczy przywodziły na myśl mięczaki na dnie muszli.

— To pan jest tym policjantem? — zapytał zaskakująco mocnym głosem.

Passan prosił Rudela, aby uprzedził weterynarza o jego przybyciu.

— Olivier Passan, z brygady kryminalnej. Przyjechałem zobaczyć raport z sekcji zwłok małpy. I usłyszeć pańskie zdanie na temat tego incydentu.

— Proszę ze mną.

Przeszli do przegrzanej sali, której wygląd przypominał

scenę finałową jakiegoś filmowego horroru. Na ścianach wisiały klatki. Można w nich było zobaczyć niespokojne, ale ciche małpy ciekawie spoglądające przez kraty. Ich spojrzenie było tak intensywne, że odnosiło się wrażenie, iż przeszywają pierś człowieka niczym stalowe pociski. Pośrodku metalowy stół przykryty prześcieradłem. Na podłodze kępki sierści, krew, trociny.

Najgorszy był smród. Potęgował nieprzyjemną atmosferę, zatykał. Mieszanina ekskrementów, krwi, żywego mięsa, zwierzęcego potu.

— Proszę usiąść.

Passan zastanawiał się w duchu, kto może powierzać swojego pupila temu doktorowi Frankensteinowi. Weterynarz ściągnął prześcieradło zakrywające stół do badań. Leżało na nim to straszliwe stworzenie, nadal w pozycji embrionalnej, pokiereszowane, pozszywane białą nicią, która wychodziła mu z brzucha i czaszki. Mózg leżał w słoiku. Inne pojemniki zawierały narządy pływające w czerwonawym płynie.

— Co może pan powiedzieć o czymś takim?

— Samiec, około pięciu lat. Operacja wykonana w sposób profesjonalny. Kapucynka została obdarta ze skóry zgodnie z regułami sztuki.

— Sprawcą może być weterynarz?

— Weterynarz. Rzeźnik. Myśliwy.

Żadna z tych specjalizacji nie pasowała do profilu Guillarda.

— W jaki sposób zabił?

— Trudno powiedzieć. Myślę, że za pomocą śmiertelnego zastrzyku.

— Żadnych śladów ran?

— Nie. Z początku przypuszczałem, że kapucynce złamano kark, ale kręgi szyjne są nietknięte.

— Zrobił pan analizę toksykologiczną?

— Jeśli pan chce, żebym zrobił takie badanie, muszę mieć nakaz prokuratora i...

— Zostawmy to. — Passan nie wniósł skargi, tak więc do włamania, z prawnego punktu widzenia, nie doszło.

— Zresztą w czasie, który minął od śmierci, trucizna musiałaby wyparować.

— Wygląda raczej świeżo.

— Tak, bo został zamrożony — powiedział weterynarz. — Niektóre znaki nie mylą. Dylatacja narządów. Popękane żyły i arterie.

— Chce pan powiedzieć...

— Że to zwierzę zostało zabite wiele miesięcy temu, a może i lat. Nie da się tego stwierdzić na pewno. Odmrożono je przed umieszczeniem w pańskiej lodówce.

— Czy można kupić zwierzęta w takiej formie? To znaczy... zamrożone?

Vandernoot roześmiał się. Zapalił cygaretkę. Passan rozpoznał białe pudełko ze złotymi literami: Davidoff.

— Afrykańczycy eksportują do Europy różne zamrożone zwierzęta, ale zawsze mają one futro i nie są zabijane zastrzykami. Poza tym *Cebus apella* to małpa amerykańska i nie jest jadalna.

Passan podsumował w myślach wszystkie uzyskane informacje. Napastnik z pewnością zdobył żywą kapucynkę. Wstrzyknął jej śmiertelną substancję, obdarł ze skóry, po czym włożył do zamrażalnika, czekając na właściwą chwilę. Takie postępowanie wymaga wiedzy i odpowiedniego sprzętu, a to coraz mniej pasowało do Guillarda. Potrzebne były długie przygotowania.

— Gdzie we Francji można znaleźć kapucynki?

— Jest wiele takich miejsc. Te małpki kupuje się jako zwierzęta do towarzystwa. Nie sądzę jednak, żeby ta nasza pochodziła z legalnego źródła.

— Dlaczego?

— Nie znalazłem na jej ciele żadnego znaku, żadnego tatuażu.

— Skoro ściągnięto jej skórę...

— Na ogół tego rodzaju znak umieszcza się wewnątrz ucha. W każdym razie tak się robi w hodowlach zwierząt przeznaczonych do badań doświadczalnych.

— Słucham?

Vandernoot zaciągnął się cygaretką, która przypominała baton czekoladowy.

— Kapucynek używano jako zwierzęta doświadczalne kilka lat temu w ramach programu pomocy ludziom sparaliżowanym. Nie trwało to jednak długo, bo było za drogie.

Passan przypomniał sobie tresowane małpy, które wykorzystywano w rehabilitacji osób niepełnosprawnych. Podobnie jak psy dla niewidomych.

— Uczestniczyłem w tym programie — mówił dalej weterynarz. — Pracowaliśmy nad projektem z Belgami i Kanadyjczykami.

— Tresował pan kapucynki?

— Tak, z kilkoma kolegami.

— Co się stało z tymi waszymi... „uczniami"?

Weterynarz kopnął jedną z klatek. Rozległ się brzęk metalu i głośne piski.

— Są tutaj, pomyleńcy! — Kopnął w żelazną klatkę jeszcze raz i piski natychmiast przycichły.

Passan, nachyliwszy się, obserwował te stworzenia z oczami jak u sowy i czarnym czubem na głowie. Nie chciałby, żeby takie dzikusy przygotowywały mu kawę.

— Dlaczego pan je zatrzymał?

— Tresuję je dla własnej przyjemności. Bawią mnie.

— Chce pan założyć cyrk?

— Zaraz coś panu pokażę.

Vandernoot otworzył jedną z klatek i czarna kula skoczyła w jego objęcia. Zwierzę miało lśniące futerko jak u gryzonia. Robiło obroty ze zręcznością, szybkością i precyzją. Długi, puszysty ogon połyskiwał w świetle neonówek niczym jedwab.

Weterynarz postawił zwierzątko na skraju stołu obok samca obdartego ze skóry. Trzymał je bez trudności w jednej ręce. Kapucynka nie miała więcej niż trzydzieści centymetrów. Passan pomyślał o Joli-Cœur, uczonej małpie z powieści Hectora Malota.

— Przedstawiam panu Cocotte.

Mimo główki otoczonej futrzaną aureolą samiczka z odstającymi uszkami i różowym pyszczkiem przypominała ludzkie niemowlę. Kilkumiesięczne dziecko w wersji z futerkiem, nie najlepiej ukształtowane. Wpatrywała się w Passana dużymi niczym gagaty oczami z intensywną uwagą i zarazem z całkowitą obojętnością.

Weterynarz sięgnął do kieszeni. Wyjął pudełko z cygaretkami i je otworzył. Małpka chwyciła jedną cygaretkę i wsunęła do pyszczka. Wtedy Vandernoot podał jej ogień.

Cocotte wydmuchała dym. Długie obłoczki wydobywały się spomiędzy jej ostrych ząbków i rozszerzonych nozdrzy.

205

Vandernoot śmiał się do rozpuku. Passan pokiwał głową na widok tego godnego pożałowania spektaklu.

Dochodziła godzina dziewiętnasta. Trzeba się stąd zmywać. Szybko wracać do domu.

— A co pan sądzi o człowieku, który umieścił to stworzenie w zamrażalniku? — zapytał na koniec.

— Dowcipniś.

— Chyba raczej zboczeniec?

Weterynarz wzruszył ramionami. Odebrał Cocotte cygaretkę, po czym nalał do miseczki trochę syropu z owoców granatu. Samiczka szybko wylizała sok i sama wróciła do klatki. Rozgniótł niedopałek i zwrócił się do Passana:

— Chce pan zobaczyć inną sztuczkę? Są wśród nich takie, które potrafią grać w karty.

Passan podziękował z uśmiechem i szybko wyszedł. Nie miał już tu czego szukać. Pobiegł do subaru, obojętny na szum ulicznego ruchu, na przejmujący smród panujący na ulicy. O tej porze Levallois pełne było ludzi idących w obie strony. Jedni opuszczali miejsce pracy — oszklone bloki na rue Anatole-France — inni wracali do domów, zmierzając w kierunku Pont de Levallois i dalej.

Sprawdził telefon. Kolejna wiadomość od Naoko. Skasował, nawet jej nie słuchając. Wsiadł do samochodu, kiedy zadzwonił telefon. Pomyślał, że to znowu ona, ale był to Fifi.

— Klinika Sainte-Marie w Aubervilliers spaliła się wraz z archiwum.

— Nic nie ocalało?

— Nic.

— Kiedy to się stało?

— W dwa tysiące pierwszym roku.

Rok powrotu Guillarda do departamentu 93.

— Wypadek?

— Wiele wskazuje na to, że było to podpalenie, ale brak dowodów.

Passan zestawił ze sobą wszystkie fakty. Nieudana próba podpalenia sali sypialnej w Jules-Guesde. Pożar w Sainte-Marie. Spalone płody...

— Poszukaj akuszerek, pielęgniarek, lekarzy, którzy pracowali wówczas w klinice.

— Olive, mamy inne sprawy na głowie i...

— Przepytaj ich i dowiedz się, jak nazywa się jego matka.

— Nikt nie będzie tego pamiętał.

— Noworodek z zanikającym organem płciowym, ani chłopiec, ani dziewczynka, bez nazwiska? Wszyscy będą pamiętać. Znajdź nazwisko matki i dowiedz się, gdzie mieszka.

— To wszystko?

— Nie. W dokumentacji, którą ci przekazałem, masz całą młodość Guillarda. Sprawdź, czy w poprzednich latach nie było innych podejrzanych pożarów na jego drodze.

— Myślisz, że jest piromanem?

— Sprawdź to i zadzwoń do mnie.

35

— Chyba nie trzeba być geniuszem, żeby utrzymać tempo! Passan kipiał ze złości. Przyjechał do domu dopiero o dziewiętnastej trzydzieści i nie miał czasu, żeby zadzwonić wcześniej do Naoko. Ona zaś telefonowała do Gai i dowiedziała się, że powinien być o godzinie dziewiętnastej, ale jeszcze nie dotarł do domu. Kiedy w końcu zdecydował się wykręcić jej numer, nieźle mu się od niej dostało.

Zamiast zabrać się od razu do kolacji, najpierw wolał przypilnować synów podczas ćwiczenia gry na pianinie, zgodnie z codzienną rutyną wieczoru. Był jednak bardzo zdenerwowany i Shinji to czuł. W konsekwencji chłopiec popełniał dużo błędów.

— Cholera! Robisz to chyba specjalnie!

Shinji zaczął od nowa pierwszy takt *Sonaty C-dur* Mozarta, zwanej *Facile*. Mylił się zawsze w tym samym miejscu — przy następujących po sobie arpeggiach po drugim temacie. Passan, siedząc obok, wybijał takt głową i nogą. Jego obecność i groźna mina działały na chłopca wręcz paraliżująco. On sam widział, że zbliża się do krytycznego momentu.

Prawdę mówiąc, lekcje gry na pianinie nigdy nie przebiegały dobrze. Chłopcy wychodzili z nich rozdrażnieni, a on wykończony, przygnębiony tym, że doprowadził do płaczu istoty, które kochał najbardziej na świecie. Zależało mu jednak na tym, żeby dzieci zostały dobrymi pianistami. Jemu udało się, przebywając w różnych ośrodkach i rodzinach zastępczych, zdobyć podstawy w tej dziedzinie.

Znowu arpeggia i ponownie fałszywe nuty. Passan walnął w pianino i zerwał się gwałtownie z krzesła. Shinji przestał grać. W powietrzu czuło się napięcie. Diego uciekł za kanapę.

Passan zrobił ze złością kilka kroków. W koszuli z podwiniętymi rękawami, z pistoletem za pasem przypominał bardziej policjanta w trakcie przesłuchania niż czułego ojca.

— Na litość boską! — krzyknął. — Przecież trzy dni temu grałeś to bardzo dobrze!

Shinji, siedzący na taborecie z opuszczoną głową, milczał. Z góry dochodziły charakterystyczne dźwięki gry wideo. Hiroki, czekając na swoją kolej, próbował zająć myśli czymś innym. Passan kazał synowi zacząć od nowa i wtedy zobaczył, że nie sięga on nogami do podłogi. Ten drobny szczegół sprawił, iż zdał sobie sprawę z kruchości dziecka i nierównych sił w tej walce.

Od razu minęła mu złość. Potargał włosy Shinjiego i pocałował go w czubek głowy.

— Koniec lekcji. Za dziesięć minut siadamy do stołu.

— A Hiroki?

— Odkładamy to na jutro.

Chłopiec zeskoczył z taboretu. Chociaż brata miała ominąć przykra lekcja, nie zamierzał o tym dyskutować. Pobiegł schodami na górę, a za nim pies.

Passan westchnął i podszedł do okna. Jaffré i Lestrade trwali na ulicy na posterunku. Z pierwszym z nich pracował w Wydziale do Walki z Przestępczością Zorganizowaną. Jaffré uczestniczył w 2001 roku w operacji w Cachan, która kosztowała życie jednego z policjantów, ale z bandytów nie przeżył żaden. W tej akcji Jaffré i on po raz pierwszy zabili człowieka. Lestrade był bardzo podobny do Fifi. Mistrz w strzelaniu sportowym, mający zawsze taką minę, jakby wyszedł właśnie z imprezy z muzyką techno albo z więzienia we Fleury-Mérogis.

Obaj policjanci dostrzegli go i pomachali mu ręką. O północy mieli ich zastąpić Fifi i Mazoyer, jeszcze jeden twardziel. Każdy z nich poświęcał na to swój wolny czas. Kiedy Passan o tym pomyślał, zrobiło mu się ciepło na sercu. Nie był sam.

O dwudziestej dziesięć wszedł do kuchni. Był opóźniony w stosunku do dawno ustalonego przez Naoko rozkładu dnia — o godzinie dwudziestej tornistry powinny być już spakowane, a chłopcy mieli leżeć w łóżkach, z umytymi zębami. Postawił wodę do gotowania. Carbonara — to jedyne danie, które umiał zrobić. Mimo późnej godziny nie zgodził się, żeby niania coś przygotowała. Wieczna ambicja, żeby być idealnym ojcem.

Podczas gdy gotowały się tagliatelli, rzucił na patelnię kawałki boczku, żeby je przyrumienić. Pamiętał doskonale, że makaron ma być *al dente*. Jego sekret polegał na tym, że kiedy kawałki boczku były gotowe, dodawał trochę oliwy z oliwek, a dopiero potem wlewał śmietanę, dorzucał jajka, gałkę muszkatołową i wszystko mieszał. Za każdym razem podawał swoje dzieło z tym samym żartem: „Restauracja U Tatusia, najlepsza na świecie!". Cała rodzina przyznawała mu rację. Kolacja minęła w dobrym nastroju. Passan, dręczony wyrzutami sumienia, sypał dowcipami, wymyślał zabawne scenki. Przystrajał twarz *grissini torinese*, którymi wcześniej ozdobił makaron. Kawałki chrupiącej bułki w ustach miały udawać zęby wampira. Albo włożone w nos naśladowały kły morsa. Wsadzone za uszy przypominały czułki Marsjanina. Shinji i Hiroki zaśmiewali się do rozpuku.

Robiąc te wszystkie sztuczki, podziwiał urodę swoich synków. Naturalnie tak, jak każdy ojciec. Jemu jednak podobało się przede wszystkim widoczne w nich połączenie cech dwóch ras. Symfonie Akiry Ifukubego i Teiza Matsumury łączą Daleki Wschód z Zachodem. Patrząc na synów, czuł to samo — geny Wschodu i Zachodu złączone dzięki miłości.

Wszyscy razem umyli zęby w łazience chłopców, przygotowali tornistry, zeszyty do ćwiczeń. Potem każdemu trzeba było opowiedzieć jakąś bajeczkę. Kiedy już ich ułożył i uściskał, zostawił drzwi półotwarte i zapalone światło w korytarzu, a lampka nocna rzucała cienie na suficie.

Teraz mógł przystąpić do roboty.

36

Zaczął od dachu. Nie zauważył nic szczególnego. Gwizdnął na Diega, po czym wrócił na schody. Pierwsze piętro. Sypialnie. Sypialnia chłopców, którzy już zasnęli. Sypialnia Naoko, pusta i cicha. Dwie łazienki, szafy w ścianach. Zajrzał wszędzie. Nie zapalał światła, sprawdzał ubrania, zakamarki, podłogę. Dotykając sukienek i bluzek Naoko, nie czuł tęsknoty za nią. Raczej było to zmieszanie, uczucie, że narusza pewne tabu.

Parter. Tutaj też nic. Czuł się szczęśliwy, będąc znowu w swoim domu. Panowała tutaj taka naturalna, swojska atmosfera. Prostota, dzięki której było mu tu dobrze, miał poczucie bezpieczeństwa. Przypomniał sobie zdanie wiedeńczyka Adolfa Loosa, prekursora architektury XX wieku, że człowiek współczesny nie potrzebuje ozdób. Passan ich nienawidził...

Salon. Jadalnia. Nic. Wszedł do kuchni i stanął przed lodówką. Zmusił się, żeby ją otworzyć i wyjąć colę zero.

Gaia opróżniła i wymyła lodówkę, po czym napełniła ją na nowo. Passan ponownie zadał sobie pytanie, kto mógł podrzucić ciało małpy. Czy był to rzeczywiście Guillard? Po obejrzeniu piwnicy stwierdził, że wszystko jest w całkowitym porządku. A może zwłoki z lodówce to jedynie makabryczny żart? — próbował się pocieszać.

Wziął telefon i napisał SMS-a do Naoko: „Wszystko w porządku". Po chwili wahania dodał: „Całuję".

Wyszedł na próg domu. Noc była czarna, wilgotna, dość chłodna. Przeszedł przez trawnik do swoich ludzi, stojących za białymi kratami ogrodzenia.

— Cześć, chłopaki! Na morzu spokój?

— Na zasranym jeziorze, chciałeś powiedzieć.

Jaffré, zwany Czarnym, miał dredy. Jego dżinsowe spodnie z zaszewkami i pomarańczowymi szwami wyglądały tak, jakby wyszły prosto spod żelazka. Lestrade miał liczne kolczyki i tatuaże. Ubrany był w wystrzępione dżinsy ucięte poniżej kolan i T-shirt z logo MC5, zespołu bardzo modnego w latach sześćdziesiątych ubiegłego wieku.

— Rundka dokoła domu co dwadzieścia minut, dobra?

— *Jawohl*, panie pułkowniku.

— Sprawdźcie w bazie danych tablice rejestracyjne wszystkich samochodów w okolicy — mówił Passan dalej tym samym tonem. — Nie włożyliście kamizelek?

— Nie przesadzasz trochę?

— Facet, który wtargnął do mojego domu, nie jest szczeniakiem z kościelnego chóru.

Bez przekonania pokiwali głowami.

— O północy zmienią was Fifi i Mazoyer. Będziecie mogli dogadzać waszym laskom.

Pożegnał ich skinieniem głowy i zawrócił do domu. W kieszeni odezwała się komórka. W każdej chwili spodziewał się telefonu od Naoko.

— Odnalazłem rodziców Guillarda — oznajmił Fifi.

— Gdzie są?

— Na cmentarzu. Oboje spaleni żywcem.

— Mów dalej.

— Matka nazywa się Marie-Claude Ferrari.

„Ferrari". Słynny konstruktor, którego nazwisko widniało na szyldzie salonów samochodowych Guillarda. Skłamał, że miało to być odniesienie do jego młodzieńczego marzenia, żeby pracować dla tej firmy. Nazwa bez wątpienia miała związek z nazwiskiem jego matki. Prowokacja. Skryta nienawiść. Wybrał tę nazwę, jakby chciał splunąć w twarz niegodziwej rodzicielki.

— Prowadziła salon fryzjerski w Livry-Gargan. Nie miałem trudności z jej odnalezieniem, bo akuszerka pamiętała ją i...

— Czego się dowiedziałeś o jej śmierci?

— Spaliła się w swoim salonie w lipcowy wieczór dwa tysiące pierwszego roku w niewyjaśnionych okolicznościach.

Ciągle ten sam rok powrotu Guillarda. Najpierw zniszczył szpital, w którym się urodził, a potem uśmiercił własną matkę. Matkobójca.

— Dokładna data pożaru?

— Siedemnastego lipca.

Dzień urodzin Guillarda. To on, nie było żadnej wątpliwości, choć śledztwo nic nie wykazało, ale to oczywiste, jaka była przyczyna pożaru.

— Była razem z mężem?

— Nic nie rozumiesz. Biologiczny ojciec nazywał się Marc Campanez. Nie widział Marie-Claude od prawie czterdziestu lat. Zginął tysiąc kilometrów stąd, dwa miesiące po niej.

— Jak go odnalazłeś?

— Też dzięki akuszerce. Pamiętała dobrze Marie-Claude. Fryzjerka przed porodem cały czas płakała, skarżąc się, że Campanez zostawił ją z powodu kalekiego dziecka.

Passan szedł tropem mściwego Guillarda. On także musiał prowadzić własne śledztwo. Zestawił razem różne elementy i stwierdził, że rodzice odrzucili go, bo miał potworną wadę rozwojową.

— Czy w tej sprawie przesłuchiwano akuszerkę?

— Nic mi o tym nie wspominała.

— Co wiadomo o śmierci Campaneza?

— Zamieszkał na południu, w regionie Sète. Jego ciało znaleziono w spalonym samochodzie w głębi lasu sosnowego. Jasne jak słońce, że było to zabójstwo. Fotele zostały oblane benzyną. Sekcja zwłok wykazała, że zmarł wskutek uduszenia się. Policja miała wiele tropów, ale ostatecznie nic nie ustaliła.

— Wiele tropów?

— Campanez służył kiedyś w policji w departamencie dziewięćdziesiątym trzecim. Przypuszczano, że mogła to być zemsta. Jednak śledztwo nic nie wykazało. Sprawę umorzono.

Guillard, syn policjanta, dziecko niczyje... Passan czuł żar, słyszał trzask płomieni. Wyobraził sobie starego człowieka płonącego wśród śródziemnomorskich sosen. Ciało matki skręcające się w ogniu obok palących się kępek ściętych włosów i plastikowych lokówek...

— To wszystko, czego się dowiedziałeś?

— Zleciłeś mi to zadanie dwie godziny temu.

— Poszperaj jeszcze, chcę mieć jak najwięcej informacji o nich. A co z resztą?

— Jaką resztą?

— Ewentualne pożary w okolicach, w których przebywał Guillard.

— Nie miałem czasu!

— To zabierz się do tego teraz.

— Jest godzina dwudziesta druga!

— Skontaktuj się ze strażą pożarną. Żandarmerią. Znasz miejsca. Daty. To nie wymaga dużego sprytu.

— Łatwo ci mówić. Mam przecież być u ciebie o północy.

— Zapomnij o tym, pogadam z Mazoyerem.

Passan miał teraz bardzo wyraźną wizję młodego chłopca podkładającego ogień w szkole i w domu, ponieważ sam płonął w swej podwójnej skórze, która go zatruwała.

— A jak u ciebie? — zapytał Fifi.

— W porządku.

— No to spróbuj pospać parę godzin.

Passan podziękował porucznikowi. Uświadomił sobie, że śmierdzi potem, strachem, małpą i że jego ogród z nocnymi strażnikami nie jest w stanie temu zaradzić.

37

Mógłby, jak zazwyczaj, wziąć prysznic w suterenie, ale wolał być blisko dzieci. Musiał więc skorzystać ze znajdującej się na piętrze łazienki Naoko.

Usadziwszy Diega pod drzwiami sypialni chłopców, poszedł do pokoju żony. Dzielili go wspólnie przez pięć lat, ale potem wzięła go w posiadanie Naoko i nabrał bardziej japońskiego charakteru. Nie dlatego, że ściany zdobiły japońskie ryciny, a w szafie wisiały kimona.

Było to coś o wiele bardziej subtelnego.

Czerwona narzuta. Złote poduszki. Pomarańczowy dywan. Naoko lubiła kolory i w paryskim stylu ubierania się widziała obelgę dla życia, ponurą presję na ludzi i ich dusze. Żywe barwy tworzyły tajemniczy związek ze Wschodem. Panujący tu porządek i atmosfera dyskrecji przywodziły na myśl Japonię. Absolutna harmonia, w której ani jeden milimetr kwadratowy nie został pominięty czy zaniedbany.

Passan przysiadł na kanapie i wiedziony intuicją otworzył szufladę nocnej szafki. *Kaiken* leżał tam w futerale z czarnego drewna chlebowego. Passan nie był zaskoczony tym, że Naoko go nie zabrała — nigdy nie lubiła tego prezentu, symbolu brutalności i fanatyzmu Japonii z dawnych czasów.

Dziwniejsze było to, że zapomniała o swoim „pudełku do snu", w którym mieściły się przybory zapewniające dobry sen. Opaska na oczy, jakie dają w samolotach, zatyczki do uszu, tester wilgotności — nie mogła spać przy wilgotności mniejszej niż 40 procent — kompas, łóżko zawsze musiało być ustawione na wschód, krople do oczu...

Pudełko i jego zawartość uosabiały zasadniczą cechę jej osobowości — wieczne poszukiwanie dobrego samopoczucia. Naoko szukała w sposób niemal naukowy metody na to, żeby dobrze spać, zdrowo jeść, właściwie oddychać... Nie rozstawała się nigdy ze swoim nawilżaczem, twierdząc, że powietrze w Paryżu jest za suche. Żywiła się dziwnymi produktami — jak algi czy ziarna — które miały zapewniać równowagę w systemie trawiennym. Kupiła nawet zegarek, który rejestrował cyrkulację krwi i budził ją w momencie, kiedy jej cykl dobowy ulegał zakłóceniom. Nie miało to nic wspólnego z egoizmem ani z zamiłowaniem do komfortu. Chodziło o to, aby żyć w harmonii ze światem. Paradoksalnie Naoko dbała o siebie z umiarem, chciała tylko żyć zgodnie z prawami natury. Pragnęła w jak najbardziej dyskretny sposób wtopić się w Wielką Całość.

Spojrzał na komórkę. Żadnych SMS-ów. Tego wieczoru samotność wcale mu nie doskwierała. Podniósł się i przeszedł do łazienki. Sanktuarium Naoko. Pomieszczenie było podzielone na dwie części — jedna wyłożona kafelkami, z umywalką i nowoczesną kabiną prysznicową, a druga w całości urządzona w sosnowym drewnie. Z jednej strony stało tam kanciaste, wysokie wiaderko, a po drugiej wisiała bateria prysznicowa, z której można było korzystać, siedząc na taborecie z drzewa cedrowego.

Odwrócił się do etażerki i popatrzył na leżące na niej szczotki. Kitagawa Utamaro, największy malarz XVII wieku, wzmacniał czerń włosów delikatnym użyciem chińskiego tuszu. Włosy Naoko były godne takich rycin — charakteryzowała je tak pełna, tak idealna czerń, jakby muskał je pędzel natury dla uwypuklenia intensywności koloru.

Zostawiła starannie ustawione w szeregu swoje środki upiększające. Passan dotykał flakoników, kremów odżywczych z takim lękiem, z jakim przedtem otwierał szafy ścienne. Żeby denerwować jej koleżanki, opowiadał, że Naoko była w stu procentach naturalna. W rzeczywistości nie widział nigdy osoby, która używałaby takich ilości balsamów, mleczek kosmetycznych, płynów oczyszczających, żelów, serum. Zakrawało to wręcz na jakiś kult, wierność rytuałom.

Był zafascynowany. Widział w Naoko uosobienie wyrafinowania. Dzieło sztuki uformowane przez nią samą. Myślał zawsze o początku filmu Kenjiego Mizoguchiego *Utamaro i jego pięć żon*, zbeletryzowanej biografii tego malarza. Dostojne kobiety, z idealnie białymi twarzami, z włosami upiętymi w wysokie koki, ubrane w ciężkie, połyskujące kimona, szły uroczystym krokiem pod parasolkami z impregnowanego papieru. Parasolki trzymali mężczyźni, którzy wyglądali tak, jakby byli ich niewolnikami. Spektakl sam w sobie oszałamiał pięknem.

Nie było to jednak wszystko.

219

Kobiety wykonywały przedziwny taniec, stawiając nogi w regularnym rytmie. Prawą stopą kreśliły wolno łuk na podłodze, unosząc drewniane chodaki na dwudziestocentymetrowych koturnach i jednocześnie zginały drugą nogę, a potem zatrzymywały się na moment przed kolejnym obrotem. Kobiece nogi kreślące tajemnicze koła, rytuał z dawnych baśni...

Urzeczony Passan pokazał Naoko te rysunki, chcąc się dowiedzieć, kim były te niebiańskie księżniczki i jaką tradycję reprezentowały. Naoko odpowiedziała krótko roztargnionym tonem:

— To prostytutki. *Oiran* z dzielnicy Yoshiwara.

Wysłuchał ze spokojem tej odpowiedzi, ale w duchu pomyślał, że w kraju, w którym kurtyzany zachowują się z większą godnością niż którakolwiek z księżniczek europejskich, w kraju, gdzie o narządzie płciowym kobiety mówi się „to w dole", a o osobie biseksualnej, że ma „dwie szable", uprawianie miłości musi być fantastyczne.

Rozebrał się, położył pistolet na umywalce i wszedł pod prysznic. Zamknął oczy, gdy poczuł strumień wody. Wreszcie się uspokoił. Zaczął nawet podśpiewywać cichym głosem. Jednak szum zagłuszał odgłosy dochodzące z reszty domu, a tego nie lubił. Energicznie się namydlając w obłokach pary, postanowił szybko skończyć kąpiel i położyć się na materacu pod drzwiami pokoju chłopców.

Będzie spał razem z Diego.

Dwa psy czuwające nad snem dzieci.

Nagle otworzył oczy. Otaczała go różowa para. Na jego ciele rozpryskiwały się czerwone krople. Pod nogami pieniła się czerwona kałuża. Podniósł wzrok i zobaczył na kafelkach kabiny długie czerwone smugi krwi.

Był ranny. Boże! Sikał krwią. Nie wychodząc spod prysznica, obmacał się, obejrzał, zajrzał między nogi. Nic. A przecież to krew ohydną pianą spływała po ściankach kabiny na podłogę.

Po omacku zakręcił kran, uderzył się o szklane drzwiczki i wyszedł, potykając się. Jego pierś, brzuch, uda były szkarłatne. Sięgnął ręką do umywalki, wyprostował się.

Chwycił pistolet i machinalnie przeładował broń.

Dzieci!

Z bronią w ręce wyskoczył na korytarz. Ostrożnie otworzył drzwi, podczas gdy Diego niechętnie usuwał się na bok, nie pojmując, co się dzieje.

Nie zauważył niczego niepokojącego. Shinji i Hiroki spokojnie spali.

Ociekając wodą, wrócił do łazienki i zabezpieczył pistolet. Zaszokowany zobaczył swoje odbicie w zaparowanym na różowo lustrze. Wyglądał jak wiszący na haku kawał mięsa wołowego.

Sięgnął po komórkę. Wybrał zapisany w niej numer i usiadł pod ścianą z wyprostowanymi nogami. Krew na nim już krzepła, ściągając jego skórę.

— Halo!

— Fifi? To ja. Musisz tu przyjechać. Natychmiast — powiedział głośno.

— Ale przecież kazałeś mi...

— Wezwij także ludzi z dochodzeniówki. Chcę, żeby się tu zjawiła Zacchary z całym swoim zespołem.

— Co się dzieje, do cholery?

— Wozy mają być nieoznakowane. Żadnych kombinezonów, logo, lamp sygnałowych. A przede wszystkim bez syren. Zrozumiałeś?

Wyłączył komórkę. Opierając się o ścianę, zdał sobie sprawę z tego, że kiwa się całym ciałem w przód i w tył, jak muzułmanin recytujący sury. Czuł napływające fale strachu.

Ze zgrozą spojrzał na kabinę prysznicową.

Przywodziła na myśl ziejącą czerwoną ranę.

38

— Pomysł dosyć prosty.
— Mów ciszej. W pokoju obok śpią moje dzieci.
Łazienka była otwarta na oścież. Passan włożył dżinsy. Pistolet wsunął za pasek na plecach. Isabelle Zacchary przykucnęła w kabinie prysznicowej. Wilgotny kombinezon oklejał dokładnie jej ciało, ale nikt nie zwracał na to uwagi. Dwaj technicy krzątali się przy umywalce, ubrani tak samo jak ona w papierowe bluzy, maski, czepki, rękawiczki chirurgiczne, kapcie ochronne.

Fifi, spocony, oszołomiony, stał przy drzwiach. Za nim dwaj koledzy, którzy zostali postawieni na straży, by pilnować domu. Mieli nietęgie miny. Przyjechał też Mazoyer, zupełnie niepotrzebnie.

— Twój facet zebrał krew, która potem zakrzepła, do wąskich rurek — podjęła Zacchary już ciszej, pokazując rękami, jak to się odbywało. — Rurki te umieścił wysoko na krawędzi kafelków. W kabinie było parno jak w łaźni rzymskiej. Wokoło rozchodził się zapach drzewa cedrowego. Kiedy odkręciłeś kurki, zrobiło się tu gorąco i krew się rozrzedziła. Było jej około dwóch litrów...

Passan słuchał tych wyjaśnień w osłupieniu. Piekły go powieki, jakby przedtem wpatrywał się godzinami w żar w piecu. Wróg dał dowód makiawelizmu przekraczającego wszystko, co dotąd widział, a przecież nie był żółtodziobem.

— To krew małpy?

— To ludzka krew — oznajmił jeden z techników. Trzymał rurkę do badań, zawierającą gęsty płyn w śliwkowym kolorze. — Reakcja na antygeny antyciała i nie pozostawia żadnych wątpliwości...

Passan podszedł bliżej. Mimo gorąca krew nadal krzepła na jego skórze, szarpiąc włoski niczym szponami. Czuł, że serce bije mu wolniej, jakby natrafił na jakąś przeszkodę. Ogarniał go coraz większy strach.

— Możesz określić grupę krwi? — zwrócił się do Zacchary.

— Za chwilę...

Drugi z techników manipulował przy innych fiolkach. Maska nadawała mu wygląd średniowiecznego rycerza.

Mijały sekundy. Krople potu wolno ściekały po Passanie.

— Jest — powiedział w końcu technik. — AB. Grupa raczej rzadko występująca.

Passan wybiegł na korytarz, odpychając Fifi i trzech innych policjantów.

Porucznik chwycił go za ramię.

— Co się dzieje?

— Moi chłopcy mają właśnie tę grupę.

Otworzył ostrożnie drzwi ich pokoju. Mimo woli wstrzymał oddech. Przez kilka sekund nie widział nic, potem jego oczy przyzwyczaiły się do ciemności.

Najpierw podszedł do łóżka Shinjiego. Przyklęknął na podłodze i ostrożnie podniósł śpiącego chłopca. Już kilka minut wcześniej go oglądał, ale teraz przyjrzał się dokładniej jego nadgarstkom, rączkom, barkom.

Czuł się tak, jakby serce miało mu pęknąć. Chłopiec miał maleńkie ślady ukłuć w zgięciu łokcia. Passan podniósł się z klęczek, złapał się rękami za głowę i zacisnął zęby, żeby nie krzyczeć.

Podszedł do łóżka Hirokiego, podwinął rękawy jego piżamki i zobaczył takie same ślady. Nagle poczuł, jak mróz przenika go do szpiku kości. Kto tu przyszedł ukraść krew jego dzieciom? Kiedy? Jak? Dlaczego ani on, ani Naoko nie zauważyli tych wizyt?

Pocałował chłopca i ułożył z powrotem jego główkę na poduszce. Jakoś udało mu się stanąć na nogi. Doszedł do progu, bezszelestnie zamknął za sobą drzwi.

— I co? — zapytał Fifi.

Passan walnął pięścią w ścianę.

39

— Musi się pan rozebrać.

— Co takiego?

— Nie będę z panem rozmawiał, dopóki nie będzie pan nagi.

— Co to za idiotyzmy?

— Widziałem to na jednym filmie i pomysł wydał mi się całkiem dobry.

— Myślisz, że mam na sobie podsłuch?

Jean-Pierre Levy od razu zaczął zwracać się do niego na ty. On wolał formę „pan". Więcej klasy, bardziej stosowne.

— Niech się pan rozbiera.

— Nie ma mowy. Jeśli w pięć sekund nie pokażesz forsy, zmywam się stąd. Moi chłopcy przyjdą po ciebie rano z kajdankami. To ja prowadzę tę grę, draniu.

Uśmiechnął się — policjant kłamał. Sprzedaż samochodów o aerodynamicznych liniach i silnikach wielkiej mocy zapewniała mu klientelę, wśród której byli prawie wyłącznie mężczyźni. Pomiędzy tymi macho wielu było oficerów policji, z którymi nawiązał serdeczne, prawie przyjacielskie stosunki. Wystarczyło, że zadzwonił do kilku z nich z pytaniem, czy Levy jest wypłacalny. Policjanci najpierw nie okazywali chęci do rozmowy, byli powściągliwi, ale potem języki im się rozwiązały. Jean-Pierre Levy znany był ze swoich numerów. Hazardzista grający na wysokie stawki, zadłużony, dwa razy rozwiedziony. Ten facet ścigał swój własny cień. Nie mówiąc już o Generalnym Inspektoracie Policji, który tylko czekał na okazję, żeby go przyskrzynić.

Jak można było powierzać jego sprawę temu typowi? Tajemnica francuskiej administracji. Nie powinien narzekać, bo przy innym śledczym rękawiczki bez wątpienia zaprowadziłyby Guillarda za kratki.

— Czy zna pan zasadę Pascala?

— Dawaj forsę.

— Gdyby pan teraz odszedł, nie sprzedawszy mi tego, co chcę kupić, byłbym zgubiony. Jeśli jednak dam panu pieniądze, a pan mnie oszuka, też będę zgubiony. Proszę być rozsądnym. Niech się pan rozbiera. Za dziesięć minut będzie po wszystkim.

Mijały sekundy. Nie ruszał się, nic nie mówił. Najlepsza metoda, żeby złamać czyjąś wolę. Zadzwonił do Levy'ego o drugiej nad ranem, proponując miejsce spotkania — szczyt d'Avron w Neuilly-Plaisance, na jednym z niewielu wzgórz w departamencie 93. Płaskowyż, porośnięty krzakami, znajdował się na wysokości stu osiemdziesięciu metrów nad równiną Saint-Denis.

Levy zapewne wyruszył natychmiast, żeby znaleźć to miejsce. On przyjechał tutaj o piątej rano i zaparkował samochód trochę dalej. Zobaczył, że Levy już tu dotarł i ukrył się za zaroślami obok ogrodzenia parku. Wreszcie o godzinie szóstej trzydzieści obaj wyszli ze swoich kryjówek. Otworzył bramę wytrychem i poprowadził przeciwnika do bocznej ścieżki. Przed ósmą nie było nikogo — ani biegaczy, ani spacerowiczów. Idealna pora na wymianę.

Spojrzał na zegarek — minęła minuta. Żaden z nich nie powiedział słowa, nie wykonał najmniejszego gestu.

W końcu Levy zaklął i zaczął się rozbierać. Przez skromność odwrócił się do Guillarda plecami i odszedł kilka kroków. Było zimno. Wiatr wiał wśród liści, ciernistych zarośli i ostów. Rozsiane rzadko drzewa dawały wrażenie rozległej afrykańskiej sawanny.

Po kilku sekundach Levy był już bez butów, drelichowej bluzy, spodni, odpiął także kaburę z pistoletem. Ważył teraz dużo mniej.

On tymczasem rozejrzał się wokoło. Słońce wschodziło, rzucając czerwone odblaski świtu. Dolina znikała w brudnej mgle, co przywodziło na myśl połyskiwanie morza poruszanego drobnymi falami.

Cudowny widok. Zielony rejon przedmieścia.

Przez chwilę szarość miast departamentu 93 przestała być tak wyraźna. Nie było już widać ich brzydoty, nędzy, nieporządku. Rozciągała się przed nim migocząca równina, błyszcząca niczym tarcza przygotowana do walki.

W takiej chwili — i tylko w takiej — wszystko było możliwe.

— Gotowe. — Levy miał na sobie tylko bokserki. Nie był gruby, lecz sflaczały. Łysy, z ciemnymi włoskami słabo widocznymi na szarej skórze twarzy wyglądał, jakby w ogóle nie miał zarostu. — Gdzie jest forsa?

Nie odpowiedział od razu; chciał żeby policjant jeszcze poczekał.

— Ma pan to, o czym pan mówił?

— Najpierw forsa.

— Naturalnie. Za chwilę.

Ruszył do drzewa, pod którym zostawił skórzaną teczkę. Dochodząc do tego miejsca, zerknął w stronę Levy'ego. Zbliżył się do broni, którą położył na ziemi. Guillard uśmiechnął się ze spokojem i podniósł teczkę. Wiedział, że Żyd nie strzeli, dopóki nie będzie pewny, że są w niej pieniądze.

Wrócił do niego. Pod jego stopami chrzęściła sucha trawa.

— Połóż teczkę i bardzo wolno ją otwórz. — Levy mówił tak, jakby trzymał go na muszce. On mu na to pozwolił. Słyszał świergot ptaków ukrytych w listowiu. Czuł się dziwnie rozluźniony. Położył teczkę na trawie. Wyliczył mniej więcej, jaki ciężar może mieć pięćset euro. Około kilograma. Jedną ręką odblokował zamek.

— Cofnij się — rozkazał Levy, po czym zbliżył się do teczki, nie spuszczając z niego wzroku. Przyklęknął na jedno kolano i zerknął szybko do wnętrza. Kiedy wstał, było już za późno — miał wbitą w kark igłę. Próbował się zamachnąć pięścią, ale trafił w próżnię. Skończone.

Trzydzieści mililitrów imagenu. Skutek natychmiastowy.

Policjant osunął się na trawę. Zwycięzca rozejrzał się — w pobliżu nie było nikogo — potem popatrzył na zegarek. Szósta czterdzieści. Miał pół godziny na realizację planu.

Umieścić więźnia w ukryciu.

Ocucić go i zmusić do mówienia.

Zastosować środki chemiczne.

Potem wrócić do siebie drogą, którą jechał z samego rana.

40

Pół godziny później wjechał do jednego z boksów podziemnego parkingu w Rosny-sous-Bois. Miejsce to było opuszczone od czasu zapowiedzianej i stale odkładanej akcji oczyszczenia go z azbestu. Właścicielom zapłacono odszkodowanie, samochody usunięto. Pozostała jedynie część podziemna, pusta, skażona, którą omijali nawet złodzieje z obawy przed zatruciem.

Jechał wyłącznie bocznymi drogami, omijając komisariaty, centra miasteczek i wszystkie punkty pilnowane przez policję. Departament 93 był jego terytorium. Mógł się w nim poruszać z zamkniętymi oczami. Tutejsze władze zostawiły w jego duszy piętno, jakby wypalone rozżarzonym żelazem. Nikt nie mógłby go śledzić ani złapać w tym labiryncie.

Kiedy przywiązał szantażystę do metalowego krzesła, którego nogi wcześniej przyspawał do podłogi, zrobił mu drugi zastrzyk, żeby go obudzić. Zanim policjant oprzytomniał, on nastawił klimatyzację na maksymalne grzanie. Szum urządzenia, czarne ściany i niski sufit przywodziły na myśl potężny okręt zanurzający się w rozpalone jądro Ziemi.

— Co się dzieje?

Nie odpowiedział, trzymając się swoich reguł postępowania. W tej fazie operacji nagość wroga była rzeczą zasadniczą.

— Coś ty mi zrobił? — Levy zauważył wenflon wprowadzony do żyły na dłoni. — Coś ty mi zrobił, draniu?!

Guillard powoli podszedł do policjanta i głową wskazał na stolik w głębi boksu. Levy nie mógł dostrzec kroplówki, w której bulgotały bąbelki powietrza.

— Roztwór solny, żebyś odzyskał siły!

— Masz się za lekarza?

— Połowę życia spędziłem w szpitalach. Znam się na medycynie tak jak więźniowie na prawie i wariaci na psychiatrii. Prawdziwe skrzywienie zawodowe.

Levy zmienił ton, jakby pojął szaleństwo swojego rozmówcy. Zaśmiał się.

— Nie wydupczysz mnie, pedale.

— Nie jesteśmy ze sobą aż tak blisko.

Guillard podszedł do stolika, otworzył podręczną torbę lekarską. Znajdował się w niej niewielkich rozmiarów autoklaw. Włożył ponownie rękawiczki chirurgiczne z nitrylu, bo tylko takie znosił z powodu alergii na lateks. Podniósł metalowe wieczko, spod którego buchnęła para, po czym wyjął strzykawkę. Następnie w jednej z kieszeni torby znalazł flakonik, rozerwał plastikowe opakowanie, umieścił igłę w kauczukowej końcówce.

Policjant podskakiwał przy każdym dźwięku, nie widział bowiem tych przygotowań.

— Co ty... co ty wyrabiasz?

— Gdzie są rękawiczki?

— Co chcesz mi zrobić, pomyleńcu?! — wrzasnął Levy.

— Gdzie są rękawiczki?

Policjanci mają twardą skórę. Cały problem polega na tym, żeby wiedzieć, do jakiego stopnia. Guillard stanął twarzą do ofiary, kończąc napełnianie strzykawki. Levy wił się jak wąż złapany w sidła i potrząsał głową, uparcie odmawiając odpowiedzi.

Guillard ze spokojem wcisnął tłok, żeby usunąć ze strzykawki bąbelki powietrza.

— Znam się na robieniu zastrzyków — powiedział głośno. — Muszę regularnie wstrzykiwać sobie testosteron.

Levy zaszlochał. Teraz mogli mówić sobie na ty. W tej duchocie, przesiąkniętej nienawiścią i strachem, rozmowa nareszcie mogła się toczyć w zażyłym tonie.

— Gdzie są rękawiczki, Levy? Nie zmuszaj mnie, żebym zachował się jak nazista.

— Odwal się! — krzyknął policjant.

Guillard wziął wacik i płyn antyseptyczny. Przetarł nim zagłębienie prawego łokcia więźnia.

— Wiedz, że robię to wszystko, żeby zapewnić ci przyszłość. — Nachylił się nad policjantem, wdychając ostrą woń potu. — To kamfora — szepnął. — Szybko poczujesz ból w żyłach. Nie jesteś jeszcze stary i dlatego nie masz szans. Ból jest jak rak. Karmi się siłą ofiary.

— Nie!

— Mengele i jego ekipa wstrzykiwali kamforę swoim więźniom.

— Nie!

232

— Gdzie są rękawiczki?

— Nie!

Wbił igłę w żyłę.

— Możesz jeszcze się uratować. W Auschwitz twoi współbracia nie mieli takiej szansy. Pomyśl o swojej rodzinie! Jesteś im to winien!

— Nie!

— Gdzie są rękawiczki? — Nacisnął na tłok.

— Są w sejfie w banku.

— W którym banku?

— HSBC, avenue Jean-Jaurès czterdzieści siedem, w Dziewiętnastej Dzielnicy.

— Numer sejfu?

— Dwanaście B trzysta czterdzieści pięć.

— To twój bank?

— Agencja bankowa.

— Znają cię tam?

— Byłem tam tylko raz. Żeby otworzyć sejf.

— Kiedy?

— Wczoraj wieczorem, kiedy dostałem z powrotem te rękawiczki.

Guillard ocenił swoje szanse. Fizycznie był podobny do tego policjanta. Mając jego dokument tożsamości, mógł spróbować. Wyjął igłę i wyprostował się. Wziął ubranie Levy'ego, które zamierzał spalić, gdy sprawa zostanie załatwiona. Pomacał kieszenie bluzy, znalazł portfel. Zdjęcie na dokumencie tożsamości pochodziło sprzed dziesięciu lat, ale facet był łysy, więc pasowało. Obejrzał podpis na karcie kredytowej. Podrobi go bez problemu. Choćby lewą ręką.

Pozbierał swoje przybory i stanął przed więźniem. Gorąc stawał się nie do zniesienia. Levy zrobił pod siebie. Guillardowi podobał się ten smród wypełniający pomieszczenie. Z klimatyzacją ustawioną na maksymalne grzanie szantażysta dosłownie rozpłynie się we własnych odchodach.

Jednym ruchem podniósł żelazną bramę warsztatu tak, że zrobił się otwór na metr wysokości.

— Gdzie idziesz? — jęknął więzień.

— Sprawdzić twoje informacje.

— Nie zostawiaj mnie tak...

Zgasił światło. W rękach trzymał podręczną torbę i ubranie policjanta. Szum klimatyzatora wydawał się w ciemnościach głośniejszy.

— Wrócę za parę godzin! — zawołał. — Jeśli będę miał rękawiczki, pomyślimy o twojej przyszłości. Jeśli ich nie będzie, wybiorę inną możliwość.

— Po co... po co ta wysoka temperatura?

— Musisz wypocić z siebie środek usypiający.

— Nie zostawiaj mnie!

— Nie wysilaj się. Do tego podziemia od trzech lat nie wjeżdżał żaden samochód. Do zobaczenia.

Opuścił z powrotem bramę i ruszył szybko do swego samochodu. Siódma trzydzieści. Wszystko w porządku. Miał pół godziny na dojechanie do Neuilly, zaparkowanie na boulevard d'Inkermann, przejście przez park, dotarcie do swojej kryjówki sekretną drogą, z której zawsze korzystał.

Przekręcił kluczyk w stacyjce i nastawił klimatyzację na najniższą temperaturę. Zamknął oczy na kilka sekund, rozkoszując się chłodnym powietrzem, po czym ruszył z piskiem opon. Kiedy znalazł się u siebie i wziął prysznic, musiał poczekać do dziewiątej, a potem wsiadł do mercedesa klasy E, prowadzonego przez szofera, i wyjechał z domu pod czujnym okiem strażników.

Zacznie się nowy dzień.

Był zaskoczony własną beztroską. Prawdę mówiąc, ta historia z Levym była tylko ubocznym problemem. Liczyła się jedynie bitwa z Wrogiem.

Bezpośrednie starcie...

41

— Noc minęła spokojnie?

— Całkowicie.

— Położyli się spać wcześnie?

— Oczywiście.

— Masz dziwny głos.

— Jestem spóźniony.

— Dzwoniłam do ciebie niedawno. Chciałam z tobą porozmawiać.

— Wiesz, jak to jest rano.

Naoko nie odpowiedziała. Znała dobrze poranny rytm — budzenie chłopców, śniadanie, pospieszne przygotowania przed wyjazdem do szkoły. Nie zdziwiło jej więc to, że Passan nie miał czasu, żeby do niej zadzwonić.

— Na pewno wszystko w porządku? — spytała z naciskiem.

— Oczywiście, już ci mówiłem! Jestem spóźniony. Nie mogę rozmawiać.

Gdy przerwał połączenie, Naoko poczuła się niezręcznie. Miała sobie za złe, że tak go wypytywała, a przecież to ona zażądała separacji. Sytuacja jednak wymagała odstępstw od reguły.

Wybrała strój z rzeczy, które poprzedniego wieczoru zapakowała w pośpiechu do torby. Coś tu nie grało. Wyczuła jakąś fałszywą nutę w jego głosie. Paradoksalnie, chociaż Passan był policjantem, nie umiał kłamać.

Zaniepokojona włożyła jasnoniebieską sukienkę. Była pognieciona. Trzeba się przyzwyczaić do koczowniczego trybu życia. Zdecydowała się na hotel Madrid w Neuilly, na ulicy o tej samej nazwie, w pobliżu la Défense. Poprzedniego dnia, wychodząc z biura, przypadkiem skręciła w tę stronę. Zobaczyła ten hotel i zdecydowała się na niego bez zbytniego zastanawiania się.

Położyła się do łóżka po otrzymaniu uspokajającego SMS-a od Passana, ale nie udało się jej zasnąć. Zażyła środek nasenny i znowu się położyła. Na kilka godzin pogrążyła się w przerywanym śnie.

W przeciwieństwie do Passana nigdy nie miewała koszmarów. Śniły się jej jedynie epizody bez znaczenia — czerwone światło, które nie chciało się zmienić na zielone, kupowała ciastka, a w torbie znajdowała ryby. Sny gospodyni domowej. Ta noc nie odbiegała od normy.

Koszmar powrócił, kiedy się obudziła. Myślała o dzieciach. O znalezionej w lodówce małpie obdartej ze skóry. O groźbie wiszącej nad jej domem, nad jej rodziną...

Była dziewiąta. Za trzydzieści minut miała pierwsze spotkanie. Popatrzyła na siebie w łazienkowym lustrze. Makijaż ostry, niczym gorączkowy rysunek. Finansistom i tak będzie się podobać. Biorąc pod uwagę wyliczenia, które miała im pokazać, będzie to ich najmniejsze zmartwienie.

Zrezygnowała z windy i stukając obcasami, weszła szybko po schodach służbowych. Przez całą noc podejrzenie wobec Passana nieustannie wracało. Chwilami pomysł, że to on umieścił zwłoki małpy w lodówce, wydawał się jej absurdalny. Innym razem mówiła sobie, że nigdy nie zna się kogoś dogłębnie. Przypominała sobie znaki świadczące o tym, że mąż z biegiem lat coraz bardziej skłaniał się ku przemocy, stawał się niezrównoważony, balansował na granicy szaleństwa. Te jego wybuchy gniewu. Miłość do dzieci, objawiająca się nieregularnie, gwałtownie. Kłótnie z nią, kiedy wypluwał z siebie potok zarzutów. Złośliwe, niezrozumiałe śmiechy, gdy oglądał telewizję. Wulgarne odzywki przy telefonicznych rozmowach z kolegami...

W takich momentach myślała o tym, że żyje z człowiekiem, który zabija ludzi. Te ręce, które nosiły jej dzieci i pieściły ją, łamały także kości, naciskały spust, miały do czynienia ze śmiercią i występkiem...

Nawet jego fascynacja Japonią zmieniała się w śmiertelną obsesję. Wciąż mówił o seppuku, o zasadach honoru, które usprawiedliwiały destrukcję, samobójstwo. Te wszystkie idiotyzmy, od których uciekała jak mogła najdalej, przede wszystkim dlatego, że przypominały jej ojca.

Ale czy to wszystko wystarczało, żeby uznać go za szaleńca pragnącego ją nastraszyć? Nie. Zresztą była pewna, że cała ta sytuacja ma związek z jednym z jego śledztw. I że on wie, kto wtargnął do ich domu. Ponura zemsta, czy coś w tym rodzaju, o czym nie chce mówić.

Na avenue Charles-de-Gaulle ruch był płynny. Wślizgnęła

się na obwodnicę. Myślała jeszcze o czymś. Poprzedniego dnia pod wieczór spotkała się z adwokatem, Michelem Rhimem. Opowiedziała mu o epizodzie z obdartą ze skóry małpą. A co gorsza, zdradziła mu swoje podejrzenia co do Passana. Rhim nie posiadał się z radości. Wspomniał o ekspertyzie psychiatrycznej, o wywiadzie opieki społecznej... Obiecywał całkowite zwycięstwo — przyznanie jej wyłącznego prawa do opieki nad dziećmi, alimenty... Naoko próbowała mu wyjaśnić, że niczego takiego nie chce, ale on już się rozkręcił. Wymogła na nim przyrzeczenie, że niczego nie zrobi bez jej wiedzy.

Na parkingu zgasiła silnik i oparła się rękami na kierownicy. Dzień się dopiero zaczynał, a ona już była wykończona. Praca w tym olbrzymim wieżowcu, niepokój związany z intruzem w domu, walka z Passanem... Wszystko wydało się ponad jej siły. Podniosła głowę i wtedy uderzyła ją pewna myśl.

Wrócić do Tokio. Na zawsze.

Pomyślała o tym pierwszy raz od dwunastu lat.

Natychmiast odrzuciła ten pomysł. Jej życie było tutaj. Rodzina. Dom. Praca. Taki wyjazd byłby ucieczką. Ustępstwem wobec agresora. Wobec Passana. Pozostawała jeszcze kwestia dumy. Kiedy ktoś wyjeżdża z własnego kraju, to nie po to, żeby wracać bez pracy, bez męża, z dwójką dzieci. W każdym razie nie mogła już cofnąć tego, co się wydarzyło — wrócić do reguł, zasad, obowiązków jej kraju po tym, jak zaznała wolności w Europie.

Japończycy mają metaforę na opisanie takiego zjawiska — porównują się do drzewek bonzai, które rosną krępowane w malutkich doniczkach. Przesadzone do zwykłej ziemi, natychmiast bardzo by się rozrosły i nie dałoby się ich przenieść na powrót do doniczek.

Stanowczym krokiem przeszła przez pusty parking. Musi teraz podjąć decyzję co do swego losu. Nawet jeśli wiązało się to z katastrofą. Przed windą jeszcze raz stwierdziła, że obrała najbardziej niebezpieczną strategię. W głębi duszy akceptowała to, że nie wszystko potoczyło się po jej myśli. A czego się spodziewała?

Kłamała. Miała swoje sekrety. Jej życie było niczym domek z kart, który pewnego dnia musiał się nieuchronnie zawalić.

Otworzyły się chromowane drzwi windy. Weszła do środka, nic nie widząc.

42

— Co o tym myślisz?

— Wygląda to na ślady po pobraniu krwi.

— Ile razy ją pobierano?

— Tego nie da się ustalić. Jedno mogę powiedzieć na pewno, że od ostatniego ukłucia upłynęły nie więcej niż dwadzieścia cztery godziny. Zdaniem Zacchary w łazience były dwa litry. Jeśli wziąć pod uwagę, że jednorazowo pobiera się średnio dwieście mililitrów, to takich pobrań musiało być niemało...

Passan zamyślił się. Oznaczało to, że ostatnie pobrania zostały wykonane tej nocy, gdy Naoko znalazła w lodówce zwłoki małpy. To z kolei oznaczało, że nieproszony gość od paru tygodni wchodził do jego domu, kiedy tylko mu się podobało. Przerażająca premedytacja.

O siódmej rano wyciągnął z łóżka Stéphane'a Rudela. Lekarz sądowy przybył tuż przed wyjazdem dzieci do szkoły. Zbadał chłopców, a potem, pijąc kawę, czekał na powrót Passana, żeby przekazać mu swoje wnioski. Teraz siedzieli w kuchni, podczas gdy mieliła się kolejna porcja kawy arabiki.

— Wbicie igły powinno było ich obudzić, prawda? — zapytał Passan.

— Niekoniecznie. Można użyć żelu znieczulającego.

Passan nalał kawę do kubków.

— A jaki jest ogólny stan ich zdrowia?

— Wszystko w porządku. Są w świetnej formie.

— Pobieranie krwi ich nie osłabiło?

— Nie. Krew bardzo szybko się regeneruje.

— Nie ma ryzyka zakażenia?

— Co masz na myśli?

— Jeżeli nie zdezynfekowano miejsca ukłucia.

— Jeśli chcesz, można zrobić analizę, ale trzeba by znowu pobrać krew...

— Nie ma potrzeby, to już zostało zrobione.

Isabelle Zacchary zleciła wykonanie wszystkich możliwych analiz. Prawdę mówiąc, Passan nie sądził, żeby nocny gość wstrzykiwał dzieciom jakiś środek albo żeby pobierał krew, nie zachowując środków ostrożności. Wszystko w tej sprawie zdradzało obsesyjnego, dobrze zorganizowanego profesjonalistę. Etap ostrzeżeń.

Ta kolejna inwazja w jego domu zmieniła całkowicie wszystko. Nie było już mowy o tym, żeby Passan działał pod wpływem impulsu, żeby groził Guillardowi, dokonał zniszczeń w jego salonie samochodowym. Wydarzenia tej nocy ujawniły zdolności i możliwości wroga. Wojna została wypowiedziana i Passan musiał działać rozważnie.

— Czy do pobrania krwi potrzebne jest doświadczenie medyczne?

— Potrafi to zrobić każda pielęgniarka.

Na tapetę wracał więc Guillard. Monique Lamy, jego wychowawczyni w Jules-Guesde, wspominała, że od wczesnych lat poddawany był kuracji testosteronem. Od tego czasu z pewnością musiał samodzielnie wykonać setki zastrzyków. Wyspecjalizował się w tym.

— Możesz mi powiedzieć, o co właściwie chodzi? — zapytał w końcu Rudel.

— Sam chciałbym to wiedzieć.

Patolog wstał, w holu nałożył z powrotem buty i zniknął niczym wiejski lekarz w jednym z filmów Johna Forda. Passan obiecał poinformować go, jak tylko czegoś się dowie. Lekarz pokiwał głową. Obietnica policjanta!

Passan sprzątnął kubki ze stołu. Skontaktował się również z Albuyem i Malençonem, cerberami, którzy pilnowali Guillarda dzień i noc. Ich zdaniem tej nocy nie ruszał się z domu. Ale nie musiała to być prawda. Drań był dostatecznie sprytny, żeby ich zwieść. Jedno było pewne — nie miał wspólnika.

Do kuchni wbiegł Diego. Następna zagadka. Jak pies pozwolił obcemu człowiekowi wejść kilka razy do domu i nawet nie zaszczekał? Czy nie należałoby przemyśleć jeszcze raz podejrzeń i hipotez?

Dzwonek przy bramie. Żelazna krata otworzyła się przed Isabelle Zacchary i jej ludźmi. Przyjechali nieoznakowanymi wozami i jeszcze nie nałożyli kombinezonów ochronnych. Nic w ich wyglądzie nie zdradzało, czym się zajmują, poza walizeczkami z polipropylenu.

— Co mamy robić? — zapytała Zacchary.

— Wszystko.

— Nie mamy jeszcze wyników z poprzedniego razu. Bawi cię wydawanie pieniędzy podatników?

— Mogę zwrócić się do innej ekipy.

Uśmiechnęła się.

— Nie złość się, ważniaku. Zrobimy to dla ciebie.

43

Pół godziny później przybył Super Mario.

W cywilu inżynier, specjalista od systemów kina domowego. Miał sklep w Osiemnastej Dzielnicy, gdzie sprzedawał wszystko, co było potrzebne do przekształcenia salonu w salę projekcyjną ze sprzętem najnowszej technologii. Spod lady oferował także urządzenia do podsłuchiwania, kamery do podglądania, czujniki ruchu i najnowocześniejsze mikrofony. Cuda technologii i miniaturyzacji dla podglądaczy, zazdrosnych mężów, paranoicznych właścicieli mieszkań.

W czasach gdy Passan pracował w głównym komisariacie Dziesiątej Dzielnicy przy rue Louis-Blanc, Super Mario był wplątany w sprawę o podglądanie; chodziło o krążące w internecie zdjęcia zrobione w przymierzalniach, toaletach damskich i szatniach na pływalni... Inżynier, który tak naprawdę nazywał się Michel Girard, twierdził, że jest niewinny i tylko dostarczał sprzęt. Passan go sprawdził; facet mówił prawdę. Wykreślił jego nazwisko z protokołu, ale w zamian mógł wzywać go w każdym momencie dnia i nocy, żeby w ekspresowym tempie założyć niewykrywalny podsłuch, i to za darmo.

— Przyjechałem z całym kompletem — powiedział inżynier, trzymając w obu rękach walizeczki. — Czego chcesz konkretnie?

— Wejdź. Wyjaśnię ci.

Girard w czerwonej czapce i z czarnym wąsem przypominał bohatera gry Nintendo. Ale był to Mario starej generacji. Około sześćdziesięciu lat, skóra pomarszczona, oczy podkrążone, kartoflowaty nos, porowaty niczym pumeks.

Usiedli w kuchni, gdzie technicy skończyli już pobieranie próbek. Passan zamknął drzwi, poczęstował go kawą i pokrótce, bez szczegółów, przedstawił sytuację.

— Chcę wszystko widzieć i wszystko słyszeć dwadzieścia cztery godziny na dobę.

— Da się zrobić.

— Założysz instalacje wszędzie oprócz toalet i łazienek.

Inżynier mrugnął do niego z kpiącą miną.

— Jesteś pewien, że nie chcesz tego w łazienkach?

— Zamknij się. To mój dom.

Girard był wyraźnie zaskoczony.

— Gdzie mam umieścić komputer kontrolny?

— W salonie pod niskim stolikiem.

— Wszystkie monitory?

— Wszystkie.

Zadzwonił jego telefon komórkowy. Fifi. Passan ruchem głowy dał znak inżynierowi, że może zabrać się do roboty, i tylnymi drzwiami wyszedł do ogrodu.

— Co jest? — zapytał bez słowa powitania.

— Nie mogę przyjechać.

— Dlaczego?

— Mam robotę.

— Gdzie?

— Na Quai d'Orfevres trzydzieści sześć. W starej siedzibie. Mówiłem ci wczoraj, że tam wracamy. Mamy dwa zabójstwa w Dziesiątej Dzielnicy. Reza nas pogania.

— A mnie się niby nie spieszy?

— Rozumiem cię, Olive, ale...

— Posunąłeś się naprzód w tym, o co cię prosiłem?

— Przesłałem ci wiadomość na iPhone'a. Wszystko, co znalazłem na temat rodziców Guillarda.

— A sprawa małp?

— W toku. Nie wiem jednak, czy będę miał czas...

— Podpalenia?

— Zleciłem to Serchaux. Ślęczał nad tym całą noc. Czekam na wiadomości od niego. Cholera, Olive, co ty sobie wyobrażasz? Że da się w dwie godziny sprawdzić całą południową Francję?

Passan opanował się. Bez oficjalnego nakazu, bez środków, z nowym przełożonym na karku to i tak cud, że Fifi tyle zdziałał.

— Jakieś wieści od Levy'ego?

— Nic.

— Od sędziego?

— Nic. Jeśli się chce mieć informacje, trzeba kupić gazetę.

— Spróbuj jednak dowiedzieć się czegoś więcej.

— Staram się, jak mogę — zakończył Fifi.

Passan rozłączył się i sprawdził pocztę. Fifi przesłał kilka stron tekstu. Passan poczuł wyrzuty sumienia, że tak ostro go potraktował. Poszedł po laptopa i wsiadł do samochodu.

Marie-Claude Ferrari pracowała zawsze jako fryzjerka. Najpierw zatrudniała się w różnych zakładach, a potem otworzyła własny salon w Livry-Gargan. Mężatka, trzy razy się rozwodziła, poza Guillardem miała dwoje dzieci z dwóch różnych związków. Jedno z nich mieszkało w Carcassonne, drugie w Yvelines. Im nic się nie przydarzyło. Najwyraźniej piroman nie objął ich swoją zemstą.

Marie-Claude zawsze prowadziła cygańskie życie, mniej lub bardziej rozwiązłe. Na rok przed śmiercią zamieszkała z Portugalczykiem młodszym od niej o dwadzieścia lat, który pracował na czarno jako robotnik budowlany, a także figurował w kartotece jako dealer narkotyków. Można by przesłuchać cały ten światek. Passan jednak uznał, że nie jest to konieczne.

Fifi dorzucił też zdjęcia fryzjerki zrobione przed jej śmiercią, w 2000 roku. Niewysoka, dość pulchna kobieta z płomiennorudymi, krótko ściętymi włosami, nosząca mocno wycięte topy, minispódniczki ledwie zakrywające tyłek i czarne legginsy Adidasa. Sześćdziesięciolatka miała między piersiami tatuaż przedstawiający skorpiona.

Marc Campanez mógł się pochwalić równie ciekawym życiorysem. Był funkcjonariuszem policji. Nigdy nie użył broni, niczym wyjątkowym się nie wyróżnił, poza wieloma naganami za pijaństwo. Służył w La Courneuve i w Saint--Denis. Pracą szczególnie się nie przejmował. Na emeryturę przeszedł w stopniu porucznika w Sète, gdy miał pięćdziesiąt dwa lata.

Na jednym tylko polu odnosił sukcesy: w podrywaniu kobiet. Pogromca do sześcianu, Robert Redford, mający na koncie cztery tysiące podbojów — tak mówiono o nim w swoim czasie. Fifi zebrał kilka informacji na temat tego playboya: ożenił się tylko raz, rozwiódł się dwadzieścia lat później, będąc ojcem trojga dzieci, oczywiście nie licząc nieślubnych.

Na zdjęciach Campanez wyglądał jak alfons. Kędzierzawe, krótkie, ufarbowane na ciemny brąz włosy, rozpięta koszula odsłaniająca owłosiony tors, na szyi medalik od chrztu. Ten donżuan zadziwiał wszystkich innych mężczyzn. Jak taki facet mógł się podobać kobietom?

Guillard zapewne nie żałował takich rodziców. Przeciwnie, gdy ich zabijał, niewątpliwie bawiło go to, że niszczy miernoty, które odrzuciły kogoś takiego jak on. Passan zamknął laptopa. Lektura materiałów przesłanych przez Fifi utwierdziła go w przekonaniu, że to Guillard próbuje zniszczyć jego rodzinę, jego życie.

Znowu poczuł skurcze w żołądku, ból w okolicy splotu słonecznego. Dobrze by mu zrobił lexomil. Wiedział, gdzie Naoko trzyma takie leki. Jednak tylko raz odstąpił od swojej zasady — nigdy narkotyków — wtedy, kiedy był pogrążony w depresji.

Działanie to lepsza kuracja.

44

W salonie samochodowym w Aubervilliers nie było żadnego ruchu.

Słońce tak świeciło w oszklone drzwi, że nie można było przez nie nic zobaczyć. Z zamkniętymi oknami i klimatyzacją ustawioną na pełny regulator Passan zaparkował naprzeciw warsztatu, po drugiej stronie avenue Victor-Hugo.

Sto metrów dalej, na lewo od niego, Albuy i Malençon krążyli dokoła ich wozu. Niedaleko salonu szofer Guillarda palił papierosa, oparty o samochód szefa. Nie było mowy, żeby mógł zauważyć Passana. Ustawił auto pod światło.

Nie spuszczając celu z oka, przerzucał kartki *15 niezwykłych opowieści*, ulubionej książki Guillarda w Jules-Guesde. *Prometeusz w okowach*, *Zdobycie złotego runa*, *Narodziny Feniksa*, *Wróżbita z czarnymi stopami*... Czarno-białe ilustracje miały wyjątkową wymowę. Jakby rysownik, wodząc piórem po papierze, chciał rozdrażnić czytelnika.

Passan nie wątpił, że źródłem morderczego szaleństwa hermafrodyty był jeden z tych mitów. Jako istota dwupłciowa, prześladowana przez kolegów, zawsze samotna, nieszczęśliwa, niegodziwa, niemająca z kim porozmawiać o swoim cierpieniu, wybrał dla siebie nową osobowość ze stron tej książki, oryginalne pokrewieństwo z jednym z bohaterów. Passan pomyślał o ogniu i zatrzymał się na Prometeuszu, który ukradł bogom ogień. Jednakże to nie pasowało, bo Tytan przegrał, został przez Zeusa skazany na wieczne męki. Hermafrodyta? Znana jest historia tylko jednej istoty dwupłciowej. Nie ma w niej ognia ani zniszczenia. Natomiast Feniks mógł pasować. Ten mityczny ptak nie miał płci. Nie był ani samcem, ani samicą. Podkładał ogień we własnym gnieździe, by na nowo odrodzić się z popiołów, samotny, niezależny, rozżarzony. Czy palenie płodów odgrywało taką właśnie rolę?

Passan podniósł wzrok. W słońcu korek uliczny stawał się nie do zniesienia. Mimo zamkniętych okien czuł duszącą atmosferę tej dzielnicy, upodabniającej się do miast amerykańskich — pasaż bez pieszych, nieludzki, wypluwający nieustannie potok samochodów, spalin, hałasu, smrodu. Wydawało się, że stojące wzdłuż ulicy czerwone domy lśniące nowością były ponad tym chaosem. A przecież za kilka lat, brudne i podniszczone, staną się integralną częścią tego piekła.

Nagle pomyślał, że jest idiotą. Przyjechał tutaj, żeby pilnować Guillarda, sprawdzić, czy mógł drań wymknąć się stąd niepostrzeżenie, a tymczasem ustawił się dokładnie tak samo jak pozostali dwaj policjanci. Jeśli właściciel salonu samochodowego chciałby działać dyskretnie, użyłby innego wyjścia, tylko jemu znanego.

Passan opuścił swoją kryjówkę na parkingu. Objechał blokowisko dokoła. Skręcał po raz drugi w prawo, kiedy trafił na wjazd do podziemnego parkingu. W tej samej chwili wyjechał stamtąd mercedes i ruszył w przeciwnym kierunku, do Porte d'Aubervilliers. W przedniej szybie mignęła mu sylwetka mężczyzny w czapce z daszkiem na głowie. Guillard? Nie mógł uwierzyć w takie szczęście. Może zadziałało prawo równowagi. W tym śledztwie miał ciągłego pecha. Już czas, żeby wiatr zaczął sprzyjać wreszcie jemu.

Zawrócił, zmuszając inne samochody do gwałtownego hamowania, i nacisnął pedał gazu. Po minucie jazdy na północnej obwodnicy znalazł się tuż za mercedesem. Gdy podjechał bliżej, zobaczył kierowcę. Pod czapką opatrunek na karku. To Guillard. Passan wpuścił przed siebie dwa samochody i zwolnił tak, żeby nie tracić celu z oczu. Widać już było Porte de la Chapelle. Może Guillard zmierzał na lotnisko Roissy-Charles-de-Gaulle, chcąc zniknąć na zawsze? Zignorował jednak zjazd na autostradę A1. Dokąd on jechał?

Kilometr dalej mercedes skierował się na Porte de Clignancourt. Passan zrobił to samo. Skręcał na skrzyżowaniach ulic z budkami pchlego targu. Guillard zatrzymał się na boulevard d'Ornano, w pobliżu wejścia do pasażu du Mont-Cenis. Passan wyminął go, kiedy tamten wysiadał ze swojego wozu. Przeszył go dreszcz. Przechwycił swojego zabójcę w trakcie tajemnej ucieczki. Tym razem mu się nie wymknie.

Nagle Guillard zniknął w tłumie. Passan zaklął pod nosem, zaparkował w najbliższej zatoczce i wyskoczył z subaru. Guillarda nie było. Tylko hałas, zamęt przyprawiający o zawrót głowy... Znowu go dojrzał. Miał na sobie niezgrabną drelichową bluzę, mocno podniszczoną, niepasującą do garniturów marki Brioni czy Zegna, które zazwyczaj nosił.

Po kilku sekundach poprzez strumień pędzących samochodów Passan zobaczył, że Guillard zagłębia się w wejście do metra. Wsunął rękę do wnętrza samochodu, opuścił osłonę przeciwsłoneczną z napisem „Policja" i wyjął kluczyk ze stacyjki. Przebiegł na drugą stronę boulevard d'Ornano, po czym także zszedł do podziemi. Kasy. Bramki. Sygnalizacja. O tej porze było tutaj mało ludzi, ale Guillard już zniknął. Z końcowej stacji linii 4 jechało się tylko w jednym kierunku — Porte d'Orléans.

Kupił bilet, przecisnął się przez bramkę, zszedł po schodach. Guillard stał na peronie, z rękami w kieszeniach — niewinny baranek wśród niewinnych owieczek. Passan zatrzymał się z tyłu. Czuł, jak narasta w nim gorączkowe podniecenie, i jednocześnie napawał się chłodem tego miejsca, w którym unosił się smród palonej gumy. Opierając się o ścianę, spoglądał na wyłożone kafelkami sklepienie, wyobrażając sobie nacisk ton ziemi nad nim.

Rozległ się huk nadjeżdżającego pociągu. Guillard wsiadł do środka. Passan poczekał na gwizdek i w ostatniej chwili wskoczył do wagonu na końcu składu. Stojąc między innymi pasażerami, wrócił do równowagi, przestał zadawać sobie dręczące pytania.

Simplon. Drzwi otworzyły się. Peron. Nie ma Guillarda. Passan skorzystał z tego i przeszedł do następnego wagonu, żeby być bliżej.

Marcadet-Poissonniers. Dalej nic. Zmiana wagonu.

Château-Rouge. Zabójca się nie pokazał. Przybywało pasażerów, pstry tłum, klienci rue Myrha. Passan cofnął się.

Ściskał mocno poręcz, niemal ją miażdżąc, i z niepokojem patrzył na coraz większy tłok. Czuł dudnienie w piersi. Gdzie się podział ten cholerny pomyleniec?

Barbès-Rochechouart. Z monotonną regularnością wchodzili i wychodzili zdyscyplinowani, zmęczeni ludzie. Gwizdek. Na peronie pojawiła się szara czapka z daszkiem. Passan ledwie zdążył przytrzymać ręką automatycznie zamykające się drzwi i wyskoczył na zewnątrz. Zastanawiał się, czy Guillard rozmyślnie wysiadł tak nagle z wagonu. To by znaczyło, że wyczuł, iż jest śledzony. Teraz przepychał się w tłumie w kierunku linii 2 — Nation przez Barbès.

Passan przyspieszył kroku. Guillard szedł w tłumie wzdłuż wyłożonej kafelkami ściany, niski, krępy, z pochyloną głową, z twarzą ukrytą pod daszkiem czapki. Passan zwrócił uwagę na to, co zauważył już wcześniej, śledząc Guillarda. Mimo sylwetki kulturysty miał niepewny chód, lekko podskakiwał i kołysał się na boki niczym kaczka, trzymając ręce wzdłuż ciała.

Schody. Korytarze. Guillard skierował się na prawo i doszedł do peronu, z którego odjeżdżały pociągi w kierunku Nation. Passan cały czas trzymał się za nim, powtarzając sobie w duchu: „Wariujesz". Do tunelu wtargnęło świeże powietrze. Wyobraził sobie gigantyczny system oddechowy, którego płucami są stacje metra. Nadjeżdżał pociąg. Jego zwierzyna wsiadła do przedostatniego wagonu, on wślizgnął się do następnego. Gwizdek. Zamknięcie drzwi. Rzut oka w kierunku oszklonego łącznika między wagonami. Za dużo ludzi. Pociąg ruszył.

Nagle oślepiło go światło. Podniósł rękę do twarzy. Z pewnym opóźnieniem przypomniał sobie, że na tym odcinku metro jedzie na powierzchni. Znowu zawrót głowy. Od południowego słońca szyby rozgrzały się tak, że parzyły. Po twarzach przebiegały cienie w rytm mijanych wiaduktów. Na poręczy zostawał ślad potu z jego ręki. Odczuwał radość zmieszaną z niepokojem. Był sam na świecie ze swoją zwierzyną. Poza prawem.

La Chapelle. Ludzie zaczęli się przepychać. Nie mógł dostać się do drzwi. Wspiął się na palce i wyjrzał przez okno.

— Przepraszam!

Guillard pojawił się właśnie w tłumie na peronie. Passan, nie żałując łokci, utorował sobie drogę i wyskoczył z wagonu w momencie, kiedy Guillard szedł pospiesznie do wyjścia. Szara płócienna czapka ginęła wśród głów schodzących na peron ludzi. Passan jeszcze raz uruchomił łokcie, dzięki czemu znalazł się bliżej celu. Wyszedł na boulevard de la Chapelle wprost w ogromny tłum pod drzewami. Guillard, lawirując między samochodami, przeszedł na drugą stronę ulicy, gdzie znajdowały się sklepiki z towarami kolonialnymi sprzedawanymi przez handlarzy ze Sri Lanki, pakistańskie bazary i indyjskie restauracje.

Passan pobiegł, czując, że coś jest nie tak.

Facet już nie szedł podrygującym krokiem. Nie miał opatrunku na karku. Passan wiedział, że już jest za późno. Zbliżył się do niego i złapał go za ramię. Zobaczył pomarszczoną twarz jakiegoś bezdomnego w nieokreślonym wieku. Pod bluzą miał niebieski kombinezon i spłowiałą hawajską koszulę. Guillard wcisnął mu swoje przebranie. Kloszard trzymał jeszcze w ręce banknot wartości pięćdziesięciu euro.

Passan nawet o nic nie spytał tego człowieka, który uśmiechał się bezzębnymi ustami. Cofnął się i głośno krzyknął z bezsilną złością. Ponad szumem samochodów słychać było świst oddalającego się pociągu w metrze.

45

W jakiś sposób musiał dogonić ten pociąg. Zarekwirować czyjś samochód, pokazując legitymację policyjną? Jeszcze bardziej się pogrąży. Istniało inne rozwiązanie. W ciągu czterech lat służby w komisariacie przy rue Louis-Blanc poznał dobrze tę dzielnicę. Jej ulice, wspólnoty etniczne, mafie. Wiedział, że linia 2 zatacza szeroki łuk nad placem Stalingrad. Idąc rue Louis-Blanc, która zaczyna się na placu de la Chapelle i dochodzi do placu Colonel-Fabien, miał szansę dogonić pociąg dwie stacje dalej. Musiał tylko bardzo się pospieszyć.

Pobiegł w kierunku placu de la Chapelle, po czym skręcił w prawo, pod prąd. Mijał sklepiki, przechodniów. Przez liście platanów co jakiś czas przebijały się promienie słońca.

Na pierwszym skrzyżowaniu, z rue Perdonnet, obejrzał się w lewo. Zdążył zobaczyć ostatni wagon znikający za budynkami. Przyspieszył biegu. Drugie skrzyżowanie. Most nad torami Gare du Nord. Przez kraty barierki na pomoście sto metrów na lewo widać było oddalający się pociąg. Zobaczył migające biało-zielone wagony. Schylił głowę i skoncentrował się na oddechu.

Drzewa stawały się coraz gęstsze, fronty budynków ciemniały. Miał wrażenie, jakby znajdował się w niskim lesie. Trzecie skrzyżowanie — rue du Château-Landon. Ze szkoły wybiegały dzieci. Ponad małymi główkami odcinały się wciąż odległe łuki wiaduktów metra. Pociągu ani śladu. Czy stracił swoją szansę? Rozpiąwszy marynarkę, spocony, znów przyspieszył biegu, odprowadzany karcącym wzrokiem policjanta w cywilu, który przeprowadzał uczniów na drugą stronę ulicy.

Rytmiczne bicie serca czuł tak, jakby dźgano go nożem w gardło. Czerwone, mrugające znaki, nakazujące jeden kierunek ruchu, były niczym sygnały alarmowe. Dwie ulice, rozwidlone jak nożyczki, otwierały się na boulevard de la Chapelle: rue du Faubourg-Saint-Martin i rue Lafayette. Żelazne łuki znajdowały się teraz najwyżej trzysta metrów dalej, maleńkie, ledwie widoczne. Rozpaczliwie puste. Zatrzymał się, zgięty wpół bólem w boku. Nogi zrobiły się ciężkie od zmęczenia.

Biegł niedostatecznie szybko. Pociąg go wyprzedził. Nagle podniósł głowę, rękami podpierając się na udach. Przeciwnie — to on był szybszy. Pociąg zatrzymał się na stacji Stalingrad. To był słaby punkt jego planu. Guillard mógł równie dobrze wysiąść na tej stacji, jak i na następnej, Jaurès. Z drugiej strony jednak te przystanki pozwalały mu być pierwszym na placu Colonel-Fabien.

Ponownie ruszył biegiem, starając się odzyskać poprzedni rytm. Ból w boku nie ustawał, ale Passan go ignorował. Kiedy

257

był chłopcem, robił takie ćwiczenie — biegł bez przerwy, w możliwie najbardziej regularnym rytmie, nie zważając na ból, aż przestawał w ogóle go czuć...

Znowu zwolnił. Komisariat policji Dziesiątej Dzielnicy. Grupy funkcjonariuszy stały na chodniku, a z dachów ich pojazdów rozchodziły się po szarej ulicy niebieskawe błyski. Nie miał czasu na wyjaśnienia, ale wiedział, że według policjantów człowiek biegnący samotnie ulicą oznacza „uciekającego z miejsca przestępstwa". Minął ich ze wzrokiem utkwionym przed siebie, idąc jak każdy przechodzień. Czuł, że nie zwrócili na niego uwagi.

Po pięćdziesięciu metrach najpierw zaczął biec truchtem, a potem znowu przyspieszył. Widział swoje odbicie przesuwające się w oszklonych ścianach paryskiego Sądu Pracy. Czy zdążył? Zamiast odpowiedzi zobaczył kanał Saint-Martin, znajdujący się dwie ulice dalej.

Widział łuki stacji metra. Krąg się zamykał. Połyskujący pociąg już tu był. Usłyszał jego gwizd w ciepłym powietrzu.

Zaczął biec z całych sił. Ulica wydawała się pokawałkowana, podziurawiona, drżąca od cieni i światła. Jeszcze ponad dwieście metrów... Przed sobą widział jedynie szeroki plac zalany prażącym słońcem. Miał wrażenie, jakby z każdym metrem wciągał do płuc trochę więcej powietrza... Szum z lewej — wagony wjeżdżały pod ziemię. Tutaj kończyła się linia napowietrzna. Biegiem wpadł na schody prowadzące do stacji. Potknął się, ale odzyskał równowagę i znalazł się przed bramką.

Skasował bilet, pchnął gwałtownie barierkę. Kierunek Nation. Pędem pokonał kolejne schody. Pod sklepieniem tunelu rozległ się gwizdek. Drzwi już się zamykały. Zablokował mechanizm ramieniem. Przecisnął się między gumowymi uszczelkami i znalazł się w wagonie.

Pasażerowie przyglądali mu się ze strachem. Zmusił się do uśmiechu i otarł twarz. Uświadomił sobie, że jest w wagonie, z którego wysiadł na stacji de la Chapelle. Jednocześnie przypomniał sobie, że Guillard wsiadł do wagonu sąsiedniego. Może nawet obserwował jego bieg.

Podszedł do szklanych drzwi oddzielających wagony, chcąc go wypatrzyć. Nie próbował się kryć. Przyłożył twarz do szyby i popatrzył na pasażerów z drugiej strony. Guillarda nie było. Passan nie wierzył własnym oczom. Pociąg zwolnił. Stacja Belleville.

Powstrzymując krzyk złości, wyskoczył z wagonu i wsiadł do następnego. Tam też nie było Guillarda. Wściekły wysiadł i przy dźwięku gwizdka wskoczył do trzeciego wagonu. Guillarda nadal nigdzie nie było.

Ten drań wysiadł na stacji Stalingrad lub Jaurés.

Na tę myśl natychmiast się opanował. W ostatniej sekundzie opuścił wagon i opadł na ławkę na peronie. Zrobiło mu się niedobrze. Krew pulsowała w skroniach. Odpowiadało temu pulsowanie w brzuchu. Siedział z opuszczoną głową jak człowiek, którego właśnie pobito.

Pociąg zniknął. Zapanowała cisza.

W tym momencie usłyszał dzwonek swojej komórki.

— Halo?

— Tu Fifi. Wszyscy cię szukają. Gdzie ty się podziewasz, do cholery?

Podniósł wzrok i przeczytał napis na tablicy: „Belleville".

— Nigdzie.

— Czekam na ciebie w Nanterre. Pospiesz się. Zdobyłem informacje od Serchaux i skontaktowałem się ze strażą pożarną w rejonach, gdzie mieszkał Guillard.

Z pewnym opóźnieniem Passan pojął, o czym mówił Fifi.

— Dowiedziałeś się czegoś o jakichś umyślnych podpaleniach?

— Podpalenia? To były fajerwerki.

46

Na avenue Jean-Jaurès poszedł na bazar, gdzie kupił nową czapkę i bawełnianą bluzę, obie rzeczy w szarym kolorze. Stopniowo odzyskiwał spokój. Nie mógł uwierzyć, że ten policjant podjął takie ryzyko. Mimo zakazu sądowego. Mimo niepowodzenia w Stains. Mimo skandalu z poprzedniego dnia. Ten pościg był dodatkowym sygnałem. Otwarta wojna to tylko kwestia godzin. Passan już nie mógł zrezygnować. Było to ponad jego siły.

A on żył tylko dla tej konfrontacji.

Szedł teraz lekkim krokiem głośną ulicą. Zgubienie Wroga okazało się nie takie trudne. Po początkowym zaskoczeniu odzyskał zimną krew i zastosował dziecinnie łatwą strategię. Zobaczył napis HSBC. Długa czarna szyba odgradzająca od brudu na chodnikach i zgiełku na jezdni. Pomyślał o swoich czystych salonach samochodowych z ciemnymi, nieskazitelnymi powierzchniami na tle chaosu miasta. Oaza porządku i dokładności.

Wszedł do banku przez bramkę kontrolną. Obszerna,

nijaka sala. Chłód klimatyzacji go sparaliżował. Potrzebował kilku sekund, by przyzwyczaić się do niskiej temperatury. W sali było dużo ludzi, wiele stanowisk, co stanowiło jego atut — nikt nie będzie pamiętał jakiegoś Jeana-Pierre'a Levy'ego.

Stanął w kolejce. Był spokojny, opanowany. Zwycięstwo nad Passanem dodało mu otuchy i jednocześnie lekko podnieciło. Nadeszła jego kolej. Młody Metys, z pewnością z Antyli, przebiegł wzrokiem wypełniony formularz i porównał dwa podpisy. Potem wziął od niego dowód tożsamości, spojrzał na zdjęcie i podniósł wzrok.

— Zechce pan zdjąć czapkę i okulary? — zapytał z uśmiechem.

— Nie.

Dla podkreślenia swojej odmowy położył na blacie policyjną legitymację Levy'ego. Urzędnik rozglądał się rozpaczliwie, szukając pomocy. Ta sytuacja najwyraźniej go przerosła. W końcu wyjąkał:

— Proszę chwilę poczekać.

Urzędniczyna zniknął. Wkrótce z biura za parawanem wyłonił się inny mężczyzna.

— Jakiś problem? — zapytał nowo przybyły przesadnie uprzejmym tonem.

— Proszę zapytać o to pańskiego kolegę.

Przełożony uśmiechnął się, jakby chciał powiedzieć: „Nie ma takiej potrzeby. Problem jest już załatwiony". Obejrzał legitymację Levy'ego z taką ostrożnością, jakby to był Regent, najczystszy diament korony francuskiej.

— Zaprowadzę pana do sali z sejfami — powiedział, oddając mu dowód tożsamości.

262

Guillard ruszył za bankowcem, nie spojrzawszy nawet na młodego urzędnika, który przeżywał upokorzenie. W głębi duszy solidaryzował się z Metysem. Odczuwał empatię wobec wszystkich, których spotykały niezasłużone przykrości. Uważał, że oddał chłopakowi przysługę — takie upokorzenia uczynią jego skórę twardą jak pancerz.

Podziemia. Było tu jeszcze o kilka stopni zimniej. Czeluść ze stali i betonu. Strefa konkretu, prawdziwej forsy. Tej, która szeleści w palcach i spełnia życzenia.

Ich kroki rozbrzmiewały echem jak w kościele. Wyobraził sobie odwiedzających to miejsce ludzi. Dłonie zaciskające się na plikach pieniędzy. Oczy zafascynowane klejnotami. Wargi szepczące modlitwy do akcji, obligacji. Niemal czuł, jak drżą w gorączce z żądzy, namiętnego pragnienia ich posiadania. Oto kadzidło tworzące atmosferę tego miejsca. Bóstwo sycące podziemny nerw.

On zawsze drwił z pieniędzy. I dlatego zarobił ich tak dużo. Pracował z zamiłowania do swego zawodu, a nie po to, żeby coś zyskać.

Doszli do sali z sejfami. Bankowiec otworzył kluczem kraty. Dokoła tylko szafki z przegródkami. Stanęli przed jego sejfem. Gość otworzył go swoim kluczem. Miejsce przypominało kolumbarium. Ponumerowane nisze mogły równie dobrze kryć w sobie urny pogrzebowe. W pewnym sensie tak właśnie było. W zamkniętych kasetkach marniały popioły marzeń całego życia.

— Przepraszam. — Bankowiec zbliżył się i sam wyciągnął metalowe pudełko. Podał je Guillardowi i zostawił go w pokoju z pomalowanymi ścianami, którego jedyne umeblowanie stanowiły stół i krzesło.

Levy nie kłamał. W pudełku leżały dwie rękawiczki w oddzielnie zapieczętowanych torebkach oraz wyniki analiz wykonane w laboratoriach w Bordeaux i Strasburgu. Sprawdził, czy są to oryginały. Gdzieś tam znajdowały się kopie, ale nikt nie wpadnie na pomysł, żeby je porównywać.

W kasetce znalazł również pliki banknotów, każdy wartości tysiąca euro, kilka sztabek złota, zegarki, biżuterię. Levy złożył tutaj całe swoje mienie, planując bez wątpienia nagłe zniknięcie. Na wierzchu leżał rewolwer Sig Pro SP 2009 zaopatrzony w laserowy celownik i tłumik. Byłoby czym opłacić ostatnie rachunki przed odjazdem.

Schował do kieszeni zapieczętowane torebki, złożył na pół raporty z laboratoriów i wsunął je za pasek od spodni na plecach. Nie ruszył niczego więcej. Przez chwilę stał, przyglądając się szczątkom nędznego życia Levy'ego. Zrobiło mu się go żal. Ten Żyd całe życie ścigał złoczyńców, ale jeszcze zacieklej musiał walczyć z własnymi demonami.

Nagle doznał dziwnego wrażenia — jakby opuścił ciało i zobaczył siebie w tym zamkniętym pomieszczeniu. Usiadł na krześle w obawie przed atakiem. Ale nie, było to coś znacznie prostszego — smutek. Pomimo stworzonego przez siebie mitu, z którego czerpał siłę, zwątpienie nie opuszczało go nigdy.

Zawsze dręczyły go te same wspomnienia.

— Czy dobrze się pan czuje?

Uświadomił sobie, że płacze. Bankowiec z pewnością usłyszał jego szlochanie. Otarł oczy, zbierając w sobie na nowo siły do udawania. Minęło kilka sekund. Kiedy otworzył drzwi, był już całkowicie opanowany. Czapka, ciemne okulary, nieprzenikniona twarz. Urzędnik, kłaniając się z uszanowaniem, odebrał od niego kasetkę, a on poczekał, aż „jego" sejf zostanie zamknięty, i wszedł na górę.

Na dworze słońce świeciło oślepiająco. Mimo iż był spóźniony, postanowił pójść pieszo do Porte de Pantin. Paryż tutaj w niczym nie przypominał miasta światła. Wszystko było brzydkie. Brudne budowle postawione bez żadnej harmonii, tanie sklepiki, szyldy pozbawione kolorów. Tanie oferty dla ludzi z pustymi portfelami. On jednak w tej brzydocie i w tej biedzie czuł się dobrze. To piekło było jego kolebką.

Na myśl o rękawiczkach, które miał w kieszeni, odczuł pewną ulgę. Nie bał się, że zostanie zdemaskowany. Przeciwnie, jego Dzieło było przedmiotem dumy. Jednakże to on, i tylko on, wybierze moment i miejsce ujawnienia się.

Gdzie je zniszczyć? Potrzeba na to miejsca wyjątkowego, świętego. Rękawiczki te miały wyjątkową wagę. Nie tyle jako dowód przestępstwa, ale raczej jako pamiątka, bolesna i zarazem cudowna. Dowód jego tchórzostwa — przypomniał sobie, jak się ich pozbył — ale również ślad kontaktu z Wrogiem. Zaakceptował ciosy otrzymane od Wroga, bo były jak miłosne objęcia.

Gdy zobaczył taksówkę, podniósł rękę. Samochód zatrzymał się.

— Do parku na wzgórzu Chapeau-Rouge.

— Gdzie to jest?

— Proszę jechać w kierunku Porte de Pantin, potem obwodnicą, boulevard d'Algérie, a dalej pana poprowadzę — odpowiedział z niezadowoleniem.

47

Kazał się wysadzić przed fontanną na boulevard d'Indochine. Za żelaznym ogrodzeniem postać nagiej kobiety ukazywała swoje imponujące kształty nad basenami, które mieściły się na różnych poziomach, tworząc jakby płynne tarasy. Sama statua wyglądała tak, jakby spadła z postumentu w pałacu de Chaillot; w rzeczywistości była repliką rzeźby wykonanej na Wystawę Światową w 1937 roku.

Zapłacił taksówkarzowi i poszedł wzdłuż ogrodzenia, szukając wejścia. W parku było pusto. Zszedł zboczami porośniętymi rzadkimi roślinami, takimi jak miłorząb, sekwoja, glediczja, perełkowiec japoński... Topografia parku przywodziła na myśl styl lat trzydziestych ubiegłego wieku — duże przestrzenie, symetryczne linie, szerokie schody. Panujący tu porządek działał uspokajająco na jego nerwy. W takim wykorzystaniu przestrzeni było coś z faszyzmu, stalinizmu, ale jemu przypadło to do gustu.

Znowu znalazł się u stóp tej olbrzymiej omdlewającej Ewy. Podobały mu się kobiece posągi tej epoki. Szerokie ramiona, małe piersi, masywne nogi — w tych prymitywnych kształtach, bardziej asyryjskich niż greckich, widział siebie. Rzeźby te przywodziły także na myśl tytanów, którzy w kosmogonii helleńskiej zostali zabici lub wypędzeni, by dać miejsce bogom olimpijskim, najbardziej zbliżonym do istot ludzkich.

W czasach szkolnych przychodził tutaj w środy ze swoją ukochaną książką. Pożerał historie mitologiczne, nieświadomie szukając w nich usprawiedliwienia dla własnej egzystencji. W szkole w Jules-Guesde przeżył piekło. Był bity. Sikano do jego jedzenia. Gwałcono go. On jednak pamiętał tylko samotne popołudnia w tym parku. Wyobrażał sobie życie jako płaskorzeźbę w granicie, wytartą przez wieki.

Poczynił także inne odkrycia. Przeczytał mit o synu Hermesa i Afrodyty, Hermafrodycie, w którym zakochała się nimfa Salmakis. Dowiedział się o obojnakach pierwotnych, wspomnianych przez Arystofanesa w *Uczcie* Platona. Poznał perską legendę o Kainis, zgwałconej córce króla Lapitesa, która błagała bogów, by zmienili ją w mężczyznę. Następnie natknął się na wzmianki o Feniksie...

Początkowo nie utożsamiał się z ptakiem ognia. Pojął to dopiero po drugiej operacji i zastrzykach testosteronu: przy każdym wstrzyknięciu jego ciało płonęło, a on się odradzał. Był Feniksem. Ani mężczyzną, ani kobietą. A raczej i jednym, i drugim. Niezależny i nieśmiertelny. Ptak ten nie miał rodziców ani płci, rodził się z płomieni, które były jednocześnie jego całunem i macicą. Nie potrzebował nikogo. Był wszystkim.

Przeczytał inne książki i znalazł w nich potwierdzenie. Był spadkobiercą ognistego ptaka, który odradzał się ze swych popiołów w Grecji, ale także w Egipcie jako olbrzymi orzeł z ognistymi skrzydłami. Simurga z mitologii perskiej, Nan

267

Fang Zhu Que z kosmogonii chińskiej, Ptaka Grzmotu Indian amerykańskich, Ptaka Minka Aborygenów... Te drapieżne istoty stanowiły jego drzewo genealogiczne. Na ziemi ptak był symbolem potęgi Rzymu, mitycznego orła, bez płci, nieśmiertelnego. Trochę później poznał wyobrażenia Chrystusa na średniowiecznych ołtarzach i na renesansowych obrazach... Rozejrzał się wokół fontanny — nikogo. Uklęknął, odwracając się plecami do ruchliwej rue des Maréchaux. Wyjął rękawiczki z torebek i oblał je spirytusem z buteleczki, którą miał przy sobie. Reszty dokonała zapalniczka. Wystarczyła iskra z kamienia, żeby dwie nitrylowe rękawiczki objął jasny, pełgający płomień. W kilka sekund dwa dowody przestępstwa zmieniły się w dwie czarne smugi.

Spalił także raporty z analiz, a potem zamknął oczy, szepcząc modlitwę do swojego bóstwa:

— Urodziłem się pod znakiem obrzydzenia i odrzucenia. Wyrosłem w potoku obelg i plugastwa. Podobnie jak u Chrystusa nieszczęście wykuło moją wielkość. Męczeństwo wywyższyło mnie i postawiło na nogi. Jestem jednością. Jestem ogniem i pokojem. Śmiercią i wybawieniem...

Rozsypał popiół w wodzie. Podniósł się z klęczek. W tym momencie na niebie pojawiła się chmura. Przesłoniła słońce. Wszystko zastygło w bezruchu, jak przed nadchodzącą burzą. Nie słyszał zgiełku ulicznego, jadących tramwajów. Słyszał fałszywie brzmiące głosy, deklamacje chóru antycznego. Czuł elektryczność w powietrzu. Mrowienie w czubkach palców.

Spojrzał na zegarek — godzina trzynasta. Spóźni się na lunch personelu.

Wzruszył ramionami. Wszystko to nie było już ważne. Zbliżała się chwila zemsty.

48

Wychodząc z windy, Passan wpadł na Fifi, który czekał na niego w holu na drugim piętrze. W tym bezosobowym wnętrzu był podobny do zagubionego gońca w siedzibie towarzystwa ubezpieczeniowego.

— Spójrz na to. — Porucznik podał mu złożony na pół dokument.

Była to mapa południowo-wschodniej Francji: Prowansja-Alpy-Lazurowe Wybrzeże, Langwedocja-Roussillon, Rodan-Alpy... Zieloną obwódką zakreślono miasta, w których przebywał Guillard, czerwoną inne miejscowości, zapewne te, gdzie wybuchały pożary. Kółka zachodziły na siebie, tworząc wspólne pola.

Fifi wskazał palcem jedno z nich.

— W tysiąc dziewięćset osiemdziesiątym siódmym roku szesnastoletni Guillard zostaje wysłany do ośrodka w pobliżu Vigan.

— Les Hameaux.

— Właśnie. Sześć miesięcy później wskutek umyślnego

269

podpalenia pożar trawi pięćset hektarów roślinności między Vigan i Saint-Hippolyte-du-Fort. Winnego nie znaleziono. Śledztwo umorzone.

Fifi przesunął palec.

— Tysiąc dziewięćset osiemdziesiąty dziewiąty rok. Guillard jest praktykantem w warsztacie firmy Lagarde w okolicach Sommières. W połowie sierpnia wybucha pożar na południe od Ganges. Pali się kilkaset hektarów. Z dymem idzie camping. Jakimś cudem obyło się bez ofiar. Dochodzenie szybko umorzono, ale uważano, że było to umyślne podpalenie.

Stali w holu, pośrodku plamy światła. Passan miał wrażenie, że się usmaży. Czuł się brudny. Pognieciony, przepocony garnitur potrzebował prania, a on chłodnego prysznica.

— Tysiąc dziewięćset dziewięćdziesiąty rok — kontynuował Fifi. — Kolejny pożar między Quissac i Nîmes. Sytuację pogarsza wiatr. Ogień rozszerza się na tysiąc hektarów. Strażacy gaszą go przez dwa dni. Ewakuowano mieszkańców tamtejszych miasteczek. Zmobilizowano setki ludzi. Trzy ofiary śmiertelne. Nie znaleziono sprawcy, nie wyjaśniono przyczyny pożaru. Jednak eksperci kategorycznie stwierdzili, że doszło do podpalenia. Działo się to w odległości mniejszej niż trzydzieści kilometrów od Sommières.

Passan przyglądał się mapie i zakreślonym na niej kółkom. Prawdziwy obraz szaleństwa Guillarda. Jednakże nadal można było mówić o zbiegu okoliczności.

Porucznik jakby czytał w jego myślach.

— Chcesz więcej? Rok tysiąc dziewięćset dziewięćdziesiąty pierwszy. Guillard przenosi się do Béziers.

— Warsztat Soccart.

— W następnym roku pali się klinika des Champs, w centrum miasta. Nie ma ofiar. Śledztwo jak zawsze nic nie daje. Passan chciał coś powiedzieć, ale Fifi ciągnął:

— Rok tysiąc dziewięćset dziewięćdziesiąty siódmy. Guillard prowadzi warsztat Roches, w Montpellier. Pół roku później płonie szpital położniczy Notre-Dame-du-Salut w dzielnicy Mosson. I znowu udało się jakoś zapobiec ofiarom śmiertelnym. Teraz, jak widać, Guillard zaczął atakować szpitale.

Passan odszedł kilka kroków na bok, szukając cienia. Z biegiem lat zamiłowanie Guillarda do ognia staje się coraz wyraźniejsze. Jego wściekłość, żądza zniszczenia wyładowują się na szpitalach położniczych. Nietrudno wyobrazić sobie dlaczego.

Fifi złożył mapę i kontynuował:

— Najpiękniejszy jest ciąg dalszy. W tysiąc dziewięćset dziewięćdziesiątym dziewiątym roku Guillard zwija interes i wyjeżdża do Stanów Zjednoczonych. Zatrudnia się w wielu stanach. W dwutysięcznym roku jest w Salt Lake City w stanie Utah. W tym samym roku idzie z dymem uniwersytecki szpital położniczy. Sześć miesięcy później pojawia się informacja o pożarze na przedmieściu Tucson w Arizonie. Guillard mieszka tam od niedawna.

Passan przypomniał sobie o serii morderstw prostytutek w Niemczech w latach osiemdziesiątych ubiegłego wieku. Prześledzono ciągłe wyjazdy i przyjazdy głównego podejrzanego i stwierdzono, że podobne morderstwa zostały popełnione w Los Angeles, kiedy tam przebywał. Ten zbieg okoliczności wystarczył, żeby go oskarżyć. Czy to wystarczyłoby do oskarżania tego hermafrodyty? Wszystko było zbyt odległe, zbyt dawne.

Intuicja podpowiedziała mu coś innego. Ten potwór na pewno nie zaznał nigdy rozkoszy seksualnej. Prawdziwą przyjemność sprawiały mu jedynie płomienie. Nie mógł mieć erekcji ani tym bardziej ejakulacji. Ani orgazmu kobiecego. Zostawało mu tylko złowrogie uczucie, jakiego dostarczał ogień, który niszczył, oczyszczał, przekształcał...

— Nigdy nie powiązano ze sobą tych faktów?

— Przy odległości tysięcy kilometrów? To szukanie igły w stogu siana.

Pierwsze pożary sprawiły, że Guillard odkrył swoją moc — tysiące zwęglonych hektarów, ewakuowane miasteczka. Potem uderzał w sposób bardziej precyzyjny. Wybierając szpitale położnicze, pragnął ugodzić rodzaj ludzki w samym zarodku.

Ta prymitywna psychologia prowadziła do jednego przerażającego wniosku — Guillard zamierzał spalić dom Passana wraz z jego rodziną. I nikt nie mógł mu w tym przeszkodzić. Nawet on sam, chociaż tego popołudnia wyznaczył siebie do pilnowania domu.

— Dobrze się spisałeś — przyznał.

— Przede wszystkim dziękuj Serchaux...

— A co się działo, gdy Guillard wrócił tutaj?

— Pracujemy nad tym. Jak już ci mówiłem, mamy też inne sprawy do załatwienia.

— Co wynika z próbek pobranych w moim domu?

— Absolutnie nic. Mam pierwsze analizy od Zacchary. Wszędzie są te same odciski palców. Wasze, co zrozumiałe. Czekamy na analizy DNA z fragmentów organicznych, ale...

— A wywiad u sąsiadów?

— Nikt nie zauważył nic niezwykłego.

Passan pokiwał głową. Mimo braku wyników czuł się

podniesiony na duchu tymi działaniami. Jego ludzie nie zapomnieli o nim.

— Grzebaliśmy także w dokumentach dotyczących rodziny Marca Campaneza. Trójka jego dzieci była dość zaskoczona, że zajmujemy się od nowa śmiercią ich ojca. Sami nigdy nie byli ofiarami żadnego napadu, nie znaleźli się w sytuacji zagrożenia życia. Przesłuchaliśmy również faceta Marie-Claude. Coś kręcił, ale on nie ma z tym nic wspólnego.

W obfitości wydarzeń, pożarów i motywów Passan dostrzegał drogę gniewu obojnaka. Prosta linia mająca intensywność i jasność promienia lasera.

— Nic nowego w sprawie rękawiczek?

— Przesłałem wiadomość do ludzi Levy'ego. Przeszukali ten pusty teren. Nic nie znaleźli.

— A gdzie jest Levy?

— Nikt nie wie.

Fifi cofnął się o krok, nagle zdając sobie sprawę ze stanu, w jakim jest jego rozmówca.

— A ty gdzie byłeś? Wyglądasz jak wyciśnięty przez wyżymaczkę.

— Poszedłem pewnym tropem, który okazał się niewypałem.

— Jakim tropem?

— Szkoda gadać.

— To się nazywa jasne postawienie sprawy.

Passan puścił przytyk porucznika mimo uszu. Intuicyjnie wyczuł, że Fifi jeszcze nie powiedział mu wszystkiego.

— Czy na pewno nic więcej nie chciałeś mi przekazać?

— Jest pewien problem.

— Jaki?

— Czekają na ciebie piętro wyżej.

— Kontrola wewnętrzna? — spytał Passan.

— Nie, psychiatra.

— Przysłany przez tych z kontroli?

— Nie.

— Jeśli to adwokat Guillarda, to...

— Nie, to nie on.

— Przestań bawić się w zagadki.

— To adwokat Naoko, nazywa się Rhim. — Porucznik zawahał się. — Zlecił ekspertyzę psychiatryczną w ramach procedury związanej z waszym rozwodem i...

— Co takiego?

Passan wściekły przełknął ślinę, która niczym kula zatykała mu gardło.

— Ten psychiatra to młody facet. — Fifi usiłował załagodzić sytuację. — Raczej sympatyczny.

— Gdzie on jest? — zapytał Passan rozwścieczony.

— Uspokój się. Powiedział mi, że to tylko spotkanie.

— Gdzie on jest?

— Cholera, uspokój się. Na piętrze, w sali zebrań.

49

Fifi nie kłamał — psychiatra sprawiał wrażenie sympatycznego. Około trzydziestki, schludny garnitur, w którym przypominał studenta zdającego ważny egzamin. Płowe włosy, okulary w szylkretowej oprawie, naturalny uśmiech. Jednocześnie rysy jego twarzy zdradzały, że wszystko u niego musiało być uporządkowane, że niczego nie zostawiał przypadkowi. Passan pomyślał, że facet za trzydzieści lat będzie wyglądał tak samo.

Żeby nie obić mu od razu gęby, przedtem w łazience obmył twarz zimną wodą. Tłumiąc w sobie wściekłość, poprawił krawat i wygładził garnitur.

Psychiatra, zagubiony w wielkiej sali zebrań, na jego widok wstał z wyciągniętą ręką. Dłonie Passana były jeszcze zimne i dlatego ta psychiatry wydała mu się gorąca.

— David Duclos. Dziękuję, że zechciał pan się ze mną spotkać. Jak zapewne powiedział panu kolega, dzisiejsza rozmowa to tylko przygotowanie do dalszego badania.

— Mam czas — odrzekł z szerokim uśmiechem Passan. — Możemy zaczynać to przesłuchanie od razu.

Duclos ze śmiechem pomachał rękami.

— Ależ nie chodzi o przesłuchanie! Zwykła rozmowa, która...

— Panie doktorze, jestem policjantem od dwudziestu lat. Czytałem ekspertyzy psychiatryczne drani, którzy gwałcili swoje dzieci, kiedy pan wahał się jeszcze, czy wybrać prawo, czy medycynę, nie traćmy więc czasu.

Psychiatra rozłożył ręce z miną „jak pan sobie życzy". Ten raczej szczupły mężczyzna posługiwał się bardzo wyrazistą gestykulacją. Gesty uwypuklały sens słów, dodawały im ciepła i pewności. Passan znał inne określenia na ten rodzaj zachowania, ale dotyczyły pedałów i wazeliniarzy.

Usiedli po obu stronach długiego, pokrytego politurą stołu. Wystrój sali był taki jak na korytarzach i we wszystkich biurach. Bez wdzięku i ciepła, powodował, że ludzie sztucznie się zachowywali i konwencjonalnie myśleli.

— Ma pan ochotę się czegoś napić? — zapytał Passan, podkreślając w ten sposób, że jest tu gospodarzem.

— Nie, dziękuję.

Passan podniósł słuchawkę telefonu zainstalowanego na drugim końcu stołu i wywołał sekretarkę z drugiego piętra. Poprosił ją najgrzeczniej, jak potrafił, by przyniosła mu kawę. Nie ten ohydny napój z automatu, ale kawę, jaką robiła dla siebie, z włoskiego ekspresu.

Ostatecznie był zadowolony z tej przerwy. Czuł się zdradzony przez Naoko, a rozmowa z tym młokosem mogła mu przynieść odprężenie. Po wyścigach z metrem i niepowodzeniu, z przeświadczeniem, że Guillard jeszcze z nim nie skończył, nie miał ochoty ponownie pogrążać się w ten koszmar.

— Pozwolę sobie zaznaczyć — zaczął Duclos — że nie ma pan obowiązku odpowiadać dzisiaj na moje pytania.

— Dlaczego nie uprzedził mnie pan o swojej wizycie?

— Dzwoniłem rano, ale pana nie było.

— Przy tego typu ekspertyzach wysyła się zawiadomienie z kilkudniowym wyprzedzeniem.

— Adwokat pańskiej żony, mecenas Rhim, bardzo nalegał, aby przyspieszyć całą procedurę.

— Żeby uderzyć z zaskoczenia?

Duclos tylko się uśmiechnął. Wyjął z torby grubą tekturową teczkę zawiązaną tasiemką. Passan się zjeżył; ten typ, a może adwokat Naoko, zbierał materiały o nim już od jakiegoś czasu. Zastanawiał się, co mogło być w tych dokumentach, bo przecież sprawy związane z jego pracą zawodową były ściśle poufne.

— Czy moja żona wie o naszej rozmowie? A może jest to tylko pomysł jej adwokata?

Znowu uśmiech. Passan doskonale wiedział, co oznaczała taka mina: „Od zadawania pytań jestem tutaj ja". Zawsze mówił tak do podejrzanych i świadków.

Psychiatra położył na stole swoją komórkę.

— Nie będzie panu przeszkadzało, że nagram naszą rozmowę?

Passan wyraził zgodę kiwnięciem głowy, nie przestając obserwować gestów rozmówcy. Tekturowa teczka zawierała wiele dokumentów w plastikowych koszulkach. Pierwsza ze znakiem firmowym prefektury. A więc adwokat miał dostęp do archiwów policyjnych. Jakim sposobem? Dzięki komu?

— Poznałem przebieg pańskiej służby — powiedział psychiatra, kartkując papiery. — Robi wrażenie.

277

— Zostawmy te pochlebstwa.

— Naprawdę, jest pan bohaterem, jakich już nie ma.

Passan nie skomentował tego, a Duclos kontynuował, dając do zrozumienia, że czytał protokoły przesłuchań, raporty, wycinki z prasy. Metody psychiatrów są bardzo podobne do policyjnych. Uśpić czujność przeciwnika, żeby potem lepiej go zaatakować.

Passan nie musiał długo czekać na pierwszy atak.

— Zanim zaczął pan pracować w policji, miał pan za sobą długą drogę.

— Czy robi pan aluzje do mojej szalonej młodości?

Duclos poprawił okulary i wyjął dokumenty z drugiej koszulki. Passan zadrżał — były to wyciągi z jego akt w wydziale dla nieletnich pomocy społecznej. Jak temu debiutantowi udało się do nich dotrzeć? Zacisnął pięści pod stołem. Nie wolno mu się teraz zdenerwować.

— Domy dziecka. Rodziny zastępcze. Kuratorzy. Siły porządkowe miały z panem niemało kłopotów.

— Objęła mnie amnestia.

Duclos spojrzał na niego znad okularów.

— W mojej dziedzinie nie ma nigdy amnestii.

Stwierdzenie, żeby zastraszyć. Formułka policyjna. Passan nagle zwątpił, czy ten facet rzeczywiście został przysłany przez adwokata Naoko. Nie zażądał od niego pokazania żadnego dokumentu. Na myśl, że miałby to zrobić teraz, poczuł ogromne zmęczenie. Wolał dać temu spokój.

Pukanie do drzwi. Przyniesiono kawę. Passan wypił ją natychmiast, parząc sobie gardło.

— Po tym... burzliwym okresie — podjął psychiatra —

ukończył pan studia prawnicze, a następnie rozpoczął pracę w policji. Postąpił pan w przykładowy wręcz sposób.

— To ekspertyza czy psychoanaliza?

— Jak pan wyjaśni taką zmianę?

— Powiedzmy, że znalazłem swoją drogę.

Psychiatra pisał coś w notesie, a raczej gryzmolił. Trzecia koszulka. Olivier poznał swoją „dokumentację szkolną". Wszystkie pochodzące z tego okresu oceny, badania lekarskie i psychiatryczne, opinie podpisane przez jego przełożonych. Szkoły policyjne działały jak w oświacie — stopnie, opinie, punktacja. System, którego nie znosił.

— W trakcie służby w brygadzie antyterrorystycznej wiele razy robił pan użytek z broni.

— W trakcie operacji zabiłem dwoje ludzi, jeśli to pan miał na myśli.

— Co pan wtedy czuł?

Passan roześmiał się.

— Za późno pan przybywa, mój drogi. To było dziesięć lat temu. Przeszedłem testy, przesłuchania, ocenę zdolności do pracy. Zresztą ma pan to przed oczyma. Wysłano mnie nawet na pogrzeb jednego z tych drani, żeby sprawdzić, jak zniosę tę próbę. Niech pan da spokój, dostałem już za swoje.

Psychiatra pozostawał niewzruszony, wraz z zadawanymi pytaniami nabierał pewności siebie.

— Ale co pan czuł... co pan czuł w tamtym momencie?

Passan pochylił się nad stołem.

— Kiedy składałem przysięgę, zgodziłem się na związane z tym zawodem ryzyko. To było w wykazie obowiązków, *capisce*? Wykonywałem swoją pracę, to wszystko.

Psychiatra, nadal niewzruszony, robił notatki. Wskazał na pistolet przy pasku Passana.

— Nosi pan to stale?

— Jak pan widzi.

— W brygadzie kryminalnej nie jest to regułą.

— Każdy ma swoje reguły.

— Jaki kaliber?

Passan jednym ruchem wyciągnął pistolet i położył go na stole. Beretta Px 4 Storm SD, chociaż jest z polimeru, strzela z dużym hukiem. Przedmiot należący do innego świata, gdzie gesty ważą o wiele więcej.

— Beretta. Kaliber czterdzieści pięć. Jeden z najskuteczniejszych pistoletów na rynku. Posługiwał się takim Leonardo diCaprio w filmie *Incepcja*.

Zobaczył, że psychiatra, przełykając ślinę, usiłuje się skoncentrować, żeby nie zdradzić strachu.

Odkaszlnąwszy, zadał kolejne pytanie:

— Czy daje to panu poczucie siły?

— Chce pan powiedzieć, że pistolet to symbol falliczny?

— Czy uważa się pan za człowieka brutalnego?

— Moja praca jest brutalna. Wybrałem to zajęcie, żeby walczyć z przemocą. A nie dlatego, że to lubię. Poza pracą nigdy nie podniosłem na nikogo ręki.

Psychiatra znowu coś zanotował. Jakby wypełniał ankietę. Passan zobaczył zalecenia lekarskie. Do czego jeszcze dokopał się ten szczeniak? Kto mu dostarczył tych poufnych dokumentów? Nagle pojął i poczuł w żołądku przeszywający ból. Naoko. Te papiery pochodziły z jego prywatnego archiwum. Nie mógł uwierzyć, że udostępniła adwokatowi taką amunicję.

— Widzę, że zażywał pan leki antydepresyjne.

— Więc?

— Z jakiego powodu?

— Miałem taki okres w życiu — odpowiedział Passan ochrypłym głosem.

— Czy miało to coś wspólnego z aktami przemocy, których się pan dopuścił?

— Nie. Niech pan spojrzy na daty. Było to zupełnie niezależne od tamtych wydarzeń w tysiąc dziewięćset dziewięćdziesiątym ósmym roku.

— Człowiek niezdający sobie z czegoś sprawy nie pamięta dat. Pan...

Passan podniósł rękę.

— Niech pan zachowa dla siebie tę gównianą psychologię!

Duclos cofnął się, ale wytrzymał jego spojrzenie.

— Jaki był powód tej kuracji?

— Nie wiem... — mruknął Passan. — Już nie dawałem rady.

— W pracy?

— W pracy... I w życiu prywatnym także. Nie potrafiłem sobie poradzić z problemami. Musiałem zwolnić. To się zdarza każdemu. — Ta obrona zabrzmiała nieprzekonująco.

— Przez osiem lat chodził pan do psychoanalityka.

— Tak.

— Jak się pan czuje dzisiaj?

— Przerwałem to pięć lat temu. Wszystko jest ze mną w porządku.

Duclos nie skomentował tego, ale jego milczenie było wymowne: „Każdy ma prawo do swoich iluzji".

Psychiatrzy — w przeciwieństwie do innych lekarzy — starają się przekonać pacjenta, że nie jest i nigdy nie będzie całkowicie zdrowy. Można by więc zapytać, do czego właściwie są potrzebni.

Teraz jednak Passan zadawał sobie tylko jedno pytanie: dlaczego Naoko zrobiła mu takie świństwo? Żeby uzyskać wyłączną opiekę nad dziećmi? Przejąć na własność dom? Najbardziej prawdopodobna była najgorsza hipoteza — Naoko naprawdę się go bała. Bała się jego brutalności. Jego udręczonej psychiki. Nieprzewidywalnych reakcji. Chciała być pewna, że może zajmować się dziećmi.

Na tę myśl poczuł ucisk w gardle. Był zwykłym zabójcą, niemającym racji bytu w świecie ludzi zdrowych, normalnych.

— Niech pan kontynuuje, doktorze.

Następna koszulka. Wszystko świetnie rozegrane, z narastającym w odpowiedni sposób napięciem. Passan ze zdumieniem poznał akta sprawy Patricka Guillarda. Nie były to jednak akta dotyczące oskarżeń wobec Akuszera, ale te związane ze skargą na Passana.

— Podejrzany wniósł dwa razy zażalenie przeciw panu.

— Nie jest podejrzany, ale winny.

— Znajduje się na wolności.

— Już niedługo.

Duclos zerknął na spięte kartki papieru — opinie sądu, nakazy, protokoły zażaleń... Adwokat Naoko musiał mieć swoje dojścia. A może to nie ona dała mu te wszystkie dokumenty?

— Oskarża pana o nękanie. A nawet o próbę zabójstwa.

— Kłamie. Śledztwo jest w toku.

— Ale bez pana. Odebrano je panu.

— Ma pan na wszystko odpowiedź. — Passan poprawił się na krześle. — Po co więc pan pyta?

— Otrzymywał pan ostatnio jakieś pogróżki? Wtargnięcie do pańskiego domu?

Passan nie potrafił ukryć zdumienia. Znowu podejrzewał Naoko. Zwierzyła się ze wszystkiego adwokatowi.

— Jaki to ma związek z moim rozwodem?

— Czy sądzi pan, że to może być zemsta kogoś, kto ma do pana pretensje?

Passan znowu pochylił się nad stołem, gdzie nadal leżał pistolet z lufą skierowaną w psychiatrę.

— Do czego pan zmierza?

— Zemsta człowieka, wobec którego zachował się pan brutalnie? Aresztowanego przez pomyłkę?

Duclos atakował go coraz bardziej zdecydowanie. Bał się, ale nie ustępował. Zdarzają się tacy. Gdy Passan, napięty do ostatnich granic, czekał na następny atak frontalny, otrzymał zupełnie nieoczekiwany cios.

— Takie zagrożenie mogło przyczynić się do zbliżenia między panem i żoną.

— Słucham?

Psychiatra zdjął okulary i przetarł powieki. Był spocony. Podobnie zresztą jak Passan. Nie pomagała nawet włączona klimatyzacja.

— Tak naprawdę nie chce pan rozwodu. Zagrożenia mogły nadać nowego sensu pańskiej roli... w waszym małżeństwie. Roli opiekuna.

Passan chwycił się kurczowo stołu. Miał wrażenie, że jego krzesło zapada się w podłogę.

— Oskarża mnie pan o zorganizowanie całego tego burdelu?

— Nie jest to mój pomysł.

— A czyj?

Psychiatra, blady na twarzy, przywarł plecami do oparcia krzesła. Passan rzucił się na niego i potoczyli się obaj na podłogę. Chwycił pistolet i przyłożył lufę do gardła lekarza.

— Kto ci to powiedział, draniu? Kto?

— Adwokat pańskiej żony... To ona...

Passan wprowadził nabój do komory beretty.

— Ty łajdaku!

Nie zdążył strzelić. Fifi i kilku innych policjantów, zaalarmowani hałasem, wpadli do gabinetu i odebrali mu broń.

50

Jean-Pierre Levy był nieprzytomny, głowa drgała mu w przedśmiertnych konwulsjach. Nie zareagował nawet na zapalone światło. Nie był to efekt kroplówki. Raczej skutek ciemności i temperatury — przez wentylatory cały czas wiało gorące powietrze.

Guillard wszedł do piwnicy. Levy był zlany potem. Całe jego ciało lśniło niczym zbroja. Feniks uśmiechnął się i spojrzał na zawartość zbiornika. Spłynęło już prawie półtora litra płynu, z czego Żyd połowę wypocił. Był gotów.

Guillard szybko się rozebrał, po czym włożył swój strój. Lekkość materiału dawała miłe uczucie. Nie musiał patrzeć w lustro. Wiedział, że ze swoją łysą czaszką i w pomarańczowej szacie wygląda jak mnich buddyjski.

Potrząsnął Levym, który w końcu odzyskał przytomność i jęknął ze strachem, próbując zrozumieć, dlaczego obudził się przywiązany do metalowego krzesła w betonowej piwnicy. Kiedy zobaczył człowieka stojącego przy nim z nieruchomą twarzą, wybuchnął śmiechem.

— Nie śmiej się — poradził mu Feniks. — W starożytności kapłani zajmujący się wróżbami ubierali się jak kobiety. Byli pośrednikami między bogami i ludźmi, między mężczyznami i kobietami. Symbolizowali początek świata, jedność nieba, czyli pierwiastka męskiego, i ziemi, pierwiastka kobiecego.

— Biedny pokraka... Masz rękawiczki?

Feniks czuł zapach potu policjanta, ostry, siarkowy, unoszony przez podmuchy powietrza z wentylatora.

— Zazwyczaj — krzyczał, by zagłuszyć szum wentylacji — policjanci zagłębiają się ostrożnie w dżunglę kryminalistów. Nigdy nie oddalają się od światła, nie schodzą ze ścieżki. Ty, Levy, przekroczyłeś tę linię. Z tym swoim nędznym szantażem wszedłeś na moje terytorium. Tutaj nie działają już twoje prawa...

Levy poruszył się na przyspawanym do podłoża krześle i ryknął:

— Nie rozumiem nic z tego, co gadasz, ty pomyleńcu! Masz te rękawiczki czy nie?!

Guillard zrobił krok w kierunku więźnia. Materiał jego szaty marszczył się od powiewów wentylacji.

— Starożytni Grecy czcili bogów o podwójnej naturze, jednocześnie kobiecej i męskiej, zdolnych reprodukować się samodzielnie.

Levy zmienił ton. Na jego spoconej twarzy malowało się przerażenie.

— Zamierzasz... mnie zabić?

— Jednakże bali się hermafrodytyzmu u ludzi. Jeśli rodziło się dziecko z męskimi i żeńskimi narządami płciowymi, natychmiast je topiono, palono lub tak długo wystawiano na widok publiczny, aż umierało. Nikt nie chciał plamić rąk krwią. W tamtej epoce taka deformacja była uznawana za oznakę gniewu bogów.

Nagle nachylił się i wyrwał przewód kroplówki.

— Powiem ci coś: mieli rację. Ja jestem gniewem Boga.

Levy nagle pojął, że te wyznania są dla niego wyrokiem śmierci.

— Błagam cię — załkał — uwolnij mnie... Znalazłeś rękawiczki? Pozwól mi odejść... Nic nie powiem... Już zapomniałem...

— Powiem ci coś jeszcze, Levy. Żebyś nie umarł jako idiota. W starożytnej Grecji kapłani praktykowali rytuał zwany *anasyrma*. Przebrani w stroje kobiece unosili suknie i pokazywali wiernym genitalia. Stawali się wtedy jednocześnie i mężczyznami, i kobietami. Uosabiali zjednoczone siły początków świata.

Uniósł pomarańczową szatę, odsłaniając swój obumarły członek.

— Nie!

— Nasyć oczy tym widokiem, Levy.

Więzień odwrócił głowę.

— Nic nie widziałem, nic nie widziałem...

— Przeciwnie, patrz. Nie muszę się przebierać za nikogo. Z natury jestem mężczyzną i kobietą. A w rzeczywistości nie jestem ani tym, ani tym. Jestem ponad płcią. Jestem Feniksem!

— Nie... — jęknął Levy.

Guillard opuścił szatę i wziął fiolkę z alkoholem. Wewnątrz perliło się jeszcze kilka kropli.

— Wstrzyknąłem ci siarkę. Bardzo się pociłeś. Twoje gruczoły łojowe w kontakcie z siarkowym potem wyprodukowały bakterie, które zmieniają się w siarkowodór. Rozumiesz? Nie?

Levy krzyczał, jakby chciał zagłuszyć słowa oprawcy. Z przerażenia wytrzeszczył oczy.

— Twój pot stał się palny. „Levy ludzka bomba"...

Feniks cofnął się o krok i wziął zapalniczkę. Stara dobra zapalniczka. Służyła mu, gdy podpalał szpitale położnicze, rodziców, płody.

— Nie!

Uniósł pokrywkę i przytknąwszy zapalniczkę do fiolki, uruchomił ją kciukiem. Wystarczyła jedna iskra. Z fiolki buchnął niebieskawy płomień.

— Nie!

Cisnął fiolkę między nogi szantażysty. Jego członek i uda zajęły się natychmiast ogniem. Krzyki nieszczęśnika wkrótce zagłuszył trzask płomieni. Wił się na krześle, nie będąc w stanie zerwać więzów — ogniotrwałych rzemieni, najlepszych na rynku.

Mijały minuty. Feniks czuł palący oddech ognia podwyższającego temperaturę w pomieszczeniu. Nastawiony na maksimum system wentylacyjny pobudzał płomienie i zarazem wchłaniał Levy'ego. Nie martwił się o policjanta — ta ofiara przywracała równowagę jego karmie i pozwalała mu na reinkarnację w lepszym ciele.

Niepokoił się o siebie.

Patrząc na ogień, nic nie odczuwał — żadnego spokoju, żadnej ulgi. Ogień nie spełniał już swej kojącej roli. A może nigdy nie spełniał? Dawał mu siłę, podniecenie, ale nigdy nie zapewniał spokoju. Nawet zabójstwa w departamencie 93 satysfakcjonowały go tylko do pewnego stopnia. Odrodzenie było za każdym razem słabsze, nie tak potężne.

Szantażysta już się palił. Wygięty na krześle, z twarzą zwęgloną, z powykręcanymi rękami. Ta pozycja przywodziła na myśl trupy zastygłe w lawie w Pompejach.

Wyłączył wentylację. W ciszy, która nagle zapadła, zdjął szatę pobrudzoną kawałkami czarnej sadzy. Nago zabrał się do robienia porządku. Czuł bezbrzeżne wyczerpanie. Coraz więcej znaków. Nie było dla niego ratunku. Spokój mógł osiągnąć tylko przez akt ostateczny.

W rękawiczkach ochronnych przeciągnął trupa w drugi koniec pomieszczenia, otworzył klapę nad kanałem do wymiany oleju. W gardle poczuł ostry, gryzący swąd. Zobaczył swoje odbicie na powierzchni zbiornika. Blady cień, wspaniale wyrzeźbiony, zmącony czarnymi smugami, czekał już tylko na unicestwienie...

Pewność wróciła ze zdwojoną siłą.

Dziś przybędzie tu Rycerz Nocy. Jego śladami. Czyhający na najmniejszy jego gest, czyn. Wtedy nastanie czas działania.

Zepchnął trupa nogą i cofnął się, by nie zostać opryskanym. Z kanału wydostał się ohydny dym, potęgując smród spalonego ciała. Feniks zamknął oczy, rozpostarł ramiona.

Tej nocy nastąpi ostateczne Odrodzenie.

51

Zamknięto go w izbie wytrzeźwień w podziemiach Centralnej Dyrekcji Policji Sądowej przy rue des Trois-Fontanot. Nie wiedział, czy zrobiono tak, żeby go ochronić przed innymi, czy przeciwnie, ochronić innych przed jego szaleństwem. Zza ścian dochodziły krzyki i pomruki pijaków — ofiar halucynacji, jakoby niewinnych, wyrzekających głośno na niesprawiedliwość — oraz wariatów niedających się poskromić, którzy czekali na przewiezienie na oddział psychiatryczny szpitala prefektury.

Skulony na ławce przymocowanej do ściany, bez paska i butów, nie mógł pozbierać myśli. Jego mózg był jakby w kokonie z waty. Z powodu wstrzykniętego mu środka uspokajającego czuł się ogłuszony, odrętwiały i zarazem niepewny, dziwnie pozbawiony oparcia. Ale nie na tyle, żeby zapomnieć o swoich obsesjach...

Wyjść stąd!

Prawie nie myślał o psychiatrze. Nowicjusz, który popełnił gafę i który długo będzie o tym pamiętał. Czy naprawdę go uderzył? Trudno odpowiedzieć. Myślał raczej o Guillardzie. Dokąd ten łajdak udał się w południe? Co szykował? Machinalnie spojrzał na nadgarstek, ale zegarek także mu zabrano.

Wyjść stąd!

Nie stracić go z oka ani na sekundę. Przy najmniejszej próbie ucieczki poczęstować go kulką w łeb. Znowu ostateczne rozwiązanie... W ciągu siedemdziesięciu dwóch godzin omal nie rozbił głowy podejrzanemu, zaatakował psychiatrę, a teraz był zdecydowany na jeszcze coś gorszego.

Słysząc szczęk zamka, zerwał się na równe nogi.

— Siadaj. — Fifi wszedł do środka. Drzwi za jego plecami się zamknęły. — Siadaj, powiedziałem.

Passan opadł na ławkę i poprawił na sobie marynarkę.

— Zaprowadzą cię do prokuratora.

— Nie do sędziego?

— Duclos nie złożył skargi. Uratowałeś tyłek, stary. Ale jego raport będzie dla ciebie raczej niekorzystny.

Passan objął rękami głowę. Straci prawo do opieki nad dziećmi. Zwolnią go z pracy.

Podniósł wzrok.

— Naoko wie o tym?

— Nie od nas. Ale nie łudź się, na pewno się dowie. Wierzę w jej adwokata. Dowiadywałem się na jego temat. Wyjątkowy drań. Facet, który ma wszędzie dojścia, zwłaszcza u nas. Zastanawiam się, gdzie ona wyszukała takiego typa.

Passan potarł ramiona. Znajomości tego prawnika wyjaśniały po części, skąd Duclos miał informacje. Naoko jednak go nie zdradziła.

— Coś ty dzisiaj wyrabiał?

— Nic.

— Śledziłeś Guillarda.

— Nie.

— To nie było pytanie. To stwierdzenie. Albuy i Malençon widzieli cię na parkingu naprzeciwko salonu samochodowego.

Passan milczał.

— Co zobaczyłeś? — nalegał Fifi.

Passan nie zamierzał opowiadać o swoim żałosnym pościgu. Nadal siedział bez słowa, skulony w kącie, ze wzrokiem wbitym w ziemię. Nie pojmował, dlaczego jego zastępca tak go wypytuje. Najwyraźniej coś się musiało wydarzyć. Coś związanego z jego działaniami albo z Guillardem.

— Co się stało? — zapytał w końcu.

Fifi miał na sobie T-shirt, na którym Peter Tosh, bóg reggae, ulatywał w obłoku haszyszu.

— Levy zniknął.

— Jak to?

— Nie przyszedł dziś rano do biura. Nie odpowiada na telefony. Nie można znaleźć jego samochodu.

Wziąwszy pod uwagę charakter Levy'ego, mogło być tysiąc przyczyn jego nieobecności. Potworny kac. Pobicie przez wierzycieli. Wyeliminowanie wskutek jego rozlicznych kombinacji. Ucieczka za granicę...

— Ostatnie wiadomości o nim?

— Wczoraj wieczorem poszedł do Guillarda.

— Zupełnie sam?

— Gorzej. Odesłał chłopaków, by poszli do baru na piwo, kiedy on będzie rozmawiał z Guillardem.

— Gdzie to się działo?

— W salonie samochodowym w Aubervilliers.

— Ile czasu trwało?

— Pół godziny. Gdy Albuy i Malençon wrócili, Levy się zwinął. Od tamtej pory nic o nim nie wiadomo.

— A Guillard?

— Wrócił spokojnie do siebie.

Levy zapewne coś odkrył. Chciał pograć z Guillardem albo go zaszantażować. Skończyło się to dla niego fatalnie. Czy ma to związek z porannym pościgiem? Raczej mało prawdopodobne.

Jedna rzecz nie ulegała jednak wątpliwości — jeśli Levy chciał coś kombinować z Guillardem, to jest już martwy.

— Czy myślisz o tym samym co ja? — spytał Fifi.

Passan nie odpowiedział. Miał wrażenie, że ściany pomieszczenia na niego napierają.

Fifi uderzył w drzwi i spojrzał na przełożonego przez ramię.

— Idziemy, Olive. Bądź uległy wobec prokuratora. To twoja jedyna szansa, żeby stąd wyjść.

52

Godzina dziewiętnasta. Naoko czekała na Passana w pobliżu domu. Wolała nie widzieć się z dziećmi. Jeszcze trudniej się potem z nimi rozstawać. Z miejsca, w którym stała, słyszała śmiechy z łazienki i było to już wystarczająco bolesne...

Schroniła się niedaleko ulubionego zakątka Passana, jego ogrodu zen, pogrążonego w cieniu olbrzymiej sosny Thunberga z rozkładającymi się poziomo konarami, oraz klonu, którego liście jesienią stawały się czerwone jak krew. Zasadził je zaraz po kupnie domu, przed rozpoczęciem przebudowy. Potem, po narodzinach Shinjiego i Hirokiego, dosadził jeszcze dwie sosny z Japonii, a także oczywiście drzewo wiśniowe. W środku był wolny teren pokryty szarym żwirem, starannie wygrabiony. Trochę dalej, za kilkoma skałkami, kryła się sadzawka niewiele większa od kałuży, obrośnięta krzewami różanymi i paprociami, nad którymi wyrastała wierzba. Kiedy się podchodziło bliżej, można było zobaczyć nenufary — oaza prawdziwego spokoju. Wyżej po kilku kamieniach spływał niewielki wodospad.

Naoko nigdy mu tego nie powiedziała, ale jego ogród był

prawie taki, jak tego wymagała japońska tradycja. Pomylił się jednak co do położenia wobec słońca. Tradycyjnie „morze kamyczków" jest zawsze skierowane na północny wschód, a tutaj tak nie było. Wzruszało ją natomiast, że miejsce to stanowiło jakby portret samego Passana. W tych krzewach, paprociach, „pływających kamieniach" widziała pasję, cierpliwość człowieka, który umieszczał tutaj każdą skałkę, kierował biegiem spienionej wody.

Kiedy powiadomiono ją o nieudanym spotkaniu z psychiatrą, pojechała do domu. Bez zastanowienia. Współczucie nie było jej mocną stroną, ale tym razem cała ta sytuacja wynikła z jej winy. Podczas rozmowy z adwokatem powiedziała o swoich podejrzeniach, w które zresztą sama nie wierzyła. Rhim wykorzystał te informacje. Zagrał tą kartą bez porozumienia z nią...

Otworzyła się brama. Pojawili się Passan i Fifi, pierwszy w wygniecionym garniturze, drugi jak strach na wróble w stylu post rocka. Bladzi, potargani, wyglądali, jakby wracali po nieprzespanej nocy, chociaż nie zapadł jeszcze wieczór. Za nimi Naoko zobaczyła policjantów, którzy pilnowali domu. W jakim świecie żyła?

Fifi podniósł rękę w geście pożegnania i wszedł do domu. Passan bez jednego uśmiechu podszedł do niej. Przybyło mu z dziesięć lat. Twarz miał zapadniętą. Trzydniowy zarost przypominał dziki las.

— Przyszłaś po dzieci? — zapytał nieufnie.

Niezmierne zmęczenie i tłumiona złość na twarzy Passana wzruszyły Naoko.

— Ależ skąd. To twój tydzień. Niczego nie zmieniamy.

— Zastanawiam się, co jest w tobie silniejsze: upór, duma czy wierność zasadom.

— Chcesz przez to powiedzieć, że jestem typową Japonką?

Passan wybuchnął śmiechem i w jednej chwili jego zły nastrój minął. Przygładził ręką włosy.

— Właśnie to chciałem powiedzieć. Przejdziemy się?

— Nie będziemy chodzić po twoich ścieżkach.

— W porządku. To już nie ma znaczenia.

Weszli pod rozłożystą sosnę Thunberga. Znaleźli się jakby w innym wymiarze. W wieczornym półmroku wszystko zrobiło się zielone. Zieleń przynosząca ulgę i jednocześnie smutna, z tysiącem półcieni. Światło wydawało się ruchome, jak w głębi akwarium. Przymknęła oczy, wdychając wilgotne powietrze. Miała wrażenie, że idąc przez ten ogród, wkracza w swoje dzieciństwo.

— Przyszłam cię przeprosić — powiedziała cicho.

— To do ciebie niepodobne.

— Mój adwokat działał bez porozumienia ze mną. Uznał, że ma to być wojna.

— Psychiatra nie wymyślił tego, co powiedziałaś.

Naoko pokręciła lekko głową, za bardzo zmęczona, żeby się z nim kłócić.

— Zrobiłam głupstwo. Mówiłam różne rzeczy. Adwokat to wykorzystał i nasłał na ciebie psychiatrę...

— Kto mu pokazał zalecenia lekarzy?

— Jakie zalecenia?

— Kiedy byłem... w depresji.

Uświadomiła sobie, że Rhim i psychiatra przeprowadzili prawdziwe śledztwo. Grzebali w najgłębszych zakamarkach przeszłości.

— Nie miałam z tym nic wspólnego — powiedziała. — W tamtym czasie nie byliśmy jeszcze razem. Musieli dzwonić do szpitali, nie wiem. Powtarzam, mojemu adwokatowi wydało się, że ma prowadzić wojnę.

— A ty tego nie chcesz?

Zatrzymała się. Stojąc na *tobi-ishi*, kafelkach z kwiatowym wzorem, które wskazują drogę spacerującym, poczuła, jak przenika ją zapach wody unoszący się w powietrzu.

— Nie. Zgodziliśmy się na rozwód, spróbujmy więc nie stosować wobec siebie brudnych metod.

Usiłowała wyrażać się łagodnie, ale z natury mówiła raczej oschłym tonem, a do tego dochodził jeszcze akcent, który sprawiał, że jej słowa brzmiały twardo.

— Przecież to nie ja chciałem dwóch adwokatów.

— Sądziłam, że tak będzie lepiej.

— I masz rezultat.

— Nie jest jeszcze za późno, żeby to zmienić.

— To znaczy?

— Poszukamy innego adwokata. Oboje będziemy korzystali z jego usług. Zapomnijmy o ekspertyzach i tych wszystkich idiotyzmach.

— Trzeba będzie zapłacić temu pierwszemu.

— Biorę to na siebie.

Długo milczeli, ale w końcu wyciągnęła do niego rękę. Passan się nie spieszył, żeby ją uścisnąć. Wpatrywał się w niewidzialny punkt gdzieś ponad wodą, jakby dostrzegł coś nad linią trzcin i krzewów różanych.

— Zobaczymy — mruknął w końcu, ponownie podejmując spacer.

Poszła za nim. Ostatnie promienie słońca wyglądały zza chmur, znajdując drogę między drzewami. Niespodzianie w przezroczystym świetle piana rozprysnęła się w maleńkie srebrne kuleczki. Porosty, zazwyczaj niebieskawozielone, zrobiły się fiołkowe. Od dawna nie patrzyła na to miejsce z zachwytem. Udał mu się ten ogród.

— Będziesz miał kłopoty w pracy?

— W tym momencie nie może już być gorzej.

Doszli do sadzawki, której ciemnozielona powierzchnia przypominała witraż. Gdzieś dalej świergotały ptaki, ale bardzo cicho. Jakby stosowały się do nakazu Passana: „Nie wolno się tu zbliżać".

— A co z dochodzeniem?

— Jakim dochodzeniem?

Miał nieobecną minę, jakby o wszystkim zapomniał.

— W sprawie małpy w lodówce.

— Zajmują się tym wszyscy moi chłopcy. Nie martw się.

— W sąsiedztwie nikt nic nie widział?

— Nic.

— Czy dziś w nocy coś się stało?

— Nic.

Naoko poczuła wracającą złość. Znowu kłamał, a przynajmniej nie mówił wszystkiego.

— Nie martw się — rzucił, ucinając tym sposobem kolejne pytania. — Moim zdaniem ten drań już nic nie zrobi. W każdym razie go przyskrzynię, obiecuję ci to.

Naoko nie wątpiła w jego słowa. Najlepszy z myśliwych. Ale jaką drogę będzie musiał przebyć, żeby osiągnąć cel? Co się stanie po pojmaniu zwierzyny? Zadrżała. Nie znalazła słów ani na to, żeby dodać mu odwagi, ani na odradzanie działania. Terytorium Passana to świat czynu, na słowa nie było w nim miejsca.

Zrobiło się ciemno. Przeszli obok niecek wyżłobionych

w zanurzonych kamieniach *mizubashi*. Nagle w głębi ogrodu pod granicznym murem zobaczyła bambusową palisadę. Ten szczegół bardziej niż cała reszta przypomniał jej ogród rodziców, wciśnięty między inne ogrody i budynki. W Japonii domy łączą się ze sobą jak elementy kostki rubika. Wyrosła tam, gdzie brak pustej przestrzeni, chyba że w umyśle człowieka w trakcie medytacji zen.

Wrócili ścieżką. Naoko się nie odzywała. Słowa utkwiły jej w gardle niczym kostki lodu. Była wyczulona na każdy najmniejszy drobiazg. Bulgot wody. Zapach roślin. Czerwoną korę na pochyłych sosnach. Brakowało jedynie trzepotania skrzydeł wron za glinianym murem. Czuła, jak jej serce tłucze się w piersi.

— Pamiętasz, jak próbowałeś nauczyć się japońskiego? — spytała niespodzianie.

Passan roześmiał się, nie okazując zaskoczenia. Myślami wrócił do początków ich związku.

— A ty pamiętasz, jak próbowałaś wymawiać prawidłowo francuskie „r"?

Teraz to ona się roześmiała.

— Już dawno się poddałam. — Po jakimś czasie dodała obojętnym tonem: — Myślę, że nie zrobiliśmy wielkich postępów.

Kiedy wyszli z cienia pod sosnami, ukazał się dom. W półmroku wyglądał jak na dziecięcym rysunku. Biały klocek na zielonym dywanie. Naoko zerknęła spod oka na Passana — na jego twarzy malował się wyraz czułości. Odniosła wrażenie, że oboje ulegli niejasnemu uczuciu zakłopotania. Czegoś trudnego do określenia, związanego ze wszystkim, co przeżyli razem, a czego teraz — nie wiadomo dlaczego —

niemal się wstydzili. Z pewnością po prostu nie czuli się już siebie godni.

— Może chcesz uściskać chłopców? — zapytał Passan.

— Nie, już odjeżdżam. Przestrzegajmy zasad.

— Jasne — odrzekł, jakby sobie przypomniał, z kim ma do czynienia.

— Fifi zostaje z wami na noc? — spytała, wskazując oświetlone okna.

— Musimy popracować, kiedy chłopcy pójdą spać.

— Nad czym?

— Papierkowa robota. Służbowa. — Spojrzał na zegarek. — Muszę przygotować kolację. Mam cię odprowadzić?

— Nie trzeba. Zadzwoń do mnie jutro rano.

Skierowała się do bramy. Jej złe samopoczucie minęło. Miała takie wrażenie, jakby postawiła stopę na twardym lądzie po męczącej podróży we śnie.

Mimo woli powróciły gorzkie wspomnienia, ściskając jej serce. Próbowała odtworzyć w najmniejszych szczegółach ostatnie lata przeżyte z Passanem. Kolacja we dwoje w skromnej restauracji — i odżyłaby na następne kilka tygodni. Uśmiech, uważne spojrzenie — i cały dzień wyglądałby inaczej. Ale on nie zdobył się nawet na tak drobne gesty. A kiedy jakimś cudem okazywał jej zainteresowanie, reagowała na to niezręcznie. Za bardzo pragnęła miłości, jak głodny kąsający rękę, która podaje jedzenie.

Sięgnęła do kieszeni po telefon. Nie płakała. Nawet jej łzy należały do minionej epoki. Do czasów, kiedy odczuwała żal, kiedy jeszcze wierzyła w ich związek.

53

Jego *ultima ratio* — ostateczny argument — był wyposażony w lunetę na podczerwień, niepotrzebną z tej odległości. Powiększenie optyczne mogło nawet przeszkadzać, ale taki wymyślny sprzęt dodawał mu pewności siebie. Czy się nim posłuży? Passan nie zadawał już sobie takich pytań. Ostatnie wydarzenia przekonały go, że wszelkie plany i przewidywania na nic się nie zdają.

Od godziny siedział na drzewie, w kominiarce, T-shircie, dżinsach i militarnej kurtce — wszystko w czarnym kolorze — i przez lunetę z noktowizorem obserwował taras znajdujący się jakieś sto pięćdziesiąt metrów od niego. Słabe światło, wielokrotnie powiększone, tworzyło zieloną aureolę, przez co odnosił wrażenie, jakby uczestniczył w jakiejś operacji w Afganistanie. W rzeczywistości otaczały go tylko fasady bez okien, budynki stojące w szeregu i ogródki, mniej więcej tak samo groźne jak stoiska na wystawie rolniczej.

Mimo to przybrał pozycję do strzelania, z palcem na

spuście. Dzięki temu czuł się pewniej. Ponieważ skonfis-kowano mu broń, sięgnął do osobistego arsenału. Glock 17 za paskiem, sig SP 2022 przy kostce, nóż Eickhorn schowany za plecami. Nie wziął telefonu ani GPS-u, niczego, co dałoby się wykryć za pomocą nowoczesnych metod.

Uznał, że powinien traktować Guillarda jak przeciwnika z prawdziwym zmysłem do walki, uzbrojonego, doświad-czonego, niebezpiecznego i o wiele bardziej niż przeciętnie inteligentnego.

Dwudziesta trzecia trzydzieści. Na tarasie nic się nie dzieje. Wewnątrz zupełny spokój. Zwierzyna była tutaj tak samo czujna jak drapieżnik zastawiający zasadzkę. Passan instyn-ktownie czuł, że wszystko odbędzie się tej nocy.

Po kłopotliwej rozmowie z Naoko od razu zrobił dzieciom kolację, nie wspominając nawet o lekcji gry na pianinie. Położywszy chłopców spać, powierzył ich Fifi, który usadowił się w salonie przed monitorami zainstalowanymi na niskim stoliku. Działały kamery, mikrofony. Na zewnątrz chodzili policjanci...

Dom stał się fortecą nie do zdobycia. Przynajmniej miał taką nadzieję.

O dwudziestej pierwszej trzydzieści był już gotowy. Fifi skrzywił się na widok plecaka i karabinu w pokrowcu.

— Dokąd ty właściwie się wybierasz?

— Nie denerwuj się.

— Denerwuję się, kiedy tylko tracę cię z pola widzenia.

— Pilnuj chłopców, to wszystko, o co cię proszę.

O dwudziestej drugiej znalazł się w milczących ciemno-ściach Neuilly-sur-Seine. W pobliżu square Chézy przebrał się i zrobił pierwszą rundę.

Dom Guillarda znajdował się w głębi alei, przy której stały zarówno wille, jak i mniej okazałe domy. Z pomocą uniwersalnego klucza otworzył pierwsze żelazne ogrodzenie i przeszedł pod osłoną parkujących samochodów. Dwaj policjanci byli na posterunku. Stali pod latarnią, ze śmiertelnie znudzonymi minami paląc papierosy. Jeśli nawet coś się wydarzy, oni tego nie zauważą. Passan poznał już metodę działania tego człowieka. W Aubervilliers wymknął się przez parking na tyłach budynków. Jego prywatny dom musiał mieć podobne wyjście.

Passan obszedł go dokoła, następnie, idąc między ogrodami i podwórkami, szukał odpowiedniego punktu obserwacyjnego. W końcu znalazł kasztanowiec górujący nad murowanym ogrodzeniem. Schowany wśród liści miał z tego miejsca doskonały widok.

Dom był jednopiętrowy. Wypatrzył go już parę tygodni temu. Spodobał mu się. Białe mury. Okna prostokątne, bez balustrady czy balkonu. Pokoje przestronne, meble nowoczesne. Taras z drewna tekowego, z meblami ogrodowymi i wielkim białym płóciennym parasolem. Całość wyglądała jak na lśniących stronach jakiegoś pisma. Niewątpliwie urządzenie tego domu Guillard powierzył profesjonaliście. Sam niczego tu nie wymyślił. Żył w innym świecie. W świecie ciemności i lęku, które nie pasowały do tej rzeczywistości. Mógłby równie dobrze mieszkać w szopie handlarza złomem lub więziennej celi.

Ponowne spojrzenie przez lunetę. Ciągle nic. Okno pokoju po prawej było oświetlone, ale zasłonięte jasną roletą. Popołudniowy pościg być może zniechęcił Guillarda. Niemożliwe. Nienawiść, jaką żywił do Passana, pragnienie zemsty, a jeszcze bardziej mordercza żądza każą mu wyjść. Wampir z wy-suszonym gardłem. Drapieżnik polujący na świeże mięso. Dochodziła północ. Passan zaczął odczuwać zmęczenie. Powracało dręczące pytanie: czy dokona egzekucji Guillarda, nie mając żadnego dowodu, bez procesu? A co potem? Czy będzie mógł spojrzeć sobie w twarz w lustrze? Co pomyśli o tym Naoko, która już i tak miała go za wściekłego psa? Naoko.

Rozmowa w ogrodzie wytrąciła go z równowagi. Nigdy dotąd nie czuł tak mocno japońskiej atmosfery na swoim małym kawałku ziemi. Jak gdyby żona dała mu klucz, który otwiera *fusei* ogrodów zen. Pośród złocistej wodnej piany i połyskujących sosen poczuł się nagle przeniesiony w czasy, gdy robili sobie zdjęcie przed świątynią Kiyomizu-dera, na zboczach góry Otowa w Kioto.

Naoko przyszła zawrzeć pokój. Ale jak zazwyczaj nie powiedziała dziesiątej części tego, co myślała. Nie miał o to do niej żalu. Zawsze w głębi jej milczenia kryło się drugie milczenie. Strefa cienia wyjątkowo głębokiego, który chyba nigdy nie mógł się przesunąć. Właśnie ta tajemnica towa-rzyszyła im dzisiaj, gdy spacerowali po ruchomych kamie-niach.

Na początku ich znajomości Passan, żeby zrobić na niej wrażenie, powiedział: „Najbardziej podoba mi się pani umysł". Oczywiście kłamał. Przy takiej piękności żaden męż-czyzna nie myślał o tym, by prowadzić z nią mądrą kon-wersację.

W odpowiedzi na to usłyszał od niej: „Myli się pan. Mój umysł jest czarny". Dużo później przyznała się, że chciała w ten sposób wydać mu się interesująca.

Mimo to oboje nieświadomie powiedzieli prawdę. W rzeczywistości czerń jej umysłu była absolutna, wchłaniająca całe światło, niczym kosmiczna czarna dziura. I właśnie te ciemności Passan pokochał namiętnie, tak jak uwielbiał zanurzać twarz w jej włosy z jedwabistymi refleksami śmierci.

Nagle zadrżał. Jakaś sylwetka przemknęła po tarasie tak niepostrzeżenie, że można było uznać to za iluzję. W domu nic się nie poruszyło. W oknach na pierwszym piętrze nadal paliło się światło. Nie szczęknęły żadne drzwi ani okno.

Passan mocniej chwycił karabin i przez lunetę zlustrował ogród. Nie mylił się. Cień wszedł między drzewa. Wdrapał się na mur. Gdy znalazł się na jego szczycie, w promieniach księżyca błysnęło coś niczym odblask ostrza noża. Guillard. Ubrany na czarno, podobnie jak on, w stroju komandosa.

Zeskoczył na drugą stronę i zniknął. Pojawił się znowu jakieś dwadzieścia metrów dalej, w ogrodzie innego budynku. Passan poznał go po sposobie chodzenia. Akuszer w drodze do królestwa nocy.

Passan złożył się do strzału, ale nie dotknął palcem spustu.

Przyszedł tutaj nie w tym celu, lecz po to, żeby ścigać swoją zwierzynę i odkryć, co ma w żołądku.

Podniósł się, złożył karabin, stanął na szczycie muru i przeszedł po nim niczym linoskoczek — szybko i po cichu. Kiedy uniósł wzrok, Guillarda nie było. Passan zsunął się na drugą stronę muru i ruszył biegiem.

54

Od prawie trzydziestu minut jechał za Guillardem auto-
stradą A86. Dzieliło ich kilka samochodów. Reflektory, latar-
nie, tablice drogowe przerywały nocny mrok. Ale silniejsze
były ciemności nad nimi. Passan miał wrażenie, że zagłębia
się w czarną, gęstą magmę.

Morderca przebiegł labirynt podwórek, żeby wyjść na
boulevard d'Inkermann. Za pomocą pilota obudził wspania-
łego mercedesa klasy S, ciemnego, lśniącego niczym karawan.

Passan przewidział ruch przeciwnika i zaparkował subaru
w pobliżu. Schował wszystkie rzeczy do bagażnika i ruszył
za Guillardem, który jechał spokojnie, przestrzegając ograniczeń szybkości. Passan wyczuwał na odległość jego opanowanie, zimną krew. Był pewien, że tym razem w momencie
konfrontacji zabójca nie spanikuje.

Nanterre. Gennevilliers. Akuszer kierował się na swój teren
polowań — departament 93. Nieoczekiwanie, zamiast skręcić
na obwodnicę i podążać do Porte de la Chapelle, przejechał
przez Sekwanę i dalej w kierunku zachodnim, żeby zrobić

szerokie koło przez departament 92. Passan starał się jechać ze stałą prędkością, ale ta spokojna jazda działała mu na nerwy.

Skupiony na drodze biegnącej nasypem, nie mógł zbytnio zwracać uwagi na mijane ciemne tereny przedmieścia. Obłoki bardzo jasnego, prawie srebrzystego dymu unosiły się z kominów niewidocznych fabryk, rysując na niebie przedziwne desenie. Wydawało mu się, że ziemia znikająca pod kołami staje się odległą galaktyką, w której czas mierzy się stuleciami.

Guillard opuścił autostradę i wjechał na lokalną drogę D986, kierując się na Saint-Denis. Znowu znaleźli się na drugim brzegu rzeki. Nagle zabójca dodał gazu, zostawił główną arterię i zanurzył się w labiryncie wąskich uliczek. Passan zrobił to samo, zastanawiając się, czy go odnajdzie. Wydawało mu się, że lampy łukowe syczą tuż nad jego głową. Guillard skręcał, przyspieszał, zawracał. Nie jechał tak, jakby chciał zgubić pościg, na oślep. Podążał znaną sobie trasą.

Passan starał się cały czas zachować pewną odległość, żeby nie spłoszyć przeciwnika. Nie czytał już tablic drogowych, nie zastanawiał się nad tym, dokąd jedzie. W pewnej chwili przyszło mu na myśl, że Guillard zamierza go wciągnąć w sam środek wrogiej dzielnicy i zniknąć. Mijali teraz skupiska domów z piaskowca, sklepiki z opuszczonymi żaluzjami, dzielnice z nowoczesnymi budynkami, ale już zniszczonymi.

Potem pojawiły się opustoszałe arterie ze stojącymi wzdłuż nich magazynami, fabrykami, hangarami... Guillard pędził teraz sto kilometrów na godzinę, nie zważając na żadne światła. Passan jechał z tą samą szybkością, ze zgaszonymi reflektorami, ponieważ dzięki oświetlającym ulice latarniom było jasno.

Pejzaż znowu się zmienił. Pustkowia. Porzucone fabryki. Guillard skręcił w lewo i zniknął w tumanie kurzu. Droga nie była pokryta asfaltem. Passan wykonał ten sam manewr i wpadł w poślizg, ale już po chwili zapanował nad samochodem. Utrzymywał szybkość, nic nie widząc przed sobą.

Nagle musiał ostro zahamować, żeby nie wpaść na białego od pyłu mercedesa, który stanął w poprzek ścieżki. Wysiadł z subaru, ale zostawił włączony silnik. Podchodził powoli, trzymając oburącz glocka. Do głowy napływały mu gwałtownym nurtem przeróżne hipotezy. Zabójca stracił panowanie nad wozem. Wpadł na jakąś przeszkodę. Stracił przytomność...

Passan podchodził coraz bliżej. Drzwi auta były otwarte, wewnątrz nie dostrzegł nikogo.

Wokół unosiły się kłęby kurzu. Odwrócił głowę i zobaczył żelazne ogrodzenie. Za nim przemysłowe zabudowania, przywodzące na myśl Centre Georges-Pompidou w wersji żelaza, ognia i dymu. Dał się słyszeć potężny huk. Pulsowanie jakby wychodzące spod ziemi, które czuł w całym ciele. Passan pojął, że to zapowiedź bezpośredniego starcia — Guillard szedł w kierunku olbrzymiego oświetlonego zbiornika.

Schował broń i zaczął się wspinać na kraty. Udało mu się przerzucić nogę i zeskoczyć na drugą stronę. Guillard zniknął, wchłonięty przez ogromną przestrzeń. Pochyłe rampy, kominy, silosy...

Passan ruszył w kierunku fabryki, podczas gdy spod ziemi dobywał się huk. Szedł szybkim krokiem, ale ostrożnie. Usiłował nie przewrócić się między jeżynami, odpadami, wybojami.

Guillarda nadal nigdzie nie było widać.

Z lewej strony rozległ się metaliczny hałas. Nadjeżdżał pociąg. Passan przepuścił wagony towarowe, kołyszące się na torach ukrytych w trawie. A potem pobiegł znowu, przyspieszając kroku. Do kompleksu budynków pozostało jeszcze ponad sto metrów. Kominy przypominały dymiące ruiny. Wydawało się, że lampy umieszczone na wieżach i cysternach wysyłają sygnały w niebo. I to nieustające dudnienie: Bom--bom-bom-bom...

Kiedy zwolnił, zobaczył Guillarda na schodach biegnących wokoło jednego z silosów. W czarnym przebraniu i z ogoloną głową wyglądał jak kapłan wspinający się na ambonę. Nawet z tej odległości jeden szczegół rzucał się w oczy — na rękach miał nitrylowe rękawiczki.

Passan na nowo chwycił broń i ją załadował. Akuszer prowadził go do nowego miejsca zbrodni.

Passan ujrzał półotwarte okratowane drzwi. Wszedł do środka. Sieć rur przywodziła na myśl monstrualne korzenie. Zgubił się. Gryzący, duszący smród zacisnął mu gardło. Nasunął na twarz kominiarkę, jakich używają antyterroryści, poprawił otwory wycięte na oczy i kontynuował pościg. W końcu zobaczył stopnie przy silosie. Chwycił się balustrady i zaczął wspinaczkę. Schody drżały pod jego stopami, odgłosy kroków mieszały się z dudnieniem. Okrążył walec, nie będąc pewny, czy wchodzi właściwymi schodami.

Jakby w odpowiedzi Guillard pojawił się dwa poziomy wyżej. Passan ruszył do góry, dusząc się pod kominiarką z akrylu. Jeszcze jedno okrążenie. Rozejrzał się — nic. Akuszer biegł po kładce. Trzeba zrobić jeszcze jedno okrążenie wokół zbiornika. Z trudem łapiąc oddech, czując palenie w płucach, Passan wbiegł na schody.

Uniósł kominiarkę, żeby zaczerpnąć powietrza. Było jeszcze gorzej. Trujące opary. Skierował wzrok na drugą kładkę, którą szedł Guillard. Był tam. Ogolona głowa, kołnierzyk w stylu mao, biały pył. Czekał na niego. Passan machinalnie podniósł broń. Zjawa już zniknęła. Przeszedł po następnej kładce. Na drugim końcu otwierało się przed nim kilka dróg. Skręcił w prawo, gdzie znalazł się w gąszczu rur. Przeszedł pomiędzy rurami, na których umocowano olbrzymie koła sterowe, jak na pokładzie okrętu. Nie był to już poziom korzeni, ale poziom żył i arterii.

Otworzyły się jakieś drzwi. Odbłyski ognia na ścianie...

— Nie! — zawołał Passan, krztusząc się. — Nie!

Wszedł tam, bojąc się, że znajdzie nową ofiarę.

To, co zobaczył, wprawiło go w osłupienie.

W pomieszczeniu pełnym przewodów Guillard, nagi, siedząc nieruchomo ze skrzyżowanymi nogami, płonął w środku kałuży benzyny. Wokół jego głowy aureola płomieni. Ciało trzeszczało w pomarańczowym świetle. Olivier przypomniał sobie słynne zdjęcie buddyjskiego kapłana, który w 1963 roku podpalił się w Sajgonie.

Schował broń. Podszedł bliżej, szukając czegoś, czym mógłby ugasić ogień. Ściągnął z siebie drelichową bluzę i z całej siły uderzył nią Guillarda. Buchnął dym, płomienie przygasły. Nie zważając na ból, wyciągnął z ognia zabójcę, którego ciało nadal się paliło.

Passanowi udało się wreszcie stłumić ogień. Przyklęknął i zaczął robić Guillardowi masaż serca. Poparzył sobie dłonie, dotykając dymiącego ciała. Ponownie chwycił swoją bluzę, owinął nią ręce i kontynuował masaż.

Nie zastanawiał się już nad niczym. Obiema dłońmi naciskał rytmicznie pierś Guillarda, usiłując reanimować nagiego, poczerniałego wroga. Nagle Akuszer poderwał się i chwyciwszy go za szyję, przyciągnął do siebie, jakby chciał go objąć. W tym momencie z jego ust buchnął płomień. Przed oczami Passana pojawiła się biała zasłona. Jego twarz zaczęła się palić.

Zwinął się wpół, nie będąc nawet w stanie krzyczeć. Miał wrażenie, że zanurza się w jeziorze gorącej lawy, między żarłoczne, oślepiające pęcherze. Nieprawdopodobny ból chwytał w swoje szpony jego twarz.

Resztką świadomości pojął, że Guillard zachował trochę benzyny w ustach, żeby bluznąć nią w twarz przeciwnika, niczym z miotacza ognia.

Pułapka zastawiona przez mężczyznę-kobietę.

Człowieka-ogień...

55

— Jak mogłeś zrobić mi coś takiego?! — krzyknęła Naoko. Passan z trudem ją rozumiał. Z powodu jej akcentu i wzburzenia. Z powodu morfiny, którą mu wstrzyknięto, gdy tylko go tu przywieziono, i bandaży spowijających jego głowę. Wciąż jednak był przytomny — widział, jak chodziła przed jego metalowym, elektrycznie sterowanym łóżkiem.

Jeśli kiedykolwiek oczekiwał od niej współczucia, to się mylił.

— Cały czas mnie okłamywałeś! Z jakiegoś idiotycznego powodu!

Nie poruszył się. Jego twarz okrywała gaza nasączona maścią uśmierzającą ból. Po ugaszeniu płomieni na twarzy zemdlał. Gdy się ocknął, znajdował się w ambulansie. Strażnicy pilnujący tej okolicy, zaalarmowani sygnałem systemu ochrony, wkrótce go znaleźli. Patrick Guillard już nie żył.

Passana przewieziono dyskretnie do szpitala Max-Fourestier w Nanterre. Lekarze powiedzieli mu, że oparzenia są powierzchowne, ale musi zostać pod obserwacją czterdzieści osiem godzin. Nie zareagował — czuł się tak, jakby upiekł się żywcem.

Z kroplówką podłączoną do ramienia, ubrany w zieloną jednorazową koszulę szpitalną, z głową owiniętą niczym mumia, patrzył teraz na zdenerwowaną Naoko.

W tym pustym szpitalnym pokoju przypominała aktorkę, która przyjechała na plan o dzień za wcześnie. W kostiumie, podczas gdy dekoracji jeszcze nie ustawiono. Wokół niej była widoczna nędza ścian, brud w kątach, popękany sufit. Pielęgniarze zgasili światło — przez żaluzje przedostawały się jedynie słabe przebłyski świtu. Była już prawie szósta rano.

— Tak naprawdę to jesteś paranoicznym draniem.

Oszołomiony, delektował się subtelną odmianą scenerii. Znowu jak w kinie. Wyznaczono Naoko jakąś rolę, ale ona pomyliła tekst. Zamiast dopytywać się o rany bohaterskiego męża, obsypywała go obelgami.

Passan, jakby pogrążony we mgle, nagle zorientował się, że furia z czarnymi włosami umilkła. W dalszym ciągu chodziła po pokoju, z opuszczonym wzrokiem, wykręcając ręce, wstrząsana drgawkami, jakby pod wpływem działania defibrylatora.

— Dziękuję ci za wsparcie — odezwał się.

— Za wsparcie? — powtórzyła niczym echo, śmiertelnie blada w półmroku.

Znowu zaczęła chodzić po pokoju. Naprawdę nie zasługiwał na to, żeby potraktować go lepiej. Tym, który dolał oliwy do ognia, był Fifi. Nie telefon w środku nocy ani fakt, że trzeba było ratować męża znajdującego się w jakiejś hali przemysłowej, obok spalonego hermafrodyty.

Fifi przyjechał do niej do hotelu i zaczął wszystko wyjaśniać. Musiał wreszcie powiedzieć o epizodzie z pobieraniem krwi. Gdy Naoko dowiedziała się, że obcy człowiek kilka razy w nocy wchodził do jej domu, żeby pobrać chłopcom krew, ogarnęła ją wściekłość. W pierwszej chwili sparaliżowana przerażeniem, na widok Passana straciła panowanie nad sobą. Uniósł rękę na znak, że chce coś powiedzieć.

— Chyba zrozumiałem. Wracaj do hotelu i odpocznij — odezwał się ochrypłym głosem.

— „Odpocznij"? Zwariowałeś!

— W każdym razie spróbuj. Dziś wieczorem twoja kolej, musisz się zająć dziećmi.

Zaskoczona pokiwała głową.

— Moja kolej... Naprawdę jesteś nienormalny.

Jakby tknięta jakąś nową myślą, rzuciła się do metalowej szafy i zaczęła czegoś szukać w rzeczach Passana. Od samego ich poruszenia w sali rozszedł się wstrętny smród podpalonej tkaniny, zimnego popiołu.

Odwróciła się do niego z triumfującą miną, wymachując jego kluczami.

— Nie postawisz już więcej nogi w domu!

Kiedy Naoko zaczynała mówić o drobnych sprawach dotyczących życia domowego, był to znak, że jej zdenerwowanie sięgnęło szczytu. Czasami miewał wrażenie, że pranie bielizny czy odmrażanie lodówki ratowało ją przed popełnieniem seppuku.

— Możesz poprosić Fifi, żeby tu przyszedł? — zapytał napiętym głosem.

Zawahała się. Wyraz złości zniknął z jej twarzy. Jej skóra miała mleczny, niemal żółty odcień, jak japońskie maski

314

z drewna. W takich chwilach twarz Naoko wydawała się płaska niczym kartka papieru z kilkoma zaledwie kreskami zamiast rysów.

— Przysięgasz, że wszystko już skończone? — zapytała trochę ciszej. — Dzieci nie mają się czego obawiać?

— Przysięgam.

W półmroku widział, jak drżą jej wargi.

— Spróbuj zasnąć — szepnęła, podnosząc z podłogi swoją torbę.

Drzwi się za nią zamknęły.

Fakt, że znalazł się właśnie w tym szpitalu, zakrawał na ironię. Znał dobrze to miejsce, gdy nazywało się jeszcze Maison de Nanterre. W tamtym czasie umieszczano tutaj — a raczej przetrzymywano — pozbieranych na zachód od Paryża i w departamencie Hauts-de-Seine dogorywających na ulicach łachmaniarzy i żebraków. Owiane złą sławą miejsce, które przez dziesięciolecia zachowało jakimś cudem charakter tamtej epoki.

To tutaj dzieciaki z ośrodków wychowawczych departamentu 92 były co roku poddawane badaniom lekarskim. Pamiętał sale ze ścianami wyłożonymi kafelkami, kamienne sklepienia, otwartą galerię. Powiewy zimnego powietrza przenikające do szpiku kości, kiedy w samych majtkach czekali na swoją kolejkę w przedsionku gabinetu lekarskiego. Nie mówiąc już o stałych pensjonariuszach, bezzębnych, otumanionych, którzy uderzali głowami w ramy okienne, zawzięcie się masturbując.

Otworzyły się drzwi. Pojawił się Fifi. Passan zwrócił uwagę na jego zwężone źrenice. Pomyślał, że może porucznik pod wpływem stresu zażył heroinę, tak jak inni zapalają papierosa.

— Dobrze się czujesz? — zapytał Fifi.

— Dobrze.

— Naoko powiedziała, że chciałeś się ze mną widzieć.

— Chodzi o przysługę. Trzeba zlikwidować wszystkie monitory zainstalowane w domu. Nie chcę, żeby Naoko je zobaczyła. Zadzwoń do Super Mario, on się tym wszystkim zajmie.

Fifi trzymał w palcach papierosa, lekceważąc wszystkie zakazy.

— Nie rozumiem. A co z kamerami? Mamy je zostawić?

— Chcę mieć pewność.

— To nie Guillard robił te wszystkie numery?

— Sam już nie wiem. Kiedy zobaczyłem, jak się pali, siedząc po turecku niczym buddyjski mnich, pojąłem, że on miał już dość. Swojego okropnego ciała, szaleństwa, które popychało go do zabijania, strachu, że wreszcie któregoś dnia go dopadnę... Wolał umrzeć i jednocześnie wyeliminować mnie. Nie chciał straszyć Naoko ani mścić się na chłopcach. W tej całej historii coś mi nie gra...

Fifi milczał. Wyglądało na to, że z trudem trawi nowe informacje.

— Inne rzeczy też nie pasują — powiedział Passan chrapliwym głosem. — Daty. Pobieranie krwi zaczęło się wiele tygodni temu. Przed tym, co się wydarzyło w Stains.

— To wiemy. Guillard mógł już wcześniej planować zemstę.

— Nie pasuje to do jego ostrożności. I nie zapominaj, że właśnie wtedy porwał Leïę Moujawad. Miał inne sprawy na głowie.

— A więc?

— Kontynuujemy obserwację domu.

— Nie lepiej byłoby się przeprowadzić?

— Jeśli jest to ktoś inny, nie będzie miał problemu ze znalezieniem adresu. Są jakieś wieści o Levym?

— Nic. Albo jest gdzieś daleko, albo gryzie ziemię.

— Skontaktujesz się z Super Mario?

Fifi przesunął ręką po twarzy i zaciągnął się papierosem. Jego policzki z głębokimi śladami po trądziku lśniły w promieniach wschodzącego słońca. Oczy błyszczały gorączkowym blaskiem.

— Zajmę się tym — powiedział w końcu, otwierając okno i wyrzucając prztyczkiem niedopałek.

— Naoko nie może o niczym wiedzieć.

— To absurd. Odwożę ją do domu. Zobaczy monitory w salonie, kable, instalacje.

— Powiesz jej, że rano wszystko zostanie usunięte. Od tej chwili obserwacja będzie prowadzona spoza domu. Jasne?

Fifi przytaknął bez przekonania.

— Usuń także kamerę z jej sypialni. Nie chcę, żeby oglądano moją żonę nago.

— To wszystko?

— Nie. Dwaj policjanci mają stać przed szkołą, inni mają pilnować Naoko. Zdwajamy czujność.

— Nie kapuję. Kontynuujemy?

— Nie chcę w najmniejszym stopniu ryzykować. Mogę na ciebie liczyć?

Fifi podszedł do łóżka i w półmroku uścisnął mu ramię.

56

Za przednią szybą biegły rzędami pasma jezdni. Rozjazdy, wiadukty — monotonny krajobraz przywodzący na myśl absurdalną, wielką sieć, która nikomu nie służy. Wschodzące słońce miało barwę brudnej miedzi, chmury przybrały brązowy kolor. W oddali widniały wysepki kamienic, morze niewyraźnych domów, las wież wznoszących się w czerwonawym świetle niczym płonące drzewa.

W Japonii zawsze wydaje się, że drogi i autostrady przecinają lasy, zagłębiają się w zieleń, zakłócają spokój natury. Tutaj roślinność nie żyje już od dawna. Rzadko rosnące drzewa, trawniki, pozbawione liści zagajniki przypominają intruzów, dla których nie ma już miejsca w tym otoczeniu.

Naoko żałowała swojego zachowania. Najłagodniej mówiąc, zareagowała niepotrzebną agresją. Ojciec jej dzieci omal nie zginął, a ona jeszcze go atakowała. We Francji mówi się: „Nie wolno strzelać do ambulansu". A ona go po prostu wysadziła w powietrze.

Myśląc o Passanie, przypomniała sobie jego poczerniałą, opuchniętą twarz owiniętą bandażami. Ogarnął ją smutek, a także poczucie bezsilności. Widząc go w tym stanie, wybrała najlepszą — jej zdaniem — w takiej sytuacji obronę poprzez atak.

— Powiedział mi, że mają go jeszcze zbadać, to prawda? — zapytała nagle Fifi.

— To normalna procedura. Nie martw się. Wszystko jest w porządku.

Stłumiła szloch. Zawsze ta sama chęć uspokajania jej, pocieszania, opowiadania byle czego, jakby była dzieckiem.

— Czy to na pewno ten człowiek był w naszym domu?

— Na pewno.

Fifi nie umiał kłamać lepiej niż Passan. Obaj nie wierzyli, że niebezpieczeństwo minęło. Nie mogli potwierdzić, że spalony człowiek był intruzem, który wchodził do domu. Zamiast jednak podzielić się z nią swoimi obawami, nadal ją oszukiwali.

— Nie będziemy więc mieli już żadnych problemów? — zapytała z naciskiem.

Fifi roześmiał się.

— Zależy, co nazywasz „problemami".

— Małpa obdarta ze skóry w mojej lodówce. Wampir, który wysysa krew moim dzieciom.

— To wszystko zostało pogrzebane wraz z Guillardem.

— Dlaczego Olivier ukrywał przede mną prawdę?

— Robił to z myślą o tobie.

Zaśmiała się gorzko, po czym oświadczyła stanowczym tonem:

319

— Nie chcę już takiego życia.

Takie życie na początku miało jakąś wartość. Passan działał w imię sprawiedliwości. Ścigał przestępców, chronił społeczeństwo, bronił wartości Republiki Francuskiej. Ale jego powołanie stało się zawodem, a zawód zamienił się w narkotyk. Odtąd dobro było dla niego wartością abstrakcyjną, podczas gdy zło stanowiło codzienną rzeczywistość.

— Pojadę obwodnicą, odpowiada ci? — spytał Fifi.

Kiwnęła głową w milczeniu.

Jechali wzdłuż dzielnicy la Défense. Pustynia łupków, kwarcu i innych minerałów. Wykopaliska ery już minionej.

Rzut oka na zegarek. Prawie siódma rano. Kompletnie wytrącona z równowagi znowu zadzwoniła do Sandrine. W nocy jej dzieci pilnowane były przez Gaję, a potem przez uzbrojonego policjanta — alkoholika i narkomana. Spotkały się z ojcem, który szykował się do zabicia człowieka. Niedługo obudzą się przy Sandrine, której obecność nie wymagała żadnych wyjaśnień. Czy miała coś lepszego, żeby zapewnić im stabilność życia rodzinnego?

Jedno było pewne — bez względu na ryzyko nie wyprowadzi się z tego domu.

Nawet jeśli to nie Guillard był napastnikiem, nawet jeśli istnieje możliwość, że zagrożenie nie minęło, zostanie w domu. Stawi czoło niebezpieczeństwu razem ze swoimi dziećmi. Oczywiście przy wsparciu policjantów. Była przekonana, że Passan mimo obietnic nie zrezygnuje z obserwacji domu.

Znowu powróciła pokusa, by uciec z chłopcami do Tokio, tysiące kilometrów od tego, co się działo tutaj. Z oczami zalanymi łzami nie widziała drogi. Wszystko wydawało się jakieś niewyraźne, zamazane. Nie. Ucieczka nie jest dobrym rozwiązaniem. I nigdy nie będzie. Odległość nie rozwiązuje żadnych problemów. Poza tym Naoko nie potrafiła uciec od samej siebie.

Powrót do Tokio oznaczałby otwarcie jej własnej puszki Pandory.

Samochód zatrzymał się. Oderwała się od swoich myśli, jakby budziła się ze złego snu. Poprzez łzy poznała bramę swojego domu.

— Przyjechaliśmy na miejsce. Koniec podróży — oznajmił Fifi bez ironii w głosie.

III

ZABÓJCA

57

— W latach siedemdziesiątych ubiegłego wieku Stevie Wonder udzielał wywiadu na konferencji prasowej. Jeden z dziennikarzy zapytał go, czy to wielka tragedia być niewidomym. Stevie Wonder po chwili wahania odpowiedział: „Mogło być gorzej. Mógłbym urodzić się czarny".

Passan próbował się uśmiechnąć. Ten prosty wysiłek wywołał falę bólu. Miał wrażenie, że jego skóra trzeszczy pod bandażami nasączonymi ksylokainą.

Godzina piętnasta. Dzięki morfinie spał cały ranek. W południe zmieniono mu opatrunki. Twarz paliła go żywym ogniem. Kolejny zastrzyk. Znowu zapadł w sen. Kiedy się obudził, zobaczył przy swoim łóżku Fifi.

Porucznik nie próżnował. Sprowadził wóz operacyjny. Razem z Super Mario zabrali kamerę z sypialni Naoko i przenieśli monitory kontrolne do furgonetki zaparkowanej na rue Cluseret, niedaleko od domu. Dyżur w wozie mieli pełnić wyznaczeni do tego dwaj policjanci. Dwaj inni mieli obserwować najbliższą okolicę. Lefebvre pomógł Fifi. Teraz sytuacja się zmieniła — życzenia Passana traktowali jak rozkazy.

Porucznik, siedząc przy łóżku z papierosem w ręku, opowiadał anegdotki. Całymi godzinami mógł snuć przeróżne opowieści na temat rocka.

— Wiesz, co powiedział Keith Richards o dzisiejszych muzykach?

— Nie.

— „Gdzie są ci faceci, którzy powinni być od nas lepsi? Widzę tylko łysoli wygłupiających się na scenie".

Passan znów próbował się uśmiechnąć, ale i tym razem mu nie wyszło.

— Czy to ma mi poprawić samopoczucie?

— Tylko cię rozerwać.

Pokiwał głową. Dusił się pod bandażami — ciało miał oklejone gazą, morfina paraliżowała jego nerwy. W sali czarne cienie ukośnie zderzały się z promieniami oślepiającego światła ostrego niczym szkło.

Zamknął powieki — było jeszcze gorzej. Kiedy nie widział twarzy Guillarda w ogniu, z głębi jego mózgu wypełzały demony z oczami jak płonąca siarka. Odgonił od siebie te wizje i spróbował jeszcze raz przeanalizować informacje, jakie przyniósł Fifi.

Nie wynikało z nich nic nowego. Zwłoki Guillarda znajdowały się w Instytucie Medycyny Sądowej w Paryżu. Prokurator i sędzia Calvini wydali nakaz przeszukania w domu Guillarda w Neuilly. Nic nie znaleziono, co wcale Passana nie zdziwiło. Zamierzano teraz przeszukać siedziby wszystkich jego firm, a zwłaszcza biura. Passan spodziewał się, że tam także nie znajdą niczego interesującego.

Ironia losu — pośmiertne oskarżenie Guillarda nie obejmowało morderstwa czterech kobiet, ale próbę zaplanowa-

326

nego zabójstwa policjanta. Jednak na razie całe postępowanie opierało się jedynie na jego zeznaniu. Sprawa wcale nie była jasna. Co właściwie robił tam Passan, skoro miał zakaz zbliżania się do Patricka Guillarda na odległość mniejszą niż dwieście metrów? Czy byli umówieni na spotkanie? Kto kogo wezwał? Czy to możliwe, że Guillard, poparzony, umierający, bluznął benzyną w twarz przeciwnika?

Jedno było pewne — w pomieszczeniu, w którym znaleziono ich obu, nie przechowywano żadnych materiałów łatwopalnych. Można więc mówić o premedytacji. Ale kto zastawił pułapkę? Na razie wierzono w wersję Passana; dowodem na to były jego oparzenia.

Słowo tego, który przeżył, przeciw milczeniu zmarłego...

W sprawie nieproszonego gościa w domu też nie było nic konkretnego. Prześledzenie handlu małpami nic nie dało. Nic nowego nie ustalono również na temat techniki pobierania krwi, nie znaleziono włamywacza, który już wcześniej robiłby coś podobnego. Ślady zabezpieczone w domu nie prowadziły do żadnych istotnych wniosków. Co do analizy DNA, badane próbki niewątpliwie będą pochodzić od członków rodziny Passana oraz od Gai, opiekunki do dzieci.

— Czy mówiłem ci kiedyś, że szalałem na punkcie Joego Strummera, gitarzysty zespołu The Clash?

Passan zrobił wymijający gest. Fifi mówił dalej, ale on już go nie słuchał. O godzinie trzynastej, między dwoma fazami nieświadomości, rozmawiał z Naoko. Odwiozła dzieci do szkoły, a potem, jak każdego dnia, udała się do pracy. Nie wiedziała, że krok w krok za nią podążają dwaj policjanci, że jej dom nadal jest pod obserwacją. Wolał trzymać się wersji oficjalnej — winny nie żyje, wszelkie zagrożenie wyeliminowane.

Z pewnym opóźnieniem uświadomił sobie, że Fifi wstał.

— Wychodzisz?

— Wrócę wieczorem. Chcesz, żebym włączył telewizor? Odmówił niezadowolony. Ta życzliwość jeszcze bardziej go osłabiała.

— Co z Levym? — zapytał, zanim Fifi zdążył wyjść.

— Na razie nic nie mają. Zawiadomiono sąd. Będą sprawdzać jego konto w banku, czy się gdzieś nie ulotnił.

— Jeśli tak, to przedsięwziął środki ostrożności.

— Nikt nie jest nieomylny.

— A jeśli nie żyje?

— W końcu jego ciało gdzieś się pojawi. Sprawdzamy listę jego wrogów.

— Jest dość długa.

Fifi pożegnał go, przykładając dłoń do skroni, i zniknął. Passan znowu został sam w czterech ścianach. Nie miał tu nic do roboty. Mógł więc poświęcić czas na refleksje, przemyślenia. Myśli jak błyskawice bombardowały jego mózg. Miał wrażenie, jakby przeżywał stan nieprzerwanej wojny.

Obudził go jakiś hałas. Przez kilka sekund nie wiedział, gdzie jest ani co usłyszał. Po chwili rozpoznał pokój skąpany w szarym świetle kończącego się popołudnia. Spał zatem kilka godzin. Uświadomił sobie, co to za dźwięk rozbrzmiewał w sali — nieznany mu dzwonek komórki. Przypomniał sobie, że jego telefon spalił się na terenie fabryki i że Fifi przyniósł mu nowy aparat.

Zobaczył świecący się ekran komórki leżącej na stoliku przy łóżku.

— Halo?

— To ja, Fifi. Są wieści o Levym.

Passan pomyślał o pewnej Wigilii, kiedy był małym chłop-cem. Leżał w łóżku z zamkniętymi oczami, niecierpliwie czekając, aż minie te parę godzin dzielących go od świtu, żeby mógł rozpakować prezenty. Gdy otworzył oczy na no-wo — stał się cud, przyszedł do niego Święty Mikołaj. Dzisiaj jego prezenty całkiem się zmieniły.

— Znaleźliście go?

— Prawie. Założył sejf w agencji bankowej HSBC na avenue Jean-Jaurès w Dziewiętnastej Dzielnicy. Wczoraj wieczorem był tam ponownie, w południe.

Passan poczuł, jak pod bandażami oblewa go pot.

— O której godzinie?

— O jedenastej trzydzieści siedem.

Mimo przejmującego bólu, mimo morfiny pojął wszystko. Wczorajszy pościg. Guillard wysiadający na stacji metra Stalingrad, potem na Jaurès. Guillard i Levy podobnej po-stury. Nie da się wykluczyć oszustwa.

— To na pewno był on?

— Według świadków z agencji facet zachowywał się dziw-nie. Miał czapkę z daszkiem i ciemne okulary. Odmówił ich zdjęcia.

A więc bez wątpienia był to Guillard.

— Co się wydarzyło w banku?

— Otworzono jego sejf.

— Facetowi, który dziwnie wyglądał? Który nie chciał pokazać twarzy?

— Był bardzo pewny siebie. Miał legitymację policyjną.

— I co dalej?

— Nic. Zmył się, i tyle. Ale to był Levy...

— To był Guillard.

— Guillard? — Fifi nie krył zaskoczenia. — Niby dlaczego on?

— Wyjaśnię ci.

Levy znalazł dowód rzeczowy. Chciał go sprzedać, ale nie docenił przeciwnika. Guillard najpierw zmusił go do mówienia, a potem zabił. Następnie udał się do banku, żeby zabrać stamtąd ten dowód.

Jakiś przedmiot? Dokument?

Rękawiczki. Levy znalazł rękawiczki ze Stains.

— Halo? Olive? Jesteś tam?

— Posłuchaj uważnie — powiedział w końcu Passan zdecydowanym tonem. — Skontaktuj się z trzema laboratoriami genetycznymi, które dla nas pracują. W Bordeaux, Nantes, Strasburgu. Dowiedz się, czy Levy nie prosił w ostatnim czasie o wykonanie jakiejś analizy.

— W jakiej sprawie? Za czyim pozwoleniem?

— Nieważne. Istotne jest to, co im dostarczył do badania.

— Czego szukamy?

— Rękawiczek z nitrylu.

— Chcesz powiedzieć...

— Levy je zdobył. Zamiast postąpić zgodnie z urzędową procedurą, chciał się upewnić, że rękawiczki noszą ślady DNA: od zewnętrznej strony krew ofiary, od wewnętrznej pot i naskórek Guillarda. Potem je odebrał z laboratorium i próbował negocjacji. Guillard zabił go i odzyskał swoje rękawiczki.

— W sejfie banku przy avenue Jean-Jaurès?

Passan nie trudził się nawet, żeby przytaknąć.

— Sprawdź w laboratoriach. Otwórz wszystkie sejfy Guillarda. Musiał mieć ich kilka. Dogadaj się z Calvinim. Zadzwoń do policji w Stains, do brygady antykryminalnej w Saint-Denis.

— Po co?

— Żeby się dowiedzieć, w jaki sposób Levy zdobył te rękawiczki. Trzeba znowu popytać w sąsiedztwie.

— Będzie gorąco.

Passan nie odpowiedział. Po krótkiej chwili podniecenia wywołanego nowinami morfina zadziałała ponownie i pogrążyła go w głębokim śnie.

58

Godzina dziewiętnasta. Po wykładach i po nudnym zebraniu profesorów Sandrine Dumas mogła wreszcie wyruszyć. Potrzebowała prawie godziny, żeby od Porte de la Villette dojechać do Porte Maillot, potem avenue Charles-de--Gaulle dotrzeć do Nanterre. Istna droga krzyżowa. Pociła się tak, że sukienka nadawała się do wyżęcia. Swędziała ją głowa i z trudem powstrzymywała się od ściągnięcia peruki... Wszystko to znosiła w pokorze ducha. Pomagać innym — to jej misja. Trochę za dużo jak dla umierającej osoby...

Tego wieczoru celem był Olive. Od wielu lat byli już tylko przyjaciółmi. Niekiedy nawet wrogami, bo Sandrine brała stronę Naoko. Ale tylko ona znała tajemnicę, którą Olivier ukrywał przed wszystkimi.

W 1998 roku nagle załamał się w czasie pościgu za dwoma włamywaczami na dachu budynku przy rue des Petites--Écuries. Zadzwonił do niej stamtąd. Nie był w stanie się ruszyć. Wczepił się kurczowo w blaszany dach, sparaliżowany, przerażony, z jedną tylko myślą w głowie — skoczyć.

Natychmiast tam pojechała. Dotarła do niego schodami przeciwpożarowymi. Passan nie mógł już mówić. Słyszała tylko jeden przerażający dźwięk — szczękanie jego zębów. Zrozumiała wówczas dwie rzeczy.

Po pierwsze — zwrócił się o pomoc do niej, ponieważ nie miał nikogo innego. Poznali się w sposób jak najbardziej banalny. Rok wcześniej została napadnięta i okradziona, gdy wychodziła ze sklepu w Dziesiątej Dzielnicy. Passan spisywał jej zeznanie. Kilka razy umówili się na kolację. Spotykali się. Potem zrezygnowali, bo dla tego związku nie było przyszłości. Nadal jednak się widywali. Została jego przyjaciółką, powiernicą. Taką, której mówi się wszystko i nic w zamian się nie daje. To jej wystarczyło.

Po drugie — ten napad strachu nie był stanem przejściowym, ale oznaką poważnej depresji. Zaproponowała, żeby u niej zamieszkał. Dostał zwolnienie od lekarza policyjnego. Oficjalnie zdiagnozowano u niego niewydolność serca i zlecono mnóstwo badań. Odkryła, że brał beta-blokery, żeby zwolnić rytm pracy serca na czas wizyty u lekarza. Nie chciał, by zwierzchnicy dowiedzieli się, że ma depresję.

Przez kilka miesięcy zajmowała się nim, karmiła go, pilnowała, czuwała nad nim. Schowała jego służbową broń. Pocieszała go, kiedy pogrążał się w lękach lub nagle ogarniał go paraliż. Wszyscy myśleli, że żyją razem, ale ich relacje były takie jak między chorym i pielęgniarką.

Pomału wracał do pracy. Dusił się w tunelach, płakał w toaletach, zamykał się w swoim biurze. Czasami, co było gorsze, przechodził fazy nadaktywności naznaczone niekontrolowaną agresją. Wymykał się wtedy w nocy, wracał o świcie, ze szklistym wzrokiem, w ubraniu poplamionym krwią, niczego nie pamiętając. Sandrine była przerażona. Ten człowiek o kolosalnej sile, uzbrojony, z legitymacją policyjną, stanowił ogromne zagrożenie dla miasta. Potem znowu popadał w letarg, a ona karmiła go odżywkami dla niemowląt.

Miała czas, żeby się zastanowić nad jego przypadkiem. Doszła do wniosku, wcale nie oryginalnego, że od urodzenia żył w napięciu. Sam się wychował, sam sobie poradził w życiu, zaakceptował siebie. Dawało mu to iluzję, że ma silną osobowość, a w rzeczywistości ciągle działał ponad siły i nie miał ich już skąd czerpać. Zostały jedynie strach przed ciemnością, lęk przed śmiercią, wieczna samotność.

To zresztą stwierdzili również psychiatrzy, kiedy w styczniu 1999 roku Passan został przywieziony nagle do szpitala Sainte-Anne. Doszedł do ściany. Znalazł się na dnie. Bez wątpienia do ostrego załamania doprowadziło jakieś wydarzenie. Żeby je zidentyfikować i zabezpieczyć się przed kolejnymi wstrząsami, musiał teraz zajrzeć w głąb siebie. Ta terapia miała otworzyć jego czarną skrzynkę.

Leki przeciw depresji. Leki uspokajające. Psychoanaliza... Reaktywował antyciała swojej duszy i je oczyścił. Od strony zawodowej miał czystą kartotekę. Nikt nie podejrzewał, na co naprawdę chorował. Jeśli chodzi o życie prywatne, rozstali się z Sandrine jak przyjaciele. Wtedy to Passan znalazł swoją szansę na odrodzenie — była nią Naoko.

Sandrine dotarła w końcu na parking przyszpitalny. Odnalazła właściwy budynek. W windzie zdała sobie sprawę, że jest mokra od potu. Znowu ten smród... Zapomniała zabrać perfumy. Wzruszyła ramionami. Wszystko to należało już do przeszłości.

Korytarz. Duchota. Zapach eteru, środków dezynfekują-
cych, moczu. Codzienne wizyty w Saint-Antoine wyleczyły
ją całkowicie z lęku przed szpitalem. Teraz mogłaby nocować w kostnicy i nie zrobiłoby to na niej najmniejszego
wrażenia.

Zapukała do drzwi sali Passana. Nikt się nie odezwał.
Nacisnęła klamkę i ostrożnie zajrzała do środka.

— Cześć.

Był nie do poznania. Część włosów się spaliła. Głowę
spowijały bandaże. Twarz również zasłaniały bandaże na
przemian z zieloną gazą i białymi plastrami. Nie pocałowała
go, usiadła na krześle obok łóżka, nie mając odwagi zdjąć
żakietu. Wkrótce cisza stała się nie do zniesienia. Problem
z ludźmi, których się zna za dobrze, polega na tym, że nie
ma się im nic do powiedzenia.

— Potrzebujesz czegoś? — zapytała nieśmiało po dłuższej
chwili.

Pokręcił głową.

— Boli cię?

Teraz ruch głową mógł oznaczać „tak" albo „nie"...

— Długo tu zostaniesz?

— Jeszcze jeden dzień. Wtedy zdejmą mi bandaże. W każdym razie mam taką nadzieję. — Jego głos brzmiał tak,
jakby nadpalił się razem z twarzą.

Sandrine mogłaby go zapytać o to, co się wydarzyło, o jego
opinię na temat Guillarda. Nie zrobiła tego, bo i tak by ją
okłamał.

— Myślę o Naoko — szepnął, jakby proponując temat
rozmowy.

— Ach tak — odrzekła i uśmiechnęła się.

— Wczoraj, przed tym wszystkim, rozmawialiśmy w naszym ogrodzie.

— W słynnym ogrodzie zen?

Dalej mówiła tonem ironicznym. Passan jakby nie wyczuł ironii w jej głosie. Mówił sam do siebie.

— Wyglądała naprawdę... pięknie.

— Nie masz żadnych innych ciekawych informacji?

Spojrzał na nią spod bandaża.

— Chodzi mi o to... — Jego słowa z trudem wydobywały się spod warstwy gazy. — To było tak, jak ze znaną melodią nadawaną w radio. Tyle razy jej słuchałeś, że już jej nie słyszysz... Aż któregoś dnia nagle za kierownicą wozu znowu czujesz dreszcz.

— No więc jak? — W jej głosie brzmiała irytacja. — Już się nie rozwodzicie?

Poruszył wolno ręką. Sandrine pożałowała swego nieprzyjemnego tonu.

— Przeciwnie... — szepnął. — Ale wczoraj byłem szczęśliwy, widząc tę, którą pokochałem, a nie obcą osobę dzielącą ze mną życie od wielu lat.

Znowu zapadło milczenie.

— W Japonii — odezwał się po jakimś czasie — ludzie wciąż oscylują między tymi dwoma stanami ducha. Czasami masz wrażenie, że jesteś na innej planecie, na Marsie. A w następnej sekundzie wystarczy jakieś zdanie, jakiś szczegół, żeby Japończycy wydali ci się nagle bardzo bliscy.

— Do czego zmierzasz?

— Przeżywałem takie stany przez dziesięć lat z Naoko.

— Między innymi na tym polega jej urok.

Mruknął coś, po czym powiedział bardziej wyraźnie:

— Ostatni raz całowałem ją chyba ze dwa lata temu. Czułem się tak, jakbym całował własną rękę.

Nachyliła się nad nim i powiedziała jak ksiądz w konfesjonale:

— Nie wiem, dlaczego do tego wracasz... Szczerze mówiąc, są inne, pilniejsze sprawy. Powinieneś odpocząć...

Przerwała. Głowa Passana nagle opadła, broda oparła się o pierś. Zasnął. Ten widok przyprawił ją o wstrząs. Wyglądał, jakby umarł.

Wzięła torebkę i podniosła się z krzesła. Stała przez chwilę nieruchomo, bez cienia współczucia i życzliwości.

Wiedziała jedno — Passan nie stanowi już przeszkody dla jej planów.

59

— Tatuś wstawił telewizor do naszej sypialni!

— Tatuś może robić, co chce, a według moich zasad telewizor ma stać w salonie. Sypialnia jest do spania!

Naoko nie miała siły, żeby mówić do nich po japońsku. Pościeliła łóżko Hirokiemu, który znowu się uśmiechał.

Shinji pojawił się na progu łazienki.

— Czy tatuś czuje się lepiej?

— Czuje się dobrze.

— Pojedziemy go odwiedzić?

— To on do was przyjdzie. Jutro wychodzi ze szpitala.

Shinji, ze szczoteczką do zębów w ustach, pokiwał głową. Naoko przyjrzała mu się — mała sylwetka w niebieskiej piżamce na tle zasłony prysznicowej, z rysunkami żabek i nenufarów. Za każdym razem, kiedy patrzyła na synów, czuła ten sam podziw. Wciąż nie mogła uwierzyć, że jej się udało, na przekór wszystkim i wszystkiemu. Prawdziwy cud.

— Jazda, do łóżka! — powiedziała, opanowując wzruszenie.

Shinji wskoczył do łóżka. Kolejna porcja pocałunków. Zawarła z chłopcami umowę. Zamiast codziennej bajki zaproponowała im piętnaście minut telewizji. Zaskoczeni chłopcy przyjęli to z entuzjazmem. Zasadniczo Naoko była przeciwna telewizji, jak również grom wideo i internetowi. Bo wszystko to, jej zdaniem, nie pobudzało wystarczająco wyobraźni dzieci. Tego wieczoru jednak czuła się bardzo zmęczona. Nie byłaby w stanie wymyślić każdemu z nich osobnej historyjki, i to po japońsku, mając gardło ściśnięte niczym skazaniec ze sznurem na szyi.

Zgasiła lampę pod sufitem.

— Zostaw drzwi otwarte!

— Nie gaś mojej lampy!

Naoko była w głębi duszy wdzięczna, że zachowywali się tak samo jak każdego wieczoru.

Posłała im ostatni pocałunek i poszła do swojej sypialni. Gdzie się podziewa Diego? Nigdy go nie ma, kiedy jest potrzebny... Puściła sobie wodę na kąpiel. W jej głowie kotłowały się pytania. Czy to możliwe, żeby intruzem nie był Guillard? Że to ktoś z ich bliskich? Zapach mokrego cedru podziałał na nią jak pieszczota, ukojenie. Zawinęła włosy w kok.

Siedząc na taborecie, nacierała ciało energicznie *tenugui*, małym białym ręczniczkiem, i zwykłym żelem pod prysznic. Prawie nie używała wody. Czyszczenie na sucho. Kiedy się już wyszorowała, spłukała się ręcznym prysznicem. A potem zanurzyła się w parującej wodzie. Czterdzieści pięć stopni — idealna temperatura. Przy każdym pobycie w Tokio towarzyszyła matce w *onsen*, ciepłych źródłach, znajdujących się w okolicy.

Po kąpieli, ubrana w lekkie *yukata*, zjadła wielkie ostrygi o smaku morskich alg oraz tempurę z krewetek, które przypominały chrupiące rozgwiazdy. W tym momencie pomyślała, że Japończycy należą do ssaków morskich.

Przymknęła oczy. Tak, kąpiel była jak modlitwa.

Nagle jakiś hałas przerwał ten błogostan. Serce przestało jej bić. Ręce i nogi mimo gorąca zrobiły się natychmiast lodowate. Wyszła bardzo cicho z wanny. Nie wycierając się, włożyła spodnie do joggingu i podkoszulek.

Znowu usłyszała jakieś dźwięki. Były ledwie słyszalne. Naoko nie mogła uwierzyć: niebezpieczeństwo wróciło.

Przeszła do sypialni. Wzrokiem szukała jakiejś broni, czegoś, czym mogłaby obronić siebie i dzieci. Otworzyła szufladę nocnej szafki i zobaczyła *kaiken*.

Hałas był coraz bliżej.

Dochodził ze schodów. Mogła więc przeciąć drogę intruzowi albo intruzom. Nie dopuścić, żeby weszli do sypialni chłopców. W wyobraźni widziała się już martwą, ale jej śmierć byłaby ceną za ich życie. Ta myśl dodała jej odwagi.

Zacisnęła w ręce *kaiken*. Nadal słyszała kroki, tuż za ścianą. Wstrzymując oddech, otworzyła drzwi i wyskoczyła na korytarz, wymachując w ciemności sztyletem. Potknęła się i upadła.

Dwaj mężczyźni mierzyli do niej, trzymając oburącz pistolety. Potrzebowała kilku sekund, żeby ich poznać w mroku — Fifi i drugi, ten z dredami, którego widziała kilka razy przed swoją bramą.

— Nic ci się nie stało? — zapytał cicho Fifi.

Wypuściła sztylet z ręki i podniosła się na kolana. Nogi miała jak z waty.

— Co tu się dzieje? Co to wszystko znaczy?

— Problem techniczny. Jedna z kamer nie działa.

— Jaka kamera?

Tryby jej mózgu zaczęły się kręcić od nowa. Oczywiście, dom był nadal pod obserwacją. Passan już nie wierzył, że to Guillard był nocnym gościem.

I nikomu nie przyszło do głowy, żeby ją o tym poinformować.

— Jaka kamera? — powtórzyła.

— W sypialni dzieci.

Naoko wstała gwałtownie i pobiegła. Bez najmniejszego wahania otworzyła drzwi sypialni.

Serce przestało jej bić. Dech zamarł w piersi.

Kiedy zrozumiała, co się stało, coś w niej bardzo głęboko zastygło na zawsze.

60

W samochodzie policyjnym, który pędził z maksymalną szybkością w kierunku mostu de Suresnes, Passan z wściekłością zrywał bandaże. Miał wrażenie, że odzyskuje swoją prawdziwą skórę — skórę policjanta.

Wiadomość, jaką otrzymał w nocy, nie zdziwiła go. Guillard nie był wampirem. Nigdy nie włamał się do domu Passana. Intruz kontynuował swoją zemstę i Passan musiał zaczynać od zera. Powinien być przybity. Zrozpaczony. Albo przynajmniej w szoku. Jednak ta nowa wojna wręcz go ożywiła. Już nie czuł bólu poparzonej twarzy ani działania morfiny. W jego ciele krążyła adrenalina, utrzymując zmysły w stanie gotowości. W pewien sposób ta walka przywracała go do życia.

— Wyłącz syrenę.

Samochód dojeżdżał do jego dzielnicy. Była prawie północ, wszędzie wokół pustki. Po asfalcie snuła się mgiełka jak po przejeździe służb oczyszczania miasta. Ale wydawało się, że nic nie usunie brudu z ulic na wysokości Mont-Valérien...

Kierowca wjechał na rue Cluseret. Były już tam wozy policyjne, karetka pogotowia oraz pojazdy z Policyjnego Laboratorium Technicznego. Obracające się lampy na dachach, sylwetki w gumowych płaszczach, błyszczące taśmy odgradzające — jego rodzina żyła teraz w strefie bezpieczeństwa. A może raczej w strefie, do której policjanci przybywali zawsze za późno.

Stukanie w szybę. Fifi pochylił się do niego. Światła reflektorów podkreślały bladość jego twarzy. Passan wysiadł z samochodu. Musiał oprzeć się o maskę peugeota. Zawrót głowy albo skutek działania morfiny...

— Źle się czujesz?

— Chcę zobaczyć dzieci.

— Poczekaj.

— Chcę je zobaczyć! — krzyknął.

Skierował się do bramy, ale Fifi zagrodził mu drogę.

— Poczekaj, powiedziałem. Nic im nie jest. Nie martw się.

— A Naoko?

— Wszyscy czują się dobrze. Muszę ci coś pokazać.

Passan spojrzał na niego pytającym wzrokiem.

— Chodźmy do wozu operacyjnego.

Poszedł posłusznie za swoim zastępcą. Jezdnia kołysała się pod jego nogami. Furgonetka obserwacyjna, udająca półciężarówkę z budowy, stała zaparkowana trochę dalej. Stary, zakurzony gruchot z zamalowanymi na szaro szybami, zza których można było obserwować ulicę, nie będąc widzianym. Niezbyt udana policyjna maskarada.

Fifi zastukał w tylne drzwi i natychmiast się otworzyły. Pojawił się Jaffré, zapraszając ich do środka. Passana od razu uderzył w nos smród potu, uryny, żarcia z MacDonalda.

— Wyjaśnię ci, o co chodzi — powiedział cicho Fifi.

Passan utkwił wzrok w monitorach. Kamery pracowały cały czas. Naoko siedziała na kanapie w salonie, obejmując przestraszonych chłopców. Po pokoju kręcili się policjanci. W głębi przechodzili ludzie w białych kombinezonach. Strach był tak wszechobecny, że wydawało się, iż przesłania mgłą obraz na monitorze. Na innych ekranach — kuchnia, jadalnia, korytarz, piwnica — wszędzie technicy policyjni. Wszyscy zdenerwowani. Tylko jeden ekran był ciemny.

— O dwudziestej drugiej piętnaście wyszliśmy na papierosa — relacjonował Fifi.

— Nikt nie został w wozie?

Porucznik potarł nogą podłogę, dał się słyszeć blaszany dźwięk.

— Cholera, nic się nie działo od trzech godzin!

— Mów dalej.

— Kiedy wróciliśmy do wozu, od razu zorientowaliśmy się, że coś nie gra. Jedna z kamer została wyłączona.

Passan patrzył na czarny ekran.

— Ta w sypialni chłopców. Wpadliśmy do domu.

— Nie uprzedziliście Naoko? Nie zadzwoniliście do niej?

— Nie było czasu. Wewnątrz rozproszyliśmy się, chcąc skontrolować suterenę, parter, pierwsze piętro.

— Co dalej?

— Jaffré i ja wpadliśmy do sypialni. Chłopcy spali, ale pies nie żył. Leżał między ich łóżkami.

Passan cały czas miał oczy utkwione w ciemnym monitorze.

— Co potem? — zapytał.

— Naoko obudziła dzieci.

— Co im powiedzieliście?

— Nic. Naoko nie zapaliła światła. Przenieśliśmy chłopców do salonu. Nie zobaczyli Diega.

— Jak to się mogło stać?

Fifi dotknął klawiszy jednego z komputerów. Ekran roz-
świetlił się, po czym pojawiły się na nim srebrne pasy.

— Okazało się, że kamera została zasłonięta. Odtwarzając
to, co się nagrało, uzyskaliśmy te obrazy...

Ukazał się pokój chłopców — ciemno, tylko na ścianie
wędrowały gwiazdki z lampki Hirokiego. Szerokokątny obiektyw kamery bezpieczeństwa pozwalał dostrzec dwa łóżka,
próg łazienki, drzwi sypialni... Fifi przełączył na szybkie
przewijanie.

Obaj chłopcy spali spokojnie. Gwiazdki przesuwały się
po ścianie. Oprócz tych ruchomych punktów żadnego ruchu.

Nagle na progu łazienki ukazuje się czyjaś sylwetka. Kobieta, widoczna od tyłu, pochylona, ciągnie coś po podłodze.
Ma na sobie ciemną, długą do kostek szatę. Kimono sprys-
kane krwią. Cień, ciągle zwrócony do kamery plecami, cofa
się drobnymi krokami tak, jak chodzą stare kobiety.

Passanowi od razy przyszły na myśl filmy z duchami.

Duch kieruje się na środek pokoju z koszmarną powol-
nością. Jego ciężar zostawia na podłodze czarną smugę. Cała
ta scena ma złowróżbny wydźwięk. Teraz już widać ciągnięty
przez ducha kształt — pies z rozciętym brzuchem, którego
wnętrzności rysują na podłodze ohydne „S".

— Zabiła go w łazience — rzekł Fifi stłumionym głosem. — Nie wiemy dokładnie, o której godzinie, ale oczywiście musiała to zrobić po dwudziestej trzydzieści, gdy dzieci
zasnęły.

— Czy widać ją na innych monitorach?

— Nie.

— Jak udało się jej dostać do łazienki?

— Nie mam pojęcia. Prawdę mówiąc, jest to niemożliwe.

— A Naoko?

— Co Naoko?

— Nie ruszała się ze swojej sypialni?

— Sądzę, że nie. Ale nie ma kamery w...

Na ekranie zjawa się prostuje. Odwraca się do obiektywu. Deseń na jedwabiu i ślady krwi mieszają się na powierzchni tkaniny. Pas — obi — jest w kolorze krwi, jak otwarta rana.

Passanowi przyszła do głowy idiotyczna myśl, że takie kimono musiało kosztować z dziesięć tysięcy euro. Zawsze marzył, żeby coś takiego kupić Naoko w prezencie.

Ale najgorsze kryło się w czymś innym — zjawa miała na twarzy maskę teatru *nō*. Oczy wycięte w żółtym drewnie. Czerwone, wyraźnie zarysowane usta. Wargi ułożone w uśmiech, odsłaniające ostre, okrutne ząbki.

Passan czytał książki o teatrze *nō* i jego stu trzydziestu ośmiu maskach wyrażających wszystkie odcienie emocji. Co miała znaczyć ta maska?

Postać przez kilka sekund wpatruje się w obiektyw kamery, przechyla głowę na bok, jakby zaskoczona jej obecnością. Na ramionach kobiety widać krew. Krwawe plamy opryskały maskę. Nagle wyciąga rękę i rzuca czymś w stronę obiektywu.

— Rzuciła w kamerę kawałkiem psa — rzekł Fifi.

— Kawałkiem?

— Genitaliami.

— Naoko to widziała?

— Nie. Miałem jej to pokazać?

Passan nie odpowiedział. Wpatrywał się w czarny ekran, jakby czekał na jakieś wyjaśnienie, uzasadnienie, związek z czymś.

W końcu głęboko odetchnął.

— Chcę zobaczyć pokój chłopców.

61

Trawnik błyszczał na niebiesko. Światła reflektorów tańczyły na ścianach domu. Passan pomyślał o kinie na świeżym powietrzu. Po każdym takim alarmie miał wrażenie, że jego siły rosną.

Wewnątrz szli jeden za drugim. Na buty włożyli ochraniacze. Minęli kuchnię. Doszli do schodów, nie zbliżając się do salonu. Piętro. Towarzyszyła im przytłaczająca cisza. Na jego widok inni opuszczali wzrok. Czuł się jak napiętnowany przez oparzenia, potępiony przez ludzi.

Jeszcze kilka kroków w korytarzu i ukazał się pokój, w którym dokonano ofiary. Reflektory techników policyjnych świeciły oślepiająco. Passan nie zwracał na nic uwagi. Nie zauważył techników, nie pozdrowił Zacchary ubranej w kombinezon ani Rudela, który ziewał szeroko, pewnie zły, że wzywają go do trupów zwierząt.

Passan podszedł bliżej. W uszach szumiało mu jak podczas długo wstrzymywanego oddechu. Czuł się tak, jakby spadał w przepaść.

W końcu udało mu się skupić uwagę na tym, co tworzyło straszną scenę w pokoju. Zwłoki Diega w kałuży zakrzepłej krwi. Leżał na lewym boku. Z jego rozprutego brzucha sterczały czarne, skręcone wnętrzności. Wydawało się, że wyskakują przy każdym błysku flesza fotografa, żeby potem znowu być pociemniałymi, skurczonymi szczątkami, już w trakcie rozkładu.

Passan stał jak skamieniały. Czuł w piersiach wielką pustkę, jakby to jemu wyrwano serce i wnętrzności. Przyklęknął na podłodze i odruchowo pogłaskał zwierzę po karku. Nie miał rękawiczek, ale nikt nie śmiał interweniować.

Tak naprawdę nie kochał Diega. Miłość zachowywał dla dzieci, a kiedyś i dla Naoko. Wydawało mu się, że obdarowanie psa uczuciem obniżałoby rangę jego uczuć, w jakimś sensie degradowałoby go jako istotę ludzką. Teraz, kiedy pies nie żył, pojął, jak bardzo się mylił. Uwielbiał tego łagodnego, poczciwego psiaka, jego pokrzepiającą obecność. Diego stał się symbolem miłości, która opierała się wszelkiemu znużeniu, frustracjom.

Podniósł się z nagłym przekonaniem, że wszyscy będą musieli przez to przejść. Naoko. Dzieci. On sam. Ofiara dopiero się zaczynała. Spojrzał na lekarza sądowego, który z irytacją zbierał swoje instrumenty.

— Co możesz powiedzieć?

— Nic ponad to, co widzisz. Wkurzacie mnie tymi zwierzakami.

— Ja nie widzę nic — odparł Passan bez chwili zastanowienia.

Patolog uniósł brwi.

— Nic nie widzisz?

— Chodzi o mojego psa. Jesteśmy w moim domu. Wszystko to wydarzyło się w pokoju, w którym spały moje dzieci. Trudno mi zdobyć się na obiektywizm.

Rudel zamknął swoją torbę.

— Rozpruto mu brzuch i wyciągnięto wnętrzności. Dzieło myśliwego albo rzeźnika. Odcięto mu genitalia. Wydłubano oczy i odcięto język.

— Dlaczego się nie bronił?

— Skąd mam wiedzieć? Może został odurzony. Na łapach widać także ślady więzów.

— To wszystko?

— Mam dosyć tych waszych idiotyzmów. Nie jestem weterynarzem.

— Wysil się.

Rudel z torbą w ręku stanął twarzą w twarz z Passanem. Ten policjant najwyraźniej życzył sobie, żeby nie traktować go jak rannego, z okaleczoną twarzą. Nie chciał, żeby mówiono do niego pocieszającym tonem.

— Użyto noża z wygiętym ostrzem. To trzeba sprawdzić, ale rany...

— Miecz?

— Raczej sztylet. Widać ślady rękojeści w wielu miejscach.

— Jakiej długości?

— Ostrze musiało mieć chyba ze dwadzieścia centymetrów.

— Kiedy będziesz mógł coś więcej powiedzieć?

— Nie wiem. Muszę znaleźć weterynarza.

— Zadzwoń do mnie.

Lekarz wyszedł. Passan obszedł kałużę krwi i zatrzymał się na progu łazienki. Ściany obryzgane. Na dnie wanny krew, strzępki ciała, skóry i sierści. Zasłona prysznicowa zesztywniała od zaschłej krwi.

Ten widok ranił mu serce. Szczoteczki do zębów należące do chłopców poplamione krwią. Zabawki, którymi bawili się podczas kąpieli, powleczone czerwonawą błoną. Brązowe smugi na kafelkach.

Cofnął się i ujrzał swoje odbicie w lustrze nad umywalką. Był zaskoczony tym, co w nim zobaczył — twarz zniekształcona, ale można go było poznać. Wzdłuż prawej skroni czerwona szrama. Włosy z tej strony spaliły się aż do połowy głowy. Nabrzmiałe pęcherze na lewym policzku. Opuchnięta górna warga miała od prawej strony pomarańczowomiedziany kolor.

Mimo wszystko wyszedł z tego w całkiem niezłym stanie. Patrząc na siebie, poczuł się jakoś pewniej. Był gotów na rozmowę z dziećmi i Naoko. Swoim wyglądem nie przerazi ich dodatkowo.

62

Salon przypominał hangar, w którym ulokowano ludzi ocalałych po jakimś kataklizmie. Uratowało się tylko troje — Shinji, Hiroki, Naoko. Passan zobaczył ich najpierw od tyłu, wciśniętych w kanapę, owiniętych jednym kocem. Naoko miała włosy zwinięte w kok. Widok trzech białych karków z czarnymi głowami zrobił na nim większe wrażenie niż zwłoki psa i jatka w łazience. Te trzy główki były treścią jego życia, a on nie potrafił ich ochronić.

Okrążył kanapę i stanął przed nimi. Reakcja chłopców była natychmiastowa.

— Tatuś!

Żadnego odruchu wstrętu czy wahania — nawet zeszpecony, wciąż był ich ojcem. Kiedy przytulał synów do siebie, napotkał spojrzenie Naoko. Na skali Richtera byłby to najwyższy stopień trzęsienia ziemi.

Shinji, prostując się, popatrzył na niego i zapytał:

— Dlaczego już nie masz opatrunków?

— Bo czuję się lepiej.

— Już nie musisz być w szpitalu? — wtrącił się Hiroki.

— Nie, ale nadal muszę się leczyć.

Shinji przeszedł do spraw poważnych.

— Tatusiu, Diego nie żyje.

— Wiem, kochanie. Postawimy mu pomnik w ogrodzie, z mnóstwem kwiatów.

Nie spuszczał wzroku z Naoko. Była śmiertelnie blada. W oczach miała łzy, ale strach i gniew przewyższały żal. W tym momencie twarz Naoko przypominała maskę z lakierowanego drzewa, której żółtawa powierzchnia emanuje czymś organicznym — barwą strachu.

Gdy postawił chłopców na podłodze, natychmiast przytulili się do mamy. Wilczyca i jej wilczątka.

— Musimy porozmawiać — powiedział Passan.

— Zaraz przyjedzie Sandrine. Spędzą noc u niej.

Skinął głową i zwrócił się do Fifi:

— Tymczasem umieść ich w pokoju Naoko, dobrze? I miej ich na oku.

Wymiana pocałunków. Chłopcy poszli grzecznie za porucznikiem, trąc oczy. Wkrótce znowu zasną.

W salonie zapanowało milczenie. Zostali tu tylko Naoko na sofie, Jaffré i Lestrade stojący za nią oraz dwaj policjanci na progu. Passan mógłby im kazać wyjść, ale nie chciał ułatwiać sytuacji Naoko. Przed oczami wciąż miał sylwetkę w zakrwawionym kimonie.

— Są pewne rzeczy, o których nie wiesz... — zaczął.

— Naprawdę?!

— Dzisiaj w nocy dom był nadal pod obserwacją.

— I nic mi o tym nie powiedziałeś?

Wsunął dłonie do kieszeni i zrobił kilka kroków.

— Żeby cię nie przestraszyć.

— Drań — rzuciła cicho Naoko.

— Nikt nie mógł wejść do domu ani z niego wyjść godzinie dwudziestej pierwszej. Wszędzie były zainstalowa czujniki, kamery, rozumiesz?

Nie odpowiedziała. Oczywiście, że rozumiała. Jej wa drżały. Powieki drgały jak skrzydełka oślepionego motyl

Passan stanął przed nią. Prawdziwe, twarde przesłuch nie...

— Wszystkie pomieszczenia były pod obserwacją, opr twojej sypialni i łazienki.

— Do czego zmierzasz?! — krzyknęła nagle. — Pod rzewasz mnie?! Chcesz powiedzieć, że zabiłam naszego ps W pokoju chłopców?!

Popatrzył na nią. Jej piękno tworzyło jakby przegro między nią a nim. Zewnętrzny element dialogu, odczuwa i zarazem niewidoczny, mącący zmysły i w dziwny spo zaburzający u rozmówców percepcję.

Opanowawszy zakłopotanie, powiedział z jeszcze wi szym naciskiem:

— Mamy zdjęcia napastnika. To kobieta. Była ubra w kimono i nosiła na twarzy maskę teatru nō.

Zaskoczona Naoko skuliła się, tak jakby przetrącono kręgosłup. Nie udawała. Passan był tego pewny. Po piętna latach przesłuchiwań, a przede wszystkim po dziesię latach wspólnego życia nie mógł się mylić.

— Nigdy nie miałam kimona — wykrztusiła. — Dob o tym wiesz.

— Mogłaś kupić.

— Jak każdy inny...

354

— Powtarzam, że dziś w nocy nikt nie mógł wejść do domu.

Objęła się ramionami. Płakała, trzęsąc się jak w konwulsjach. Nie potrafił stwierdzić, czy jest jej zimno, czy płonie od gorączki. Jaffré i Lestrade odwrócili wzrok. W zakłopotanie wprawiała ich nie brutalność Passana, lecz intymność tej rozmowy.

Passan czuł się nieswojo. Wstydził się tego, że upokarza kobietę, z którą dzielił życie. Że wykorzystuje swoją pozycję i status. Tak naprawdę nic nie wiedział. Nie miał żadnego pewnego argumentu, żadnej wskazówki. Jedno tylko nie ulegało wątpliwości, że jego była żona jest niewinna. Zastanowił się nagle, czy przypadkiem nie mści się za coś, co jest ukryte głęboko w nim samym. Jakaś pobudka, która nie miała nic wspólnego z zabiciem Diega i której nawet nie był świadomy.

Zaatakował z innej strony:

— Gdzie jest *kaiken*?

Naoko zadrżała. Zaskoczona przestała płakać.

— *Kaiken*? Nie wiem. W korytarzu.

— W korytarzu?

— Wzięłam go, kiedy usłyszałam kroki w domu. Upuściłam go na podłogę, kiedy wpadłam na Fifi i jego kolegę.

Wciąż z rękami w kieszeniach, zwrócił się do Jaffrégo:

— Idź go poszukać. Do analizy.

Skoczyła na Passana i z całej siły uderzyła go w twarz.

— Ty draniu! Nigdy ci tego nie wybaczę!

Ból sprawił, że omal nie stracił przytomności. Oparł się o ścianę i zasłonił dłońmi. Policjanci chwycili Naoko i zmusili, by usiadła z powrotem na sofie. Wrzeszczała, broniła się, odsłaniając swoją prawdziwą naturę — kocica, której nie poskromiło dobre japońskie wychowanie.

Passan miał wrażenie, że jego twarz znowu ogarnął ogień.

— Wezwijcie z powrotem Rudela — powiedział z trudem. — Niech da jej coś na nerwy.

Wyszedł, nie odwracając się, uciekając przed kolejnymi epitetami — „łajdak", „skurwysyn" — którymi go obrzucała. Potykając się, zszedł schodami do swego dawnego schronienia. Pamiętał, że w łazience zostawił lekarstwa. Po omacku znalazł pudełko z napisem „apteczka". Siedząc na podłodze, wyjął maść Biafine i posmarował twarz, starając się nie naciskać za mocno na oparzenia.

Mimo bólu gorączkowo myślał. Wariatka. Histeryczka. A on? Jak się zachował? Czekał, aż maść zacznie działać. Nie zapalił światła. Nad głową słyszał głuchy odgłos kroków i przepychanek — zabierano Naoko, tak oszalałą, że należałoby ją związać.

Kiedy się uciszyło, wstał. Znalazł czarną kominiarkę, jaką noszą komandosi, i postanowił, że nie będzie jej zdejmował. Chciał zakryć spalone włosy. Pokonał z trudem schody na górze i wyszedł na otwarty taras. Deszcz przestał padać. Szkoda, bo chętnie zanurzyłby się w nim cały, by zaczerpnąć dobroczynnego świeżego powietrza...

— Cześć.

Sandrine niosła śpiącego Hirokiego. Z tyłu za nią Fifi prowadził ledwie dobudzonego Shinjiego. Na trawnik padało bez przerwy światło reflektorów. Niebieskawomleczne światło, drgające niczym serce, zostawiające długie cienie, które rozchodziły się po trawie. Pocałował obu synków w główki.

— Zajmę się nimi — szepnęła Sandrine. — Nie martw się. Zabiorę ich jutro na konną przejażdżkę.

Uśmiechnął się z wdzięcznością.

— Dzięki. Dziękuję ci za wszystko.

Nagle przypomniały mu się straszne obrazy z monitora. Zwłaszcza jeden szczegół. Kimono było włożone w specyficzny sposób — prawą połą na lewą. W Japonii robi się zawsze na odwrót, na znak życia. Sprawczyni założyła kimono tak, jak ubiera się trupa.

Dwie możliwości. Albo nie znała japońskich zwyczajów, albo uważała się za anioła śmierci.

63

——————

— Jak się czujesz?

— Nieźle. Zrobili mi zastrzyk. Spałam osiem godzin.

— U siebie?

— W moim pokoju. Policjanci zostali, żeby pilnować domu.

— Gdzie jesteś teraz?

— W drodze do ciebie. Odczytałam twoją wiadomość.

Sandrine odetchnęła z ulgą. Stała na dziedzińcu liceum. Dziesięć po dziesiątej — pora przerwy. O świcie napisała SMS-a do Naoko, proponując jej, by zamieszkała u niej do czasu, aż w Suresnes zrobi się całkiem bezpiecznie. Spędziłyby razem weekend, a w poniedziałek zaplanowałyby coś na potem.

— Jak dzieci? — spytała Naoko.

— Wcześnie rano zawiozłam je do ośrodka jazdy konnej.

— Super. Jak się mają?

— Wszystko w porządku.

— Mówiły coś o Diegu?

358

— Nie.

Zostali odeskortowani przez dwóch policjantów w cywilu, którzy włączyli nawet syrenę, gdy jechali obwodnicą. Chłopcy byli podekscytowani. Sandrine również. Jeden policjant został z Shinjim i Hirokim, drugi odwiózł ją do liceum, cały czas jadąc z maksymalną dozwoloną szybkością.

Kiedy inni nauczyciele zobaczyli ją przybywającą z takim fanfarami, była zachwycona. Na pytania kolegów robiła tajemniczą minę: „Przykro mi, ale nie mogę nic powiedzieć...". Panna, którą dotąd nie interesował się nikt, znalazła się w samym środku afery kryminalnej.

— Jesteś naszą dobrą wróżką — szepnęła Naoko. — Naprawdę, bez ciebie...

Sandrine wyczuła w jej głosie zmieszanie. Naoko nie znosiła ujawniać swoich emocji. Ona również była zakłopotana. Nie mogła uwierzyć w swoje szczęście — przyjaciółka zamieszka u niej. Na kilka dni. A może na dłużej...

— Klucze są pod wycieraczką — powiedziała.

— Tylko na jakiś czas — tłumaczyła się Naoko. — Poszukam mieszkania. Ja...

— Nie przejmuj się. Zajmiesz pokój w głębi. Gabinet, którego nigdy nie używałam. Chłopców umieściłam w mojej sypialni. Będziesz tuż obok nich. Aha... winda nie działa.

Sandrine mówiła za szybko, zdradzając zdenerwowanie. Nie spała całą noc. Przemyślała każdy szczegół, sprzątając dokładnie mieszkanie od trzeciej do piątej rano. Szelest szmatki od kurzu. Ściszone kroki...

— Nie wiem, jak ci dziękować — rzuciła Naoko.

— Odzyskując formę. Zostaniecie u mnie tyle czasu, ile będzie potrzeba.

— Uprzedzam cię. — Naoko się zaśmiała. — Z chłopcami będzie to prawdziwy wyczyn!

— Poradzę sobie. Nie martw się. Muszę wracać na lekcję. Kończę za godzinę. Przyjadę po ciebie i razem pojedziemy po chłopców. Pokój w głębi, nie zapomnij. Do zobaczenia!

Sandrine przerwała połączenie i stała przez chwilę bez ruchu na dziedzińcu szkolnym. Zamknęła oczy. Tak więc dopięła swego. Będą wspólnie mieszkać. To chyba pierwsza rzecz w życiu, która się jej naprawdę udała. Ironią losu także ostatnia.

Z samego rana dostała wyniki analiz. Znowu spadła liczba płytek krwi. Kolejne przerzuty. Nie musiała czytać wniosków na dole strony. Osiągnęła czwarte stadium choroby... na czterostopniowej skali.

Otworzyła oczy. Była otoczona wysokimi murami liceum imienia Arthura Honeggera. Jej miejsce pracy od prawie dwudziestu lat, z powodu nielicznych okien przywodzące na myśl halę fabryczną. Ceglane ściany, jak w domach mieszkalnych przy Ceinture — linii kolejowej wokół Paryża. Zresztą, podobnie jak tamte budynki, szkoła była budynkiem komunalnym. Sandrine zawsze żyła na marginesie — w każdym znaczeniu tego słowa.

W jednym kącie dziedzińca stała szklana rotunda z widocznymi w niej schodami łączącymi siedem pięter budowli. W tej przezroczystości widziała metaforę swego życia — stale wchodziła i schodziła, patrząc na zewnątrz, nigdy nie docierając do celu. Żyła, marzyła, oddychała w tym czerwonym budynku. Uwięziona niczym cegła, anonimowa...

Nagle rozbrzmiała wrzawa dzieci biegnących w kierunku wewnętrznego dziedzińca. Jak tyle lat wytrzymywała z tymi nieznośnymi bachorami? Z tą uległą, antypatyczną hołotą? Bez żadnej idei, bez serca, wzrastającą w egoizmie i lenistwie, w świecie, w którym liczyła się tylko wygoda, łatwizna. Cudze dzieci. Co by zrobiła, gdyby miała własne?

Skierowała się do wejścia.

Jeszcze tylko godzina i będzie wolna.

Jeszcze tylko godzina i zacznie się prawdziwe, choć tak już krótkie życie.

64

— Ten nóż jest czysty — oznajmił Fifi. — Według techników nie ma na nim śladów krwi ani żadnego innego płynu. Nigdy nie został użyty.

Passan oglądał *kaiken* znajdujący się w przezroczystym plastikowym woreczku. Zobaczył go wiele lat temu u antykwariusza w dzielnicy Asakusa. Podczas odprawy celnej z powodu tej dziewiętnastowiecznej broni musiał wypełnić mnóstwo formularzy. Pamiętał także zalecenia sprzedawcy — polerować ostrze specjalnym kamieniem, oliwić olejkiem z goździków. Naoko nigdy go nawet nie tknęła.

Fifi nadal mówił, ale Passan nic nie słyszał.

Czy on w ogóle zna swoją żonę? W miarę wylewną Japonkę można porównać do najbardziej dyskretnej paryżanki. Żadnych zwierzeń. Żadnych informacji osobistych. Czarna dziura. Jednak Naoko nie należała do tej kategorii kobiet.

Passan odtworzył jej przeszłość, składając oddzielne fragmenty, niczym puzzle... Zajęło mu to dziesięć lat.

Naoko była nie tylko tajemnicza, ale również pełna sprzeczności. Nie dawało się ustalić jej portretu. Była jak droga, która stale ginie we mgle. Busola bez stabilnej igły magnetycznej.

Doceniała na przykład to, że Francja jest krajem ludzi korzystających z opieki społecznej, ale nigdy nie wydała nawet jednego euro, które jej prawnie przysługiwało. Była bardzo wstydliwa, ale bez problemu spacerowała nago po domu i marzyła o tym, by wykonać taniec erotyczny. Przesadnie skromna i grzeczna, w rzeczywistości gardziła ludźmi. Kpiła z Passana i jego uwielbienia dla dawnej japońskiej tradycji, ale nie znosiła, gdy ktokolwiek poza nią krytykował stare obyczaje. W sposób maniakalny dbała o higienę, a jednocześnie była największą bałaganiarą, jaką znał. Chociaż uważała, że paryżanie są gburowaci i wulgarni — Japończycy mają w swoim języku zaledwie kilka wulgarnych określeń — sama nauczyła się wszystkich obelżywych słów po francusku i używała ich przy każdej okazji.

Ostatecznie to, co o niej wiedział, wyczuwał instynktownie. Czuł, kiedy Naoko była wzruszona, szczęśliwa czy podniecona. Wychwytywał jej emocje, nie znając dokładnie ich przyczyn. Fifi miał rację, gdy w związku z tym wspomniał piosenkę Juliena Clerca *Ma préférence* (Moja wybranka). Passan był bowiem jedynym, który ją znał, jeśli w ogóle można znać kogoś tak nietowarzyskiego i tajemniczego.

W nocy udał się do szpitala. Zaaplikowano mu żele uśmierzające ból, środki antyseptyczne, leki zawierające morfinę i opium. Potem wrócił do biura. Dochodzenie podjęto na nowo, i to on nim kierował. Szybko się wykąpał, o goleniu nie było mowy. Ponownie zakrył głowę kominiarką. Aż do świtu oglądał na okrągło nagrania z monitoringu. Kobieta w ciemnym kimonie z fiołkowymi chryzantemami, ciągnąca zwłoki Diega. Jej biała maska, wycięte otwory na oczy, czerwone usta, drewno i okrucieństwo. Nagły gest, którym zakryła oko obiektywu. A wszystko to tuż obok jego śpiących dzieci...

Była Japonką. I świadczyło o tym nie kimono ani maska — każdy mógł się tak przebrać — lecz gestykulacja, sposób poruszania się. „Małe kroczki, wielkie tajemnice..." Obejrzał nagrania na stop-klatce i zauważył trzecią wskazówkę — pod maską widać było włosy. Błyszcząca czerń, którą tak dobrze znał.

Inny ważny szczegół — cena kimona, a także maski. Czy powinien popytać w paryskich antykwariatach ze sztuką azjatycką? Żaden problem — znał je wszystkie.

Odsunął te myśli, wziął *kaiken* i schował do kieszeni marynarki.

— Zabierasz go? — zdziwił się Fifi. — To dowód rzeczowy.

— Dowód na co? Przed chwilą powiedziałeś, że nie ma na nim żadnych śladów. To prezent ode mnie i go zatrzymuję.

— No tak... Ale może mógłby nam pomóc.

— W czym?

— Według Rudela użyte narzędzie jest podobne do tego noża. Szukamy broni tego typu. Ten *kaiken* jest punktem odniesienia ze względu na aspekt japoński.

Passan, siedząc za biurkiem, zrobił gest oznaczający: „Daj spokój". Był gotów do pracy, ale nerwy miał napięte z powodu zmęczenia.

— Czy Rudel znalazł już weterynarza? — zapytał.

— Tak. Ślęczeli razem cały ranek.

— Masz ich wnioski?

— Nie będą ci się podobać.

Passan rzucił okiem na obraz utrwalony na ekranie komputera. Spoglądała na niego maska teatru *nō* z zastygłym wyrazem okrucieństwa.

— Rozpruła psu brzuch. Następnie odcinała mięśnie, wiązadła i włókna, dzięki czemu uzyskała dostęp do narządów.

— Kim ona jest? Myśliwym?

— Może weterynarzem albo lekarzem.

Japońskie pochodzenie. Wiedza medyczna. Umiejętności włamywacza. Psychologia zjawy. Elementy niemające ze sobą żadnego związku, jakby pochodziły ze złego snu.

— Jest... jeszcze coś... — Fifi się zawahał.

— Co takiego?

— Ona robiła to wszystko, kiedy pies jeszcze żył. Żył z rozprutym brzuchem.

— To niemożliwe — odparł Passan. — Warczałby i obudziłby cały dom.

— Według weterynarza przecięła mu najpierw struny głosowe.

Passan z trudem przełknął ślinę.

— Diego ważył ponad sześćdziesiąt kilo — próbował argumentować. — Walczyłby, narobiłby piekielnego hałasu.

— Być może wcześniej czymś go odurzyła. W każdym razie skrępowała mu łapy. Czekamy na wynik analiz toksykologicznych.

Znowu wrócił wzrokiem do obrazu wideo. Maski *nō* klasyfikuje się według wyrazu twarzy. Ta mogłaby się nazywać „śmiejąca się kobieta" albo przeciwnie — „płacząca kobieta".

— Czy Zacchary znalazła tam jakieś inne ślady? Odciski palców?

— Nic z tych rzeczy.

— Jak zdołała wejść do domu tak, żeby nikt jej nie zauważył?

— Daliśmy plamę. — Fifi ustawił swojego laptopa na biurku i otworzył go. — Popatrz na to.

Puścił w szybszym tempie nagranie z sypialni chłopców. Ani Shinji, ani Hiroki nie byli na nich widoczni. Pokój tonął jeszcze w wieczornym półmroku. Do tragedii musiało dojść dopiero za jakiś czas.

Kliknął i wrócił do odtwarzania w normalnym tempie.

Przez pokój niespodzianie przemknęła, widziana od tyłu, sylwetka Naoko. Weszła do łazienki. Ubrana była w lekką i elegancką sukienkę, jak te, które wkładała do pracy. Ale tej Passan nigdy na niej nie widział. W ręku trzymała sportową torbę.

— Na co patrzysz? — zapytał Fifi.

— Na Naoko, która wchodzi do łazienki.

Porucznik zatrzymał obraz.

— Spójrz na zegar.

— Dwudziesta jedenaście. I co z tego?

Fifi zamknął okienko z obrazem i otworzył nowe. Widok na kuchnię z kamery o kącie widzenia stu dwudziestu stopni. Obraz przesuwał się w normalnym tempie. Naoko stała przy kontuarze. Przygotowywała sałatę, stawiała parujący garnek na płycie elektrycznej.

Passan nic nie rozumiał. Teraz miała na sobie inną sukienkę, tę znał. Shinji i Hiroki, siedząc przy stole jadalnym, sprzeczali się na temat jakiejś gry wideo.

Fifi wskazał na godzinę widoczną na nagraniu — dwudziesta jedenaście. Passan nie potrzebował już dalszych wyjaśnień.

— W tym samym czasie — mówił dalej porucznik — dwie Naoko pojawiają się w dwóch różnych pomieszczeniach, na dwóch różnych piętrach. W łazience jest nasza sprawczyni. Nie wiem, jak się tam dostała, ale czekała, aż wszyscy pójdą spać...

Passan wyobraził sobie całą sytuację. Chłopcy myjący zęby, jak w każdy wieczór, żabki i nenufary w tle. Mrowienie przeszło mu po karku aż do czaszki.

Zabójczyni stała za zasłoną prysznicową, czekając na swoją godzinę.

Zerwał się i chwycił marynarkę.

— A ty dokąd?

— Porozmawiać z Naoko. Pojechała do Sandrine. Muszę ją przeprosić, rozumiesz?

Fifi nie zdążył odpowiedzieć, bo przełożony już biegł korytarzem.

65

Dom Sandrine znajdował się w niewielkiej dzielnicy Pré-
-Saint-Gervais, uczepionej północnego zbocza wzgórza Belleville. Był to jeden z budynków stawianych licznie w latach
pięćdziesiątych XX wieku. Miały one szybko zażegnać kryzys
mieszkaniowy w stolicy i zmodernizować miasto. Gdy Naoko
przyjechała do Francji, pasjonowała się historią paryskiego
urbanizmu ubiegłego stulecia. Jednym rzutem oka potrafiła
określić datę wybudowania danego obiektu. Wiedziała, że na
początku zamierzano stworzyć zieloną przestrzeń wokół osied-
li, ale nie przewidziano takiego rozwoju motoryzacji. Zamiast
drzew pojawiły się parkingi. Ściany domów poczerniały od
sadzy. Teraz były to już tylko niskie, bezbarwne bloki cztero-
lub pięciopiętrowe z loggiami, od których odpadał tynk.

Dom Sandrine był podobny do innych w tej okolicy. Bieliz-
na susząca się w oknach. Pękający tynk. Poszarzałe firanki,
a za nimi życie toczące się bez radości, bez niespodzianek.
Mimo to widok tego budynku podziałał na nią jak haust
świeżego powietrza, oznaczał bowiem koniec koszmaru.

Stanęła na parkingu i wyjęła z bagażnika walizkę na kółkach firmy Rimowa. Wyjątkowo lekka, bardzo wygodna.
Naoko sprawdziła każdy model. Była pragmatyczna do bólu.
Gdyby urodziła się w Paryżu czy Florencji, z pewnością byłaby
bardziej wrażliwa na malarstwo, rzeźbę, w ogóle na sztukę.
Ale ona pochodziła z Tokio, gdzie priorytetem jest przy-
stosowanie, skuteczność, technologia. Urodziła się jakby
z kliknięcia myszą, a nie z ruchu pędzla.

Kod wejścia. Przypomniawszy sobie, że winda nie działa,
chwyciła walizkę i poszła schodami. Nie miała z tym problemu, bo wzięła tylko konieczne rzeczy, a Sandrine mieszkała
na drugim piętrze. Zewnętrzna klatka schodowa. Jeszcze
jeden pomysł z lat pięćdziesiątych, który się nie sprawdził —
z biegiem lat bowiem odsłonięty szyb stał się siedliskiem
brudu, metalowa konstrukcja zardzewiała, stopnie się wy-
szczerbiły.

Wyszła na zewnętrzną galerię biegnącą wzdłuż piętra.
Odnalazła drzwi Sandrine. Klucze były pod wycieraczką. Nie
widziała dotąd tego mieszkania w świetle dziennym. Czasami
przychodziły tu na kolację, ale wtedy było już ciemno.

Miła niespodzianka. Zastała idealnie posprzątane wnętrze,
pachnące środkami czystości. Architekt nie skąpił przeszklonych ścian. Słońce przedostawało się z każdej strony i był
to jedyny atut tego mieszkania. Poza tym gipsowe ściany,
drzwi ze sklejki, wypaczony parkiet.

Zwiedziła całość. Sandrine urządziła swoje siedemdziesiąt
metrów kwadratowych jak loft. Białe ściany, nowoczesne
oświetlenie, mało mebli. Znalazła pokój chłopców i zauważyła ze ściśniętym sercem pluszowe misie leżące na poduszkach.
kach. Łóżko Sandrine stało tuż obok. Pomyślała o tym, jak

nieswojo czuła się tu poprzednio. Instynktownie wolała
wynająć pokój w hotelu niż spać u przyjaciółki. Dlaczego
W głębi korytarza znajdował się gabinet — „jej pokó
Był w nim już rozłożony materac. Naoko zaczęła układ
swoje rzeczy w ściennej szafie. Szybko zabrakło jej wieszakó
W szafach obok, z rzeczami dzieci, też nie było wolnyc
Ignorując wszystkie zasady dobrego wychowania, pomy
lała, że może wziąć je z pokoju Sandrine. Tam także jed
ściana została obudowana szafami. Pozostałe były nagie
ani jednego obrazka, plakatu, żadnych dekoracji. Sandri
żyła jak zakonnica. Brakowało tylko krucyfiksu nad łóżkie
Naoko otworzyła pierwszą szafę. Wypełniały ją sukien
z wyprzedaży. Okropne, kwieciste, ekstrawaganckie, jak
przyjechały prosto z festiwalu w Woodstock. Żadnego w
nego wieszaka. Spróbowała otworzyć następne, ale by
zamknięte na klucz.

Wtedy zobaczyła dziwny szczegół — między zawiasa
sterczał kawałek materiału. Nie byle jakiego materiału, le
wzorzystego jedwabiu. Poznała motyw — kwiat kame
typowy dla tradycyjnych japońskich strojów. Zmięła w ręka
materiał. Nawet na podstawie tak małego kawałka moj
docenić jego jakość. Przez całe dzieciństwo widziała mat
noszącą kimona. Znała się na jedwabiu.

Co robiło takie cudo w szafie Sandrine? Kimono wa
wiele tysięcy euro, wymagające obi tej samej jakości. N
wiedziała nawet, że można kupić coś takiego w Paryżu.

Spróbowała jeszcze raz otworzyć drzwi, ale się nie uda
Poszła do łazienki i wróciła stamtąd z nożyczkami. Nie dba
już o nic, wsunęła ostrze w szparę i mocno nacisnęła. Zam
odskoczył. Drzwi się uchyliły.

Stanęła jak skamieniała. Wisiały tam rzędem kimona — białe irysy, zielone bambusy, różowe peonie, błękit nieba, kwiaty wiśni, światło księżyca... Obok wisiały obi — jedwab fioletowy, jasnozielony, czerwony jak jesienne liście... Była zaszokowana widokiem ubrań. Powieszonych. W Japonii są składane i przykrywane jedwabistym papierem.

Potem przypomniała sobie postać, która w nocy wtargnęła do domu. To niemożliwe. Zajrzała w głąb szafy — w cieniu spoczywały drewniane saboty — *geta* — i białe skarpetki z oddzielonym dużym palcem — *tabi*. Zerknęła w górę i ujrzała nylonowe peruki z wysokimi czarnymi kokami i wbitymi w nie złocistymi broszkami — *kanzashi*.

Naoko zasłoniła ręką usta, kiedy usłyszała za plecami głos:

— To nie tak, jak myślisz...

Odwróciła się z krzykiem i nożyczkami w rękach. Sandrine stała na progu, z przygnębioną miną, potarganymi włosami. Przesadny makijaż robił gorsze niż zazwyczaj wrażenie.

— Nie zbliżaj się do mnie — zagroziła Naoko, wymachując swoją bronią.

— To nie tak, jak myślisz — powtórzyła Sandrine spokojnym głosem. — Odłóż nożyczki...

— Więc to ty? Chcesz zająć moje miejsce przy Olivierze, tak?

Sandrine roześmiała się. Mimo wyraźnego wyczerpania była rozgorączkowana, podniecona.

— Olive to szurnięty brutal — syknęła z pogardą. — Nie znasz go tak dobrze jak ja. Zresztą o jakim miejscu mówisz? Przecież się rozchodzicie, prawda?

Przypominała bladego, smutnego klowna. Makijaż na jej twarzy popękał niczym sucha ziemia. Zbyt czarny tusz, zbyt gruba warstwa pudru, zbyt czerwone usta... Naoko nagle odkryła, że Sandrine nosi perukę. Jak mogła nie zauważyć tego do tej pory?

Sandrine szła w jej kierunku. Naoko się cofała.

— To ciebie uwielbiam... — wyznała Sandrine głosem, który stawał się coraz dziwniejszy. — Kocham cię. — Sięgnęła ręką do szafy i pogładziła jedwab kimona. — Co wieczór przebieram się za ciebie... Staję się Japonką.

— O czym ty mówisz?

— Będziemy razem mieszkać. Razem będziemy zajmować się Shinjim i Hirokim. Chcę umrzeć przy tobie... Pragnę stać się tobą przed śmiercią.

— Dlaczego zabiłaś Diega? Po co brałaś krew moich dzieci?

Sandrine roześmiała się ponownie. Jeszcze jeden krok. Naoko nadal trzymała nożyczki. Ręka tak się jej trzęsła, że mogła sama się skaleczyć.

Jednym ruchem Sandrine zerwała z głowy perukę, odsłaniając całkowicie gołą głowę.

— Spójrz na mnie — szepnęła. — Przemiana już się zaczęła.

— Co to... co ci jest?

— Rak, moja śliczna. Przeszłam ostatnią chemię i nie ma już dla mnie nadziei. Jeden, dwa miesiące życia i koniec. — Parsknęła śmiechem. Kiwając głową, mówiła dalej: — Spędzimy je razem. Będę przestrzegać tradycji twojego kraju. Japonia uchroni mnie od śmierci... Czytałam książki... Tam są kami. Czekają na mnie. One...

— Uważaj! — krzyknęła Naoko.

Sandrine nie dokończyła zdania.

Miecz przeciął ją na pół.

Kiedy Naoko zobaczyła jej ciało padające niczym manekin, natychmiast wszystko zrozumiała.

Krew buchnęła z ust i nosa Sandrine. Górna połowa jej ciała runęła na drzwi szafy, a z dolnej krew trysnęła na całe pomieszczenie.

Zanim miecz świsnął ponownie, Naoko skoczyła do okna i uderzyła z całej siły w szybę.

66

Passan zamykał samochód, gdy usłyszał brzęk tłuczone[
szkła. Odwrócił głowę, ale nie od razu zrozumiał, co
dzieje. To, co widział, było jak senne majaczenie. Z okna
drugim piętrze wypadła jakaś postać. Leciała, machając w]
wietrzu rękami i nogami, jak na zwolnionym filmie. Pass
stał skamieniały z pilotem w ręku, zahipnotyzowany
nieprawdopodobną sceną.

Postać spadła na dach samochodu zaparkowanego p
budynkiem. Odgłos uderzenia podziałał na Passana jak sm.
nięcie batem. W końcu zareagował. To był dom, którą
szukał. Piętro Sandrine. Sylwetka Naoko. Rzucił się naprz
i dobiegł do uszkodzonego auta w momencie, kiedy Nac
staczała się z dachu na ziemię.

Zdołał ją złapać i zamortyzować upadek. Ułożył ją
ziemi.

— Naoko... — szepnął.

Wytrzeszczyła oczy, jak ktoś obudzony nagle.

— Sandrine... — wymamrotała.

Na twarzy miała czerwoną smugę. Sukienka była obryzgana krwią. Uniósł materiał, ale nie zauważył żadnej rany.

— Ona nie żyje... — powiedziała Naoko ledwie słyszalnym głosem.

Kiedy wsunął rękę pod jej plecy, żeby ją podnieść, wyczuł lepkie ciepło. Przewrócił ją na bok i zobaczył przecięty materiał. Gdy rozdarł go bardziej, ujrzał powierzchowne cięcie wzdłuż kręgosłupa aż do biodra.

— Co tu się stało? — jęknął.

— Szybko... Ona jest na górze...

Numer pogotowia. Sygnał komórki świdrował mu mózg. Nikt nie odpowiadał. Podniósł głowę. Wokół nich gromadził się tłum. Przechodnie. Mieszkańcy bloku. Świadkowie.

— Cofnąć się!

W końcu uzyskał połączenie z centralą. Krótko wyjaśnił, o co chodzi. Podał adres. Swoje nazwisko. Stopień. Rozłączył się. Wstał.

— Proszę się cofnąć!

Mieszkańcy odsunęli się ze strachem. Opuściwszy wzrok, stwierdził, że bezwiednie wyjął pistolet.

— Jestem policjantem! — krzyknął. — Zaraz będzie tu lekarz! Niech nikt jej nie rusza!

Pobiegł do drzwi budynku. W holu zobaczył napis na drzwiach windy: „Awaria". Wbiegł na schody, przeskakując po cztery stopnie, czując ciężar w nogach — efekt środków znieczulających. Do klatki schodowej wpadało szare światło.

Galeria. Otwarte drzwi na drugim piętrze. Korytarz. Jeden, drugi pokój, a potem, w głębi, widok jak z najgorszych koszmarów. Ciało Sandrine przecięte na pół, w groteskowej pozycji. Niezrozumiały szczegół — jej głowa była łysa, a w drugim kącie pokoju leżała peruka. Jeszcze gorsze było to, że zabójca posłużył się wnętrznościami, żeby napisać coś na ściennej szafie.

Ideogramy japońskie, w pionie.

Passan nie rozumiał ich, ale w końcu pojął, że cała ta historia nie miała nic wspólnego z Guillardem ani z żadnym innym przestępcą, którego kiedykolwiek aresztował.

Ten koszmar miał związek z Naoko.

W ułamku sekundy wyobraził sobie całą scenę. Naoko i Sandrine zostały zaskoczone przez napastnika. Pierwsza z nich została zabita. Druga wyskoczyła oknem. Zanim dobiegł na drugie piętro, morderca napisał swoje krwawe przesłanie. Passan zobaczył, że na podłodze leży kimono poplamione krwią, jakby użyto go do wytarcia narzędzia zbrodni.

Wszedł tutaj schodami. Winda była nieczynna. A więc morderca albo uciekł na wyższe piętra, albo ukrywał się jeszcze w mieszkaniu. Z bronią w ręku przebiegł przez wszystkie pokoje. Nikogo. Wypadł na klatkę schodową. Panowało tam ogromne zamieszanie. Sąsiedzi stali na pół-piętrze, inni schodzili zobaczyć, co się stało.

Chowając broń, wychylił się przez poręcz. Krzyki, ręce na poręczy, odgłos kroków w rezonującym szybie, który przypominał teraz oko cyklonu.

Zbiegł po schodach, odpychając lokatorów pokrzykujących do siebie ze swoich pięter. Instynktownie szukał wzrokiem zabójcy. Z pewnym opóźnieniem przypomniał sobie, że Naoko powiedziała: „Ona jest na górze". O kim mówiła? O Sandrine? O morderczyni?

Gdy wyszedł na zewnątrz, przyjechało już pogotowie i policja. Naoko leżała pod nakryciem z folii termicznej, z kołnierzem ortopedycznym na szyi. Podszedł do dwóch mężczyzn, którzy przenosili ją na nosze. Trzeci ją badał — zapewne lekarz pogotowia.

— Co z nią? — zapytał Olivier.

— Kim pan jest? — odparł tamten, nie oglądając się.

— Jej mężem.

Lekarz nie odpowiedział. Dał znak pielęgniarzom, którzy krzątali się koło Naoko. Jednym ruchem podnieśli nosze i położyli je na łóżko na kółkach.

Passan chwycił lekarza za kołnierz bluzy i brutalnie odwrócił go do siebie.

— Wyjdzie z tego czy nie?

Lekarz zachował spokój — miewał już do czynienia z takimi furiatami.

— Proszę się opanować. Rana nie jest głęboka, ale pańska żona straciła dużo krwi.

Passan odsunął go na bok i podążył wzrokiem za Naoko, którą zabierano do ambulansu. W tym kołnierzu ortopedycznym i pod srebrzystym nakryciem przypominała mu Patricka Guillarda po utarczce w Stains.

— Dokąd ją wieziecie?

— Nie mam pojęcia.

— Kpi pan sobie ze mnie?

— Będziemy szukać wolnego łóżka w którymś szpitalu. Proszę zadzwonić za jakieś pół godziny, wtedy dowie się pan czegoś więcej.

Passan nie nalegał. Taka była normalna procedura. Widział tysiące takich scen i fakt, że ofiarą była jego żona, niczego

tu nie zmieniał. Pobiegł do ambulansu, żeby jej coś pow
dzieć, ale drzwi były już zamknięte. Karetka odjechała
szybko, że aż dym poszedł spod kół, z wyjącą przeraźliv
syreną. Na ten widok poczuł skurcz w żołądku. To
moment na rozklejanie się. Morderca — lub morderczyni
wciąż mógł być w okolicy. Szybkim krokiem wróciło ki
policjantów, którzy usiłowali zapanować nad ciekawskir

— Nikt nie ma prawa opuścić budynku! — krzyk
Passan, machając legitymacją policyjną. — Otoczyć żó
taśmą cały teren.

Policjanci kiwnęli głowami, nie wiedząc nawet, z k
mają do czynienia. W policji traktuje się tak każdego, 1
ma legitymację z trójkolorowym paskiem, a wszyscy inn
podejrzani.

Zwrócił się do dwóch szeregowych policjantów ze spo
nymi głowami.

— Chodźcie ze mną! Nie chcę widzieć nikogo na scl
dach! Wszyscy mają zostać w swoich mieszkaniach! —
dynemu z grupy, który miał jakiś stopień, rozkazał: — Pro
wezwać posiłki. Niech pan zadzwoni także do prokurat
i do paryskiej brygady kryminalnej.

Po kilku sekundach wahania policjanci zabrali się
roboty. Kazali odejść wszystkim, którzy tu nie mieszk
a innych odepchnęli. Zrobił się lepszy widok. Trzasn
drzwi. Podesty opustoszały. Passan ruszył za funkcjonar
szem. Z każdym pokonanym stopniem wracał do ni
straszliwy obraz ciała Sandrine. Czy coś takiego mogła zro
kobieta?

Uznał, że tak. Mogła wejść na wyższe piętro, a pote
kiedy on zatrzymał się na drugim i znalazł zwłoki Sandri

378

spokojnie zejść na dół. Albo schować się w jednym z pokojów i potem uciec. Ale wówczas zauważyliby ją gapie. Tak więc musiała jeszcze tutaj być. Gdzieś w tym budynku.

Wbiegł na piąte piętro, włączając osobisty sonar do wykrywania nieprzyjaznych fal. Niczego podejrzanego. Na klatkę schodową wróciła cisza. Rozejrzał się i bez trudu znalazł drabinę pożarową, pozwalającą dostać się na taras na dachu.

Łokciem otworzył lufcik i podciągnął się w górę. Dach był płaski jak boisko do koszykówki, usiany kominami i wylotami wentylacyjnymi, z połyskującymi kałużami wody. W oddali był widoczny Paryż otoczony wewnętrzną obwodnicą. Wszystko przesłonięte mgiełką upału, zaskakującego podczas tak nieudanego czerwca. Widok przypomniał mu okres, kiedy miał zawroty głowy na najmniejszej wysokości, pustych przestrzeniach. Ten czas już minął i mimo woli poczuł satysfakcję. Teraz demony były realne — zabijały białą bronią i zostawiały krwawe ideogramy na ścianach.

Ze wszystkimi zmysłami w stanie gotowości wyjął pistolet i ruszył w kierunku cementowych bloków, powtarzając cicho: „Sandrine nie żyje... Sandrine nie żyje...", jakby przekonując samego siebie. Czy morderczyni schowała się za którymś kominem? Chociaż szedł bardzo ostrożnie, trzymając oburącz glocka, pod jego nogami chrzęścił żwir. Okrążył pierwszy komin — nikogo. Drugi komin — to samo. Obszedł wszystkie po kolei — bez skutku. Spojrzał na zegarek. Od wypadku Naoko minęło pół godziny.

Morderca był już daleko stąd.

Passan wrócił do drabiny i wtedy przyszło mu coś do głowy. Spróbował otworzyć drzwi windy na piątym piętrze. Za-

379

blokowane. Tak samo na czwartym i trzecim piętrze. Na drugim i na pierwszym także. Na parterze popatrzył na napis: „Awaria". Pchnął drzwi.

Otworzyły się, ukazując tonącą w półmroku kabinę.

— Cholera! — zaklął głośno.

W zamieszaniu, które nastąpiło po odkryciu zwłok Sandrine, morderczyni schowała się właśnie tutaj.

Nikt nawet nie pomyślał, żeby szukać jej w tym miejscu.

67

Sytuacja całkowicie się zmieniła. Teraz to on chodził tam i z powrotem przy łóżku Naoko. Sala w uniwersyteckim szpitalu pediatrycznym Robert-Debré nie była ani przyjemniejsza, ani lepiej wyposażona od tej, w której leżał. Podobnie jak on, Naoko była w sali sama. Co do reszty — beżowe ściany bez wyrazu, zapach trupiarni, męcząca duchota...

Godzina szesnasta. Fifi pojechał do ośrodka jazdy konnej po Shinjiego i Hirokiego. Nie mógł ich zabrać do Suresnes, ani tym bardziej do Sandrine. Zjedli lunch w MacDonaldzie, a później poszli do kina przypominającego schron przeciwatomowy. Koniec seansu przewidziany był na osiemnastą. Potem trzeba będzie się zastanowić co dalej.

Od kilkunastu minut Passan powtarzał te same pytania, nie zważając na ogromne osłabienie Naoko, nafaszerowanej lekami uśmierzającymi ból. Operacja zszywania rany na plecach trwała prawie godzinę.

— Przestań tak chodzić... — wymamrotała. — Męczysz mnie.

— To cud, że udało ci się stamtąd wydostać.

— Wszystko w porządku... Nic mi nie jest. Zapytaj lekarza. Zwykłe draśnięcie.

— Draśnięcie? Rana od miecza?

— Ostrze ledwie musnęło skórę. Szybko się zagoi. Samochód zamortyzował mój upadek. Będę miała dużego siniaka, i to wszystko.

Passan pokiwał energicznie głową i mruknął:

— Cholerny cud, tak...

Naoko leżała na łóżku nieruchoma jak sfinks. W zagłębieniu łokcia miała wbitą igłę kroplówki.

— Co naprawdę zobaczyłaś? — powtórzył z uporem to samo pytanie.

— Mówiłam ci już dziesięć razy, że nic nie widziałam.

— Ale widziałaś, kto zabił Sandrine, tak?

Naoko lekko poruszyła ręką, która ciężko opadła z powrotem na prześcieradło.

— Była tam jakaś postać, ubrana na czarno. Stała za plecami Sandrine. A potem zobaczyłam krew. Wszystko nagle zrobiło się czerwone. Ledwie zdążyłam wyskoczyć oknem.

— I nic więcej nie pamiętasz? Żadnych szczegółów?

— Wydaje mi się, że to była kobieta.

— Japonka?

— Po tym, jak posłużyła się kataną, myślę, że tak... Zabiła ją jednym ciosem. — Ściszyła głos. — Biedna Sandrine... Z tymi jej kimonami...

Nie dokończyła zdania i rozszlochała się. Passan nie zamierzał okazywać jej współczucia. Oni byli następni na liście. Nie miał co do tego wątpliwości. Na liście tej Japonki...

W masce teatru nō, w kimonie, z kataną. Morderczyni postępowała zgodnie z dawnymi tradycjami. Tymi, które tak podziwiał.

— Wiedziałeś, że miała raka?

— Kto?

— Sandrine. Nowotwór w fazie terminalnej. Zostały jej najwyżej dwa miesiące życia.

— Nie zrobiono jeszcze autopsji — odparł zaskoczony Passan.

— Oczywiście, jedynie lekarze sądowi wiedzą coś o życiu ludzi.

— Bardzo śmieszne.

Naoko podniosła się na łóżku.

— Nie pojmujesz, co się stało? Zajęci naszymi głupimi sprzeczkami, rozwodem, ustalaniem kolejności opieki nad dziećmi nie dostrzegliśmy najistotniejszej rzeczy. Skoncentrowani na naszych małych nieszczęściach nie zauważyliśmy tego, że najlepsza przyjaciółka była śmiertelnie chora.

— Nie wydaje mi się, żeby nasze nieszczęścia były takie małe — odparował Passan.

Naoko mówiła dalej, jakby do samej siebie:

— Kiedy zobaczyłam te kimona w jej szafie, zaczęłam podejrzewać, że to ona stała za ostatnimi wydarzeniami w naszym domu. Absurdalne, ale w tym momencie...

— A o co tak naprawdę jej chodziło?

— Nie wiem. Zainteresowała się Japonią. Pragnęła przeżyć ostatnie tygodnie ze mną i z dziećmi. Mówiła o kami...

— Została wyznawczynią szintoizmu?

— Nic nie wiem, już ci mówiłam! — powiedziała podniesionym nagle głosem. — Kto wie, co się dzieje w głowach

383

ludzi w obliczu śmierci? — Znowu zaczęła mówić cicho: — Z pewnością znalazła pocieszenie we wschodnim mistycyzmie, w spokoju filozofii zen... Idiotyzm. Japonia działa jak trucizna.

Słowa te zaszokowały Passana, ale rozumiał, co Naoko ma na myśli. Japonia odgrywała na Zachodzie rolę sztucznego ujścia, rozładowującego napięcie. Zamiast zastanowić się nad tamtejszymi problemami, snuto rojenia o azjatyckim edenie, japońskim ideale, pełnym spokoju i równowagi. Sam stał się ofiarą takiego podejścia.

— Wróćmy do morderczyni — rzucił stanowczo. — Widziałaś ją. Jak była ubrana?

— Na czarno, już mówiłam. Tak przynajmniej mi się wydaje. Nie wiem...

— W jakim wieku?

— Irytujesz mnie. Wszystko działo się tak szybko. Zobaczyłam przecięte na pół ciało Sandrine. Jej krew trysnęła mi w oczy. Odwróciłam się... i uciekłam. Ja...

Głos załamał się jej na dobre. Szlochanie, kilka łez — odpowiednik strumieni łez u kobiety Zachodu.

Passan nachylił się nad jej łóżkiem i odezwał się łagodniejszym tonem:

— Musisz odpocząć. Porozmawiamy o tym jutro. Popełniałem jednak błąd, od samego początku, rozumiesz? Cały czas myślałem, że Guillard czy jakiś inny łajdak chcieli dopaść mnie... Ale jednocześnie miałem nieprzeparte wrażenie, że wszystko to było związane z tobą.

Naoko otarła oczy.

— To, że jakaś pomylona kryminalistka przebiera się w kimono, nie znaczy...

Passan wyjął iPhone'a i pokazał jej zdjęcie zrobione na miejscu zbrodni.

— To było napisane na ścianie. Co to znaczy?

Zesztywniała. Zauważył, że bezskutecznie próbuje przełknąć ślinę. Drżała. Jej skóra nie była już biała, lecz żółta. Znowu przypominała drewnianą maskę teatru nō.

— Odpowiedz — nalegał.

Zagryzając usta, spiorunowała go wzrokiem. Jak zawsze uderzyło go piękno jej azjatyckich oczu. Ich skośna linia sprawiająca wrażenie lekkiego zeza. W jej wzroku zawierała się sprzeczność — łączył przeciwieństwa. Ostra gwałtowność, ale również łagodność, czułość, które osłabiają, pieszczą serce...

— „To należy do mnie" — odpowiedziała cicho.

— „To należy do mnie"...? Ale co?

— W tego typu zdaniach japońskich nie ma ani rodzaju męskiego, ani żeńskiego. To może także znaczyć: „Oni lub one należą do mnie"...

— Czy to znaki kanji, czy hiragana?

— I te, i te.

— Nie ma innych?

— Chodzi ci o katakanę? Nie. W tym zdaniu nie ma żadnego obcego znaku.

Japończycy stworzyli katakanę, trzeci alfabet, dla przekazywania obcych dźwięków i nazw, co mówiło dużo o wrażliwości duchowej tego kraju.

— Czy ten zwrot jest pełen szacunku, neutralny czy brutalny?

— Brutalny.

— Przypatrz się dobrze temu zdaniu. Czy jest w nim

jakiś szczegół, który mógłby nam coś powiedzieć o jego autorce?

— Nie.

Passan stracił panowanie nad sobą i wymachując telefonem komórkowym, krzyknął:

— Na litość boską, co znaczą te słowa?!

Naoko zatrzepotała gwałtownie powiekami.

— Nie wiem. Może chodzi jej o kimona. Wyglądały na drogie. Może Sandrine ukradła jej...

— Kpisz sobie ze mnie?

Naoko nie odpowiedziała, ale wbiła w niego wzrok. Jej oczy nie wyrażały niczego. Ani strachu, ani gniewu. Pomyślał o „niewzruszoności" Azjatów. Potem o swojej własnej głupocie. Dziesięć lat wspólnego życia, żeby usłyszeć tylko banały. Niczego się nie dowiedział. I nigdy się nie dowie.

— „To należy do mnie" — powtórzył ze złością. — Co to może znaczyć? Czy nie ma związku z twoją przeszłością? Z rodzicami? Z dawnymi przyjaciółmi?

— Co ty wygadujesz?

— Musi być w tym jakiś klucz. Zastanów się. Na razie nie mam pojęcia, o co może chodzić.

— Majaczysz. Mówimy o kimś, kto zabił naszego psa, kto zamordował Sandrine. O kimś tak szalonym, że tu, w Paryżu, użył tradycyjnego miecza. Wybacz, ale w moich wspomnieniach nie ma czegoś takiego.

Wbrew sobie przyznał jej rację. To wszystko nie trzymało się kupy. Uspokoił się i usiadł na skraju łóżka. Ostrożnie wziął ją za rękę. Naoko nie oponowała. Zły znak...

— Pojadę do Tokio — oznajmiła tonem nieznoszącym sprzeciwu.

— Dobry pomysł. Odpoczniesz tam.

— Nie. Wracam na dobre. Koniec głupstw.

Passan zdał sobie sprawę, że podświadomie cały czas spodziewał się tej wiadomości.

— A dzieci? — wybąkał.

— Zastanowimy się nad tym. Na razie pojadą ze mną.

Miał ochotę zachować się jak typowy policjant i powiedzieć: „W tej chwili nie możesz opuszczać Paryża. Jesteś naszym głównym świadkiem w sprawie o morderstwo". Albo jak tępy mąż: „To omówią nasi adwokaci". Jednak tylko westchnął i odrzekł uspokajająco:

— Odpocznij. Porozmawiamy o tym jutro.

— Gdzie będziecie spać?

Zaskoczyło go to pytanie. Jeszcze o tym nie myślał.

— W hotelu — odpowiedział machinalnie. — Nie martw się.

Musiał się skoncentrować, żeby odpowiedzieć jej opanowanym tonem. Musiał też zapanować nad dręczącymi jego umysł myślami. Tokio... Dzieci... Pierwotny strach...

Najpierw trzeba rozwiązać tę sprawę. A następnie nie dopuścić do wyjazdu Naoko.

Jeden koszmar po drugim.

— Pójdę już — rzekł cicho. — Jesteś wykończona.

Wstał i ujął jej rękę, żeby ją pocałować. Kiedy się nachylił, odniósł wrażenie, jakby ostrze gilotyny spadało mu na kark.

68

— Pan Passan?

W jego kierunku szła młoda kobieta w jasnozielonej bluzie i spodniach. Jej twarz była mniej więcej tego samego koloru co bluza. Ostro zarysowana, z przenikliwymi oczami. Jasne kręcone włosy opadały jej na czoło.

— Brigitte Devèze. Jestem lekarzem dyżurnym i to ja zajęłam się pańską żoną.

Passan uścisnął jej rękę i skłamał:

— Właśnie pani szukałem.

— Proszę się nie martwić — przerwała mu, uprzedzając pytania. — Rana nie jest groźna.

— A upadek?

— Zamortyzował go dach samochodu. Miała dużo szczęścia.

Podziękował jej uśmiechem i spojrzał na zegarek — osiemnasta trzydzieści. Seans w kinie powinien się już skończyć. Trzeba zadzwonić do Fifi. Znaleźć hotel. Wrócić do w miarę normalnego życia.

— Co się tak naprawdę wydarzyło? — zapytała lekarka,

przypatrując się uważnie jego poparzonej twarzy. — Rana wygląda tak, jakby została zadana jakimś ostrym narzędziem. Pytałam też o to pańską żonę, ale jej odpowiedź nie była zbyt jasna.

Omal nie odparł w sposób typowy dla policjanta: „Od zadawania pytań jestem ja", ale ponownie się uśmiechnął i odrzekł wymijająco:

— Śledztwo jest w toku. Wiem nie więcej niż pani. — Znowu rzut oka na zegarek. — Przepraszam panią, ale muszę jechać do dzieci.

Nie czekając na jej odpowiedź, pchnął wahadłowe drzwi i wyszedł na schody. Gdy tylko znalazł się na dworze, wystukał numer Fifi.

— Wszystko w porządku?

— Idealnie.

— Co obejrzeliście?

— *Kung Fu Panda Dwa.*

— Dobre? — zapytał w roztargnieniu.

— Głośne.

Porucznik, amator neometalu, hard core'u i rocka industrialnego, poznał się jednak i na czymś innym.

— Jak się ma Naoko? — spytał.

— Nieźle, wziąwszy pod uwagę okoliczności. Są wieści o Sandrine?

— Jeszcze nie. Zacchary właśnie nad nią pracuje.

— Prokurator tam był?

— Chyba tak.

— Kto dostał sprawę? Brygada kryminalna?

— Na razie nie jest to postanowione. Pierwsze ustalenia robi komenda z Saint-Denis.

— To nasze śledztwo, do cholery!

— Uspokój się. W dalszym ciągu jesteś zawieszony, a poza tym powinieneś być nadal w szpitalu. Jedyne, co możesz zrobić, to złożyć skargę w komisariacie w Pantin.

Fifi miał rację. Jednak Passan mógł zadzwonić do prokuratora, skontaktować się z Lefebvre'em, potrząsnąć nimi i wymóc, by ponownie powierzyli mu śledztwo.

— Calvini chce cię widzieć — powiedział Fifi.

— Po co?

— Nie mam pojęcia. Jutro rano, jak najwcześniej.

— W niedzielę?

— Będzie u siebie w domu. Mam adres. Prześlę ci SMS-em.

Passan dotarł do swojego samochodu. To zaproszenie nie wróżyło nic dobrego.

— Coś nowego o Guillardzie?

— Nie wiem.

— Dowiedz się. A co z Levym?

— Nic. Facet się rozpłynął.

Pora odmówić kadisz za starego grzesznego policjanta.

— Co robicie teraz?

— Jemy lody.

— Gdzie?

— Na Montparnasse.

Przypomniał sobie, że podczas służby w brygadzie antyterrorystycznej chronił świadka pochodzącego z Albanii. Na czas trwania procesu ulokowano go w hotelu Méridien na avenue du Commandant-Mouchotte, tuż za dworcem Montparnasse. Teraz hotel należał do sieci Pullman, ale architektura pewnie się nie zmieniła. Znał dojścia, wyjścia, topografię pięter. Mógł stworzyć strefę bezpieczeństwa przy pomocy tylko kilku policjantów. Podał Fifi adres i umówił się z nim tam za pół godziny.

Kiedy wsiadł do subaru, pomyślał o nowym powodzie do niepokoju. Nie chodziło o zagrożenie ze strony zabójcy, lecz o pomysł Naoko — wyjazd do Tokio. Zawsze go zapewniała, że jej życie jest tutaj w Paryżu i że nawet w razie zerwania z nim pozostanie we Francji. Gówno prawda. Jego dzieci posiadały japońskie paszporty. Krótko mówiąc, mogła spokojnie polecieć tam każdego dnia wraz z chłopcami. Bez żadnych problemów.

Z natury przezorny, dowiedział się, że w takim wypadku można ją oskarżyć o porwanie, nielegalny wyjazd i inne takie głupoty, ale między Francją i Japonią nie było umowy o ekstradycji. Tak czy siak, nic by nie wskórał.

Czy ona naprawdę była gotowa to zrobić? Czy najścia na ich dom tak wytrąciły ją z równowagi? A może jego oskarżenia? Pędząc w kierunku Porte Maillot, cały czas widział jej zaciętą twarz, płaską jak papier, okoloną atramentowymi włosami. Znał ten wyraz. Nawet na początku małżeństwa, kiedy miała do niego pretensje, natykał się na tę maskę z czarnymi włosami. A trochę później, kiedy w nocy próbował się do niej zbliżyć, odwracała się do niego plecami.

Usiłował uspokoić się racjonalnymi argumentami. Jej kariera zawodowa, pozycja, dom — całe życie Naoko toczyło się we Francji. Wielokrotnie powtarzała, że dla dzieci będzie atutem to, iż mówią biegle dwoma językami. Czy zamierzała wszystko odrzucić, zaczynać od zera?

Nie miała złudzeń co do swojej ojczyzny, przeżywającej kryzys. Nikt nie osądzał surowiej Japonii niż ona. Według niej trawa na ryżowiskach Honsiu nie była bardziej zielona. Teraz jednak, po takich wydarzeniach, jak obdarta ze skóry małpa w lodówce, wizyta wampira atakującego jej dzieci, pies z rozprutym brzuchem i ciało najlepszej przyjaciółki przecięte na pół, każde miejsce mogło się wydawać bardziej zielone niż Mont-Valérien.

69

Naoko z trudem udało się podnieść na łóżku i opuścić nogi. Każdy ruch wymagał ogromnego wysiłku. Wstrzymując oddech, wyszarpnęła przewód kroplówki. Następnie powoli zsunęła się z łóżka i stanęła na podłodze. Trwała tak kilka sekund nieruchomo, usiłując zachować równowagę. Wszystko w porządku. Mogła chodzić. Passan przyniósł jej czyste rzeczy. Zajrzała do szafy i znalazła to, czego potrzebowała. Włożyła majtki, lekką sukienkę, sandałki. Znieczulenie miejscowe jeszcze działało — nie czuła żadnego bólu. Wzięła także jasnoniebieski płaszcz przeciwdeszczowy. Passan pamiętał nawet o jej torebce. Doskonale.

Wyjrzała na korytarz. Pusto. Wyszła z sali i cicho zamknęła za sobą drzwi. Z torebką na ramieniu szła wzdłuż ściany, pomału odzyskując pewność ruchów. Było sobotnie popołudnie, wyglądała więc jak ktoś odwiedzający chorego. Musiała tylko znaleźć to, czego potrzebowała...

Kilka godzin temu czekała na noszach, w holu szpitala, na ostrym dyżurze. Problem z wolnym pokojem. Albo brak lekarzy. Otumaniona lekami uspokajającymi leżała cierpliwie, rozglądając się.

Szósty zmysł cudzoziemki. Zawsze czujna, osiągnęła taki poziom spostrzegawczości jak żaden Francuz. Gdy wchodziła do jakiegoś budynku użyteczności publicznej, natychmiast zapamiętywała każdą tabliczkę. Nie podpisała żadnej umowy o najem czy pokwitowania przesyłki, nie sprawdziwszy wszystkich klauzul, nawet tych napisanych drobnym drukiem.

Robert-Debré to szpital pediatryczny specjalizujący się w rzadkich chorobach dziecięcych. Zastanawiała się, czy placówka, w której przebywają dzieci i nastolatki, dysponuje jakimiś rozrywkami. Kiedy Shinji był operowany na ślepą kiszkę w szpitalu Neckera, była tam wielka sala pełna gier towarzyskich, książek i komputerów. A jeśli są komputery, to może być również internet...

Wsiadła do windy i pojechała na pierwsze piętro. Kolejny korytarz. Tutaj jeszcze bardziej przypominała mamę szukającą swojego dziecka. Jeden tylko szczegół nie pasował — sposobem poruszania się przywodziła na myśl raczej odwrót armii japońskiej na Okinawie.

Na końcu korytarza zobaczyła pomieszczenie z napisem „Dorosłym wstęp wzbroniony". Przy wejściu nie było nikogo z ochrony. Ściany pomazane graffiti, stoły z piłkarzykami, instrumenty muzyczne. Bywalcy tego klubu mieli na sobie albo klasyczne dżinsy i podkoszulki, albo piżamy i podłączone kroplówki.

Zobaczyła dzieciaki tak zapamiętale stukające w klawisze, jakby od tego zależało ich życie. Żaden komputer nie był wolny. Ominęła uzależnionych od gier i wybrała wyrośniętego chłopca zalogowanego do Facebooka.

Zapytała go uprzejmie, czy mogłaby skorzystać z jego komputera. Twarz dziecka rozjaśnił piękny uśmiech. Ten chłopiec wkrótce stanie się mężczyzną. Naoko pomyślała, że Shinji i Hiroki też kiedyś tacy będą — beztroscy i czarujący. Natychmiast włączyła klawiaturę z japońską czcionką. Chłopiec, który odstąpił jej komputer, bardzo wysoki, co najmniej metr osiemdziesiąt pięć, stanął obok niej.

— Czy to japoński? — zdziwił się, jakby chodziło o język elfów z *Władcy pierścieni*.

Kiwnęła głową, od razu żałując, że wdała się z nim w rozmowę. Jeśli Passan będzie prowadził śledztwo w szpitalu, trafi na tego nastolatka, który sobie o niej przypomni. Wystarczy wtedy, że przejrzy wszystkie twarde dyski.

Weszła na Facebooka. Wpisała nazwisko. Zobaczyła uśmiechniętą i zarazem jakby nadąsaną twarz — nic się nie zmieniła. Znowu coś wystukała i uzyskała jej potwierdzenie. Mimo wszystko nadal była na liście jej przyjaciół. Nagle niewinną twarz zastąpił wizerunek zbryzganej krwią maski, którą widziała poprzedniego dnia. Wstrząsnął nią dreszcz.

Zastukały klawisze. Wiadomość w skrzynce pocztowej ograniczała się do jednego słowa.

Jedynego.

— Czy pani dobrze się czuje? — zaniepokoił się chłopak.

— Oczywiście. Dlaczego pytasz?

— Bardzo pani zbladła.

— Wszystko w porządku. — Uśmiechnęła się. — Czy mogę korzystać z komputera jeszcze przez chwilę?

Chłopak rozłożył długie ręce, które zafalowały przed nim niczym algi w głębi wody.

— Tutaj mamy dużo czasu.

Naoko nie śmiała pytać go, na co choruje. Weszła na stro
Japan Airlines. Z ostrożności wybrała wersję japońską.

Lot na jutro, jedenasta czterdzieści. Kliknęła, podała r
zwiska pasażerów, numer karty kredytowej. Nie Visy, któ
posługiwała się na co dzień, lecz American Express, któ
w sekrecie zachowała na wypadek nagłego wyjazdu. Praw
mówiąc, cały czas żyła jak kryminalistka, gotowa uciec b
oglądania się za siebie.

Jeszcze kilka kliknięć i rezerwacja została potwierdzor
Gdy tak patrzyła na cyfry na ekranie, nałożyły się na r
ideogramy napisane krwią Sandrine.

Tylko ona rozumiała sens tej wiadomości.

Tylko ona mogła na nią odpowiedzieć.

70

Passan z dziećmi weszli do lobby hotelu Pullman o dziewiętnastej trzydzieści. Ich osobistą ochronę stanowili Fifi, Jaffré i Lestrade — trzej uzbrojeni policjanci, którzy pomału zmieniali się w niańki, poświęcając na to swój wolny czas. Znowu pomyślał o albańskim świadku, którego tutaj ukrył. Porównanie nie było aż tak bardzo absurdalne. Znajdowali się bowiem w takiej samej sytuacji. Bezbronne istoty wystawione na poważne niebezpieczeństwo. Miał do czynienia z wieloma przypadkami tego rodzaju. Świadkowie, ofiary, niewinni podejrzani... Zwykli ludzie niszczeni przez nadzwyczajne okoliczności. Teraz i on znalazł się wśród nich.

Fifi zajął się sprawami meldunkowymi. Jaffré i Lestrade wnieśli bagaże do apartamentu. Pokoje w amfiladzie — jedyne wyjście, żeby mogli być wszyscy razem. Urzędnik zastępujący prokuratora podpisał nakaz rekwizycyjny. Dodatkowe wydatki poszłyby również na koszt państwa. Byli świadkami podlegającymi ochronie.

Kiedy Shinji i Hiroki zobaczyli pokój, krzyknęli z radości. Passan wyjaśnił im, że mama jest chora, i chłopcy nie pytali o nic więcej. Zwrócił już wcześniej uwagę na pewien szczególny fakt — dopóki jedno z rodziców było przy nich, chłopcy nie okazywali niepokoju. Nawet jego poparzona twarz ich nie przerażała, wystarczyła bowiem jego obecność, żeby poczuli się jak zawsze bezpiecznie.

Podczas gdy dwaj policjanci urządzali salon na wzór campingu, Fifi podłączał do telewizora konsolę gier. Passan natomiast zamknął się w łazience, żeby posmarować twarz maścią Biafine. Fifi dostarczył mu także środki uspokajające, „legalnie niedostępne". Leki legalne są jego zdaniem dobre „dla mięczaków", a pigułki, które przyniósł, były o wiele bardziej skuteczne. Passan wierzył swojemu zastępcy w tych sprawach, ale tym razem się zawahał.

Otworzył drzwi łazienki i zawołał:

— Ten twój specyfik mnie nie ogłupi?!

— Nie ma takiego ryzyka — odrzekł Fifi, wchodząc do łazienki. — Bierze się je nazajutrz po zażyciu ecstasy. Przedtem ratowano się heroiną, ale współczesna chemia robi stale postępy.

— Uspokoiłeś mnie.

Fifi roześmiał się i połknął jedną tabletkę, żeby go zachęcić.

— Dobra — odparł Passan, zamykając drzwi. — Dzwoniłeś do brygady kryminalnej?

— Na razie dochodzenie prowadzi komenda z Saint-Denis. Prokurator wyznaczy w nagłym trybie sędziego śledczego.

— Jak poznasz jego nazwisko, daj mi znać. Rozmawiałeś z facetami z departamentu dziewięćdziesiąt trzy?

— W Pré-Saint-Gervais zaczęto wypytywać sąsiadów. Nikt nic nie widział, nikt nic nie słyszał. A jeśli chodzi o morderczynię, jakoś przedarła się przez kordon policji. Przepadła bez śladu.

Passan przypomniał sobie ciemną kabinę windy. Bez wątpienia schowała się właśnie tam, a potem niezauważona uciekła, żeby ponownie zaatakować.

Fifi wyjął z kieszeni saszetkę z przezroczystego papieru złożonego we czworo.

— Mogę? — zapytał, pokazując na kokę.

— Nie. Co ty sobie wyobrażasz? Jesteś na służbie, chłopie. A tu obok są moje dzieci.

— No jasne. — Fifi się roześmiał. — Gdzie ja mam głowę?

— Zadowolisz się piwem z barku. U mnie w domu nic nowego?

— Nic. Wywiad w sąsiedztwie nic nie dał. Analizy laboratorium technicznego też nic. Wiesz, czasami wydaje mi się, że mamy do czynienia z duchem.

Passan zdjął czapkę, podrapał się po głowie, po czym przygładził włosy, które mu jeszcze zostały, jakby chciał uporządkować myśli.

— Zebrałeś informacje o Sandrine?

— Nie mogę robić wszystkiego — zaprotestował Fifi. — Albo wynajmiesz nową niańkę, albo...

Passan przerwał mu ruchem ręki.

— Będziesz mógł zająć się tym wieczorem, tutaj, w hotelu.

— Nie zostajesz z nami?

Zignorował pytanie.

— Chcę także, żebyś poszperał na temat katan.

— Co to takiego?

— Japońskie miecze. Skontaktuj się z kolekcjonerami białej broni, z antykwariuszami, klubami kendo.

— Jeszcze dziś w nocy?

— Poradzisz sobie jakoś. Dowiedz się także, czy ostatnio ktoś nie płacił cła za tego rodzaju przedmioty.

Fifi przysiadł na brzegu wanny. Narkotyk zaczynał już chyba działać — widać było, że odpływa. Passan chciałby się czuć tak samo, ale ból nie odpuszczał.

— Przypominam ci, że to śledztwo prowadzi ktoś inny — powiedział porucznik znużonym głosem. — Nie mamy żadnego nakazu, żadnych możliwości.

— Nie pierwszy raz.

— Czy Naoko coś powiedziała?

— Nic.

— Oczywiście.

Passan nie zareagował na jego złośliwy ton. Była dwudziesta trzydzieści. Przypomniał sobie o jeszcze jednym aspekcie sprawy.

— A Levy?

— Co Levy?

— Prosiłem cię, żebyś dowiedział się, czy zlecał analizy genetyczne.

— O cholera, zapomniałem... W tym całym zamieszaniu...

— Dowiedziałeś się czegoś?

Fifi wyjął z kabury notes.

— Chyba tak. Dwudziestego pierwszego czerwca Levy przesłał jedną rękawiczkę do Bordeaux i tego samego dnia drugą posłał do laboratorium w Strasburgu. Następnego dnia wieczorem dostał je z powrotem z wynikami.

Kiedy policjant ma rację, oznacza to dla niego często wyrok śmierci.

— W każdym razie są to rękawiczki Guillarda — podjął porucznik. — Dlaczego przesłał je osobno?

— Chciał sam porównać wyniki analiz. Próbował sprzedać Guillardowi razem z rękawiczkami wyniki analiz.

— Zwiał z forsą?

— Nie żyje.

Passan otworzył drzwi i wyszedł z łazienki. Fifi szedł tuż za nim. Shinji i Hiroki, pochłonięci grą wideo, śmiali się pod rozbawionym wzrokiem Lestrade'a i Jaffrégo. Passan wyjął z torby podróżnej dwie piżamy i przybory do mycia. Rozebrał chłopców mimo ich głośnych protestów. Rutynowe czynności mające stworzyć iluzję, że to zwykły wieczór.

Potem zadzwonił do Naoko. Głos obojętny, nieodgadniony. Chłopcy chcieli z nią porozmawiać. Opisali apartament hotelowy, wymienili wszystkie słodycze, jakie znajdowały się w barku, potem wrócili do gry.

— W sprawie kolacji zadzwońcie na room service — powiedział Passan do porucznika.

— Co ty znowu zamierzasz zrobić?

— Muszę zakończyć pewną rzecz.

Fifi stanął przed nim zaniepokojony.

— Ostatnim razem, kiedy tak mi odpowiedziałeś, zamieniłeś się w płonącą pochodnię. Gdzie idziesz?

Passan uśmiechnął się z przymusem. Maść i leki — a może również magiczna pigułka — odniosły wreszcie skutek.

— Co chcesz zrobić? — nalegał Fifi.

— Pożegnać się.

Wziął prysznic, przebrał się i uściskał swoje dwa diabełki. Właśnie przyniesiono kolację — wielkie hamburgery i mnóstwo frytek. Odbiegało to znacznie od zasad Naoko w sprawie wychowania, ale przecież, mimo całego chaosu, był to sobotni wieczór.

Pomachał na pożegnanie kolegom, obiecując wrócić na noc. Fifi przypomniał mu o spotkaniu z sędzią następnego dnia rano. Idąc do wind, Passan pomyślał, że jedynym duchem w tej historii jest on sam.

71

Brama była zaklejona na krzyż żółtymi taśmami. Zerwał je i użył pilota. Podjął decyzję. Sprzedadzą dom. Spłacą kredyt, resztę umieszczą na koncie na nazwisko dzieci. Bezpieczna lokata, która w miarę upływu lat będzie rosnąć wraz z kursem euro. Dzisiaj coś takiego mogły zaoferować jedynie banki, w których miał konto...

Przeciął trawnik, nie oglądając się na ogród. Zapaliły się ustawione pod drzewami reflektory. Żółte elastyczne taśmy łączyły drzewa niczym alpinistyczna lina. Przeszedł pod nimi, włożył lateksowe rękawiczki i przekręcił w zamku klucz.

Znalazłszy się wewnątrz domu, zapalił światło we wszystkich pomieszczeniach. Nie chciał, by przeszkodziły mu ciemności. Zrobił obchód. Poprawił kilka poduszek, podniósł zagniecione rogi dywanu. Niczego nie szukał. Chłopcy od Zacchary już to zrobili i nic nie znaleźli. Pragnął jedynie ostatni raz mieć kontakt z tymi przedmiotami, ścianami, domem.

Na piętrze zatrzymał się przed pokojem chłopców. Od progu przyglądał się czarnej plamie między dwoma łóżkami. Nie zadrżał, nie wykonał żadnego ruchu. Pomyślał o Diegu, który nie przeląkł się intruza, nie szczekał. Dlaczego? Dlatego że była to Japonka? Poczciwy pies łatwo dał się oszukać... Wszedł do pokoju Naoko, nie zapalając światła. Był tu już w ciągu dnia, żeby zabrać kilka rzeczy. Szafy z lakierowanego drewna, wałek na łóżku, czerwona narzuta, stolik nocny — wszystko na swoim miejscu. Machinalnie usiadł na skraju łóżka naprzeciw oszklonych drzwi balkonowych.

Poczuł, że jakiś twardy przedmiot uwiera go w pachwinę. Sięgnął ręką do kieszeni marynarki i wyjął *kaiken*. Otworzył zapieczętowaną plastikową torebkę i w świetle reflektorów zainstalowanych w ogrodzie przyjrzał się sztyletowi w czarnym drewnianym futerale: zakrzywiony, cienki, niczym pies myśliwski podczas wystawiania zwierzyny. Rękojeść z kości słoniowej, lśniąca, niemal fosforyzująca. Przypomniał mu się wiersz, w którym José Maria de Heredia porównuje samuraja do czarnego skorupiaka. Miał teraz wrażenie, że trzyma w ręce zwierzę w twardym pancerzu, z wyostrzoną inteligencją.

Te jego japońskie fantazje znowu wydały mu się śmieszne. Żony samurajów, które podcinały sobie gardła. Kurtyzany, które obcinały sobie mały palec u ręki na znak zobowiązania wobec kochanka. Kobiety zamężne, barwiące sobie zęby garbnikiem, żeby były całkiem czarne i tym samym podkreślały biel skóry twarzy. Idealizował to, w jaki sposób Japończycy zadawali sobie śmierć, jak się okaleczali, ich tradycyjne obrzędy.

Teraz widział, że była w tym jedynie przemoc, a on tego

wcześniej nie rozumiał. Przez krótką chwilę miał ochotę wrzucić *kaiken* do kosza na śmieci. Rozmyślił się jednak i włożył sztylet do szuflady nocnego stolika.

Prezent to prezent.

Wstał i udał się do piwnicy. Tyle razy schodził do swojej kryjówki, żeby popracować. Obsesja dotycząca Guillarda minęła, ale znalazł się teraz w innej otchłani. O wiele groźniejszej, bo niezgłębionej.

„To należy do mnie".

Co morderczyni miała na myśli? Czy Naoko skradła jakiś cenny przedmiot, jakieś informacje? Czy te słowa miały związek z jej rodziną? Z byłym przyjacielem? To nie ma sensu. Naoko wyjechała z Japonii jako bardzo młoda dziewczyna i wracała tam tylko na krótko, żeby odwiedzić rodziców. Zawsze zachowywała się jak emigrantka, która niczego nie żałuje, która zburzyła wszystkie mosty łączące ją z krajem. Nagle przyszło mu na myśl, że może przed czymś uciekła.

Zapalił lampę, usiadł przy swoim prowizorycznym biurku, żeby się zastanowić. Istniała jeszcze inna możliwość — jego ślady w Japonii. Zemsta za to, że kogoś tam aresztował...

Nie, to nie to. Współpracował przy mało ważnych śledztwach, ścigając oszustów, ukrywających się finansistów, byłych małżonków, którzy nie płacili alimentów, handlarzy rycin lub nowych technologii. Nie nawiązał przyjaźni, nie odwiedził żadnego Japończyka, unikał także cudzoziemców, którzy, jak mu się wydawało, żyli własnym życiem. Japonia była jego osobistym rajem i chciał ją mieć tylko dla siebie.

Pozostawały kobiety. Ale i tutaj nie było nic godnego uwagi. Śnił o nich, roił marzenia, ale nie miał nigdy żadnego romansu. Zafascynowany co wieczór oglądał japońskie filmy pornograficzne, w których kobiety były ofiarami, a mężczyźni katami. W dzień zakochiwał się przynajmniej raz na godzinę w mijanych na ulicy kobietach. Miłość uprawiał na swój sposób, teoretycznie, stosując zawsze własne podziały — dziwka i madonna...

Godzina dwudziesta trzecia. Otrząsnął się ze swoich rojeń. Pora, by ułożyć mowę pogrzebową dla Sandrine.

Był absolutnie przekonany, że mimo znalezionych w jej szafie kimon i obi przyjaciółka nie miała nic wspólnego z serią przestępstw. Całkiem przypadkiem stała się ofiarą rzezi w Pré-Saint-Gervais, a to znaczyło, że celem była Naoko. Musiał jednak dla spokoju sumienia przeprowadzić śledztwo w sprawie śmierci Sandrine. Mógł zacząć od sprawdzenia e-maili, jej wejść na Facebooku... ale nie palił się do tego rodzaju poszukiwań. Wolał pracować w tradycyjny sposób.

Podniósł słuchawkę aparatu stacjonarnego i odszukał w notesie numer telefonu. Za życia Sandrine nigdy o niej nie myślał. Należała do przeszłości, którą odrzucił. Powrót z Japonii. Pobyt w Louis-Blanc. Depresja. Życie bez Naoko...

— Słucham?

Wybrał numer Nathalie Dumas, po mężu Bouassou, młodszej siostry Sandrine, którą spotkał parę razy. Po zwyczajowych kondolencjach zapytał o chorobę jej starszej siostry. Nathalie była najwyraźniej oszołomiona. Wszyscy spodziewali się śmierci Sandrine, ale nie od ciosu mieczem. Opisała błyskawiczny rozwój nowotworu. W lutym badania wykazały obecność guza w lewej piersi. Dokładniejsze analizy ujawniły przerzuty do wątroby i macicy. Było już za późno na operację. Pierwszy cykl chemioterapii spowodował krótką remisję.

Przed nawrotem. W maju Sandrine przeszła drugą chemioterapię. W połowie czerwca usłyszała wyrok — nic się już nie da zrobić.

Z grzeczności i żeby zyskać na czasie, zapytał, kiedy i gdzie odbędzie się pogrzeb. W przyszły wtorek na cmentarzu w Pantin. Dość niezręcznie nawiązał do życia prywatnego Sandrine. Nathalie odpowiedziała wymijająco. Nie znała żadnego kochanka siostry, która prowadziła życie uporządkowane, bezbarwne, dyskretne. „Stara panna". Te słowa nie padły, ale wisiały w powietrzu. Passan chciał zapytać o sprawy bardziej intymne, o jej prawdziwe życie seksualne, ale zabrakło mu odwagi.

Spróbował od innej strony — od zamiłowania Sandrine do Japonii. Jej siostra nigdy o czymś takim nie słyszała. Tym bardziej o drogich kimonach czy nylonowych perukach. Podziękował Nathalie za rozmowę i obiecał przyjść na pogrzeb. Wiedział, że nie pójdzie — nie znosił pogrzebów.

W sobotę o północy możliwości prowadzenia dochodzenia są raczej ograniczone. Zadzwonił jednak do Jeana-Pierre'a Josta, policyjnego eksperta od przestępstw finansowych, który dostarczył mu informacji o holdingu Guillarda. Oglądał właśnie w gronie rodzinnym telewizję i odebrał jego telefon, nie kryjąc złego humoru. Calvini dowiedział się o nim i solidnie mu nawymyślał za dostarczanie bez żadnego upoważnienia poufnych informacji.

Passan zrelacjonował mu, jak skończyła się ta historia, opowiedział o swoich oparzeniach. Jost uspokoił się, a Passan skorzystał z tego, by poprosić o jeszcze jedną przysługę.

— To sprawa życia i śmierci — dodał na koniec.

— Dla kogo?

— Dla mnie. Mojej żony. Moich dzieci. Wybierz, co wolisz.

Facet odkaszlnął i zapisał dane Sandrine Dumas.

— Oddzwonię do ciebie.

Passan przygotował sobie mocną kawę. Pomyślał, że dom jest pusty i mimo pełnego oświetlenia ponury. Betonowa pustynia. Sanktuarium ery postępu. Nie czuł nostalgii. Musiał tylko walczyć o drugi akt, gdziekolwiek...

Usiadł ponownie za biurkiem, z dzbankiem i filiżanką w ręku, kiedy zadzwoniła komórka. Księgowy. Dla takiego specjalisty sprawdzenie kont Sandrine Dumas nie było wielkim wyzwaniem. Wynik odzwierciedlał ponurą egzystencję czterdziestolatki, która dzieliła życie między liceum i swoim mieszkaniem. Jedna rzecz godna uwagi — kredyt bankowy na dwadzieścia tysięcy euro, uzyskany pod koniec kwietnia. Po mnie choćby potop...

Drugi znaczący fakt, bezpośrednio związany z pierwszym — kupno kilku jedwabnych kimon w sklepie na Île de la Cité. Za czternaście tysięcy euro. Do tego dochodził zakup kilku obi za prawie trzy tysiące euro. Przed ostatecznym odejściem Sandrine chciała mieć trochę przyjemności...

Passan podziękował Jostowi i pozwolił mu wrócić do oglądania telewizji z rodziną. Nowe informacje nic mu nie dały, potwierdziły jedynie zeznanie Naoko. Pomyślał ze smutkiem o dawnej przyjaciółce. Sandrine u progu śmierci zakochała się w Japonce. Uczucie na pewno nie zrodziło się wczoraj, ale w obliczu śmiertelnej choroby się nasiliło. Umierająca Sandrine miała nadzieję, że zadziała magia. Pragnęła umrzeć w skórze Naoko, w pocieszającym cieniu Japonii i jego ducha.

Na to wspomnienie wrócił myślami do byłej żony. Mimo

wszystko najbardziej prawdopodobną hipotezą była jakaś związana z nią tajemnica. Jeśli chodzi o Naoko, wszystko było możliwe. W myślach wyliczał dowody świadczące o jej skrytym charakterze, o zatwardziałym egoizmie. To, że rodziła w Japonii. Zazdrośnie strzegła swoich pieniędzy — nigdy nie mieli wspólnego konta. Obsesja rozmawiania z dziećmi po japońsku, jakby po to, żeby mu ukraść spędzane z nimi chwile. A teraz jej zamiar powrotu do Japonii z Shinjim i Hirokim...

Jak im się udało dzielić życie przez dziesięć lat? Dziesięć tysięcy kilometrów różnicy i na koniec impas...

Jego gniew zapłonął niczym ogień w ciemności. Żeby go podsycić, pomyślał jeszcze raz o tym wszystkim, czego nie znosił u Naoko. Zwyczaj picia herbaty o każdej porze dnia. To, że napełniała filiżankę po brzegi. Obsesyjne gromadzenie kosmetyków na półkach, zajmujących coraz więcej miejsca. Nawyk ustawicznego dawania drobnych prezentów, będących oznaką raczej małostkowości niż szerokiego gestu. Niekończące się kąpiele. Płukanie gardła zaraz po przyjściu do domu. Szorstki akcent, którego czasami nie mógł już słuchać. Mania zaczynania wszystkich zdań od „nie" albo uciekanie się do języka angielskiego, kiedy nie mogła znaleźć właściwego słowa francuskiego. A przede wszystkim jej czarne oczy, skośne, nieprzeniknione, które nic nie mówiły, ale wszystko rejestrowały.

Z czasem Naoko stała się chorobą niszczącą jego ideał, jego wizję nieskalanej Japonii. Zacisnąwszy pięści, zamknął oczy, żeby zobaczyć, jak pali się w płomieniach jego wściekłości.

Jednak efekt był odwrotny.

Przypomniał sobie o głębokiej zgodności, która zawsze była między nimi. Uwielbiał sposób, w jaki Naoko zachowywała się podczas seksu. Żadnej wylewności, ciągłego wyznawania w stylu „kocham cię" — w Japonii takich słów nie używa się nigdy — ani „ty pierwszy przerywasz" i innych tego rodzaju pretensjonalnych wyrażeń, których nie cierpiał.

Jean Cocteau podkradł pewną sentencję przeczytaną u Pierre'a Reverdy'ego i umieścił ją w jednym z dialogów w filmie Roberta Bressona: „Miłość nie istnieje. Są jedynie dowody miłości". Zdanie to natychmiast stało się popularną maksymą. Passan zawsze widział w niej głęboką prawdę — w miłości liczą się jedynie czyny, słowa nic nie kosztują.

Naoko jednak używała ich tak mało, że one same stały się już czynami. Kiedy w środku nocy szepnęła raz albo dwa razy, nigdy więcej, tym swoim urzekającym głosem „kocham cię", odnosił wrażenie, jakby oglądał wodę na dnie studni, która znajduje się w sercu pustyni, pod usianym gwiazdami sklepieniem.

Dwa słowa, które nadawały sens jego życiu...

72

— Guillard podpisał zeznanie.

— Jak to?

— Przysłał mi swoją historię.

Passan patrzył na Ivo Calviniego stojącego przed domem. Oczy miał nadal podkrążone i zaczerwienione, ale jego strój — jaskrawoniebieska bluza i buty sportowe tak białe, jak słupki wyznaczające kilometry przy drodze — nadawał mu wygląd niezwykły, niemal komiczny. Dom w samym centrum Saint-Denis również zaskakiwał — skromny dom z piaskowca, przypominający te z górniczych osad. Calvini, ze swoją miną absolwenta Krajowej Szkoły Administracji i aroganckim sposobem bycia prezesa Rady Ministrów, tutaj był tylko skromnym mieszkańcem przedmieścia...

— Przysłał ją panu? — zapytał Passan.

— Pocztą. Po prostu. W pewnym sensie zakończenie sprawy *post mortem.*

Calvini pozwolił sobie na żart — to też coś nowego. Zresztą

cała sytuacja była wyjątkowa — zaprosił Passana do siebie w niedzielę na dziewiątą rano. Tego jeszcze nikt nie widział.

— Proszę wejść. — Calvini odsunął się na bok, wpuszczając go do ogrodu. Gdy minęli kwietnik, pokazał na stolik i krzesła z kutego żelaza, stojące pod wysokim dębem. — Proszę poczekać tutaj. Nie jest zbyt zimno. Pójdę po dokumenty. Napije się pan kawy?

Passan skinął głową.

Od poprzedniego wieczoru nic nie pił i nie jadł. Zasnął pogrążony w miłosnej tęsknocie. Spał, o niczym nie śniąc, niczego nie czując. Obudził się o piątej rano zdumiony własnym zachowaniem. Dzieciom groziło niebezpieczeństwo. Żona leżała w szpitalu, także zagrożona. Morderczyni krążyła po mieście z kataną w ręce. A on co robił? Spał. Pojechał do hotelu Pullman na Montparnasse, żeby zobaczyć dzieci. Zamienił po cichu kilka słów z Fifi, podczas gdy Jaffré i Lestrade chrapali na kanapach.

— Zajmiesz się dzisiaj dziećmi?

— Oczywiście, to moja praca.

— Dokąd pójdziecie?

— Aquapark. Wesołe miasteczko Foire du Trône. Jeszcze nie zdecydowałem.

Nie mieli sobie nic więcej do powiedzenia. Ani o minionej nocy, ani o dniu, który się zaczynał. Była niedziela i dochodzenie nie posunie się do przodu przez dwadzieścia cztery godziny. Zresztą nie oni prowadzili to śledztwo.

Kropelki rosy błyszczały na ogrodowych meblach. Passan wytarł jedno krzesło i usiadł. Spokój tego miejsca sprawiał, że czuł się nieswojo. Żadnych odgłosów samochodów, żadnego powiewu zanieczyszczonego powietrza. Nad głowami ptaki śpiewały na cały głos. Wystarczyło jednak tylko podnieść wzrok, a ponad murowanym ogrodzeniem na tle nieba były widoczne wieże. Dom stał kilkaset metrów od osiedla Francs-Moisins. Sędzia mieszkał na terenie łowieckim Akuszera.

Usadowił się obok Passana, plecami do domu, i rozłożył ostrożnie dokumenty. Przez kilka sekund przyglądał się jego poparzonej twarzy. Wydawało się, że go podziwia, a jednocześnie jest skonsternowany.

Passan spróbował niezobowiązującej rozmowy:

— Mieszka pan tu od dawna?

Calvini uśmiechnął się swoim słynnym krzywym uśmiechem.

— Wyobrażał pan sobie, że mieszkam w mieszczańskiej kamienicy w Siedemnastej Dzielnicy?

— Raczej tak.

— Jestem sędzią w tym departamencie. Powinienem mieszkać w swoim rejonie. Nie jestem jak ci architekci, którzy nie chcą mieszkać w swoich kurnikach. Cukru?

— Nie, dziękuję.

— A pan gdzie mieszka?

Calvini napełnił filiżankę gościa. Zapach kawy mieszał się z wonią wilgotnej ziemi.

— Nie bardzo wiem, co odpowiedzieć. — Passan zawahał się. — Mam dom w Suresnes, ale... to zbyt skomplikowane.

Gospodarz nie nalegał. Podsunął w jego kierunku plastikową koszulkę z dokumentami.

— Wyznanie Guillarda. Dostaliśmy je wczoraj rano w sądzie drugiej instancji. Muszę powiedzieć, że... robi wrażenie. Oczywiście jest to kopia.

Passan dostrzegł przez przezroczystą koszulkę kartki zapisane starannie długopisem. Pismo dziecka, literki małe, okrągłe. Pismo człowieka, który nie uczęszczał zbyt długo do szkoły.

— Jaki jest, ogólnie rzecz biorąc, sens tego?

— Że miał pan rację. Na całej linii. Akuszerem był Guillard. To hermafrodyta. Kiedy miał trzynaście lat, zrobiono mu operację, żeby stał się chłopcem. Testosteron i żal do świata rozwinęły w nim zamiłowanie do przemocy. Zaczął podkładać ogień w szpitalach położniczych i...

Passan uniósł rękę.

— Nie przerwałem śledztwa w sprawie Guillarda — powiedział. — Znam jego historię na pamięć. Na jakiej podstawie twierdzi pan, że to rzeczywiście on był Akuszerem?

— Są pewne szczegóły w tych morderstwach, o których nie mógł wiedzieć nikt oprócz pana, zabójcy i mnie.

Olivier spojrzał na plik kartek. Nie odczuwał żadnej satysfakcji. Miał wrażenie, że trzyma w rękach coś w rodzaju traktatu pokojowego. Zawieszenie broni, niepewne, prowizoryczne, do czasu kiedy pojawi się następny pomyleniec, do następnej serii zabójstw.

— Ostatnie strony to stek bzdur — mówił dalej Calvini. — Pisze o wyroczniach, o antycznej prawdzie. Jest także fragment poświęcony panu.

— Byłem jego najgroźniejszym przeciwnikiem.

— Nie tylko. Są wzmianki, które mogą wprawić pana w... zakłopotanie. Najwyraźniej kobieca część jego osobowości była w panu zakochana.

Passan domyślał się tego i nie czuł się zaskoczony. Ciągły kontakt ze złem nauczył go radzić sobie z nim. W pewien sposób nawet go to wzmocniło.

— Czy wspomina coś o Levym?

— Przyznaje, że go zabił, nie podając żadnych dokładniejszych informacji. Według niego to zwykły wypadek. Czy wie pan coś na ten temat?

Passan przedstawił swoją teorię dotyczącą nitrylowych rękawiczek. Calvini spokojnie pił kawę.

— Sprawdzę to. Jeśli ma pan rację, będziemy mieli kłopot z oddawaniem honorów na pogrzebie Levy'ego.

Czując wewnętrzny dreszcz, Passan przeglądał dalej dokumenty. Twarz znowu go paliła. Był wściekły na siebie, że zasnął i nie wziął rano żadnej tabletki. Przeszkadzał mu dwudniowy zarost i nie mógł się nawet podrapać, ale nie było to teraz najważniejsze.

— Na zakończenie — podjął Calvini — Guillard powiadamia o swoim zamiarze samobójstwa. To wyznanie oczyszcza pana z wszelkich podejrzeń.

— A ktoś mnie podejrzewał?

— Wszyscy.

— O co?

— Że wepchnął go pan do ognia.

— I sam podpaliłem sobie twarz?

— Różnie bywa przy przepychankach... Jednak Guillard ujawnił również, że zamierzał wciągnąć pana w płomienie. Mówi o panu w czasie przeszłym, jakby uważał, że pan nie żyje. Był przekonany, że zginie pan razem z nim.

— Do kogo jeszcze wysłał te zeznania?

— Na razie wygląda na to, że media nic nie wiedzą, Bogu dzięki. Będziemy mogli to przedstawić w lepszej do przyjęcia formie.

Guillard nie szukał medialnego rozgłosu. Gardził ludźmi.

Dla niego liczył się tylko jeden człowiek — Passan. Gdyby przewidywał, że Passan go przeżyje, wysłałby swoje zeznania do niego.

— Jestem więc... z powrotem przyjęty?

— *Hic et nunc.* Od jutra obejmuje pan na nowo swoje stanowisko.

— Proszę mi dać sprawę Sandrine Dumas.

— Niemożliwe. Ja sam nie dostałem tej sprawy.

— A kto?

— Jeszcze nie wiadomo. Zadecyduje prokurator.

— Proszę wstawić się za mną.

— To nic nie pomoże. Nie zmienia się ekipy po jednym dniu śledztwa. Zresztą jest pan w to zbyt wplątany.

— Nie je się tam, gdzie się sra, prawda?

Natychmiast pożałował tych wulgarnych słów. Calvini miał rację: było już za późno...

— Przede wszystkim proszę wrócić do zdrowia — rzekł sędzia. — Nie wygląda pan za dobrze. Cały pan drży. Trzeba było zostać w szpitalu. Zresztą nie wszystkie pana wyczyny da się zatrzeć.

— Co ma pan na myśli?

Sędzia wyjął z kieszeni paczkę marlboro i chciał go poczęstować papierosem, ale Passan odmówił ruchem głowy.

— W ciągu kilku dni narobił pan niemało głupstw. Nadal niepokoił pan Guillarda mimo zakazu sądowego.

— Jeśli jego wina nie ulega już żadnej wątpliwości...

— Prawo jest prawem. Groził pan również z bronią w ręku psychiatrze.

— Nie złożył skargi.

Calvini wypuścił długą smugę dymu.

— Jest pan zbyt gwałtowny, nie panuje pan nad sobą. Najlepiej teraz pozwolić, żeby zapomniano o panu. Pod każdym względem. Słyszałem, że ma pan... problemy osobiste.

Passan drgnął.

— Jeśli chce się zachować coś w sekrecie, nie wzywa się policji — powiedział sędzia.

— Nie wzywałem policji.

— To pański błąd. Chciał pan wszystko rozegrać samodzielnie. I co pan na tym zyskał? Nie można wiązać zabójstwa pańskiej najlepszej przyjaciółki ze sprawą, która nie istnieje. Sędzia śledczy powinien nakazać rewizję w pańskim domu, żeby wszystko wyjaśnić.

Passan uderzył pięścią w stół.

— Postanowił mnie pan zgnoić?

— Postanowiłem panu pomóc. Zobaczę, czy może pan współpracować z grupą, która...

— Nie. To moje śledztwo. Dotyczy mojej rodziny. Będę pracował sam.

Calvini uśmiechnął się. Gość już wstał z krzesła. Z jego punktu widzenia rozmowa była skończona. Sędzia wstał również. Był tego samego wzrostu co Passan.

— Niech pan przestanie zachowywać się jak dzieciak. Proszę to przemyśleć i jutro do mnie zadzwonić. — Podał mu dokumenty. — Proszę nie zapomnieć o tym.

Na widok kartek zapisanych przez Guillarda Passan pomyślał o jeszcze jednej rzeczy.

— Wiedział, że umrze. Czy sporządził testament?

— Oczywiście. Dzwonił do mnie jego notariusz. Salony i warsztaty samochodowe przyniosły Guillardowi wielki majątek.

— Nie miał żadnej rodziny, kto więc dziedziczy?

— Zapisał wszystko domowi opieki dla nieletnich w Bagnolet.

— Jules-Guesde?

— Zna pan to miejsce?

— Spędziłem tam część mojego dzieciństwa.

Calvini uniósł brwi, jakby znalazł odpowiedź na niezadane pytania. Passan podziękował mu i skierował się do wyjścia.

Gdy szedł żwirowaną alejką, rozmyślał nad tym, czego się właśnie dowiedział. Do czego prowadziły te wszystkie cierpienia? Do wzruszającego ostatniego gestu na rzecz ludzkości. Może Guillard postąpił tak z powodu jakiegoś wspomnienia, przedmiotu, tak jak to było w przypadku *15 opowieści z mitologii greckiej*, które pobudziły go do przyszłego działania.

Gdy Calvini otworzył bramę pilotem, Passan opuścił posiadłość, nie oglądając się. Przypomniał sobie prawdę, którą dawno już odkrył — okrucieństwo Guillarda było odpowiedzią na ogólne okrucieństwo.

Czy to samo motywowało zabójczynię Sandrine?

73

Passan kupił bukiet róż i założył krawat. Szykował się do pokojowych negocjacji.

W holu szpitala Robert-Debré dowiedział się, że wizyty można składać dopiero od godziny czternastej. Starał się być uprzejmy i grzeczny, wolał nie pokazywać swojej legitymacji policyjnej. W końcu pozwolono mu wejść na drugie piętro. Pokój okazał się pusty. Poczuł, jakby ktoś wbił mu igłę w mózg.

Pusty materac.

Metalowy stojak bez podłączonej kroplówki.

W nogach łóżka brak karty z wykresem temperatury.

Podbiegł do szafy i otworzył ją — była pusta. Cofnął się o krok, jakby odepchnięty tym widokiem.

Rzucił bukiet na podłogę i zadzwonił do Fifi.

— Dzieci są z tobą?

— Ależ skąd! Naoko przyjechała i je zabrała. Powiedziała, że rozmawiała z tobą i że...

— O której to było godzinie?

— Chyba o ósmej trzydzieści...

Spojrzał na zegarek — dochodziła jedenasta.

— Słuchaj — powiedział bezdźwięcznym głosem. — Dzwoń na Roissy i wstrzymaj wszystkie loty do Japonii.

— Myślisz, że...

— Wstrzymaj natychmiast wszystkie. Bez wyjątku. Potem sprawdź, czy Naoko jest na pokładzie któregoś z samolotów.

— Nie mamy nakazu, żadnego upoważnienia!

— Sam załatwię to z prokuratorem. Naoko jest głównym świadkiem w sprawie o morderstwo. Działaj! Potem będzie czas na biurokrację.

— Jesteś pewien tego, co robisz?

— Ona zwiewa z moimi dziećmi, rozumiesz? — Rozłączył się, nie czekając na odpowiedź. Wyszedł szybkim krokiem, zostawiając kwiaty na podłodze.

— Panie Passan!

Passan odwrócił się. Na końcu korytarza stała lekarka, która miała poprzedniego dnia dyżur. Ruszył w jej kierunku z miną byka szykującego się do ataku.

Lekarka czekała na niego ze skrzyżowanymi na piersiach rękami.

— Czy to pani pozwoliła mojej żonie wyjść ze szpitala?! — krzyknął.

— Proszę się uspokoić. Mówiłam wczoraj, że jej stan nie jest poważny. Po nocy pod obserwacją mogła stąd wyjść. Zresztą sama o to prosiła. Wyglądało na to, że się spieszyła...

— Czy jest pani kompletną idiotką? — odparł, rozwiązując krawat. — Dopiero co została napadnięta!

Lekarka nawet nie drgnęła. Z pewnością przywykła do tego typu zachowań. Wściekłość Passana nie robiła na niej wrażenia.

420

— Nie jesteśmy od tego, żeby pilnować pacjentów. My ich mamy leczyć, to wszystko. A grubiańskie zachowanie niczego tu nie zmieni.

— Kurwa mać! — zaklął Passan na znak, że dobrze zrozumiał.

Odwrócił się, powstrzymując się z trudem, żeby jej nie uderzyć. Musiał odzyskać stracone cenne sekundy. Trzeba jechać na Roissy. Sprawdzić każdy lot do Tokio. JAL. Wszystkie japońskie linie lotnicze. Air France... I możliwości przesiadek. Cathay Pacific. China Airlines... Wszystkie azjatyckie linie lotnicze. Wyciągnąć Naoko z samolotu, za włosy, jeśli będzie potrzeba, odzyskać dzieci...

— Panie Passan!

Znowu zaklął i zawrócił. Tym razem lekarka szła w jego stronę. Jej blada twarz i podkrążone oczy, dziwnie żywe na tym tle, nie zdradzały żadnych emocji.

— Jest coś, o czym chciałabym panu powiedzieć...

— To nie jest dobry moment.

— Zaintrygowało mnie coś, co mówił pan wczoraj — ciągnęła, ignorując jego uwagę.

— Co takiego powiedziałem?

— Wspomniał pan o swoich dzieciach.

Wzmianka o Shinjim i Hirokim go zaskoczyła. Atmosfera w korytarzu zrobiła się jeszcze bardziej napięta.

— I co z tego?

— Pana synowie z pierwszego małżeństwa?

— Nie. O co chodzi?

— Zostali adoptowani?

— Dlaczego mnie pani o to pyta? Proszę to wyjaśnić, do cholery!

Po raz pierwszy lekarka się zawahała. Jej jasne wyłupiaste oczy szukały jakiegoś wyimaginowanego punktu na podłodze.

Passan zrobił krok w jej kierunku.

— Powiedziała pani albo za dużo, albo za mało.

— Jeśli pan o niczym nie wie, to ja...

Zacisnął pięści. Lekarka nie drgnęła.

— Niech pani mówi — powiedział przez zęby.

— Nadzorowałam badanie pańskiej żony. Pobranie krwi, rezonans magnetyczny, USG... Jednej rzeczy jestem pewna, że pańska żona nigdy nie rodziła.

— Co takiego?!

Rozłożyła ręce na znak, że taka jest prawda.

— Nie mogła rodzić. Ma wrodzoną wadę. Zespół Mayera-Rokitansky'ego-Küstera-Hausera.

Passan poczuł się tak, jakby stał u wylotu krateru, który bucha rozgrzanym powietrzem. Zrobił jeszcze jeden krok do przodu. Lekarka tym razem się cofnęła.

— To znaczy?

— Ona nie ma macicy.

Musiał oprzeć się o ścianę, żeby nie upaść.

74

Samolot linii JAL miał odlecieć za dwadzieścia minut. Naoko znajdowała się na pokładzie z Shinjim i Hirokim. Nie można było już nic zrobić. Nawet zatrzymać jej na stanowisku kontroli celnej. Francja nie miała podpisanej z Japonią umowy eksterytorialnej...

Passan jechał w kierunku place de la République. Głos Fifi na drugim końcu linii telefonicznej wydawał mu się odległy. Bardzo odległy. Taka właśnie odległość dzieliła go od prawdy. Jego serce biło z szybkością stu dwudziestu uderzeń na minutę. Oddychał z trudem.

Mimo to jechał spokojnie, trzymając nerwy na wodzy. Nie zostało mu już nic; nie był już ani mężem, ani ojcem, ani mężczyzną, ale wciąż był policjantem.

— Rozmawiałeś z prokuratorem? — zapytał lodowatym tonem.

— Przecież ty miałeś to zrobić.

— A więc nic nie powiemy.

— Nie jest potrzebny międzynarodowy nakaz zatrzymania?

— Mówiłeś, że to nic nie da. Ja sam muszę zrobić porządki w swoim domu.

Minął komisariat przy rue du Louvre, następnie wjechał w tunel des Halles. Po słońcu — ciemności...

— Co się dzieje? — zapytał Fifi z wahaniem w głosie, a jednocześnie z obawą i ciekawością.

Passan zignorował jego pytanie.

— Chciałbym, żebyś sprawdził wszystkie rozmowy Naoko z jej komórki. Sprawdź także komórki w sąsiednich pokojach w szpitalu.

— Dlaczego?

— Ona nie urodziła się wczoraj. Wie, że będziemy sprawdzać jej telefon. Sprawdź również telefony pielęgniarek i automaty publiczne w szpitalu. Dowiedz się, czy są tam komputery podłączone do internetu. Czy prowadzono rozmowy z kimś poza szpitalem.

— Czego właściwie szukasz?

Passan znowu zobaczył słońce. Strumień światła. Rue Turbigo prawie pusta. Była niedziela. Dla wszystkich oprócz niego. Znajdował się kilka metrów od swojego przeznaczenia.

— Zrobiła rezerwację miejsc w samolocie ze szpitala — odrzekł w końcu.

— I co z tego? Mamy dane lotu.

— Jestem prawie pewien, że skontaktowała się z kimś jeszcze.

— Z kim?

— Z zabójczynią.

— Chcesz powiedzieć...

— Cała ta historia od początku była związana z jej przeszłością. Zrób, o cię prosiłem, i oddzwoń.

424

Stanął pod numerem sto trzydzieści sześć. Machinalnie spojrzał w tylne lusterko. Wydało mu się, że przez te nerwy zmizerniał na twarzy. Oczy zajmowały niemal całą jej powierzchnię. Poparzona skóra sprawiała mu wielki ból. Połknął proszek od Fifi; nie było mowy o tym, żeby znowu zasnął. Wyskoczył z samochodu. Drzwi zamykane na zwykły zamek — nie musiał wpisywać kodu. Był już raz u Isabelle Zacchary po aresztowaniu mordercy dzięki identyfikacji jego DNA. Małe święto policji. Ciepły szampan, łajdak pod kluczem, na zawsze stracone niewinne życie.

Pamiętał przestronne mieszkanie. Wszędzie walające się zabawki. Nareszcie zobaczył Zacchary rozluźnioną. Mężatka, matka trojga dzieci, zajmująca się czymś innym niż zbieranie z dywanu krwawych strzępków czy analizowanie śliny.

Zrezygnował z windy i wbiegł pędem na trzecie piętro. Pod drzwiami poczuł zapach grzanek i jajecznicy. Było już po trzynastej. Święta pora niedzielnego lunchu. Pomyślał z żalem o bułeczkach, serku śmietankowym, wędzonym łososiu. Od jak dawna nie miał prawa do śniadania w rodzinnym gronie?

Zachował się jak typowy glina, naciskając dzwonek i waląc pięściami w drzwi, aż je otworzono. Pojawiła się purpurowa ze złości twarz Isabelle Zacchary. Nie od razu go poznała, patrzyła na niego ze zdumieniem. Pierwszy raz widziała go z oparzeniami.

— Przyjechałeś tutaj, żeby mnie porwać? — próbowała żartować.

Nie odpowiedział, jego mina była wystarczająco wymowna. Zacchary zmarszczyła czoło. Włosy przyprószone siwizną zwinęła w kok, który nadawał jej wygląd Rosjanki w dawnym stylu.

— Co się stało?

— Potrzebuję twojej pomocy.

— Wejdź. Przejdziemy do mojego gabinetu.

— Nie, wyjdź na korytarz.

Wyszła przed drzwi. Nie miała już tego łagodnego wyrazu twarzy jak przy posiłku rodzinnym — spoważniała.

Passan wyjaśnił sytuację w kilku słowach. W trakcie tej relacji odkrył sam straszliwą logikę wydarzeń, których był pierwszą ofiarą. Oszustwo wzięło początek dziesięć tysięcy kilometrów stąd, a skończyło się tutaj.

— Jak mogę ci pomóc?

— Czy zachowałaś próbki krwi Shinjiego i Hirokiego? Tych z kabiny prysznicowej?

— Oczywiście. Dochodzenie nie zostało jeszcze zamknięte.

Sięgnął ręką do kieszeni i wyjął podpisaną szklaną rurkę.

— To krew Naoko. Dała mi to lekarka dyżurna ze szpitala Robert-Debré. Pobierzesz moją krew i porównasz cztery DNA.

Wyraz twarzy Zacchary znowu się zmienił. Zawodowa powaga ustąpiła miejsca oburzeniu. Kobiety nie żartują w kwestii macierzyństwa.

— W jakim celu? Przecież znasz już odpowiedź, prawda?

— Chcę mieć całkowitą pewność. Zrobisz teraz ten test?

— Nie można poczekać z tym do poniedziałku?

Passan nie odpowiedział.

Uśmiechnęła się z rezygnacją.

— Wejdź na chwilę. Muszę zadzwonić.

75

Laboratorium Analiz Genetycznych znajdowało się w Charenton. Passan jechał prawym brzegiem rzeki, kierując się na wschód. Na niebie znowu pojawiły się długie, wąskie, groźne chmury. Burza wisiała w powietrzu. Lato przybierało jesienne oblicze.

Passan spodziewał się, że Zacchary zasypie go gradem pytań, ale nie zamienili ani jednego słowa podczas całej drogi. W rzeczywistości rozmawiał sam ze sobą. Jak zakwalifikować postępek Naoko? Zdrada? Oszustwo? Obłuda? Żadne z tych określeń nie wydawało mu się wystarczająco mocne. Przede wszystkim nie pojmował, co kierowało Naoko. Dlaczego nie miała do niego zaufania? Inna kobieta powiedziałaby mu prawdę. Wtedy podjęliby razem decyzję o adopcji. Udaliby się do Japonii...

Teraz zrozumiał, dlaczego nigdy nie chciała, aby jej towarzyszył podczas wizyt u ginekologa czy też asystował przy badaniu USG. Już nie mówiąc o jej „porodach" w Tokio, „na łonie rodziny"... Pieprzona Japonka!

Dręczyły go również inne pytania — pytania policjanta.

Jak dwa razy jej się udało oszukać go, że jest w ciąży? Przecież widział, jak powiększał się jej brzuch, chociaż Naoko nie proponowała, aby położył na nim rękę. Widział, jak nabrzmiewają jej piersi, jak tyje w biodrach. W jaki sposób przeprowadziła procedurę adopcji? Czy nie był do tego potrzebny jego podpis? Czy nie było jakichś spotkań? Uzgodnień? Będzie musiał się dowiedzieć. Zapytać ją. Odtworzy ten spisek w najmniejszych szczegółach.

— Idziesz?

Byli już na miejscu. Jechał według wskazówek Zacchary, zupełnie nieświadomie. Półgodzinna jazda przeleciała jak w kilka sekund i zatrzymał się, nawet nie zdając sobie z tego sprawy.

— Kierownik laboratorium był tak uprzejmy, że przyjechał — powiedziała Isabelle, otwierając drzwi samochodu. — Mieszka tuż obok.

— Dlaczego się zgodził?

— Dla moich pięknych oczu.

Przecięli dziedziniec i doszli do budynku o nijakim wyglądzie. Wszystko było pozamykane. Genetyk czekał na nich na progu. Passan nie umiałby powiedzieć, czy ten człowiek jest niski, wysoki, młody czy stary. Szedł jak skazaniec, który idąc korytarzem śmierci, nie widzi niczego wokół. Pragnął jak najszybciej z tym skończyć. Za wszelką cenę.

Całe laboratorium składało się z pomieszczeń odgrodzonych przepierzeniami do połowy wysokości ścian. Z daleka mogły przypominać ustawione w szeregu kontenery. Słychać było szum dochodzący z aseptycznych sal, w których utrzymywano stałe ciśnienie, aby uniknąć rozwoju bakterii.

Przez małe okienka widać było szklane płytki, flakoniki,

pipety. Passan dostrzegł centryfugi, aparaty do dezynfekcji, mikroskopy binokularne, ustawione na komputerach. Brakowało jedynie pracujących tutaj laborantów w białych fartuchach.

— Do której sali idziemy? — zapytała Zacchary.

— Do następnej na prawo — odpowiedział kierownik laboratorium, nakładając sterylne ubranie.

Zacchary bez słowa podała Passanowi cały ekwipunek — kombinezon, ochraniacze na buty, papierową czapkę, lateksowe rękawiczki. Ona w takim przebraniu wyglądała jak kosmonautka; taką widywał ją na co dzień — kobietę z papieru, gotową węszyć w poszukiwaniu śladów zabójcy.

Tyle że tym razem chodziło o niego. W sali oślepił go blask lamp odbity od kafelków i ścian. Podwinął rękaw. Lekarz pobrał krew, wyjaśniając, że istnieją dwie metody identyfikacji genetycznej, szybka i dłuższa, ta pierwsza mniej dokładna. Passan wiedział o tym. Zaskoczył wielu morderców dzięki analizie pierwszego typu, w oczekiwaniu na potwierdzenie drugą metodą. W jego przypadku wystarczy szybkie badanie.

Lekarz i Zacchary zniknęli za przepierzeniem. Passan został sam. Siedział, przytrzymując opatrunek w zgięciu łokcia, z twarzą opartą o plastikowy blat stołu. Choć było to głupie, przypomniał sobie, że dawcom krwi proponuje się posiłek. Na samą myśl o tym poczuł burczenie w żołądku.

Odezwał się telefon komórkowy. Passan zaplątał się trochę w papierowym kombinezonie, ale udało mu się odebrać połączenie.

Fifi.

— Miałeś rację — oznajmił bez wstępu. — Naoko nie użyła swojej komórki.

— Dzwoniła z automatu telefonicznego w szpitalu?

— Wczoraj wieczorem, o osiemnastej dziesięć skorzystała z komputera w świetlicy dla młodzieży na oddziale endokrynologii. Łączyła się dwa razy. E-maile napisane po japońsku.

— Trzeba dać je do tłumaczenia.

Fifi roześmiał się.

— Już je przesłałem mojemu nauczycielowi dżiu-dżitsu, Japończykowi. Cud, że odpowiedział. W niedzielę uprawia medytacje...

— No i?

— Pierwszy e-mail wysłała do JAL. Rezerwacja miejsc w samolocie.

— A drugi?

— Wiadomość do niejakiej Yamady Ayumi. A raczej Ayumi Yamady, zgodnie z szykiem francuskim.

Passan nigdy nie słyszał tego nazwiska.

— Co napisała? — zapytał drżącym głosem.

— Jedno słowo. Ideogram.

— Twój Japończyk to przetłumaczył?

— *Utajima*. „Świątynia poezji". Według niego to nazwa własna. Bez wątpienia jakieś miejsce. A co u ciebie? Gdzie jesteś?

Passan odruchowo spojrzał w kierunku aseptycznej sali.

— Wyjaśnię ci później. Zadzwonię.

Wyczuł za plecami czyjąś obecność. Isabelle Zacchary zdejmowała swój papierowy czepek.

— Moje życie to prawdziwy burdel, ale w porównaniu z twoim to idylla.

— Oszczędź mi tych zniewag. Co wynika z analiz?

Rzuciła na stół cztery świeżo wydrukowane wykresy.

— Shinji i Hiroki są twoimi synami. A Naoko jest ich matką. Nie ulega wątpliwości. Wyniki badań są jednoznaczne.

— Chyba sobie ze mnie kpisz. Przecież powiedziałem ci, że Naoko jest bezpłodna.

Zacchary uśmiechnęła się z przebiegłą miną.

— Nie, Olive. Powiedziałeś, że Naoko nie ma macicy. A to zupełnie inna sprawa.

— Nie rozumiem.

— Naoko nie może zajść w ciążę, ale to nie przeszkadza, żeby miała dzieci. Nie jest bezpłodna.

Passan oparł łokcie na stole i objął rękami głowę. Jak bokser w ringu. Albo modlący się mnich. Jego umysł był jak czarna tablica, dla której nie było kredy.

— Jest jedno wyjaśnienie tej sytuacji — odezwała się Isabelle.

Podniósł wzrok, zachęcając ją do mówienia.

— Surogatka — rzuciła.

— Co to takiego?

— Kobieta, która zachodzi w ciążę dla innej kobiety.

Miał wrażenie, że powietrze w aseptycznej sali stało się jeszcze rzadsze, jakby właśnie wszedł na szczyt wysokiej góry. Teraz wszystko zaczęło się układać w logiczną całość.

Małpa w embrionalnej pozycji w lodówce. Krew chłopców spływająca po ścianach kabiny prysznicowej. Ideogramy na ścianie u Sandrine, które mogły oznaczać: „To należy do mnie" lub „One należą do mnie"...

Isabelle Zacchary miała rację. Naoko dwa razy skorzystała z pośrednictwa kobiety, która urodziła jej dzieci.

I to ona właśnie, surogatka, matka zastępcza, zgłosiła się teraz po nie.

76

— Spójrz, na kanale piątym są gry. Wystarczy tylko nacis-
nąć pilota. — Naoko mówiła do Shinjiego w języku japońskim. Być może już nigdy więcej nie będzie do niego mówić
po francusku.

Hiroki siedział po drugiej stronie przejścia, zajęty ryso-
waniem — stewardesa przyniosła mu papier i kredki. Przyniosła również szampana dla mamy. Jak się bawić, to na
całego. Naoko nie skąpiła pieniędzy na tę podróż — zarezer-
wowała trzy miejsca w klasie biznesowej. Kosztowały fortunę.
Wydała sporą część swoich oszczędności.

Nie miało to żadnego znaczenia. Oszczędzanie jest dobre
dla ludzi, którzy mają przed sobą jakąś przyszłość.

Airbus A300 linii lotniczych JAL leciał teraz na wysokości
ponad dwunastu tysięcy metrów. Odetchnęła z ulgą, dopiero
kiedy samolot wystartował. Wiedziała, że Passan przyjdzie
rano do szpitala. Że odkryje jej zniknięcie i zaraz zadzwoni
do Fifi, by przekonać się, że zabrała dzieci. Że wpadnie we
wściekłość. Że załatwi wstrzymanie lotów do Japonii. Że

zaalarmuje policję na lotnisku Roissy-Charles-de-Gaulle z poleceniem, żeby zatrzymano uciekinierkę wszelkimi możliwymi sposobami, choćby siłą.

Tym bardziej że chodziło przecież o jego żonę.

Jednak jakimś cudem, którego nie umiała wytłumaczyć, udało się jej prześlizgnąć. Machina nie zadziałała wystarczająco szybko.

Podczas drugiej wojny światowej żołnierze japońscy ruszali do boju z zawieszonym na szyi pudełkiem przeznaczonym na ich popioły, gdyby zginęli w walce. Była jak ci żołnierze. Wracała do kraju z popiołami swoich marzeń, planów, szczęścia...

Uciekła Passanowi, ale nie uciekła przed sobą. Przez całe życie usiłowała oderwać się od swoich korzeni. Swojego kraju. Swojego ojca. Swojego kalectwa. Przez całe życie szła brzegiem morza, żeby fala zmywała jej ślady, ale tym razem to był koniec.

Została siłą doprowadzona na nowo do swojego źródła.

Od kiedy zamieszkała we Francji, uważała się za obywatelkę świata, wolną, niezależną. Myliła się. Mimo iż zdecydowała się na los emigrantki z upodobaniami i ideami człowieka Zachodu, w głębi duszy pozostała Japonką. Do diabła z metaforą drzewka bonsai hodowanego w donicy. Przez wiele lat żyła w wolnym, nowoczesnym kraju, ale wspomnienia z dzieciństwa tkwiły głęboko pod jej skórą, w ciele, krążyły w jej żyłach...

Francuzka, katoliczka, zachowuje mgliste wspomnienie swojej Pierwszej Komunii Świętej. Nużąca godzina wypełniona zapachem kadzidła, blaskiem zapalonych świec, mdłym smakiem hostii. Naoko zapamiętała dotyk talku na ramionach, gdy miała siedem lat i zakładano jej po raz drugi kimono podczas ceremonii *Shichi-Go-San*. Po raz pierwszy działo się to, gdy miała trzy lata. Wiedziała, że w poematach tanka występują pięcio- i siedmiosylabowe wersy według schematu 5-7-5-7-7. Nigdy nie zapomniała, że w maju trzeba zbierać pędy bambusa, tak jak to robiła co roku razem z rodzicami i bratem w rodzinnym warzywniku. Że trzeba zraszać ogród herbaciany przed przybyciem gości, aby przyjąć ich świeżym zapachem liści. Każdy gest, każda uwaga rodziców wryła się w jej serce jako zobowiązanie — *on* — od którego nie mogła się nigdy uwolnić. Nawet jej najbardziej spontaniczne myśli były skażone. Nawet teraz, kiedy wychodziła rano z domu, niekiedy myślała, że na ulicy jest dużo *gaijin*, jakby nadal była w Tokio...

Cokolwiek robiła, sylaby starożytnej poezji nadawały rytm jej krwi, miała poczucie nierealności, gdy dzwoniono do drzwi, poczucie niespłaconego długu, od którego ściskało się jej serce, gdy myślała o rodzicach. Była jedwabiem, była cedrem, z którego robi się shoji, ramę przegradzającą pomieszczenia...

Prawdę mówiąc, przed ucieczką do Europy pasjonowała się kulturą Japonii. Była nią przesiąknięta do głębi. Passan zdziwiłby się, gdyby się dowiedział, że w wieku piętnastu lat czytała wiele razy *Genji monogatari*, fundamentalne dzieło literatury japońskiej, ponad dwa tysiące stron napisanych przez damę dworu cesarskiego epoki Heian w XI wieku. Byłby także zaskoczony, wiedząc, że w ramach studiów na wydziale historii sztuki napisała rozprawę upamiętniającą Yamanakę Sadao, reżysera, o którym nawet nie słyszał, a który zginął w latach trzydziestych na froncie w Mandżurii.

A już na pewno zdumiałaby go informacja, że trenowała *kenjutsu* — i świetnie jej szło. Od jedenastego roku życia aż do pełnoletności ćwiczyła „drogę miecza" pod życzliwym okiem ojca, absolutnie przeświadczonego o tym, że pochodzi z linii samurajów.

Przez wszystkie te lata pod jego wpływem, ale także z własnej chęci wyróżnienia się — jej pokolenie odrzucało wszelkie odniesienia do przeszłości — zanurzała się w kulturę swojego kraju, jego tradycję i poezję. Duchowo żyła w innych stuleciach. Brutalnych, wspaniałych, okrutnych. W czasach, gdy gejsze spały z głowami na podgłówkach z laki, żeby nie potargać misternie ułożonych koków. W czasach, gdy z nastaniem pierwszych dni wiosennych wyrywano z korzeniami drzewa wiśni, by przesadzić je do dzielnicy kurtyzan. W czasach — nie tak odległych — kiedy pokonani żołnierze wracali do kraju, żeby usłyszeć pytanie: „Jak mogłeś wrócić żywy, skoro nie żyje twój dowódca?".

W wieku osiemnastu lat odrzuciła to wszystko — miecz, tradycje, również ojca. I nie był to z jej strony bunt; przeciwnie, szanowała pokonanego wroga.

Stała się wolna, niezależna. Zwycięstwo zawdzięczała jednej jedynej osobie.

Jej cień, drugie ja, przyjaciółka. Czysty umysł o imieniu Ayumi.

77

Naoko spędziła dzieciństwo — jak wszystkie dziewczynki w jej wieku — na najniższym szczeblu społecznym. Wyżej od niej byli rodzice. Wyżej od niej byli jej nauczyciele. Wyżej od niej był każdy choć trochę starszy. Wyżej od niej była każda osoba płci męskiej, nawet niemowlę...

Tak naprawdę nie wiedziała, czy istnieje w ogóle ktoś, od kogo mogłaby stać wyżej. Jej życie sprowadzało się do przestrzegania hierarchii, spełniania obowiązków, składania uniżonych ukłonów. Wypowiadała się bardzo ostrożnie. Wychowywała się w sieci zawiłych zasad, obaw, zobowiązań. Nie rozmawiała, lecz się tłumaczyła. Nie rozwijała się, lecz cofała.

Aż do spotkania z Ayumi.

Ta nastolatka całkowicie ignorowała hierarchię, lekceważyła wszelkie konwenanse i dobre maniery.

Ayumi była niemową. Nie była głucha, ale nie mówiła. Kalectwo stało się źródłem jej siły. W Japonii z reguły okazuje się pobłażliwość kalekom. A milczenie dawało szczególną moc jej buntowi.

Ayumi nic nie mówiła, ale była groźna niczym uśpiony wulkan.

Podobnie jak Naoko, urodziła się w zamożnej rodzinie burżuazyjnej. Ich przyszłość była z góry wytyczona. Miały zdobyć praktyczne wykształcenie — prawo, medycyna, finanse — by po urodzeniu pierwszego dziecka przerwać pracę i zająć się potomstwem. Naturalnie należało również zapisać je do szkoły „dobrych żon", gdzie uczą sztuki nakrywania stołu, zasad dobrego wychowania, ikebany, sztuki ogrodnictwa, ceremonii parzenia herbaty... Te umiejętności, na jakiś czas zapomniane, od końca lat osiemdziesiątych znowu nabrały znaczenia.

Co do małżeństwa, to były różne możliwości. Jeśli rodzice hołdowali tradycji, byłoby to *omiai*, małżeństwo przez nich aranżowane. Można było także skorzystać z pomocy *nakodo*, sąsiadki lub członka rodziny, którzy słyszeli o jakimś młodzieńcu szukającym żony, i wtedy kontaktowali ze sobą rodziców. Istniały wreszcie kluby spotkań i agencje matrymonialne. Różnego rodzaju — płatne, bezpłatne, ekskluzywne, ogólnie dostępne...

Ani Naoko, ani Ayumi nie obchodziły te zwyczaje. Śmiały się z dobrze znanej w Japonii anegdoty o pewnej pannie młodej, która w noc poślubną pomyliła się, kto jest jej mężem, ponieważ tylko raz przed ślubem widziała narzeczonego i przez cały czas tego spotkania miała spuszczony wzrok. One widziały swoją przyszłość zupełnie inaczej. Pragnęły być kobietami niezależnymi, zdobyć pozycję w społeczeństwie, uciec od swoich korzeni. Nie było mowy, żeby kierować się opinią i interesem rodziny. Nie zamierzały pędzić życia żony oddającej się jedynie obowiązkom domowym. Solidne studia, dobry zawód — i w drogę ku nowoczesności, ku przeznaczeniu.

Sytuacja obu dziewcząt nieco się różniła. Naoko żyła w cieniu ojca i tylko po wzorowym ukończeniu studiów mogła marzyć o wyemancypowaniu się, Ayumi natomiast cieszyła się większą swobodą. Jej ojciec, wdowiec, nigdy nie pragnął ożenić się po raz drugi. Poświęcił się całkowicie niemej córce. Ich wzajemne relacje były bardzo silne, skomplikowane i zarazem tajemnicze.

Ayumi była także bardziej zbuntowana i na tym polu nauczyła Naoko wszystkiego. Najpierw nauczyła ją języka migowego, aby mogły się swobodniej komunikować. Następnie wytłumaczyła jej, że prawdziwy bunt nie polega na walce z wrogiem. Należy działać tak, jakby wróg w ogóle nie istniał. Ignorować go. Wtedy naprawdę jest się wolnym. Można realizować własne pragnienia.

Dziewczynki poznały się w Hyoho Niten Ichi Ryu, szkole *kenjutsu*, która propagowała nauczanie Miyamoto Musashiego, sławnego samuraja z XVII wieku. Szkoła znajdowała się na wyspie Kiusiu. Naoko i Ayumi ćwiczyły z kilkoma innymi dziewczętami w Tokio i regularnie bywały u mistrza. Czasami miewały zajęcia w klasie mistrzowskiej na Utajimie, małej wyspie w zatoce Nagasaki.

Pod wpływem Ayumi Naoko przestała nienawidzić szkoły Niten, do której zapisał ją ojciec, i odkryła, że może z nauki czerpać korzyści. Szkoła Musashiego ma szczególny charakter. Nie jest wymagany specjalny ubiór. Każdy może przyjść, kiedy chce. Jest to nauka istotnie różniąca się od ścisłych zasad sztuk walki. Ich mistrz nie miał nawet prawdziwego miecza. Jego zdaniem do ćwiczenia „drogi oddechu" wystarczy zwykły drewniany *bokken*.

Naoko uwielbiała starego nauczyciela, potomka najsłynniejszego samuraja wszystkich czasów, który na ulicy, w zniszczonym ubraniu i bejsbolówce na głowie, niczym się nie różnił od innych przechodniów. Pamiętała, że pod koniec życia, chociaż zachował dawną zdolność koncentracji, przed walką poruszał wargami, jakby wymawiał cicho jakieś słowa. Długo się zastanawiała nad tym, zanim zorientowała się, że starzec poruszał po prostu sztuczną szczęką. Był to dla niej istotny dowód na to, że droga Musashiego uczy szczerości, prowadzi do rozwoju własnej osobowości, do zrozumienia tego, kim się jest naprawdę.

Ayumi pojęła to wcześniej niż Naoko. Wyjaśniła jej, że miecz ma służyć im nie do tego, aby stały się silne, lecz wolne.

Ayumi nie wyróżniała się urodą. Miała skośne, mongolskie oczy i okrągłą twarz Chinki. Była podobna do Otafuku, japońskiej bogini z pyzatą twarzą, uosobienia płodności — co za ironia losu... Do tego dochodziła grzywka, która nadawała jej wygląd nadąsanego pudla. Brakowało jej kobiecości, poruszała się niezgrabnie, zawsze zgarbiona, z głową wysuniętą do przodu i upartą miną.

Mimo to właśnie ona podobała się kolegom. Chłopcy z ich pokolenia, chudzi jak tyki, z pomarańczowymi włosami, mało interesowali się dziewczętami, a jeszcze mniej seksem, zastąpionym przez gry wideo, modne stroje, narkotyki. Zadowoleni z samych siebie, całkowicie bierni, uważali się za oryginalnych. Ayumi traktowała ich lekceważąco, a oni jej na to pozwalali. Emanowała z niej zmysłowość i zuchwałość, które ich przyciągały i jednocześnie przerażały.

Przyjaciółki chodziły razem do Shibuya, Omotesando, Harajuku. Jadały *okonomiyaki*, pierożki nadziewane czym się dało, gotowane przy klientach. Opiekowały się wybranymi w internecie *tamagotchi*, małymi wirtualnymi zwierzętami. Nosiły skurczone od częstego prania podkoszulki z logo Hard Rock Café, wielokrotnie zmieniały szkolny strój, ale zawsze składał się z niebieskiej spódniczki i białych skarpetek. Pisały pamiętniki, razem się masturbowały i piły sake. Dużo sake. Ayumi miała mocną głowę.

Aż zdarzyła się katastrofa. W wieku siedemnastu lat Naoko wciąż nie miała miesiączki. Matka postanowiła udać się z nią do lekarza. Badanie. Analizy. Diagnoza. U Naoko stwierdzono wrodzoną wadę — miała jajowody i jajniki, ale brakowało macicy. Zespołowi Mayera-Rokitansky'ego-Küstera-Hausera towarzyszy często brak pochwy. Nie dotyczyło to jednak Naoko. Dlatego też nikt wcześniej nie zauważył jej wady.

Zdenerwowana Naoko zadzwoniła natychmiast do Ayumi. Stworzyły sobie system dźwięków podobny do alfabetu Morse'a, by komunikować się na odległość. Ayumi z miejsca przestudiowała ten problem w książkach specjalistycznych, których było pełno w bibliotece jej ojca, ginekologa. Naoko dowiedziała się od niej, że brak macicy nie przeszkodzi jej w założeniu rodziny. Była płodna. Musiałaby tylko znaleźć matkę zastępczą.

Dziewczyny zawarły porozumienie. Ayumi przyrzekła Naoko, że będzie nosić jej płód. Naoko rozpłakała się z wdzięczności, uściskała gorąco przyjaciółkę, ale w głębi duszy postanowiła, że nigdy nie zdecyduje się na macierzyństwo. Będzie kobietą interesu, wojowniczką, zdobywczynią.

W 1995 roku miało miejsce inne ważne wydarzenie — spotkanie z fotografem w metrze. Próby. Castingi. Kontrakty... Naoko została modelką. Ayumi tego nie pochwalała. Jej zdaniem było to idiotyczne zajęcie. Naoko zgadzała się z nią, ale dzięki temu miała pieniądze, a więc i wolność. Praca ta oddaliła je od siebie. Zmienił się status Naoko. Stała się znana. Nie potrzebowała już przyjaciółki prowokatorki, żeby zwrócić na siebie uwagę mężczyzn. W następnym roku zupełnie przestały się widywać. Naoko z tego powodu poczuła w głębi duszy ulgę. Prawdę mówiąc, milczący wpływ Ayumi zaczął jej w końcu ciążyć. A nawet przerażać.

Rozpoczęły się podróże. Mediolan. Nowy Jork. Paryż... A potem spotkała Passana.

Miłość od pierwszego wejrzenia. Romans. Małżeństwo. Zaprosiła na ślub kilka koleżanek z Japonii, ale nie Ayumi. Z upływem lat niema przyjaciółka wydała jej się postacią złowróżbną, wręcz przekleństwem.

Myliła się — przekleństwem było jej własne kalectwo.

Przekonała się, co we Francji liczy się najbardziej — mieć dzieci. Passan marzył o połączeniu Wschodu z Zachodem, o spłodzeniu arcydzieł! Jak zawsze był przesadny, naiwny, wzruszający — i za to właśnie go kochała.

I wtedy w swej małej, upartej japońskiej główce podjęła najgorszą z możliwych decyzji: postanowiła ukryć prawdę. Kobieta, która nie może urodzić dzieci, nie jest prawdziwą kobietą. Zdecydowała się kłamać aż do końca. Pojechała do Japonii i spotkała się z Ayumi, która miała wtedy dwadzieścia pięć lat i była na drugim roku ginekologii. Znała więc dobrze ten problem. Gdyby Naoko była bardziej sprytna, zrozumiałaby, że Ayumi na to właśnie czekała...

Jako studentka medycyny wiedziała, kim jest surogatka, znała także odpowiednie zapisy w prawie międzynarodowym dotyczące posiadania dzieci za pośrednictwem matki zastępczej. W niewielu państwach jest to dozwolone. Wybrały Stany Zjednoczone, Kalifornię. Naoko miała zdobyć spermę męża, a następnie ją zamrozić. Ayumi wyjaśniła jej, jak ma postępować. Następnie wyznaczyły sobie spotkanie w Los Angeles, by dokonać przekazania oocytów, umożliwiających zapłodnienie in vitro. Przy przeniesieniu dwóch embrionów szanse na zajście w ciążę były znacznie większe. Ayumi zgłaszała się na wszystkie badania USG pod nazwiskiem Naoko. Miała również rodzić pod jej nazwiskiem. Wystarczy zgłosić narodziny dziecka w Tokio, a potem w ambasadzie francuskiej. Naoko wróci do Francji ze swoim japońskim dzieckiem, wszystko zgodnie z prawem.

Ayumi zadbała o szczegóły ich planu. Wszczepiła przez celioskopię kieszeń anatomiczną pod otrzewną Naoko. Następnie trzeba było co dwa, trzy tygodnie wypełniać ją serum fizjologicznym, żeby stworzyć pozory ciąży. Pomysł zaszokował Naoko, ale zabieg był prosty — zastrzyki robiło się przez pępek. Po kilku tygodniach jej brzuch nabrał krągłości. Ayumi kazała jej także brać kapsułki utrogestanu zawierające progesteron, od którego nabrzmiały piersi i przybrała na wadze. Dostarczyła jej również mocz ciężarnej kobiety, aby uzyskać pozytywny wynik testu ciążowego.

Ostatnią przeszkodą do pokonania okazał się Passan. Trzeba go było przekonać, żeby został we Francji, kiedy jego żona poleci rodzić w Tokio. Naoko wiedziała, że uda jej się to zrobić. Uszanował jej decyzję. Uznał nawet za rzecz naturalną, że został wykluczony z tych wyjątkowych dla Japonki chwil.

Tak przyszedł na świat Shinji. Passan pogodził się z tym, że nie mógł być obecny przy jego narodzinach, ale chyba wtedy zachwiało się ich małżeństwo. Upływ czasu, narastające z latami zmęczenie, niezaspokojenie również się przyczyniły do rozpadu związku.

Kiedy „poczęli" Hirokiego, Passan się zbuntował. Nie chciał zgodzić się na powtórzenie tego samego scenariusza. Były krzyki, płacz, groźby. Ale i tym razem ustąpił. Naoko poleciała do Japonii. Jego kapitulacja rozdzierała jej serce. Kochał ją tak bardzo, że akceptował to, co było nie do zaakceptowania.

Gdy wróciła do Paryża z Hirokim, zdała sobie sprawę, że między nią a Passanem wszystko jest skończone. O jedną zdradę za dużo. Ten porzucony niegdyś przez rodziców chłopak ofiarował jej to, co miał najcenniejszego — zaufanie, a teraz je odbierał.

Od tej pory łączyły ich już tylko dzieci.

Ona w odpowiedzi zamknęła się w sobie. Nie przekazywała już Ayumi żadnych wiadomości. Ukrywała swój dług, *on*. Zaczęła wręcz nienawidzić wspólniczki, dzięki której mogła zostać matką, gdyż skrycie obwiniała ją o to, że doprowadziła do rozpadu jej małżeństwa.

Kiedy w lutym minionego roku Ayumi napisała, zawiadamiając o śmierci swojego ojca, Naoko odpowiedziała w kilku konwencjonalnych słowach, tłumacząc się, że nie może przylecieć. Był to fatalny błąd z jej strony. Nie usłyszała wołania przyjaciółki o pomoc. Nie wyczuła kruchości psychicznej Ayumi i tego, że była ona na krawędzi szaleństwa. Po utracie ojca zwróciła się ku swojej „drugiej rodzinie".

„One należą do mnie".

Ayumi stała się jak miecz bez pochwy. Naoko mogła teraz przekonać się na własnej skórze, czym jest jej wściekłość, gniew, determinacja.

Wyglądało jednak na to, że Ayumi zapomniała, że Naoko doświadcza tych samych uczuć.

Ona także była jak nagie ostrze.

78

Czas jest po mojej stronie, pomyślał Passan.

Czuł jedność z żywiołem, który rozszalał się w mieście. Deszcz monsunowy. Ulewa chyba nie miała zamiaru nigdy ustać. Niebo zupełnie zasnuła powłoka brudnoszarych chmur, z których woda lała się wszędzie, na ulice, za kołnierze, w ludzkie dusze.

Fifi jechał na złamanie karku z kogutem na dachu. Rozbłyski światła przecinały ścianę deszczu niczym kawałki rozbitego szkła. Passan nie wiedział nawet, czy Fifi włączył syrenę, gdyż słychać było jedynie szum burzy. Gdy dojechali do Mont-Valérien, odmówił w myślach modlitwę. Żeby ta ulewa usunęła całe zło, którego doświadczyło miasto. Żeby woda zmyła ich grzechy. Wciąż nie tracił nadziei.

Nie tylko w sprawie śledztwa. Także co do dzieci, domu, może i ogniska domowego...

— Potrzebuję tylko pięciu minut — powiedział, kiedy znaleźli się przed bramą jego domu.

Wysiadł z samochodu i od razu dostał się w objęcia wichury. Pilotem otworzył bramę i przebiegł przez trawnik. Kiedy wszedł do domu, był przemoknięty do suchej nitki. Zdjął buty i skierował się wprost do sutereny. Według wszelkiej logiki powinien spakować walizkę w kawalerce w Puteaux, ale wolał wrócić tutaj. Zresztą zostawił w domu paszport i pudełko od butów zawierające jego stare notatki, w których przez całe lata zapisywał wszystko, co robił.

Wybrał te, które go interesowały, i wsunął do kieszeni marynarki. Do sportowej torby wrzucił trochę ubrań i kosmetyczkę z przyborami toaletowymi. O elegancji i starannie wyprasowanych koszulach pomyśli innym razem. Ruchy krępowało mu przemoczone, klejące się do ciała ubranie. Prześladował go zapach wilgotnej bielizny i mokrego asfaltu. Woń kryjówki, brudnej roboty policjanta. Lubił to.

Kiedy wyszedł z powrotem na górę, uderzyło go rozchodzące się po domu echo. Wszędzie słychać było odgłos rozbijających się o szyby kropli deszczu, które głośno rozbrzmiewały w pustym wnętrzu. Cienie deszczowych smug krążyły niczym wynurzające się z podziemia zjawy. Miał wrażenie, jakby znalazł się w Mauzoleum Lenina.

Już na progu coś sobie przypomniał. Postawił torbę na podłodze i przeskakując po cztery stopnie, wbiegł na pierwsze piętro. Wszedł do sypialni Naoko, otworzył szufladę nocnego stolika.

Kaiken zniknął.

79

Fifi z włączoną syreną wjechał na pas zarezerwowany dla karetek pogotowia. Samolot Passana odlatywał o dwudziestej. W ostatniej chwili znalazł jedno miejsce w samolocie linii ANA. Uznał, że w leki zaopatrzy się w aptece na lotnisku. Potem przez dwanaście godzin lotu będzie lizać rany i analizować posiadane informacje, starając się postawić jakąś hipotezę.

Przed terminalem 1 na lotnisku Roissy-Charles-de-Gaulle odniósł wrażenie, jakby był świadkiem exodusu. Pasażerowie szli w wielkim pośpiechu ku ogromnej rotundzie. Parasole wyginały się na wietrze. Wózki bagażowe toczyły się przez kałuże, rozbryzgując brudne strugi.

Odpiął kaburę z bronią i oddał ją Fifi. Porucznik w zamian podał mu plik papierów świeżo wydrukowanych z internetu.

— Dokumentacja, o którą prosiłeś.

Passan wsunął je do kieszeni marynarki. Ostatni prezent od porucznika — wypchana koperta z szarego papieru.

— Na czarną godzinę od doktora Fifi.

— Chcesz, żeby mnie zatrzymano na cle?

— Jeśli przejdziesz z tą swoją gębą, to nic więcej nie może ci się przydarzyć.

Passan z uśmiechem ścisnął mu ramię.

— Będziemy w kontakcie? — zapytał Fifi niespodzianie poważnym tonem.

— Oczywiście.

— Chcesz, żeby kontrolowali jej komórkę?

— Nie ma takiej potrzeby. Ona już się nią nie posłuży. Ma japońską komórkę.

Naoko raczej dałaby sobie uciąć obie ręce niż użyłaby w Tokio francuskiego telefonu. Miała umysł praktyczny, nastawiony na przeżycie.

Otworzył drzwi samochodu.

— Jesteś pewien, że dobrze robisz? — rzucił Fifi.

— Przecież to ty mi powiedziałeś: „Ja jeden wiem, kiedy jest jej zimno*". — Passan zabrał torbę z tylnego siedzenia i odszedł, nie oglądając się.

Godzinę później siedział w samolocie NH 206 lecącym bezpośrednio do Tokio, w klasie ekonomicznej. Przesadą byłoby mówić o wygodzie, ale miał miejsce przy oknie i oparzenia na razie mu nie dokuczały. W tej chwili, z czapką naciągniętą na głowę, nie marzył o niczym więcej.

Nie czekając na start, pogrążył się w swoim dossier. Wyczerpujące informacje na temat ciąży. Główne etapy — zapłodnienie in vitro, przeniesienie embrionu; państwa, w których taka metoda była dopuszczalna: Stany Zjednoczone, Kanada, Indie; procedura znalezienia matki zastępczej...

---

* Słowa z piosenki Juliena Clerca.

Naoko niewątpliwie pojechała do Stanów Zjednoczonych. Z Japonii było tam najbliżej. Zawsze była zafascynowana Stanami, w których widziała ziemię obiecaną dla emigrantów. Po przeczytaniu kilku stron zatrzymał się na problemach technicznych. Naoko musiała magazynować jego spermę. Jak jej się to udało? Nigdy przecież nie używał prezerwatyw. Stopniowo pojął rozmiary oszustwa. Wszystko, co musiała udawać, zmyślać. Wizyty u lekarza. Badania okresowe. Wyjazdy. Prawdę mówiąc, wcale się nie ukrywała, tylko wprowadzała go w błąd co do natury swoich działań. Przez te wszystkie lata Naoko prowadziła podwójne życie.

Wyjął z kieszeni swoje notatki z 2003 i 2005 roku, z lat, kiedy urodzili się chłopcy. W świetle odkrytej tajemnicy daty i wyjazdy Naoko nabierały innego sensu. Jakieś dziewięć miesięcy przed rzekomym porodem wyjeżdżała do Japonii. Zawsze w przeddzień się kochali. Mówiła, że to przyniesie jej szczęście.

W rzeczywistości zbierała spermę.

Udawała się do kliniki, żeby przeprowadzono zapłodnienie in vitro. Jeden lub dwa embriony umieszczano w macicy „nosicielki". Ayumi Yamady. Podniósł oczy znad kartek i zamyślił się. Kim ona była? Przypadkową osobą? Przyjaciółką? Kuzynką? Czy była Japonką? Amerykanką? Japonką, która wyemigrowała do Stanów Zjednoczonych?

W każdym razie, jeśli to ona była zabójczynią, coś tu nie grało. Naoko, uosobienie ostrożności, nigdy nie powierzyłaby czegoś tak ważnego osobie niezrównoważonej, budzącej niepokój. Przecież nikt nie staje się psychopatą z dnia na dzień. Jeśli Naoko znała tę kobietę, nie mogłaby nie zauważyć oznak utajonego szaleństwa.

Wrócił do notatek. Osiem miesięcy później Naoko ponownie wyjeżdżała. Żeby urodzić dziecko. Oczywiście w Tokio. Nie należy lekceważyć kwestii miejsca urodzenia. Nasuwały się więc następne pytania. Jak Ayumi Yamada mogła urodzić dzieci i zgłosić chłopców pod nazwiskiem Passana? A może podawała się za Naoko? Wspólniczki obmyśliły jakiś sposób; musiał odkryć jaki. Po miesiącu wracała z błyszczącymi ze wzruszenia oczami, trzymając na rękach niemowlę.

Pozostawała tajemnica przebiegu ciąży w Paryżu. Fifi nie znalazł nic na temat ewentualnych środków wywołujących sztuczną ciążę. Ani nic takiego, co powoduje rośnięcie brzucha. Nieważne — rezultat był widoczny. Naoko zrobiła wszystko, żeby go oszukać, łącznie z pokazaniem mu wyników testu ciążowego.

Samolot wystartował. Ryk silników. Informacje na temat bezpieczeństwa lotu wygłaszane zbyt głośno, niewyraźnie. Passan zamknął notatki. Powinien być wytrącony z równowagi. A był po prostu wyczerpany, rozgorączkowany, oszołomiony.

Rozejrzał się i zauważył, że samolot jest pełen Japończyków. Tym lepiej — wrodzona dyskrecja nie pozwalała im wpatrywać się w jego twarz, która wyglądała jak spieczona na grillu. Z pewnością będzie tak również w Tokio...

Gdy tylko pomyślał o oparzeniach, poczuł ból. Miał wrażenie, że skóra pęka mu jak pieczony kasztan. Poczekał, aż zapalą się światła, po czym zamknął się w toalecie, żeby posmarować twarz maścią Biafine. Zażył także dwa proszki od Fifi. Lepiej spać, niż znowu przez dwanaście godzin zadręczać się tymi samymi myślami...

Gdy wrócił na miejsce, zamknął oczy, żeby zastanowić się ostatni raz nad swoimi hipotezami. Zamiast tego ogarnęły go wspomnienia. O dziwo były to dobre wspomnienia szczęśliwie przeżywanych razem chwil beztroski, wspólnoty z Naoko. Za każdym razem ujawniał się ten sam szczegół. Śmiech Naoko.

Charakterystyczne było to, że go powstrzymywała. W jej przypadku okazywanie radości ograniczało się do ledwie widocznego grymasu warg. A jeśli czasem zdarzyło się jej głośno roześmiać, natychmiast zasłaniała usta ręką. Czasami jednak — bardzo rzadko — wybuchała szczerym, głośnym śmiechem, odsłaniając idealnie równe białe zęby. Zdarzało się tak zupełnie nieoczekiwanie. Raz w basenie, gdy woda była za zimna. Kiedy indziej podczas karaoke w dzielnicy Shibuya albo kiedy nowy pies jej rodziców omal nie pogryzł Passana. Wydawało się wówczas, że pęka porcelanowa powłoka jej twarzy, spod której wyłania się jakaś dziwna materia. Cząsteczki radości ulatniały się w przestrzeni niczym puder zdmuchnięty z puderniczki. Passanowi czasami przychodził na myśl talk, jakiego używają ciężarowcy przy podnoszeniu sztang. To było właśnie to — Naoko znikała, ulatywała jak obłok talku. W takich momentach myślał, że jej dusza ma niesłychaną jasność, nieznaną czystość.

A tak naprawdę on, policjant, niewiele o niej wiedział...

Mimo to ją rozumiał. Nic mu nie powiedziała, bo w jej pojęciu kobieta bez macicy nie mogła uchodzić za prawdziwą kobietę. To była jej decyzja, decyzja Japonki. Kłamstwo albo samobójstwo. Taka była japońska tradycja. Tego wymagało poczucie honoru. Na potwierdzenie swych myśli ujrzał jej nieruchomy wzrok, oczy czarne jak laka, absolutnie nie do rozszyfrowania, jednocześnie jednak pełne dziwnej przejrzystości.

Jedyne, co mógł teraz zrobić, to lecieć jej na pomoc.

Utajima. Ayumi Yamada. Nie trzeba być geniuszem, żeby domyślić się, że chodzi o umówione spotkanie. Śmiertelne spotkanie z wrogiem.

Naoko wracała do siebie, żeby uregulować rachunki.

Krwawa historia z nienawiścią w tle. Taka, jaką lubią policjanci.

A on mógł nią pokierować nawet oddalony o dziesięć tysięcy kilometrów od swojego kraju.

80

Godzina piętnasta następnego dnia czasu lokalnego.

Wychodząc z samolotu, Passan czuł się tak, jakby wcale nie opuścił Francji. Błyszczący od deszczu asfalt zlewał się z niskim, bezbarwnym niebem. Nie wiadomo już było, co jest odbiciem, a co realnym przedmiotem... Paryska ulewa przeniosła się tutaj. Logiczne zrządzenie losu. Ostatecznie przyjechał do Japonii, żeby dokończyć to, co zaczął we Francji.

Ten nijaki pejzaż odzwierciedlał stan jego duszy. Nie zasnął w samolocie, po prostu zapadł się w nicość. Ocknął się kilka minut po wylądowaniu, nie wiedząc nawet, jak minął ten lot. Nie pamiętał, żeby mu się coś śniło. Ale przynajmniej był wypoczęty.

Podążył za towarzyszami podróży. Znalazł się w wielkim holu, który przywodził na myśl dwujęzyczne wydanie książki — jedna strona w języku japońskim, druga w angielskim. Narita jest podobny do wszystkich portów lotniczych na świecie. Betonowa budowla. Rozproszone światło. Lśniące, zimne tworzywa. Z jedną różnicą, na którą zwracał uwagę za każdym razem tak samo zaskoczony — byli tutaj niemal wyłącznie Japończycy.

Płaskie twarze, uśmiechnięte i zarazem nieprzeniknione, zamknięte na trzy spusty. Mnóstwo głów z czarnymi włosami. Passana ogarnęło to samo podniecenie, entuzjazm, który poczuł, kiedy pewnego dnia w 1994 roku po raz pierwszy postawił stopę na japońskiej wyspie. Odniósł niejasne wrażenie, że rozpoznaje tych ludzi i tę ziemię.

Ponieważ miał tylko bagaż podręczny, skierował się bezpośrednio do wyjścia. Przed odlotem — o siedemnastej w Paryżu, o północy w Tokio — zadzwonił do brata Naoko, Shigeru. Mógł być dla niego przewodnikiem w tym rozrastającym się na wszystkie strony mieście i z pewnością musiał coś wiedzieć na temat tej całej historii. Passan postawił sprawę tak jasno, że Shigeru nie mógł się wykręcić. Jako członek rodziny, a więc i wspólnik w spisku, winien mu był dzisiaj pomoc i wsparcie.

Passan minął kontrolę celną i dotarł do hali przylotów. Shigeru czekał na niego, w lnianej marynarce, z miną profesora alterglobalisty. W książkach i filmach autorstwa *gaijin* Japończycy zawsze są obojętni lub uprzejmie uśmiechnięci. Trzymają się bardzo prosto, z rękami wzdłuż ciała, w każdej chwili gotowi do ukłonów, niczym automaty. Shigeru nie pasował do tego modelu. Czterdzieści lat, uosobienie absolutnej beztroski, jakby surowe wychowanie nie odcisnęło na nim piętna. Spróbowawszy wszystkiego, od rocka do alkoholu i narkotyków, był teraz nauczycielem angielskiego i francuskiego. Bez śladu żalu czy goryczy.

Passan bez uśmiechu pomachał do niego ręką. Nigdy nie

czuł się swobodnie w towarzystwie szwagra. Prawdę mówiąc, nie czuł się swobodnie przy żadnym Japończyku płci męskiej. Zawsze miał wrażenie jakiejś rywalizacji. I nie wiedział, czy to jego paranoja, czy tak było naprawdę.

Shigeru przywitał go po japońsku — ani słowa o jego poparzonej twarzy czy czapce, która przypominała skarpetkę naciągniętą na głowę.

— Przyjechali? — zapytał z niepokojem Passan.

— Shinji i Hiroki są u naszych rodziców.

— A twoja siostra?

— Już wyjechała.

— Dokąd?

— Nie mam pojęcia.

Zaczynają się kłamstwa, pomyślał Passan. Przyglądał się szwagrowi przez kilka sekund. Z długimi włosami, z siwiejącą bródką, elegancko ubrany, z parasolem pod pachą Shigeru wyglądał jak dandys. Ostre rysy wychudłej twarzy łagodziły okrągłe okulary, świadczące o jego intelektualnej przemianie. Czarne, gęste włosy i wysokie czoło nadawały mu wyniosły, stanowczy wygląd, czemu zaprzeczał niezdecydowany grymas warg.

— Masz mi chyba coś do powiedzenia, prawda? — rzekł Passan.

Shigeru wziął od niego torbę.

— Najpierw pojedziemy ekspresem. Za godzinę będziemy w Tokio.

Pierwszy unik. Passan uznał, że nie nadszedł jeszcze czas, żeby nim potrząsnąć, choć był zdecydowany zachowywać się tutaj jak policjant, brutalnie i bezwzględnie. Przyjechał jako przedstawiciel sił interwencyjnych, a nie jako dyplomata.

— Chciałbym zobaczyć dzieci.

— Jesteśmy umówieni. Rodzice na nas czekają.

— Sądzisz, że będę mile widziany? — zapytał Passan, czując skurcz w sercu.

Shigeru roześmiał się.

— Jak zawsze!

Skrajnie perwersyjna odpowiedź. Z trudem opanowując emocje, Passan poszedł za swoim przewodnikiem aż do wyjścia, uświadamiając sobie, że Japonia jest najgorszym terenem do prowadzenia kryminalnego śledztwa.

81

Kiedy tylko znalazł się w pociągu, zauważył, że coś jest nie w porządku. Wagon był bardzo słabo oświetlony, klimatyzacja nie działała. Oznaczało to, że specjalnie zmniejszono napięcie prądu, bo w Japonii awarie się nie zdarzają. Fukushima. Przypomniał sobie, że w następstwie tsunami, które było w marcu, po katastrofie nuklearnej zarządzono znaczne ograniczenia w zużyciu elektryczności. Japonia żyła teraz w innym rytmie, jakby pogrążona w żałobie. W wagonie panował taki upał, że Passan miał wrażenie, jakby znalazł się w cieplarni z tropikalną roślinnością.

Pasażerowie niczym się szczególnie nie wyróżniali. Entuzjastyczni autostopowicze, Australijczycy lub Amerykanie. Biznesmeni z obojętnym wyrazem twarzy, z rękami na walizkach na kółkach. Japońskie stewardesy w granatowych kostiumach, zasłaniające ręką uśmiechy. Niektórzy z pasażerów czytali, ale wszyscy trzymali książki w jednakowy sposób, jakby pogrążeni w tym samym tajemniczym dziele, dającym recepty na życie, nauczającym, jak zgodnie z zasadami filozoficznymi podążać w tym samym kierunku. Inni drzemali. Jedną z charakterystycznych cech Japończyków jest umiejętność zasypiania w każdych okolicznościach. Jakaś kobieta chrapała z otwartymi ustami. Mężczyzna drzemał na stojąco, a jego szczupła sylwetka podrygiwała przy każdym wstrząsie wagonu niczym antysejsmiczna konstrukcja.

Passan wytarł dłonią zamgloną szybę. Za nią, aż po horyzont, rozciągał się długi, płaski, zabudowany teren. Ściśnięte domy wypełniały najmniejszą przestrzeń aż do torów kolejowych. Nad tą niewyraźną szarzyzną górowały anteny satelitarne, okapy z blachy falistej, dachy lśniące od deszczu. Sceneria ta przywodziła na myśl rysunek w dawnym japońskim stylu, na którym chiński tusz rozmył się w liczne jednobarwne odcienie.

Czerwiec w Japonii jest porą deszczową. Tutaj nazywa się to *tsuyu* albo *nyubai*. Kilka tygodni niekończących się opadów. W różnych wariantach — mżawka, mokra mgła, kapuśniaczek, deszczyk... — ale ani niebo, ani ziemia nie wysychają przez cały ten czas. Ludzie kulili się w otaczającej ich wilgoci. Myśli rozmywały się. A do tego wszechobecna zatykająca duchota, mokra, lepka. Monsun bez tropików. Potop bez Noego. Pozostawało jedynie czekać na prawdziwe lato.

Chiba. Funabashi. Takasago. Tokio. Passan i Shigeru milczeli. W pociągu nie dało się rozpocząć poważnej rozmowy. Wreszcie ekspres dotarł do centrum miasta, niczym długa igła wbijająca się w ciało.

Na stacji Shibuya szwagier Passana oznajmił:

— Stąd pojedziemy taksówką.

Shibuya to jedna z najnowocześniejszych dzielnic Tokio. Różnobarwne neony, szklane fasady domów, sklepy ze sprzętem high-tech, dziewczynki, typowe japońskie *kawaii* — wszyscy znają te widoki. Dzisiaj — wieżowce, szyldy, samochody, parasole — wszystko znikało w potokach wody. Szum deszczu zagłuszał hałas uliczny, gwizdy pociągów metra, muzykę w sklepikach, gwar tłumu...

— Zaczekaj tutaj na mnie! — krzyknął Shigeru.

Passan stanął pod daszkiem sklepu z telefonami komórkowymi. Znowu dostrzegł oznaki ograniczeń w dostawach prądu — witryny sklepów, zwykle błyszczące tysiącem świateł, pogrążone były w niepokojącym półcieniu, podobnie jak zawsze jaskrawo oświetlone dystrybutory napojów. Inne sklepy po prostu były zamknięte. Tokio znajdowało się w stanie rekonwalescencji.

Passan głęboko zaczerpnął w płuca łyk japońskiego powietrza. Nie widział nic oprócz parasoli. Obszerne niczym kopuły, barwne jak parasole słoneczne, przezroczyste jak namioty tlenowe. Pod nimi ledwie widoczni ludzie spieszący do pracy, dziewczynki w minispódniczkach i siatkowych pończochach, kobiety z posępnymi twarzami, jakby dźwigały na swoich barkach dom, męża, dzieci, niczym powolne żółwie, wychudzeni młodzieńcy z jasnymi włosami i w butach z krokodylej skóry, którzy zgubili dusze w labiryncie pigułek i obwodów informatycznych.

— Olivier-san!

Shigeru znalazł taksówkę. Passan przepchnął się przez tłum i wślizgnął do samochodu. Białe rękawiczki, zapach czystości, automatycznie zamykane drzwi — japońskie taksówki zdecydowanie różnią się od paryskich.

Przyciskając torbę podróżną do piersi, odzyskał oddech. Tak jak za każdym razem, bezwolnie dawał się prowadzić. Nie mógł postępować inaczej. Nie rozumiał nic z pisma japońskiego. Nie miał w ogóle zmysłu orientacji. Poza tym wiedział, że większość ulic nie ma ani nazwy, ani numerów. Jechali tak dwadzieścia minut. Rodzice Naoko mieszkali w Hiroo, dzielnicy rezydencji, gdzie mieściła się ambasada Francji. Miał pusty żołądek, w głowie mu się kręciło, był jednak szczęśliwy. Paradoksalnie w Tokio, metropolii z ponad trzynastoma milionami mieszkańców, zawsze ogarniał go dobroczynny spokój. Cokolwiek to było — ludzki tłum, ruch uliczny, wiszące mosty, szaleństwo ideogramów — czuł harmonię i równowagę.

Taksówka zatrzymała się. Passan, który jeszcze nie wymienił pieniędzy, pozwolił Shigeru zapłacić. Kolejny słaby punkt.

Ulewa przeszła w mżawkę, ale upał się nie zmniejszył. Zmiana dekoracji. Aleje przyzwoitych rozmiarów, puste, ciche, błyszczące od deszczu. W oddali pióropusz pary z łaźni publicznej, zielona plama boiska do baseballu, a nad głowami girlandy kabli i przewodów elektrycznych krzyżowały się na tokijskim niebie na kształt rybackiej sieci. Kiedyś zastanawiał się, dlaczego w kraju nowoczesnej technologii zachowano słupy energetyczne jakby żywcem wzięte z epoki Dzikiego Zachodu. Odpowiedź była prosta — w kraju ustawicznych wstrząsów sejsmicznych nie można chować kabli pod ziemią i ryzykować krótkich zwarć przy najmniejszym wstrząsie.

Stanęli przed żelazną bramą pomalowaną na zielono.

82

Rodzice Naoko mieszkali w nowoczesnym domu niewyróż-
niającym się niczym szczególnym. Szary tynk, brązowe dachówki, proste linie. Oryginalny był jedynie znajdujący się
za domem ogród warzywny o powierzchni prawie pięciuset
metrów kwadratowych, który sprawiał wrażenie niepraw-
dopodobnego luksusu, biorąc pod uwagę, jak oszczędnie
gospodaruje się ziemią w Japonii.

Nie dzwoniąc, weszli do domu, zdjąwszy przedtem obuwie.
Shigeru nie pofatygował się nawet, żeby krzyknąć tradycyjne
tadaima — jestem. Dom wydawał się pusty. Pusty i gorący.
Zazwyczaj szczękano w nim zębami z zimna. Teraz pod
sufitem kręcił się wentylator. Passan zdał sobie sprawę z tego,
że mokre ubranie lepi mu się do ciała — nie wyglądało to
najlepiej.

Odstawił torbę. Wnętrze domu nie zmieniło się i wyglądało
tak, jakby wyjechał stąd poprzedniego dnia. Tylko na ścianach pojawiło się kilka pęknięć po ostatnim trzęsieniu ziemi.
Od minionego marca, jak wyjaśnił Shigeru, tokijczycy prze-

żywali dwa, trzy trzęsienia na tydzień. Po co reperować cokolwiek, jeśli niedługo trzeba będzie odbudowywać cały dom? Passan niczego nie komentował. Przywykł do stoicyzmu Japończyków — jeśli nie można nic zrobić z jakimś problemem, to należy się zachowywać tak, jakby ten problem w ogóle nie istniał.

Dom stanowił klasyczne połączenie stylów azjatyckiego i zachodniego. Z jednej strony pokoje umeblowane po europejsku, z drugiej zaś tradycyjna przestrzeń wyłożona matami. Ale nawet w nowoczesnych pokojach czuło się Japonię. Parkiet z drewna cyprysowego lśnił niczym czarny jedwab, a kremowe i czekoladowe barwy stworzyły wrażenie czysto japońskiej prostoty. Były tu także pionowe napisy starannie oprawione, przypominające główne sentencje życiowe.

Przeszli przez jadalnię do salonu. W dalszym ciągu nikogo nie było widać. Shigeru odwrócił się i uśmiechnął, dostrzegając zaniepokojenie na twarzy Passana.

— Są w ogrodzie. — Otworzył oszklone drzwi prowadzące na werandę.

Do środka wtargnął wilgotny powiew. Shinji i Hiroki w czapkach przykrytych moskitierami kręcili się między grządkami papryki, dyni i ogórków.

Kiedy zobaczyli ojca, pobiegli na przełaj i rzucili się w jego ramiona. W ciągu paru dni, w samym środku roku szkolnego, kilkakrotnie zmienili miejsce pobytu, opuścili szkołę, lecieli samolotem, a teraz znaleźli się u japońskich dziadków. Wydawało się, że ta sytuacja im odpowiada. Nawet różnica czasu nie osłabiła ich energii.

— Zbieramy pomidory z dziadkiem i babcią! — zawołał Shinji, ściągając wielkie rękawice robocze.

— I mamy nowego psa! — dodał Hiroki. — Nazywa się Kryształ!

Ubrudzeni ziemią chłopcy mieli radosne, jasne buzie. Gdy podniósł wzrok, zobaczył rodziców Naoko ukrytych między krzaczkami pomidorów. Ojciec z ciemną cerą, gładką jak skórka kasztana, był uśmiechnięty; na jego twarzy malował się spokój. Matka, niewysoka, bardzo blada, ubrana jak zawsze na szarobrązowo, pomachała do niego ręką, jakby żegnała się z kimś na dworcu kolejowym. Jej twarz błyszczała jak papierowy lampion rozświetlający otoczenie.

— *Okaeri nasai!* Cieszymy się, że jesteś z nami! — zawołali chórem.

Shigeru musiał ich uprzedzić, bo nie wyglądali na zaskoczonych jego widokiem. Passan, wzruszony wspomnieniami, mimo wszystko także był szczęśliwy, że znowu ich widzi. Znał ten warzywnik, rozbrzmiewający w pełni lata graniem świerszczy. Po raz pierwszy go zobaczył, gdy był przykryty śniegiem. Podziwiał go także jesienią, gdy sosny szumiały na wietrze, a ziemię pokrywały czerwone jak krew liście klonów.

Kiedy teściowie podeszli do niego, skłonił się z uśmiechem, bąkając kilka słów po angielsku. Odpowiedzieli mu po japońsku. Nigdy z nimi nie rozmawiał. Żeby rozmawiać, trzeba się rozumieć. Żeby się rozumieć, trzeba mówić tym samym językiem.

Wszystko, co wiedział na ich temat, powiedziała mu Naoko, a resztę wyczuwał intuicyjnie. Jej ojciec głęboko nim gardził, choć nie było w tym niczego osobistego. Matka go ceniła, ale jednocześnie się go bała. Należał do świata jej marzeń, ale okazał się w pewien sposób zbyt konkretny.

W jego obecności odwracała oczy, nie zadawała mu żadnych pytań, jak ktoś, kto boi się ujrzeć realizację swojego pragnienia. W rzeczywistości byli do siebie podobni — ona zafascynowana Francją, on — Japonią. Ich drogi skrzyżowały się na szlaku chimer.

Pani Akutagawa zaproponowała napój cytrynowy. Bardzo szybko rozmowa, tłumaczona przez Shigeru, przeszła na tematy całkowicie neutralne. W Japonii, kiedy przestaje się mówić o psie lub pogodzie, przechodzi się do tematów, które w ogóle nic nie znaczą. Passan miał ochotę wyć. Albo kopnięciem rozbić niski stolik. Nie potrafił domyślić się, co rodzice Naoko właściwie wiedzą. Jedno było pewne — nie powiedzą ani słowa. Przyjął drugą szklankę cytrynady. Nie jadł od dwudziestu czterech godzin i jego żołądek był skręcony niczym lina cumownicza. Twarz znowu go paliła. Teściowie nie zapytali ani o jego rany, ani o dziwaczną czapkę na głowie.

Od czasu do czasu zerkał w kierunku ogrodu. Shinji i Hiroki biegali slalomem między rzędami sałaty w pogoni za Kryształem, psem rasy akita, charakterystycznej dla Japonii. Ten widok był jego pierwszym zwycięstwem na wrogiej ziemi. Miał przynajmniej pewność, że nikt tutaj nie zdaje sobie sprawy z powagi sytuacji. Inaczej nawet państwo Akutagawa nie mogliby zachowywać takiego spokoju. Naoko przyleciała nagle, bez zapowiedzi. Zostawiła dzieci i bez żadnych wyjaśnień wyjechała. Ojciec i matka sądzili zapewne, że między nią a mężem doszło do ostrzejszej niż zazwyczaj scysji albo że były jakieś komplikacje z rozwodem, jeśli o nim wiedzieli.

Zadzwonił telefon w jego kieszeni. Przepraszając, wstał i przeszedł do sąsiedniego pokoju. Ze zdziwieniem poznał głos Fifi. Zapomniał już o Paryżu, o śledztwie, o swojej ekipie.

— Mam dla ciebie pewne informacje — oznajmił porucznik. — Udało mi się je wydobyć od pewnego faceta, pracującego przy wydawaniu wiz...

— Jakie?

— Ayumi Yamada przyleciała do Paryża dwudziestego czwartego marca. Podała adres hotelu Scribe, ale nigdy się w nim nie pojawiła.

— No to gdzie mieszkała?

— Nie wiadomo.

Mimo upału Passan dygotał w mokrym ubraniu.

— Wyleciała do Japonii dzisiaj o ósmej czterdzieści czasu paryskiego. Lot siedemdziesiąt sześć-pięćdziesiąt cztery linii JAL.

— Zatem będzie w Tokio jutro rano.

— Nie w Tokio. Miała się przesiąść na samolot do Nagasaki. Przyleci tam o dziesiątej dwadzieścia dwie czasu lokalnego.

Utajima oznaczała więc miejsce na wyspie Kiusiu, jednej z położonych najbardziej na południe. Port? Miasto? Sanktuarium? „Świątynia poezji". Łatwo wydedukować, że Naoko już tam zmierzała. On także nie powinien dłużej zwlekać.

Dobiegł go głos Fifi:

— A ty gdzie jesteś?

Popatrzył na popękane ściany, czarny parkiet, wykaligrafowane znaki.

— Jak na razie nigdzie. — Rozłączył się. Zostało mu tylko parę godzin, żeby odnaleźć miejsce spotkania dwóch kobiet. I dowiedzieć się czegoś o Ayumi Yamadzie. Stanął w drzwiach i dał znak Shigeru. Włożył buty, po czym poszedł do ogrodu, żeby pożegnać się z chłopcami. Shinji i Hiroki właśnie dopadli psa.

465

— Umyjemy mu łapy, żeby mógł wejść z nami do domu! — zawołał Shinji.

Passan zatrzymał się oczarowany pięknem tej sceny. Przez chmury przebił się promień słońca i oświetlił obraz srebrzystym blaskiem. Liście, zabłocone jarzyny, przemoczone sosny — wszystko błyszczało jak w bajce. Fragment japońskiego codziennego życia. Czystość. Perfekcja. Prostota...

Doznał gwałtownego wzruszenia, kiedy uświadomił sobie, że należy do tego otoczenia — to były jego dzieci, a jego los był naprawdę związany z tą uwielbianą ziemią.

Uznał to za pomyślną wróżbę.

Shinji i Hiroki stanowili dalszy ciąg tej historii. Musi o nich walczyć. Musi ominąć najniebezpieczniejsze w jego życiu rafy, żeby potem bezpiecznie wrócić do domu.

83

— Kto to jest Ayumi Yamada?

— Yamada Ayumi — powtórzył Shigeru zgodnie z japońską kolejnością. — Przyjaciółka Naoko z dzieciństwa.

— Nigdy mi o niej nie mówiła.

— To stara historia. Dlaczego o nią pytasz?

Passan oparł łokcie o kontuar. Znajdowali się w malutkim
barze pachnącym piwem i zbutwiałym drewnem. Charakterystyczny dla Tokio ciasny lokalik, w którym może zmieścić
się zaledwie sześć osób. Kameralne miejsce, ze skrzypiącymi
w zawiasach drzwiami i lampkami pod sufitem, zachęcało
do rozmowy.

Passan pomyślał, że Shigeru nie udaje, że naprawdę nic
nie wie o tym, co zrobiła Naoko. Przedstawił mu więc pokrótce przebieg wydarzeń. Wtargnięcie do domu. Pobieranie
krwi od dzieci. Zabicie Diega. Zamordowanie Sandrine.
W trakcie tej relacji beztroska Shigeru znikała. Mimo to
w dalszym ciągu udawało mu się nie okazywać zaskoczenia.
Zdolność Japończyków do ukrywania emocji jest niezwykła.

— Utajima... Znasz tę nazwę?

— Chyba słyszałem. Co to takiego?

— Tego właśnie nie wiem. Miejscowość, siedziba czegoś... Niedaleko Nagasaki.

— Można to sprawdzić. Dlaczego chcesz wiedzieć?

— Tam Naoko wyznaczyła Ayumi spotkanie.

Shigeru przetrawiał wiadomość. Passan wyczuł, że szwagier jest gotowy do dalszej rozmowy.

— Wiedziałeś o tym, że twoja siostra cierpi na zespół Mayera-Rokitansky'ego-Küstera-Hausera? Że nie ma macicy?

Shigeru pokręcił się niespokojnie na taborecie. Stoły były ustawione tak ciasno, że wszyscy słyszeli rozmowę sąsiadów, ale to im nie przeszkadzało. Korzystali z podwójnego zabezpieczenia — japońskiej dyskrecji i języka francuskiego.

— Wiedziałeś o tym czy nie?

— Tak, słyszałem.

Passan nagle stracił cierpliwość.

— Twoja siostra nie może mieć dzieci, a ty po prostu o tym słyszałeś?

— Wiesz, my w Japonii jesteśmy powściągliwi i...

— Nie zdziwiłeś się, kiedy urodziła Shinjiego?

— Nie było mnie wtedy w Tokio.

Znowu wymijająca odpowiedź.

— Kiedy się o tym dowiedziałeś, co pomyślałeś?

— Sam byłem wtedy w szpitalu. W klinice, w całkowitym odosobnieniu. Przedawkowałem i...

Passan nachylił się do niego. Przyszła pora, żeby zagrał rolę, którą znał najlepiej.

— Nie zapominaj, z kim masz do czynienia, Shigeru — powiedział, chwytając go za kołnierz, co tutaj równało się uderzeniu pięścią w nos. — Nadal jestem mężem twojej siostry, a do tego oficerem policji. Przestań częstować mnie tymi głupotami.

Shigeru poruszył gwałtownie grdyką. Wytrzeszczył oczy, szukając jakiegoś wyjścia z sytuacji. Ludzie w barze najwyraźniej się zaniepokoili. Passan cofnął rękę.

— Przypuszczałem, że pewnie zastosowano jakąś nowoczesną metodę — odrzekł Shigeru, poprawiając koszulkę polo marki Lacoste. — Ja... nic o tym nie wiem. To mnie nie dotyczyło. — Gestem ręki zamówił kolejne piwo i wypił jednym haustem. — Prawdę zna tylko nasza matka. Nie ma sensu jej o to pytać. Nic ci nie powie.

Całkiem zbyteczna uwaga.

Passan wziął butelkę piwa Kirin i napełnił swoją szklankę. Zaproponowano mu coś do zjedzenia — duszonego tuńczyka z imbirem i plasterkami chrupiącej rzodkwi. Miał pusty żołądek, ale na myśl, że miałby zjeść coś takiego, poczuł mdłości.

Jeśli chciał mieć w Shigeru sojusznika, musiał odkryć przed nim swoje karty.

— Naoko uciekła się do metody zakazanej w Japonii i we Francji, ale dozwolonej w Stanach Zjednoczonych. We Francji nazywają to „ciążą dla innej", w Anglii taka kobieta nazywa się surogatką. Dziś ta metoda jest dobrze znana. Wystarczy wyszukać w internecie hasło „matka zastępcza".

Japończyk otworzył szeroko oczy ze zdumienia.

— Przypuszczam, że Ayumi została matką zastępczą — powiedział na koniec Passan.

Dał szwagrowi czas, żeby ochłonął. Wnętrze baru skąpane było w świetle. Na czole Shigeru perliły się krople potu.

Złote odbłyski w szklankach. Światło odbijające się w sele-
dynowej porcelanie na półkach. Wszystko lśniło wyraźnie,
oślepiająco.

— Byłeś w Tokio, kiedy urodził się Hiroki?

Shigeru jakby wbrew własnej woli przytaknął głową.

— Nie poszedłeś jej odwiedzić w klinice?

— Matka powiedziała, że nie ma takiej potrzeby.

— Zadziwiasz mnie. To nie Naoko leżała w szpitalu, lecz
Ayumi.

Shigeru roześmiał się.

— Co ty opowiadasz! To niemożliwe. W Japonii nie robi
się takich rzeczy.

Passan chwycił go za ramię.

— To Ayumi nosiła w brzuchu Shinjiego i Hirokiego.
Nie wiem, jak i dlaczego od tamtej pory zepsuły się ich
stosunki, ale jednej rzeczy jestem pewien: Ayumi chce zabić
Naoko i odzyskać dzieci. Rozumiesz?

Szwagier uwolnił się od niego i przetarł powieki pod
okularami. Dał znak barmanowi. Na kontuarze pojawiły się
dwie maleńkie szklaneczki i nieduża butelka sake.

— Opowiedz mi coś o tej Ayumi. — Passan wrócił do
tematu.

— To było dawno. Ledwie ją znałem.

— Każdy szczegół jest dla mnie ważny.

Shigeru wzruszył ramionami.

— Kiedy miały po trzynaście lat, były nierozłączne.

— Poznały się w szkole?

— Nie, chodziły do tego samego przedszkola.

— Czy Naoko uczyła się sztuk walki? — spytał Passan.

— *Kenjutsu.*

470

— Coś jak kendo?

— Nie. — Shigeru westchnął z lekkim znużeniem. — Kendo zostało wynaleziono pod koniec dziewiętnastego wieku, na początku ery Meiji, kiedy zabroniono nosić miecze. *Kenjutsu* to dawna technika walki. Stosowali ją samurajowie.

— Na czym polega różnica?

Shigeru zrobił niewyraźny ruch ręką.

— *Kenjutsu* nie jest sportem. To metoda walki na śmierć i życie. Żadnych reguł, żadnych ostrzeżeń. W kendo, na przykład, wykrzykuje się nazwę części ciała, którą zamierza się atakować. W *kenjutsu* o czymś takim nie ma mowy. Celem jest zabicie przeciwnika bez uprzedzania go o tym.

— Prawdziwym mieczem?

Shigeru roześmiał się.

— Na szczęście nie! Inaczej nie ocalałby żaden uczeń w dojo, szkołach walki.

Passan poczuł, że znowu ogarnia go gniew. Nie potrafił wyobrazić sobie Naoko uprawiającej starożytną, tak niebezpieczną sztukę walki — jej, która wychwalała stale zalety Japonii nowoczesnej, która usunęła ze swojego życia najmniejsze ślady tradycji. Jeszcze jedna tajemnica.

— Czy należała do jakiejś konkretnej szkoły? — zapytał z niedowierzaniem.

— Do szkoły Miyamoto Musashiego.

— Tego samuraja?

Passan wiedział, że to postać znana w Japonii. Ronin — samuraj bez pana, malarz, kaligraf, filozof, bohater niezliczonych legend, powieści i filmów.

— Szkoła nazywa się Hyoho Niten Ichi Ryu, ale powszechnie mówi się o niej po prostu Niten.

— Jak na człowieka, który nie uprawia sztuk walki, dużo o nich wiesz... — zauważył Passan.

Shigeru pomachał pustą butelką w kierunku barmana.

— W naszym kraju wszystko to jest bardzo dobrze znane.

Z każdą jego odpowiedzią Passan spadał coraz niżej w przepaść. Nie mógł się pogodzić z myślą, że Naoko miała z czymś takim do czynienia. Ta informacja jeszcze bardziej mroziła jego serce. Przez dziesięć lat żył z kobietą, której zupełnie nie znał.

Wziął szklankę i wypił do dna.

— *Kanpai* — mruknął cicho Shigeru, jakby wymknęło mu się czknięcie.

Passan nienawidził sake — ciepłej, słodkawej, mdłej wódki — a w tym momencie nienawidził także żony. Jednak ciepły napój zrobił mu dobrze, znieczulił jego rany niczym eter.

— Dlaczego w końcu się rozstały?

Shigeru poprawił okulary, zdradzając tym gestem zmieszanie.

— Ayumi to szczególna dziewczyna.

— W jakim sensie?

— Od urodzenia jest niemową.

Ten fakt zdziwił Passana mniej niż cała reszta. Naoko zapewne też nie była zwykłą dziewczyną. Wyobraził je sobie walczące w dojo, ubrane w zbroje z bawolej skóry, wymachujące bambusowymi mieczami.

— Co jeszcze wiesz? — zapytał.

— Nic takiego. Widywałem je w domu. Nie przestawały gestykulować. Porozumiewały się językiem migowym.

— Naoko go znała?

— Tak, nauczyła się dla Ayumi.

Zastanowił się w duchu, czy ich relacje nie opierały się na czymś więcej.

— Po prostu się przyjaźniły — rzekł Shigeru, jakby czytając w jego myślach. — Była to przyjaźń wyjątkowa, gorąca, jaka się zdarza tylko w młodości. Przymierze krwi, obietnice na wieczność, takie tam głupstwa. Prawdę mówiąc, Ayumi nie była głucha i nie musiały porozumiewać się na migi, ale Naoko chętnie na to przystała.

Passan czuł palenie w ustach. Język nabrzmiał mu tak, jak zwierzęciu umierającemu z pragnienia. Chwycił butelkę i nalał sobie kolejną porcję sake. Oliwa do ognia. Czuł, jak alkohol przenika do jego żył.

— Ile miały lat, kiedy się rozstały?

— To było mniej więcej wtedy, kiedy Naoko zaczęła pracować jako modelka.

Mogło być kilka powodów. Zazdrość. Naoko miała podróżować, pojawiać się na wybiegach, stać się gwiazdą. Być może zaczęły rywalizować o względy chłopców. Albo po prostu pojawiło się znużenie po latach ogromnej zażyłości...

Dlaczego jednak Naoko wybrała właśnie ją do tak ważnej sprawy? Kiedy powiedziała jej o swojej ułomności? W czasach, kiedy się przyjaźniły, czy o wiele później, gdy musiała znaleźć matkę zastępczą? Skłaniał się raczej do tej pierwszej możliwości. Ayumi była jedyną osobą, która znała jej sekret, i dlatego Naoko zwróciła się do niej.

— Masz zdjęcie Ayumi?

— Myślę, że znajdzie się jakieś u rodziców. Moja siostra zostawiła dużo pamiątek w swoim pokoju.

Na myśl, że miałby grzebać w rzeczach żony, ogarnął go niesmak. Wypił jeszcze jedną szklaneczkę. Chyba powinien się skontaktować z policją japońską. Albo z ambasadą francuską.

Jednak droga oficjalna zajmie wiele godzin. Nie miał na to czasu.

Nie mówiąc już o tym, że nikt mu nie uwierzy. Nie mógł przedstawić żadnego dowodu.

Kiedy wstał, zakręciło mu się w głowie. Trzy porcje sake, do tego na pusty żołądek... Za jego plecami rozległy się śmiechy. *Gaijin*, który się upił...

Zaburczało mu głośno w brzuchu. Musi coś zjeść.

— Czy sądzisz, że twoja matka zrobi mi jakąś kanapkę?

84

Zapadły już ciemności, jakby przyspieszone deszczem, który znowu zaczął padać. Słabszy, mniej dokuczliwy. W powietrzu czuło się wilgoć. Ulica, którą szli, była typowo japońska — łagodnie wijąca się jezdnia bez trotuarów, mury chroniące niewidoczne domy, drzewa pochylające się życzliwie nad asfaltem. Co pewien czas wyłaniały się malutkie kramy pełne najprzeróżniejszych towarów, z *mama-san* stojącą na progu. I jak zawsze przewody, kable, szyldy, łączące wszystko jakby w pajęczej sieci.

— Czy potem widziałeś jeszcze Ayumi? — zapytał Passan.

— Tak.

Stanął i spojrzał na Shigeru, który rozkładał nad nimi parasol. Krople deszczu ściekały łagodnie po jasnym materiale.

— Kiedy?

— Kilka miesięcy temu, gdy zmarł jej ojciec. Poinformowali mnie o tym rodzice. Mama zabrała mnie na *kokubetsu shiki*.

— Co to takiego?

— Ceremonia, która odbywa się po kremacji.

Passan pamiętał, że jest jeszcze inne słowo określające pogrzeb, kończące się na „a". Oczywiście nie zapytał, bo nie był to moment na wykład ze słownictwa.

— Odezwała się do ciebie?

— To żart?

Passan zgromił go wzrokiem. Shigeru dzięki sake odzyskał swoje opanowanie, a zwłaszcza umiejętność zręcznego omijania problemów.

— Napisała mi parę słów na kartce — powiedział. — Jedno pytanie.

— Jakie?

— „Jak się ma Naoko?"

Mogła to być zwykła grzecznościowa formułka. Albo przeciwnie, krzyk rozpaczy w stylu japońskim. Ukryta aluzja do milczenia przyjaciółki.

— W jakim była stanie?

— Na pogrzebie ojca nigdy nie jest się w najlepszej formie. Matka Ayumi umarła przy jej urodzeniu. Ojciec i ona byli sobie szczególnie bliscy.

— Bardzo to przeżywała?

— Trudno powiedzieć. Ayumi jest kobietą... nieodgadnioną.

W ustach Japończyka taka uwaga była czymś niesłychanym. Passan zamyślił się. Śmierć ojca mogła zachwiać jej stanem umysłowym.

— Kiedy odbył się ten pogrzeb?

— Chyba w lutym.

— Chyba czy na pewno?

476

— Na pewno w lutym.

To pasowało. Osamotniona, osierocona Ayumi Yamada przypomniała sobie, że ma inną rodzinę. Dzieci, które nosiła w swoim łonie. W Paryżu wylądowała pod koniec marca.

„One należą do mnie".

— Na co zmarł ojciec Ayumi? — zapytał Passan, ruszając ponownie.

Shigeru wymamrotał jakieś niezrozumiale słowo. W świetle ulicznych latarni jego wzrok wydawał się nieobecny, rysy twarzy jakby się rozpływały.

— Na co on umarł? — powtórzył Passan.

— Popełnił samobójstwo — odrzekł Shigeru trochę głośniej.

Passan miał wrażenie, że idzie drogą wyznaczoną pławami. Najpierw dowiedział się o *kenjutsu*, teraz o samobójstwie. Jakby ruszyła naprzód ciężka machina japońskiej tradycji.

— W jaki sposób się zabił?

— Powiesił się.

— Przeprowadzono dochodzenie?

— Chyba tak, ale niczego nie wykazało.

Podczas gdy Shigeru tracił opanowanie, Passan, przeciwnie, odzyskiwał swój rytm, ostrość widzenia. W myślach odtworzył łańcuch wydarzeń. Samobójstwo ojca. Samotność. Niema Ayumi pisze do Naoko, ale ta nie odpowiada. Rozpacz przemienia się we wściekłość. Potem w mordercze szaleństwo.

— Jaki zawód wykonuje Ayumi?

— Jest ginekologiem, jak jej ojciec.

Chwila, pomyślał Passan. Nie tak szybko. Najpierw brnięcie w ciemnościach, a teraz zapalają się wszystkie światła jednocześnie. Ayumi nie tylko była przyjaciółką z dzieciństwa, której Naoko zaufała w tak ważnej sprawie, ale również to ona wszystko zorganizowała. Naoko być może wiedziała o jej specjalizacji i skontaktowała się z nią, przedstawiając swój pomysł. Jedna rzecz jednak nie pasowała.

— Jak ona może pracować, skoro jest niemową?

Shigeru powiódł ręką po gęstych, mocno siwiejących włosach.

— Nie udziela porad, ale prowadzi badania naukowe.

Coraz lepiej. Ayumi miała więc kontakty z międzynarodowymi ekspertami. To ona załatwiła wszystko. Za pierwszym razem. Za drugim razem. Umożliwiła Naoko — i jednocześnie sobie samej — posiadanie dzieci. Co otrzymała w zamian za swój wysiłek? Nic. Naoko zerwała z nią kontakt. Najlepszy sposób, by zachować tajemnicę. Passan był zdziwiony, że popełniła taki błąd. W Japonii nie ma nic gorszego, niż nie wywiązać się z jakiegoś zobowiązania, nie spłacić długu.

Mżawka utrzymywała się bez końca. Jakby cały czas ktoś naciskał rozpylacz. Pejzaż wokół nich przywodził na myśl puentylistyczny obraz. Plamy światła pod latarniami. Targane wiatrem korony sosen i miłorzębów. Ideogramy na asfalcie. Przypominały haft na tiulu rozciągnięty na ramie.

— Coś mi przyszło do głowy... — mruknął Shigeru.

— Mianowicie?! — zawołał Passan.

Miał dosyć ciągnięcia go za język, niczym jakiegoś mamroczącego pijaka.

— Na pogrzebie spotkałem przyjaciela naszej rodziny. To psychiatra, psychoanalityk. Takeshi Ueda. Albo Oda, nie pamiętam. Bardzo wykształcony człowiek, dużo podróżuje. Uderzyło mnie to, że mówił po francusku.

478

— I co dalej?

Shigeru przełknął gwałtownie ślinę.

— Odniosłem wówczas wrażenie, że Ayumi jest jego pacjentką.

Olivier wyrwał mu parasol z ręki.

— Gdzie mogę go znaleźć?

Shigeru zmarszczył czoło na znak dezaprobaty dla jego niestosownych manier.

— Nie pamiętam.

— W Paryżu już bym cię wsadził do paki — wycedził przez zęby Passan.

— Przepraszam, teraz sobie przypomniałem. Mam jego wizytówkę.

— Gdzie?

— Chyba w domu.

Passan przyspieszył kroku.

— Bierzemy taksówkę. Najpierw pojedziemy do twoich rodziców, następnie do ciebie. Potem złożymy wizytę temu psychiatrze.

— Nie warto — zaprotestował za jego plecami Shigeru. — On ci nic nie powie.

Passan złapał go za ramię.

— Pora załatwić sprawę na sposób francuski.

85

Naoko nie otrzymała odpowiedzi na swoją wiadomość, ale też jej nie oczekiwała. Nie była tak naiwna, by przypuszczać, że to ona poprowadzi ten taniec. Miała wykonywać niewypowiedziane rozkazy Ayumi. Honorowy pojedynek. Biała broń. Zniewaga obmyta krwią. Utajima. Wyspa, na której często razem bywały. To był w całości pomysł Ayumi.

Dlaczego się temu poddała? Dlaczego po prostu nie powiadomiła policji?

Usłyszała głos stewardesy, która zapowiedziała, że zaraz będą startować do Nagasaki. Naoko zapięła pas.

Pierwszy powód — sama Ayumi. Jej milczenie, jej szaleństwo i pokrętna logika. Z pewnością przygotowała jakąś pułapkę, która zamknęłaby się nad Naoko i dziećmi, gdyby kogokolwiek o tym poinformowała.

Drugi powód — charakter jej winy. Wykorzystywanie zastępczej matki było nielegalne w Japonii i we Francji. Zadenuncjowanie Ayumi oznaczało zadenuncjowanie również siebie. Co ryzykowała? Nie wiedziała, ale nie zamierzała zasiąść na ławie oskarżonych. Nie mogła stracić prawa do opieki nad dziećmi ani dopuścić do tego, żeby dowiedziały się, jak doszło do ich urodzenia.

Huk silników przerwał jej rozmyślania. Odwróciła głowę do okna i wpatrzyła się w galaktykę, jaką tworzyła tokijska aglomeracja. Droga Mleczna rojąca się od białych gwiazd, mieniąca się złocistymi światłami. Wydawało się, że rubinowe znaki nad wieżą kontrolną przypominają samolotom: „Niebo jest dla wszystkich".

Samolot nabierał wysokości. Miasto znikało w deszczowych ciemnościach. Pomyślała, że ten obraz odpowiada dokładnie jej podróży. Odwróciła się plecami do nowoczesnej Japonii, giganta ekonomicznego i technologicznego, żeby dotrzeć do mroków starożytnych czasów...

Ogarnął ją spokój i uczucie ulgi. Skończyły się codzienne kłamstwa, życie na krawędzi. Lata udawania cyklu menstruacyjnego. Wymyślania sobie intymnego życia, które nie istniało.

Czuła się również śmieszna. Kiedy poprosiła stewardesę, aby umieściła jej długi pakunek w szafce dla personelu pokładowego, uznała, że musi to jakoś wytłumaczyć, i wymyśliła historię z turniejem kendo. A co miałaby powiedzieć? Że wydobyła ze schowka podarowany jej przez ojca miecz, którym zamierzała odciąć głowę kobiecie noszącej niegdyś w łonie jej dzieci? Że liczyła na to, iż załatwi problem zastępczej matki za pomocą białej broni?

Było się z czego śmiać. Dwie wariatki szykowały się do walki na wyspie w zatoce Nagasaki. Jedna zamierzała zabić drugą, pochować ją, potem wrócić i wychowywać swoje dzieci, jak gdyby nic się nie stało. Druga zamierzała zabić tę pierwszą, aby potem zaadoptować legalnie Shinjiego i Hirokiego. W obu wypadkach była to groteska — Naoko jako zabójczyni była tak samo wiarygodna, jak Ayumi w roli matki. Jakkolwiek by się to zakończyło, kto pozostawał? Ojciec. Ta myśl dodała jej otuchy. Czuła, że Passan już wszystko zrozumiał i kocha swoich synów nie mniej niż przedtem. Shinji i Hiroki byli jedynym sensem jego życia. Wziąwszy to pod uwagę, powinna była z nim porozmawiać, wyjaśnić, prosić o pomoc. Co jej przeszkodziło? Duma. Raczej umrzeć niż stawić czoło swoim kłamstwom.

W Japonii mówi się: „Kwiaty wczorajsze są marzeniem dnia dzisiejszego". Mogła do tego dorzucić: „Błędy wczorajsze są koszmarem dnia dzisiejszego".

Skoncentrowała się na ułożonym przez siebie planie. Do Nagasaki przyleci o dwudziestej drugiej. Taksówką pojedzie do portu, a stamtąd przeprawi się łodzią na Utajim; znajdzie jakiegoś rybaka, który zgodzi się tam popłynąć. Na wyspie nikt nie mieszkał. Noc spędzi w świątyni szinto. O świcie naostrzy miecz.

I będzie czekać.

Nic nie mogło pokrzyżować jej planów. Oprócz, być może, Passana. Gdzie był? Czy odgadł, dokąd się wybierała? Nie wątpiła w to. Najlepszy na świecie policjant.

Nałożyła na oczy czarną opaskę i próbowała zasnąć. Wkrótce jej myśli stały się bezładne. Jedno pozostawało oczywiste: jej dzieci zrodziły się z łona czarownicy. Trzeba zabić Ayumi, żeby je uwolnić od jej złowrogiej obecności.

86

Ayumi Yamada nie była pięknością. Zdjęcia, które niechętnie pokazała Passanowi pani Akutagawa, ukazywały młodą kobietę z krótkimi włosami i okrągłą twarzą, płaską z powodu mało wyrazistych rysów. Naoko, która zawsze stała u jej boku — marynarski mundurek szkolny, letnia sukienka, dres — wydawała się przy Ayumi jeszcze bardziej olśniewająca.

W pudełku z pamiątkami nie znalazł niczego więcej. Żadnych notatek o dawnej przyjaciółce. Żadnego pamiętnika odsłaniającego naturę ich relacji. Żadnego dokumentu czy lekarskiego opisu ułomności Naoko.

Zaraz potem pojechali do mieszkania Shigeru w Shin-Okubo, dzielnicy koreańskiej. Nie wszedł na górę. Wykorzystał tę chwilę i pobrał pieniądze z bankomatu. Zwrócił uwagę, że dzielnica jest trochę zaniedbana, co stanowiło widok niezwykły w Tokio. Zdążył też kupić miseczkę makaronu *soba*, który zjadł, stojąc na chodniku. W domu państwa Akutagawa panowała taka atmosfera, że nie było mowy o kanapkach zrobionych przez *mama-san*.

Szwagier Passana nie wrócił z pustymi rękami. Odnalazł wizytówkę psychiatry — Takeshi Ueda mieszkał i przyjmował pacjentów w dzielnicy Sugamo, w północnej część miasta, niedaleko od Shin-Okubo. Shigeru zlokalizował również Utajimę — nie była to ani świątynia, ani dzielnica Nagasaki, lecz wyspa położona około czterech kilometrów od brzegów zatoki.

Shigeru, całkowicie już trzeźwy, wykonał w taksówce kilka telefonów. Ostatni samolot do Nagasaki odlatywał kwadrans przed północą z lotniska Tokio-Haneda. Zadzwonił również do kapitanatu portu w Nagasaki, żeby zdobyć jakieś informacje na temat Utajimy. Zdaniem dyżurnego była to wulkaniczna wyspa o powierzchni kilku kilometrów kwadratowych, niezamieszkana, jeśli nie liczyć świątyni szinto, w której czasami organizowano wakacyjne pobyty połączone z różnego rodzaju praktykami.

— Praktyki w sztuce walki? — zapytał Passan szwagra.

— Czasami.

Mieli wreszcie odpowiedź. Naoko i Ayumi przeżyły bez wątpienia intensywne chwile na tej wyspie. Ich spotkanie tutaj nie wróżyło nic dobrego. Raczej pojedynek na śmierć i życie niż piknik na plaży.

Passan spojrzał na zegarek; była dwudziesta pierwsza. Miał godzinę na rozmowę z psychiatrą. Drugą, żeby dojechać na lotnisko. W Nagasaki będzie improwizował. Taksówka jednak nie posuwała się do przodu. Kierowca, nie oszczędzając na paliwie, nastawił klimatyzację na pełne obroty. Passanowi nie groziło przeziębienie. I tak było mu na przemian gorąco i zimno, a przy tym z trudem oddychał. Chętnie wskoczyłby na dach samochodu i z wyciem sforsował drzwi domu psychiatry.

Jednocześnie odnajdywał „swoje" miasto. Miasto bez konkretnych konturów, bez granic, w którym kolorowe błyski neonów migotały, przemykały po rynnach, przecinały kałuże, lizały trotuary. Jakby zapomniano tutaj o oszczędzaniu energii elektrycznej.

Tokio to miasto kalejdoskop. Na rogu każdej ulicy fasady domów i kompozycje szyldów tworzyły inny obraz. Wystarczyło zawrócić, żeby zmieniły się kolory, a dzięki nieograniczonym kombinacjom pojawił się inny kształt.

Nagle prawie wszystko przygasło. Znaleźli się w zupełnie innej dzielnicy. Ulice ścieśniły się. Witryny stały się bezbarwne. Neony ustąpiły miejsca ponurym słupom trakcji elektrycznej.

— Sugamo — powiedział cicho Shigeru.

Passan przywykł do tych kontrastów. Jeśli chodzi o tempo życia Tokio łączy dwa światy. Z jednej strony szerokie arterie, betonowe mosty i masa ludzi. Z drugiej — maleńkie dzielnice, ciemne uliczki ze ślepymi fasadami i łopoczącymi sztandarami. Sugamo było jedną z takich dzielnic. Mieszkali tu seniorzy, babcie i dziadkowie. Znajdowało się tutaj wszystko, czego potrzebowały miliony emerytów z Kanto.

— Dalej pójdziemy pieszo.

Shigeru chciał zapłacić za kurs, ale Passan zaprotestował. Uregulował rachunek, pozwoliwszy szwagrowi wybrać ze swojej dłoni właściwe banknoty. Olivier-san w tym mieście zawsze czuł się jak zagubiony chłopiec.

Weszli w labirynt uliczek, minęli parę sylwetek w kimonach, młodzieńców z fryzurami *chappatsu*, „koloru herbaty",

485

ciche świątynie otoczone sosnami i topolami. Miasto tutaj jakby wstrzymało oddech. Żadnych samochodów ani przechodniów, zero hałasu. Drewno, brąz, zieleń. Epoka Edo zachowała swoje prawa, wciągając Zachód w samo serce utraconego raju. Takie przynajmniej odczucie miał Passan, idąc w milczeniu za swoim przewodnikiem. Wydało mu się, że to już Yoshiwara, dawna dzielnica rozkoszy. Wszystko kołysało mu się przed oczami, jakby był w lektyce.

Znaleźli się pod siecią kabli, gęstych niczym bluszcz, a następnie weszli w jeszcze ciemniejsze uliczki. Domy tutaj miały nie więcej niż jedno piętro. Zamiast latarń powieszono papierowe lampiony i jak zawsze latem nad drzwiami wisiały dzwonki dla „odświeżenia powietrza". W szumie nieustającego deszczu cichy dźwięk dzwonków brzmiał nieco sarkastycznie.

Wyszli na wąski plac ze świątyniami i przenośnymi kramami. Sprzedawano tutaj zarówno talizmany buddyjskie, jak i pierożki z kurczakiem, przynoszące szczęście amulety szinto i elektroniczne gadżety. Na środku, pod daszkiem, paliły się kadzidełka. Obłoczki dymu płynęły nad głowami przechodniów, wciskały się do oczu, za kołnierze. Obok inni przechodnie oddawali się ablucjom, zanurzając ręce w kamiennym naczyniu z wodą. Jeszcze inni w drzwiach jednej ze świątyń kołysali ciężkim dzwonem z brązu, klaskali gwałtownie w dłonie, by przywołać duchy. *Tokyo by night*.

— Jesteśmy na miejscu. — Shigeru zadzwonił do drzwi tradycyjnego domu. Były wahadłowe z papierowymi okienkami. — Ueda Takeshi nie jest już młody — rzucił przez ramię przepraszającym tonem.

W tym momencie na progu pojawił się malutki staruszek w swetrze i grubych bawełnianych spodniach. Z wesołą miną zaprosił ich do korytarza odgrodzonego przepierzeniami z drewnianych listewek. Śmiał się głośno, wydając z siebie jakieś dziwne dźwięki — „rroooo" lub „haaaa" — uderzał się po udach i potrząsał głową.

— To ogrodnik — wyjaśnił cicho Shigeru.

Zanim zdążyli zdjąć obuwie, pojawiła się jeszcze inna osoba. Stara kobieta o ciemnej karnacji, z twarzą lśniącą niczym parkiet, jeszcze mniejsza niż mężczyzna. Miała na sobie jasne, bogato zdobione kimono i czerwone jak krew obi. Passan poczuł w sercu ukłucie; nigdy nie widział Naoko w takim stroju.

Stara kobieta podeszła do Shigeru. Mówiła głosem monotonnym, chrypliwym. Wydawało się, że pod kimonem była cała powyginana.

— Pan Ueda nas przyjmie — powiedział Shigeru, zmieszany nieco widokiem tego komitetu powitalnego.

Poszli za kobietą. Parawany rozsunęły się. Wąski korytarz otoczony pokratkowanymi przepierzeniami. Wnętrze bez klimatyzacji, stojące, duszne powietrze. Poczekalnia była małą, kwadratową salką wyłożoną tatami i poduszkami. Passan usiadł w pozycji *seiza* — na kolanach, z pośladkami opartymi na piętach i rękami na udach. Jego szwagier usiadł po prostu ze skrzyżowanymi nogami i oparł się o ścianę.

Pojawił się gospodarz. Tak jak powiedział Shigeru, Takeshi Ueda nie był młodym człowiekiem. Musiał już przekroczyć siedemdziesiątkę, ale nie przypominał w niczym tamtych dwojga liliputów. Był niezwykle wysoki.

Miał dość oryginalną twarz. Niezbyt skośne oczy, kocie brwi, długie siwe włosy. Gęsta broda, jak u Ajnów, ludu z Północy, którzy podporządkowali sobie Japończyków na wiele stuleci, budząc w nich strach dzięki silnemu owłosieniu ciała. W białej bawełnianej piżamie wyglądał niczym guru New Age i Rasputin w jednej osobie.

Passan, idąc w ślady Shigeru, podniósł się. Zrozumiał od razu, że rozmowa będzie trudniejsza, niż przewidywał.

87

Gabinet psychiatry był urządzony na sposób europejski — parkiet z wąskich listewek, meble z lat trzydziestych ubiegłego wieku, dywan z minimalistycznym motywem. Wyglądało to tak jak u psychoanalityka z Saint-Germain-des-Prés, z wyjątkiem oszklonych drzwi wychodzących na japoński ogród i dymu kadzidła, który tworzył tutaj jakby mgiełkę. Ueda zaprosił ich gestem ręki, by zajęli miejsca w fotelach. Sam usiadł za biurkiem. Shigeru przystąpił od razu do rzeczy. Lekarz słuchał go bez ruchu, bez drgnięcia brwi, po czym odpowiedział obojętnym tonem. Shigeru ponownie przemówił w ten sam sposób. Można by powiedzieć, że dwóch graczy w tenisa odbija ze spokojem piłeczkę.

W końcu Takeshi Ueda zaczął się śmiać i Passan zrozumiał, że wszystko na nic. W Japonii śmiech jest formą przepraszania, a przepraszanie oznacza odmowę. Psychiatra zapewne mruknął przez zęby *muzukashii*, „to trudne", co odpowiada francuskiemu „nie".

Passan spojrzał na zegarek — dwudziesta pierwsza dwadzieścia. Musiał stąd wyjść przed dwudziestą drugą. Przypomniał sobie, że psychiatra mówi po francusku.

— Skończmy z tymi głupstwami — przerwał im brutalnie. Lekarz uniósł brwi. Passan rzucił na biurko zdjęcia ze swoich akt. Zakrwawiona kabina prysznicowa. Pies z rozprutym brzuchem. Okaleczone ciało Sandrine. Ueda obejrzał zdjęcia. Mimo iż umiał nie okazywać emocji, bo po pierwsze był psychiatrą, a po drugie Japończykiem, fotografie najwyraźniej zrobiły na nim wrażenie. Szczęki mu drgnęły, nozdrza się rozszerzyły. W końcu podniósł wzrok.

— Pan naprawdę jest z francuskiej policji?

Passan uznał, że powinien mówić nie jak policjant, lecz jak zaniepokojony mąż.

— Jestem oficerem w brygadzie kryminalnej w Paryżu, ale to sprawa szczególna. Jestem na obcym terenie. Nie mam żadnych uprawnień. A przede wszystkim jestem osobiście zaangażowany w to śledztwo. Pies z rozprutym brzuchem należał do mnie. Kobieta przecięta na pół to moja najlepsza przyjaciółka. Jeśli mi pan nie pomoże, następną ofiarą będzie moja żona.

Psychiatra pogłaskał się po brodzie. Jego szeroko otwarte oczy miały rzęsy jak u lalki.

— Podejrzewa pan Yamadę Ayumi? — zapytał. Jego francuski był niemal tak dobry jak u Shigeru i Naoko. Rzadki przypadek w sercu Tokio.

— Nie mam żadnych wątpliwości. Czy to zgadza się z jej profilem psychologicznym?

Lekarz szarpał nerwowo swoją brodę proroka.

— Tak.

— Czy jest zdolna do morderstwa?

— Tak.

— Jednak nie uznał pan, że należy ją zamknąć w szpitalu psychiatrycznym?

Takeshi nie odpowiedział od razu. Nie dlatego, żeby się wykręcić od odpowiedzi, lecz po prostu w myślach gromadził argumenty.

— Nie leczę Ayumi już od wielu miesięcy.

— Dokładnie od kiedy?

— Od końca zeszłego roku. Wtedy wydawało mi się, że jej stan jest raczej stabilny. Zobaczyłem ją ponownie dopiero po śmierci jej ojca.

— Powiadomiła pana o tym?

Ueda kiwnął głową.

— Czy w Japonii zdarza się to często? To znaczy... Czy pacjenci zapraszają swojego psychiatrę na pogrzeb ojca?

— Oczywiście, że nie. Chciała mi w ten sposób przekazać pewną wiadomość.

— Wiadomość?

— Sądzę, że go zabiła.

Olivier wymienił spojrzenia z Shigeru.

— Słyszałem, że to było samobójstwo — rzekł.

— Według oficjalnej wersji Yamada Kichijiro się powiesił. Mogło to jednak zostać tak zaaranżowane. Ayumi jest bardzo inteligentna.

— Czy dokonano sekcji zwłok?

— Nie.

— Dlaczego miałaby zabić ojca?

— Bo nienawiść na dłuższą metę zawsze bierze górę.

Passan zerknął na szwagra. Shigeru wspominał wcześniej

o samotnym ojcu, który nie ożenił się powtórnie. Wzajemna zależność.

— Kazirodztwo? — zapytał Passan bez większego przekonania.

— Absolutnie nie. Seks z tą sprawą nie ma nic wspólnego. — Ueda znowu szarpał brodę. Jakby głaskał ulubione zwierzę.

Passan przesłuchiwał tysiące podejrzanych. Nie miał wątpliwości, że psychoanalityk powie teraz wszystko.

— Poznałem Ayumi, kiedy miała dwanaście lat, po jej próbie samobójczej.

— Przez powieszenie?

— Nie. Wzięła sporą dawkę leków. W tamtym czasie pracowałem w szpitalu Kesatsu Byoin. Tam właśnie przywieziono Ayumi. Pierwsze kontakty były bardzo trudne. Oczywiście z powodu jej ułomności, ale nie tylko. Była... całkowicie zamknięta w sobie. Upłynęło dużo czasu, zanim mi zaufała. Nauczyłem się nawet języka migowego... — Mówił głosem poważnym, idealnie spokojnym. Głosem hipnotyzera.

— I co dalej? — Passan popatrzył na zegarek.

— Ojciec torturował ją od najmłodszych lat. Fizycznie.

Passan nie spodziewał się czegoś takiego. Atmosfera w pokoju, i tak ciężka od dymu kadzidła, zrobiła się jeszcze cięższa.

— To był prawdziwy psychopata — kontynuował Ueda. — Człowiek, który czerpał rozkosz z zadawania cierpienia innym, a szczególnie małej córeczce.

— A żona?

— Utopiła się. Nie dowiedziano się nigdy, jak do tego

492

doszło, i można się tylko domyślać. Nigdy jednak nie wątpiłem w relację Ayumi. Co noc zadawał jej rany w najbardziej intymnym miejscu.

— Miała blizny?

— Trochę, ale Yamada znał wrażliwe punkty wewnątrz ciała. Był ginekologiem, rozumie pan?

Zawodowa rutyna kazała Olivierowi zapytać:

— Czy ma pan dowody na to, o czym pan mówi? Może Ayumi była dziewczynką z zaburzoną psychiką...

— Dowód jest w jej gardle.

— Nie rozumiem.

— Ayumi nie była niemową od urodzenia. Ojciec podwiązał jej struny głosowe, żeby nie mogła głośno płakać.

Passan przypomniał sobie, w jaki sposób zmuszono Diega do milczenia. Jeśli potrzebował dowodów, to okaleczenie było jak złożenie podpisu przez Japonkę.

— Ayumi znała w życiu tylko ból — mówił dalej psychoanalityk. — Kiedy poznała Naoko, wszystko się zmieniło. Niespodzianie przyjaciółka stała się jej nową rodziną; wreszcie znalazła kogoś, kto ją rozumiał. Po wielu latach przyjaźni Naoko wyjechała do Europy i Ayumi ponownie wpadła w szpony ojca. Było to dla niej o wiele bardziej bolesne, bo czuła się zdradzona.

Passan domyślał się tej części historii.

— Co było potem?

— Jakoś to wytrzymała. Zdała egzamin wstępny na uniwersytet w Tokio. Dostała stypendium i dzięki temu zyskała niezależność. Chciała zostać ginekologiem. Zgodnie z rodzinną tradycją. Ponieważ była niemową, to chociaż zdała wszystkie egzaminy, nie mogła pracować jako zwykły lekarz. Wybrała więc karierę naukową. Po wielu latach Naoko odezwała się do niej i poprosiła ją o pomoc, ponieważ nie mogła mieć dzieci.

Passan wiedział już, co było dalej, i nie miał czasu na pytanie o szczegóły. Przede wszystkim chciał uratować żonę.

— Czy istniały między nimi relacje homoseksualne?

— Nie. Po prostu łączyły je silne więzi oparte na przyjaźni z lat dziecięcych, kiedy to słowo nie jest pustym dźwiękiem.

— Czy Naoko wiedziała o tym, co ojciec wyprawiał z Ayumi?

— Ayumi zawsze zapewniała mnie, że nie, i ja jej wierzę. Pańska żona nie znała tej strony życia swojej przyjaciółki. Nie wiedziała również o tym, jak fatalny był jej stan psychiczny. Inaczej nigdy nie zwróciłaby się do niej o pomoc.

Passan przyznał mu rację i zadał kolejne pytanie:

— Czy nie myślał pan o tym, żeby złożyć doniesienie na doktora Yamadę?

— Nie mogłem tego zrobić ze względu na tajemnicę lekarską. Napisałem donos anonimowo, ale to nic nie dało. W Japonii brudy pierze się we własnym domu. Poza tym Yamada był szanowanym specjalistą, a nie zwykłym człowiekiem, którego łatwo oskarżyć. Z pewnością orientuje się pan, jak ważne znaczenie ma hierarchia w naszym społeczeństwie. Trzeba mieć dowody...

— Jego córka miała blizny.

— Pisałem do policji wiele razy. Próbowałem także przekonać Ayumi, żeby złożyła skargę. Nie chciała nawet o tym słyszeć. To trudne do pojęcia dla człowieka Zachodu, ale...

Passan przerwał mu, bo nie miał ochoty po raz kolejny usłyszeć japońskiego „przepraszam".

— A pańskie podejrzenia dotyczące morderstwa?

— Kiedy nabrałem tego przekonania, Yamada nie żył już od wielu tygodni. W każdym razie nie chciałem donosić na Ayumi, wolałem ją leczyć. Miała najwyraźniej nawrót choroby.

— Skontaktował się pan z nią?

— Pisałem do niej. Wiele razy. Bez odpowiedzi. W mojej specjalności nie leczy się ludzi wbrew ich woli.

— Dlaczego nie skierował jej pan do szpitala psychiatrycznego?

— To nie takie proste. Ayumi zawsze udawało się wprowadzać ludzi w błąd. Z łatwością oszukałaby ekspertów. Proszę też nie zapominać o jej kalectwie. Nikt nie podejrzewałby dziecka skrzywdzonego przez los.

— Czy to znaczy, że była psychopatką jak jej ojciec?

Ueda wstał i skierował się ku oszklonym drzwiom prowadzącym do ogrodu. Przez szyby widać było lampy rzucające rozproszone światło niczym latające robaczki świętojańskie. Krople deszczu odmierzały uciekający czas... Pięć po dziesiątej.

— W żadnym wypadku — odrzekł w końcu, zakładając ręce do tyłu. — Psychopata to manipulator. Drapieżca bez żadnych ludzkich uczuć. Ayumi jest tego całkowitym przeciwieństwem. To osoba nadwrażliwa, targana emocjami. Wszystko, co robi dzisiaj, wynika z nadmiaru uczuć.

— Można i tak patrzyć na tę sprawę.

Psychiatra odwrócił się, w szybie odbijał się drugi Takeshi. Niczym dubler — większy i silniejszy.

— Ayumi cierpi na psychozę. Kiedy nosiła pańskie dzieci, miała iluzję, że tworzy dla siebie nową rodzinę. Tymczasem Naoko za każdym razem odjeżdżała z dzieckiem. Taka była ich umowa. Ayumi pojawiała się wtedy u mnie, zgnębiona, zbuntowana. Niewłaściwie oceniłem stan jej uczuć, który pomału przechodził w psychozę.

Cień Ayumi rozrastał się na parawanie z papieru *washi*, powiększał się niczym wąż, niematerialny, niemy, aż głowa sięgnęła sufitu, a ramiona przesłoniły cały pokój.

Passan przypomniał sobie założone na odwrót kimono, maskę teatru *nō*. Bez wątpienia symbol śmierci i destrukcji.

Chętnie zadałby jeszcze parę pytań Uedzie, ale nie miał już czasu. Wstał i na koniec zapytał:

— Dlaczego czekała tyle lat, żeby zabić ojca?

— Tajemnica psychiki ludzkiej. Jej nienawiść dojrzewała niczym nowotwór. Nie przewidziałem tego. Jako lekarz popełniłem błąd.

Passan doszedł do wniosku, że nawet psychiatra nie potrafi przewidzieć biegu wypadków. Nie czuł się jednak w prawie udzielać mu lekcji. „Nawet małpy spadają z drzewa", jak powiadają Japończycy.

Takeshi pokazał ręką na zdjęcia leżące w nieładzie na jego biurku.

— Czego się pan teraz obawia?

Passan zebrał zdjęcia i powiedział, czego się boi. Spotkanie na wyspie. Śmiertelny pojedynek. Krwawe, bezlitosne rozwiązanie. Takeshi nie skomentował tego. Jego milczenie było potwierdzeniem, że obawy gościa są słuszne.

Passan skierował się do wyjścia. Przypominał sędziego, który nie przewidział przebiegu meczu. Shigeru wstał także.

— Czy może pan coś jeszcze dorzucić, co by nam pomogło? — spytał Passan.

— Radzę panu zadzwonić na policję, to wszystko. Powiedzieć całą prawdę. To znaczy naszą prawdę.

Skrzywił się mimo woli.

— Jeśli to zrobię, zgodzi się pan być świadkiem?

— Zna pan moją odpowiedź.

— W takim razie zna pan moją.

88

— Jadę z tobą.

— Dokąd?

— Do Nagasaki.

— Nie ma mowy. To sprawa osobista.

Dwudziesta druga dwadzieścia. Szli szybko, rozglądając się za taksówką. Deszcz rozpadał się na dobre, zalewając uliczki niczym wezbrana rzeka. Światło lamp wiszących nad drzwiami odbijało się od powierzchni wody.

— Naoko jest moją siostrą. Mnie to także dotyczy.

— Powiedziałem: nie ma mowy. — Passan zatrzymał się i odwrócił do szwagra. Ulewa nie spowodowała żadnego ochłodzenia. Gwałtowne podmuchy wiatru niosły ciepłe krople, które rozbijały się na ich twarzach. — Ta wyprawa to szaleństwo — dodał trochę ciszej. — We Francji takie szaleństwa popełnia się w samotności.

Nie był pewien, czy Shigeru dobrze go zrozumiał, deszcz bowiem zagłuszał słowa. Ale przede wszystkim chodziło o intencję — regulowanie własnych rachunków samemu, poświęcanie się dla drugiej osoby. To wszystko powinno przemawiać do Japończyka.

Ruszył ponownie, jeszcze szybciej. Shigeru otworzył parasol i próbował go dogonić. Taksówki nadal nie było widać. Passan musiał się poddać i przyznać, że nie wie, dokąd iść. Zatrzymał się na brzegu rzeki, nad którą biegł ostro wygięty most. Wierzby płaczące rozkładały w deszczu gałęzie; wydawało się, że przyglądają się swemu odbiciu w wodzie. „Japońszczyzna", jak powiedziałaby Naoko.

Shigeru wyminął go i zaczął biec na ukos przez uliczki, jakby prowadzony tajemniczą nicią Ariadny. Passan skierował się za nim. Dwudziesta druga czterdzieści. Samolot odlatywał za godzinę. Trzeba było liczyć pół godziny na dojazd na lotnisko Haneda. Jeszcze mógłby zdążyć, pod warunkiem że zaraz znajdzie się taksówka.

— Olivier-san!

Shigeru czekał na niego przy otwartych drzwiach taksówki koloru zielonego groszku. Passan opadł ciężko na siedzenie. Odniósł wrażenie, że zimny powiew klimatyzacji tworzy lodowatą powłokę na jego przemoczonym ubraniu. W czystym wnętrzu pachnącym eukaliptusem, siedząc na fotelu z haftowanym pokrowcem, czuł się jak hipopotam, który znalazł się w wytwornym burżuazyjnym salonie.

Kierowca ruszył, nie zwlekając — pewnie Shigeru mu powiedział, że trzeba się spieszyć. Passan patrzył przez szybę na niewyraźne w deszczu brązowe rogate dachy, obłoczki pary, wyłaniające się to tu, to tam lampy... Niespodzianie na skrzyżowaniu pojawiły się napisy: „McDonald's" i „Starbucks". Błyski światła, neony — znalazł się ponownie w nowoczesnym Tokio.

Usadowił się wygodnie i zaczął rozmyślać o tym, czego się dowiedział. Każdy element oddalał go coraz bardziej od Naoko, od jego małżeństwa, od lat, które, jak mu się wydawało, spędzili razem. Poznał wreszcie japońskie kulisy swojego życia. Na razie najważniejszy był absurdalny pomysł walki z użyciem białej broni.

— Nie należy się temu dziwić — odezwał się Shigeru, jakby podążał za tokiem jego myśli.

— To znaczy czemu? — spytał drwiąco Passan. — Że moja żona pozwoliła stukniętej kobiecie nosić w łonie moje dzieci? Że nigdy mi o tym nie wspomniała? Że szykuje się do pojedynku na miecze na jakiejś wyspie na Morzu Chińskim?

— Jestem tak samo wstrząśnięty jak ty, Olivier-san.

— Wcale nie. I to jest najgorsze. Wszystko stoi na głowie, a ty uważasz, że to normalne.

— Taki jest kodeks *bushidō* — odrzekł z powagą Shigeru. — Droga wojownika.

Passan roześmiał się. Honorowy kodeks samurajów. Filozofia służby i honoru doprowadzona do absolutnego zaślepienia.

— Chcesz powiedzieć, że Naoko ma zamiar postąpić zgodnie z kodeksem *bushidō*?

— Takie załatwienie sprawy uznała za naturalne.

Miał ochotę znowu się roześmiać, ale śmiech uwiązł mu w gardle. Nachylił się do Shigeru. Ciepły obłok pary uniósł się nad jego przemoczonym ubraniem. Czuć go było potem, miejskim powietrzem.

— Żyłem z Naoko dziesięć lat — wycedził przez zęby. — Nie ucz mnie, kim jest twoja siostra. Nie ma na świecie drugiego człowieka, który tak jak ona definitywnie zerwałby z tradycyjnymi wartościami.

Shigeru oparł ręce na udach. Siedział prosto, ze wzrokiem utkwionym w drogę. Była to postawa odległa o lata świetlne od beztroski, jaką zazwyczaj okazywał.

— Może mówić, co chce, ale te wartości ma we krwi — powiedział.

Passan przypomniał sobie argumenty wysuwane przez Naoko.

— Kodeks *bushidō* to stara, niezrozumiała gadanina, zupełnie niepasująca do dzisiejszych czasów. Księga, którą wydobyli na światło dzienne wojskowi w latach trzydziestych dwudziestego wieku, żeby omamić tłumy. Oszustwo, za które zapłaciło życiem ponad dwa miliony młodych żołnierzy.

Japończyk poprawił okulary na nosie i niewzruszony odparł:

— Problem tkwi nie w wieku i nie w słuszności tego kodeksu. Problem tkwi w pytaniu, dlaczego zadziałał do tego stopnia. Dlaczego lud japoński zaakceptował te stare zasady, tak jak Żydzi przyjęli dziesięcioro przykazań? Bo my, Olivier-san, mamy to w sobie. Od stuleci. Od zawsze. Rodzimy się z ciała ludzkiego, geny mają wpływ na to, jacy jesteśmy, ale sięgając jeszcze głębiej, jesteśmy tworzeni przez idee.

A więc to tak. On, który podziwiał samurajów, pozostawał zawsze obcy ich zasadom. A Naoko, która je stale odrzucała, była nimi przesiąknięta do głębi. I dlatego dziś, wiedziona odruchem, zamierzała krwią wroga zmyć plamę na swym honorze. Czyste szaleństwo.

— Będą walczyć na śmierć i życie — oznajmił Shigeru. — W tej historii jest o jedną matkę za dużo.

Passan miał jeszcze pewne wątpliwości.

— Potrzebny jej do tego miecz.

— Ojciec podarował jej go, kiedy skończyła czternaście lat. Stary miecz, który przechowywał pieczołowicie w swoim gabinecie.

Szaleństwo.

— Wzięła go ze sobą? — zapytał Passan.

— To pierwsza rzecz, którą sprawdziłem, gdy z baru przyjechaliśmy do domu.

Nie było już nic do dodania. Szum deszczu działał na nich dziwnie uspokajająco.

Po długiej chwili Passan się odezwał:

— Myślisz, że ma szansę?

— Nie wiem. Wszystko zależy od tego, czy Ayumi kontynuowała treningi.

Zwłoki Sandrine były na to odpowiedzią. Zabijając ją jednym cięciem miecza, dała dowód doskonałych umiejętności. Naoko natomiast nie brała do ręki *bokena* od przynajmniej dziesięciu lat. Passan musiał ją odnaleźć, zanim dojdzie do rozlewu krwi. Był jej jedyną szansą.

W tym momencie przypomniał sobie, że *kaiken* zniknął z szuflady szafki nocnej w jej sypialni.

Naoko miała *bushidō* we krwi, jej ojciec popełnił szaleństwo, dając córce w prezencie zabójczą broń, ale on też nie był lepszy, ofiarowując jej ten idiotyczny sztylet.

89

Nagasaki, godzina pierwsza w nocy. Tysiąc kilometrów od Tokio, a nie zapowiadało się na to, żeby pogoda miała się poprawić. Kiedy wyszedł z lotniska, ulewa była tak silna, że strugi wody niemal tworzyły ruchomą zasłonę.

Udało mu się przekonać Shigeru, żeby został w Tokio. Teraz musiał znaleźć taksówkę. Minął kilku pasażerów z parasolami. Nie wyglądali wcale na zaskoczonych deszczem. Widział już taką obojętność w Indiach i Afryce. Monsun jest po prostu częścią ich krajobrazu. Jeszcze jedno utrudnienie.

Nagle zobaczył pomarańczowy samochód rozpryskujący wokoło strumienie wody. Odetchnął z ulgą na widok jaskrawego koloru, jedynego punktu odniesienia w ciemnościach. Ledwie podniósł rękę, a drzwi otworzyły się same, jakby wprawione w ruch przez zjawę. Wsunął się do taksówki, wyduszając z siebie z trudem jedno słowo: „hotel". Kierowca zrozumiał.

Passan był już kiedyś w Nagasaki. Zachował z tamtego

pobytu dwa wspomnienia. Pierwsze: to portowe miasto było zapomnianą siostrą Hiroszimy. Przeżyło wybuch bomby atomowej dziewiątego sierpnia 1945 roku, ale na kartach historii zapisała się nazwa tylko pierwszego celu ataku. Drugie wspomnienie dotyczyło tego, że miasto, a przynajmniej jego centrum, zostało całkowicie odbudowane w tradycyjnym stylu. Pamiętał jeszcze masę podwiniętych dachów z czerwonymi oraz brązowymi dachówkami i kamienne ogrody w głębi lądu.

Na razie nie widział nic. Nagasaki było pogrążone w ciemnościach jak przy całkowitym zaciemnieniu. Taksówkarz kierował się jedynie światłem swoich reflektorów. Samochód jechał krętą drogą. Poniżej ulice, bloki, domy zachodziły na siebie schodami, stopniami, tarasami, niczym ryżowiska z dachówek, drewna i cementu.

Zagłębili się w plątaninę uliczek. W końcu w głębi na zboczu ukazał się hotel. Długi jednopiętrowy budynek. Okna na parterze rozsiewały złotawe, ciepłe światło. Może to przez wąską smugę światła elektrycznego, a może przez fakt, że widział hotel z góry — w każdym razie Passan poczuł się tak, jakby znalazł się na bezpiecznym terenie, gdzie mógł pospać parę godzin.

Zapłacił taksówkarzowi. Deszcz przestał padać, uwalniając niebo od chmur. Passan zobaczył księżyc, który jak w haiku przypominał świeżo ścięty owoc. Nadal jednak było bardzo gorąco. Wszystko skąpane w wilgotnym i ciepłym powietrzu, przenikającym przez pory skóry. Po wejściu do hotelu poczuł się jak w lodówce.

Hol, recepcja, zniszczona wykładzina, ściany malowane na beżowo, zimno jak w kostnicy. Tutaj nie oszczędzano na elektryczności. Za kontuarem recepcji kobieta bez określonego wieku jakby na niego czekała. Szara, cętkowana skóra, naciągnięta na wystających policzkach. Miała na sobie czerwonobrązowy uniform, coś między kurtką stewarda a fartuchem kucharza.

Passan powiedział parę słów po angielsku, pokazał paszport, zapłacił z góry. Ostrożność całkowicie zbyteczna. Japonka bez słowa, nie zwracając uwagi na jego poparzoną twarz, zaprowadziła go do pokoju. Mnisia cela — łóżko, szafa w ścianie, łazienka — nic więcej. Recepcjonistka zniknęła. Usłyszał z dołu, na ulicy, czyjeś głosy, zbliżające się i oddalające kroki. A potem już nic, jakby ulica dostosowała się do pustki jego pokoju.

Druga w nocy. Przed wschodem słońca nic nie mógł zrobić.

Po omacku, nie zapalając światła, znalazł kosmetyczkę z przyborami toaletowymi i wszedł pod prysznic. Kiedy wyszedł spod natrysku, włożył podkoszulek i bokserki. Umył zęby. Nastawił klimatyzację na pełny regulator i rzucił się na łóżko. Skulił się pod prześcieradłem, jakby chciał zachować w ten sposób resztki energii. Czuł się bardzo samotny.

Mógł tylko liczyć na swoje przemęczone ciało. Była to jednoosobowa akcja policyjna, jakiej nigdy dotąd nie prowadził.

90

Świt przedarł się przez gęste strugi ulewy. Naoko schroniła się w sanktuarium na szczycie wzgórza. Prosta altana z drewna cyprysowego, czterdzieści metrów kwadratowych, otwarta z czterech stron. Lakierowane słupy, dach pokryty korą, podłoga z czarnych bali. W centrum dzwon z brązu z grubym prążkowanym sznurem i zbiorniki pełne wody. Nic poza tym. Świątynie szinto są zawsze puste — wypełnia się je modlitwą, medytacjami. Ona wypełniła ją swoim strachem.

Mimo to zasnęła, o niczym nie śniąc, ukołysana szumem wysokich sosen. Owinięta w kimono, czuła się tak, jakby była motylem, który przepoczwarza się w gąsienicę — właśnie tak, nie odwrotnie. Wczoraj Europejka, wolna kobieta. Dzisiaj uległa Japonka, jedna z milionów anonimowych istot.

Otworzyła torbę i wyjęła garść ryżu zawiniętego w folię spożywczą. Zjadła chciwie, gołymi rękami. Ryż był zimny, lepki, ale odżywczy. W podobny sposób pożywiali się jej przodkowie — w kucki, u stóp jakiejś pagody, w chłodzie pól ryżowych.

Na Utajimę dotarła wieczorem. Rybak, który przywiózł

ją za dziesięć tysięcy jenów, dał jej numer swojej komórki — w razie powrotu, gdy wszystko dobrze pójdzie. Przybili do plaży z czarnym piaskiem, od strony zachodniej. Sceneria jak z jednego ze starych filmów samurajskich, w którym wszyscy giną już w pierwszych obrazach.

Odnalazła sanktuarium w wyższych partiach wyspy. Nikt tutaj nie bywał oprócz ogrodników i sprzątających, którzy pojawiali się raz na tydzień. Liczyła na to, że nie jest to ten dzień. Natychmiast zaczęła ćwiczyć w ciemnościach. Nie robiła tego od lat i nie wystarczy zwykła rozgrzewka. Ponadto nigdy nie ćwiczyła z prawdziwym mieczem, bo było to zbyt niebezpieczne.

Wstała i ubrała się. Spodnie dresowe, *yukata* z bawełny, buty sportowe. Całość w ciemnych barwach przypominała uniform obowiązkowy dla kobiet w czasie drugiej wojny światowej. W takim stroju mogła się poruszać łatwiej niż w kimonie. W talii owinęła się materiałowym pasem, za który zatknęła miecz. Do kieszeni w spodniach włożyła *kaiken* — na wszelki wypadek.

Czuła się w tym wszystkim jakoś głupio, trochę tak, jakby Passan wybrał się na jedną z policyjnych akcji w stroju muszkietera. Ale miała także poczucie równowagi. Wrażenie jedności z tradycją, którą była przesiąknięta. Zresztą Passan także nie uważałby tego za rzecz głupią w jego zawodzie i nie wyśmiałby działań zgodnych z zasadami d'Artagnana. Prawdę mówiąc, zawsze tak postępował.

Zamiast iść główną ścieżką prowadzącą na plażę, skierowała się na wschód. Pamiętała, że po drugiej stronie wyspy jest występ skalny, z którego będzie mogła obserwować plażę. Tajemne wyjście...

Deszcz nie oszczędzał ani kawałka terenu, zmieniając każdą kamienną płytę ścieżki w lustro. Ayumi może jeszcze nie przypłynęła, ale mogła także przybyć na brzeg z drugiej strony, więc bezpieczniej było unikać otwartej przestrzeni.

Naoko wróciła swoimi śladami i skierowała się na zachód, świadomie omijając środek wyspy. Nie chciała zagłębiać się w gąszcze, których nie znała. Wolała ulokować się na plaży i czekać.

Niewiele tu było widać. Chmury przywodziły na myśl pumeks, a fale morskie były czarne jak smoła. Unoszące się nad nimi wodne opary podkreślały wrażenie płonącego asfaltu. Ołowiana mgła przesłaniała horyzont.

Nagle zakręciło się jej w głowie. Wszystko dokoła się zakołysało. Morze się przechyliło, słońce zachwiało. Chwilę potem odzyskała równowagę, zawrót głowy minął. Próbowała zrozumieć, co się stało, kiedy wstrząsy zaczęły się na nowo. Silniejsze, gwałtowniejsze. Tym razem upadła i pojęła, że to nie sen.

Trzęsienie ziemi.

Po ostatnim trzęsieniu ziemi słabsze lub silniejsze wstrząsy wtórne zdarzały się co tydzień. Nie wiadomo było, czy zapowiadały kolejną katastrofę, czy, przeciwnie, koniec gry — ogon komety. Według jednej z legend Japonia jest położona na grzbiecie olbrzymiej istoty, pół ryby, pół kota, będącej w stałym ruchu. Nikt nie wiedział, czy właśnie się budzi, czy znów zasypia.

Naoko, klęcząc na czarnym piasku, uśmiechnęła się do siebie. Ten wstrząs był ostrzeżeniem!

Może nie przed końcem świata, ale przed tym, co ją czekało...

91

Passan obudził się nagle i zobaczył, że spadł z łóżka. W kadrze okna krajobraz drgał niczym obraz w rozregulowanym telewizorze. Kolejny wstrząs. Zasłony się zerwały. Wentylator pod sufitem zaczął trzeszczeć, niebezpiecznie się kołysząc. Pod stopami i kolanami czuł wyraźnie, jak drży podłoga.

On też cały się trząsł. Kiedy nic już nie jest pewne w życiu, co pozostaje? Ziemia pod nogami. Tymczasem to ostatnie miejsce ucieczki, ostatnie schronienie, zapadało się. Trzeci wstrząs sięgnął ścian. Tynk pokrył łóżko i podłogę niczym cukier puder ciastko. Cały hotel szczękał zębami. Passan przypomniał sobie, że pierwszą zasadą bezpieczeństwa w takim wypadku jest schowanie się pod stołem.

W jego pokoju nie było stołu. Wracał w kierunku łóżka, kiedy wentylator urwał się z sufitu. Najpierw otarł się o materac, a potem spadł na podłogę, wirując niczym bąk. Passan w ostatniej chwili zdążył odskoczyć pod ścianę. Siedział tam, obsypany tynkiem, czekając, kiedy łopaty wentylatora przestaną się kręcić i ziemia odzyska równowagę.

Mijały sekundy. Rozciągnięte w nieskończoność. Czy to już naprawdę koniec? Czy wibracje zaczną się na nowo? Usłyszał jakieś głosy na korytarzu. Z pewnością właścicielka przepraszała za szkody spowodowane porannym trzęsieniem. W jej głosie nie było słychać paniki, jakby chodziło tylko o psotę, której sprawcą był kot.

Passan wstał z podłogi i z niedowierzaniem otrzepywał się z pyłu. Trzęsienie ziemi, tylko tego mu brakowało. Czytał setki opowieści świadków trzęsienia ziemi w Japonii, ale pierwszy raz sam przeżył to zjawisko. Rzucił okiem na zegarek. Szósta trzydzieści. Czas ruszać. Zebrał swoje rzeczy.

Otworzyły się drzwi pokoju. Pojawiła się recepcjonistka w fartuchu w kolorze ciemnej poziomki. Uśmiechała się, mruczała, pojękiwała, zmieniając intonację i grymas twarzy, która teraz była bardzo blada, zielonkawa.

— *Sumimasen...*

Zaczęła kolejną litanię, kiedy zobaczyła zniszczony wentylator. Passan zapiął torbę i wyszedł, nie odwracając się.

Na zewnątrz ożywienie nie pasowało ani do pory dnia, ani do deszczu. Ludzie śmiali się, płakali, stojąc w strugach ulewy, szczęśliwi, że kolejny raz uniknęli gniewu Ziemi. Jak echo odpowiadały im ptaki szczebioczące na przewodach elektrycznych.

Poszedł uliczką w poszukiwaniu taksówki. Upał zwiększył się znowu o kilka stopni. Jakby mimo wczesnej pory znalazł się w mocno podgrzanym kotle.

Skręcił w prawo w szeroką arterię. Szyldy spadły na ziemię. Klimatyzatory i anteny zwisały krzywo. Kosze na śmieci były powywracane. Przywołał taksówkę. Na lotnisku w Roissy

udało mu się kupić słownik francusko-japoński. Szyb
wyszukał słowa oznaczające port rybacki.

— *Gyokoo* — powiedział.

Kierowca kazał mu to powtórzyć dobre kilkanaście raz
zanim wreszcie po swojemu wymówił to słowo, jakby wymow
miała jakieś istotne znaczenie.

Gdy taksówka kręciła się wśród uliczek, Passan zobaczy
miasto takie, jakie zapamiętał. Brązowe dachy, sosnowe
ogrody, kamienne świątynie... Szarość, zieleń, wieczność.
Dachówki błyszczące od deszczu przypominały rybie łuski.
Wygięte dachy domów przywodziły na myśl czarną pianę
fal na wzburzonym morzu. Nagasaki bez wątpienia było
miastem morskim.

Dostrzegł sprzedawcę dań z rożna i kazał taksówkarzowi
zatrzymać się w pobliżu. Zamówił pięć porcji, które zjadł
pod jakimś daszkiem, słuchając szumu deszczu w rynsztoku
i zastanawiając się, czy te kilka minut przerwy jest rozsądne.
Czy rzeczywiście musiał się spieszyć? Czy pojedynek odbędzie się dziś rano? A może jutro? Za trzy dni?

Ruszyli ponownie. Po dziesięciu minutach jazdy na za-
kręcie ukazała się zatoka z mostem Megami. W porcie stały
tysiące kołyszących się łodzi, których maszty krzyżowały
się ze sobą w ścianie ulewnego deszczu. Powolne, ciężkie
fale między kadłubami wydawały się pogrążone w smutnych
myślach.

Na lądzie żadnych śladów egzotyki — proste bloki bez
ozdób, magazyny, dźwigi portowe... Wszystko jednakowo
szare. Nagasaki znane jest z hodowli pereł. Przyszło mu na
myśl, że całe miasto jest z masy perłowej, jakby wszystkie
dachy, fasady domów, kadłuby łodzi były pokryte jej twardą

511

powłoką. Zatoka otwierała się niczym gigantyczna muszla połyskująca od morskiej soli rozpylonej w powietrzu.

Passan odsunął od siebie te myśli i polecił taksówkarzowi, by zatrzymał się w kapitanacie portu. Targ rybny działał pełną parą. Minął szybkim krokiem stosy krabów, góry ostryg, stragany z tuńczykami i dorszami. Otoczyła go woń jodu. Uśmiechały się do niego twarze z płaskimi nosami. Staruszki, pomarszczone niczym mięso marynowane w soli, pachniały rybami rozłożonymi na stołach. Trudno byłoby się domyślić, że pół godziny temu ziemia drżała na tym wybrzeżu.

Z torbą na ramieniu doszedł do przystani. Szedł nabrzeżem, wykrzykując przy każdym rybaku nazwę Utajima. Przy piątej próbie mężczyzna w czapce bejsbolówce skłonił się i pokazał szybko na palcach *hai* — dwadzieścia tysięcy jenów za przewiezienie. Passan zapłacił bez sprzeciwu. Nie miał ani czasu, ani siły, żeby się targować.

Silnik strzelił niczym petarda, rybak wymanewrował między innymi łodziami. Zaczął padać jeszcze większy deszcz. Nerwowe drżenie łodzi przeniosło się na fale. Gdy wypłynęli poza redę, od razu zaczęły bardziej kołysać, jakby nabrały sił. Zapadali w czarne doły rozmiarów jaskiń, wynurzali się na spienionych grzywach, zgodnie z niekończącym się cyklem.

Passan, trzymając się kurczowo burty na dziobie, słyszał, jak kadłub z włókna szklanego skrzypi na falach. Nic nie widział poprzez ścianę wody zalewającej mu oczy. Po półgodzinie rybak zmniejszył szybkość. Ryk silnika obniżył się o jedną oktawę. Łódź płynęła teraz z rytmem fal. Passan przesłonił ręką oczy i w końcu zobaczył wyłaniający się z fal brązowo-zielony pas.

512

— Utajima! — krzyknął rybak.

Można by powiedzieć, że to chmura, która spadła z nieba. Jakaś półpłynna substancja spoczywająca na powierzchni wody. Wulkaniczna plaża miała barwę kakao, podczas gdy wzgórze lśniło jaskrawą zielenią, jakby umyte, oczyszczone przez burzę. Zagadkowo wyglądał czerwony punkt u stóp lasu — *torii*, portyk z drewna lakowego na początku drogi do sanktuarium. Cała wyspa musiała być świętym terenem, nawiedzanym przez kami, duchy szinto.

Rybak dopłynął do plaży najbliżej jak się tylko dało. Passan wyskoczył z łodzi, pomachał mu ręką na pożegnanie, wziąwszy od niego przedtem numer telefonu komórkowego. Ruszył następnie w kierunku lasu. Pod portykiem wiła się ścieżka prowadząca na szczyt wzgórza. Przeszedł pod odwróconym łukiem i zaczął się wspinać. Na zboczach pnie niektórych drzew owinięte były sznurem, co oznaczało, że są zamieszkane przez kami. W miarę jak szedł pod górę, odnosił coraz silniejsze wrażenie, że wchodzi do bajkowego lasu, przypominającego Brocéliande na antypodach.

Jakby na potwierdzenie tego na szczycie ukazała się świątynia. Ażurowa pagoda, rogaty dach na słupach z ciemnego drewna. W cieniu dojrzał brązowy dzwon, zbiorniki z wodą, ołtarz ofiarny...

Wszedł po stopniach. Pod jedną z kolumn zobaczył plecak Naoko, z wieloma kieszeniami, z nieprzemakalnego materiału. Jego zalety zachwalała wielokrotnie — pakowny, wodoszczelny, funkcjonalny...

Na widok plecaka ścisnęło mu się serce. Naoko więc już tu była. Czy ta druga kobieta odnalazła ją przed nim?

Jedno nie ulegało wątpliwości — polowanie się zaczęło.

92

Po fali wstrząsu Naoko, klęcząc na piasku, nie ruszała się. Nie potrafiłaby powiedzieć, ile czasu spędziła w tej pozycji. Kilka minut, godzinę, wiele godzin...

Plażę przecinały miliony drobnych rys, przywodziła na myśl skórkę gigantycznej pomarańczy. Spienione fale bezustannie zalewały piasek pokryty liśćmi zerwanymi przez wiatr. Plusk spienionych fal zalewających bezustannie piasek. Nie wiedziała, czy umrze zatopiona przez deszcz, czy porwana przez fale, nabierające regularnego rytmu.

Nagle, wiedziona przeczuciem, podniosła głowę. Gęste strugi deszczu ją oślepiały.

Ayumi była tu.

Z tymi swoimi gęstymi włosami, dużymi, podłużnymi oczami. Włosy zawinęła w koczek, jaki noszą zawodnicy sumo. Miała na sobie czarne *keikogi* — bluzę do ćwiczeń — w tym samym kolorze *hakama*, szerokie spodnie charakterystyczne dla samurajów. Katana i miecz *wakizaki* — były zatknięte za pas, z ostrzami zwróconymi do nieba. Na biodrze krzyżowały się dwie pochwy z lakowanej magnolii, jak na starych filmach z Toshirō Mifunem.

Wyglądało to wyjątkowo komicznie, Naoko jednak nie miała najmniejszej ochoty do śmiechu.

Wstała ostrożnie, ale znowu upadła. Nie mogła ustać na zdrętwiałych nogach. Odzwyczaiła się od stąpania po gołej ziemi.

Odzyskała równowagę i przez ścianę deszczu bardzo wyraźnie powiedziała:

— Możemy się jeszcze dogadać.

Chwilę potem miecz znalazł się w ręce Ayumi. Naoko nawet nie zauważyła, kiedy tamta wydobyła go zza pasa. Wypływały z tego dwa wnioski: niema przyjaciółka nie przerwała nigdy ćwiczeń, a ona nie miała przy niej żadnych szans.

Ayumi powoli opuściła miecz. Szybko nakreśliła na piasku kilka ideogramów. Całkowity folklor.

Naoko, śledząc ruchy ostrza, przeczytała: „Za późno".

Zabójczyni włożyła miecz do pochwy, postępując zgodnie z tradycją — kciuk i palec wskazujący lewej ręki lekko przytrzymywały ostrze. Naoko pamiętała, że broń Ayumi pochodzi z XVII wieku, ery Genroku, epoki Edo. Podarek od jej ojca. Miecz Naoko nie miał takiej wartości — odziedziczony po rodzinie ojca, nie był tak stary, a sposób hartowania nie mógł być porównywany z arcydziełem Ayumi.

Przeciwniczka wskazała na ciemną skałę w kształcie obelisku. Ruszyły razem w tym kierunku, oddalone pięćdziesiąt metrów od siebie. Dotarły na piaszczystą równinę, ograniczoną z prawej strony czarnymi blokami skalnymi, a z lewej sosnowym lasem. Naoko szła posłusznie, domyślała się bowiem, że Ayumi wszystko zaplanowała. Miały ze sobą walczyć właśnie w tym miejscu, gdzie kiedyś krwią przypieczętowały wieczną przyjaźń.

Ayumi się zatrzymała. W czarnym stroju była mało widoczna na tle granitowych skał. Jej twarz, niczym biały kamień, kontrastowała z czernią włosów. Wykonała ruch, jaki robią wszyscy samuraje na filmach — w jej prawej ręce pojawił się rzemień. Włożyła do ust jeden jego koniec, po czym owinęła nim ręce tak, aby podtrzymywał podwinięte rękawy.

Obie jednocześnie, w tej samej sekundzie, wyciągnęły broń z pochew, przysiadły na piętach, następnie uniosły miecze, jakby chciały, aby dotknęły się czubkami. Od ilu lat Naoko nie ćwiczyła tych gestów?

Stały tak kilka sekund z ostrzem przy ostrzu. Zazwyczaj w tym momencie przeciwnicy oceniają się wzrokiem, ale Naoko zrobiła to już dwadzieścia pięć lat temu i bardzo się pomyliła co do Ayumi.

Podniosły się jednocześnie. *Kamae*, czyli gotowość, nie była już oczekiwaniem, ale samą walką. Ayumi zaczęła się obracać wokół własnej osi. Naoko naśladowała ruchy przeciwniczki. Zasada nauczana w Niten jest jasna — na samym początku walki miecz staje się rodzajem wibrującej anteny, wyznaczającej kąt ataku, jego zasięg...

W ostatniej sekundzie machnęła mieczem i odparowała cios, bardziej niespodziewany niż detonacja. Potem następny. I jeszcze jeden. Znowu stały w pozycji gotowości, trzy metry od siebie. Naoko uświadomiła sobie z pewnym opóźnieniem, że jeszcze żyje i nie jest ranna. Miecze szczęknęły tuż przed jej oczami. Krople deszczu rozprysły się niczym skry. Niczego nie przewidziała. Niczego nie przeanalizowała. Ocaliły ją jedynie odruchy. To, co zapamiętały mięśnie, nerwy...

516

Ayumi znowu zaczęła się z wolna obracać, ale tym razem trzymając miecz oburącz nad głową. Przypominała sędziego gotowego rozdzielić żywych i umarłych. Naoko wykonała te same ruchy z opuszczoną gardą. Zrobiło się jej gorąco na myśl, że przeżyła pierwszy atak. Może poradzi sobie lepiej, niż sądziła?

Ayumi postąpiła krok do przodu, Naoko się cofnęła. Uwolniła swoją siłę. Poczuła, jak jej *ki* przechodzi z brzucha i bioder, rozchodzi się po rękach, nasyca energią ostrze. Cios. Dwa ciosy. Trzy ciosy. Nigdy nie atakuje się więcej niż trzy razy, bo ma się tylko dwie nogi.

Cofnęły się jednocześnie. W powietrzu rozszedł się zapach rozgrzanej stali. Ayumi stała bez ruchu, nadal z podniesionym mieczem. Jej milczenie było przerażające. Podczas walki w *kenjutsu* przeciwnicy krzyczą. Krzyk, *kiai*, odgrywa rolę fundamentalną — razi tak samo jak ostrze. Ayumi jednak nie mogła krzyczeć, co, paradoksalnie, dodawało jej siły.

Skoczyła. Atak z boku. *Dō*. Cofnięcie się. Następny atak — dwa razy z lewej, raz od przodu. Atak od frontu. *Men*. Naoko odparowywała każdy cios. Wróciła jej dawna wprawa. Ayumi uderzała tak, jak naucza Musashi, mierząc w czułe punkty — żyła szyjna, żyła w nadgarstku, serce, gardło, wątroba...

Cofnęła się. Naoko przeszła do ataku — nie chciała tracić inicjatywy w tej walce, w tym śmiertelnym tańcu. Chciała zmęczyć przeciwniczkę, ale jednocześnie zmniejszała własne szanse na przeżycie. Ryzykowała nad skrajem przepaści. Atak. Drugi. Trzeci...

Ayumi cofnęła się jeszcze o krok. Naoko ani drgnęła. Czuły zmęczenie, wykańczał je deszcz. Naoko nie była ranna, ale

517

po tej wymianie ciosów wiedziała, że nie uda się jej wygrać. Mogła jedynie opierać się, walczyć do końca dla swoich dzieci.

Kolejny atak. Czuła, jak drżą jej palce na skórzanej rękojeści. Z trudem oddychała. Oczy miała zalane łzami. Czuła pulsowanie krwi w ciele. Miała wrażenie, że wpada w trans. Jak samurajowie, którzy umierają w uniesieniu, walcząc o swój honor, ogarnięci pragnieniem destrukcji.

Krzyknęła i zadała cios z boku. Cofnęła się i uchyliła przed frontalnym atakiem. Ayumi zaatakowała ponownie. Sprawiała wrażenie, jakby to ona kierowała walką.

Naoko, wyczerpana, u kresu sił, straciła równowagę i w ostatniej chwili chwyciła się wielkiego czarnego kamienia. Poczuła ciepłą krew na ręce. Ayumi już runęła na nią.

Od siły uderzenia jej miecza Naoko zadrżały kości. To był koniec. Stalowe ostrze pękło. Podobno odporność miecza jest odbiciem miłości jego właściciela. Naoko nigdy nie darzyła takim uczuciem swojego miecza i ta obojętność mogła teraz kosztować ją życie. Wymacała w kieszeni *kaiken*.

Odskoczyła na bok w samą porę, żeby uniknąć śmiertelnego ciosu.

Ayumi wyciągnęła drugi miecz, w powietrzu świsnęły dwa ostrza. Tak jak uczył tego Miyamoto Musashi. Szybkość jej ruchów była zdumiewająca. Naoko znalazła się na ziemi. Nie zdołała wyjąć sztyletu.

Na czworakach uciekła do wgłębienia między dwiema skałami. Ostrza ścigały ją, okropnie zgrzytając po granicie. Naoko pomyślała o *jan-ken-pon* — kamień uderza nożyczki, liść uderza kamień, nożyczki uderzają liść... Poczuła, że jest ciągnięta za nogi. Z wysiłkiem odwróciła się i zobaczyła twarz Ayumi, lecz przede wszystkim niesamowity wyraz jej oczu.

Naoko zaczęła wierzgać nogami, ale przeciwniczka mocno trzymała ją za kostki. Kiedy w końcu się uwolniła, stwierdziła, że Ayumi odrzuciła miecze, żeby móc ją złapać. Naoko skoczyła jej do twarzy i ugryzła w policzek. Ayumi szarpnęła ją gwałtownie za włosy, zmuszając do tego, żeby uwolnić swój policzek od jej zębów.

Naoko, pchnięta na skałę wulkaniczną, pod wpływem wstrząsu zamknęła oczy. Kiedy je otworzyła, Ayumi sięgnęła po swoją katanę. Naoko rzuciła się na *wakizaki* i wstała z mieczem w ręce.

Chociaż koniec był bliski, nie żałowała niczego.

Zrobiła wszystko, co mogła.

93

Passan obchodził wokoło świątynię, gdy usłyszał z oddali szczęk mieczy. Wiatr zmienił kierunek. Wytężył słuch, żeby zorientować się, skąd dobiegł ten dźwięk. Z dołu zbocza, z plaży. Przecież stamtąd przyszedł, jak mógł nie zauważyć walczących kobiet?

Rzucił się biegiem w dół ścieżki, kalecząc twarz igłami sosen. Usłyszał krzyki. Okropne, rozdzierające gardło dźwięki. Rozejrzał się. Pod czarnym jak sadza niebem fale rozbijały się o piasek, tworząc miliardy bąbelków piany.

Nikogo w polu widzenia. Krzyki ucichły. Na lewo zauważył skały przypominające kształtem wotywne rzeźby. Instynktownie ruszył w tamtym kierunku. Prześlizgnął się między kamiennymi blokami.

Dwie sylwetki, niewyraźne z powodu deszczu, poruszały się na tle kołyszących się wściekle sosen. Jedna leżała na ziemi, druga wymachiwała mieczem.

— Nie!!!

Cień odwrócił głowę. W tym momencie niebo rozpękło

się na dwoje. Błyskawica wynurzyła się z wody, żeby rozciąć chmury. Passan poznał tę twarz. Zimna bladość, gładka jak kamień, bez wyrazu. Najbardziej uderzający był jej wzrok. Czarne jak węgiel oczy zdawały się płonąć śmiertelnym blaskiem. Przyszły mu na myśl słowa Musashiego: „Podniecony umysł jest słaby". Jednak Ayumi nie wydała mu się ani trochę słaba.

Zaatakował z krzykiem, z gołymi pięściami. Zaskoczenie odniosło skutek. Ayumi zawróciła i zaczęła uciekać do lasu niczym przerażone dzikie zwierzę. Passan podbiegł do Naoko. Jej drobne piersi unosiły się pod mokrym ubraniem. Taka sama scena jak w Pré-Saint-Gervais, ale znikąd żadnej pomocy.

Odwiązując ostrożnie *yukatę*, zobaczył zakrwawiony opatrunek na poprzedniej ranie. Teraz, podczas walki, rana się otworzyła. Krew przesiąknęła przez bandaż. Naoko uratowała się cudem, chyba że Ayumi tak naprawdę nie miała zamiaru jej zabijać.

Passan szeptał uspokajające słowa. W kałuży wody zobaczył złamany miecz, a obok krótszy, który utknął w skalnej szczelinie. Pomyślał o sztylecie. Przeszukał fałdy tuniki, kieszenie bluzy. Był tam — futerał z czarnego drewna chlebowego, rękojeść z kości słoniowej.

Wstał ze sztyletem w dłoni. Naoko chwyciła go za kurtkę. Oczy miała nabiegłe krwią, wargi jej drżały. Wymamrotała jakieś słowa, których nie zrozumiał — pewnie ostrzegała go, by miał się na baczności.

Lewą ręką wyjął telefon komórkowy, wystukał numer rybaka i włożył aparat w dłoń Naoko.

— To telefon rybaka, z którym tutaj przypłynąłem. Powiedz mu, żeby wrócił. I niech się pospieszy!

Nie czekając na jej odpowiedź, puścił się w pogoń za uciekinierką.

— Ayumi-san!

Jego krzyk zgasł jak świeca na deszczu. Zauważył inną ścieżkę. Nie były to obsuwające się kamienie ani twarda ziemia, tylko szare błoto, przechodzące w czerwony glinowy lateryt, w którym nogi grzęzły aż po kostki. Ubranie na nim ważyło tony. Musi ją odnaleźć. Musi ją zabić...

Przedzierał się przez las, przeskakiwał doły, brnąc bez przerwy w błocie.

— Ayumi-san!

Im wyżej był, tym silniejszy padał deszcz. Pole widzenia miał ograniczone do kilku metrów. Chciał jeszcze raz krzyknąć, kiedy nagle w niebie zrobiła się dziura. Usłyszał huk burzy. W dole płynęła rwąca rzeka. Wyspa, długa na kilkaset metrów, była podobna do wyrzuconego na brzeg wraku statku.

Doszedł do wniosku, że Japonka czeka na dole. Zszedł po zboczu i przedostał się na drugą stronę. Wsunął *kaiken* za pasek i chwycił się kęp gęstej trawy, by wydostać się na brzeg, wzdłuż którego wiła się wąska ścieżka obrośnięta trzciną.

Ujrzał Ayumi na ścieżce, pięć metrów przed sobą. Wymachiwała mieczem, tworząc nim nad głową lodowatą aureolę. Wyglądała jak bohaterka filmów o sztukach walki, które oglądał. Więc zaraz zginie zgodnie z tym wszystkim, co tak bardzo podziwiał.

Przypomniał sobie, że ma za pasem *kaiken*. Co jednak mógł nim zdziałać przeciw mieczowi. Rzucił się w zarośla. Kulił się pod trawami, liśćmi, igłami. Przebiegł tak kilkadziesiąt metrów, nie odwracając się. Słyszał tylko szum deszczu i świst miecza za plecami. Ostrze było tuż-tuż, szybkie, mordercze. Ona piszczała, jęczała, wzdychała... Wołała go. W końcu wydostał się z zarośli, ale potknął się i upadł. Odwrócił się odruchowo. Ayumi uniosła miecz, żeby przebić mu serce. Poczuł nagle, że ziemia usuwa się pod jego ciężarem, a potem wciągnęła go ciepła woda.

Odepchnął się nogami, żeby oddalić się od brzegu. Walczył z prądem, trzymając twarz tuż pod powierzchnią wody, pracując rękami, żeby się nie wynurzyć. Musiał wstrzymać oddech aż znajdzie się poza zasięgiem Ayumi, chyba że morderczyni wejdzie za nim do wody, ale nie sądził, aby to zrobiła.

Kiedy płuca miały już mu pęknąć, wysunął głowę. Usłyszał świst miecza. Nie zdołał dostatecznie się oddalić — Ayumi ciągle była blisko. Zanurzył się ponownie, ale obrał inną taktykę — płynął z powrotem do brzegu, zagłębiając się między trzciny. Ayumi uderzała na ślepo, tnąc trzciny, błotne irysy, a on, zanurzony po szyję, nie ruszał się, trzymając się roślin.

Wymacał *kaiken*, zastanawiając się, czy nie uderzyć przeciwniczki po nogach. Nie. Zanim zdąży wyciągnąć rękę, zostanie pozbawiony głowy. Zanurzając się z powrotem, zachłysnął się wodą. Unosił go prąd. Korzenie wodnych roślin krępowały mu ruchy niczym zapaśnik, który próbuje obezwładnić przeciwnika.

W tym momencie miecz przebił się przez barierę liści i odciął mu kawałek porośniętej włosami skóry. Było to jak ostrzeżenie, postanowił więc popłynąć dalej skalnym tunelem, do którego przypadkowo trafił, i dopiero na jego końcu wynurzyć się na powierzchnię. Obrócił się i zanurzył w wodzie. Po kilku metrach wpadł w panikę. Utopi się, umrze w tej kloace. Macał ściany tunelu, chcąc zawrócić. Nic z tego, kanał się zwęził. Prąd nadal pchał go do przodu.

Passan opanował się i pomyślał, że skoro jest prąd, to gdzieś musi być ujście. Pomyślał o wodnych żyłach, ich podziemnej sieci, dzięki której wydostanie się na świeże powietrze. Spróbował płynąć szybciej. Bezskutecznie. Z każdą sekundą ciemność stawała się gęstsza...

W płucach mu rzęziło. Dusił się. Bez względu na wszystko musiał zaczerpnąć powietrza.

Już miał otworzyć usta...

Nagle zrobiło się jasno. Niebo. Tlen. Jego krzyk rozpaczy zamienił się w śmiech. Odwrócił się i zobaczył brzeg wyspy, jakby dotarł z powrotem do punktu wyjścia. W rzeczywistości przebył pod ziemią długi dystans i znalazł się w innym zakolu rzeki.

Wydostał się na ląd. Spojrzał na *kaiken*, którego cały czas nie wypuszczał z ręki. Wszedł w głąb lasu. Krzewy, drzewa, liany poruszały się niczym algi w morzu. Wszędzie szum wodnej roślinności. Sam rozpływał się w tym zielonym, wilgotnym otoczeniu. Miał wrażenie, jakby w ogóle nie wyszedł z wody.

Zobaczył ją od tyłu, czekającą na brzegu ze wściekłym uporem. Ogarnęła go głucha radość, że ją widzi, nieświadomą niebezpieczeństwa, absolutnie bezbronną. Zbliżał się, nie dbając o zachowanie ostrożności.

Pięć metrów.

Trzymał wymierzony w nią *kaiken*.

Trzy metry.

Metr.

Ayumi odwróciła się z mieczem w ręku. Starczyło mu tylko czasu, żeby odskoczyć do tyłu. Ostrze opadło. Trysnęła krew, ale nie poczuł bólu. Przede wszystkim jednak nie miał w ręce sztyletu. Podniósł wzrok. Japonka stała bez ruchu — prawa ręka prostopadle do ciała, miecz równolegle do ziemi. Wyglądała na zdumioną.

Krew trysnęła strumieniem z jej ust.

Kaiken tkwił nad jej lewą piersią. Zanim zdążyła zamachnąć się mieczem, trafił ją jednym rzutem sztyletu. Osunął się na kolana i patrzył, jak Ayumi chwieje się nad nim, po czym zwaliła się na ziemię. Krew płynęła z jej ust i nosa, mieszając się z wodą deszczową. Wypuściła miecz i wyciągnęła do niego ręce. Chwycił je i pomyślał o tym, że nosiła w łonie jego dzieci. Podtrzymywał ją tak z wyprostowanymi plecami, pochyloną głową, siedzącą na piętach. Pozycja *seiza*.

Dojrzał w jej oczach głęboką ciemność, której żaden deszcz nie mógł zmyć. Jednocześnie w twarzy zostało coś dziecięcego. Rozpacz, lęk przed katastrofą. Zachwiała się niczym podcięte drzewo. Ścisnął jej palce, lecz Ayumi osunęła się w kałużę błota.

Wstał. Nie zastanawiając się, ominął zwłoki i ponownie wszedł do rzeki. Powoli dopłynął do drugiego brzegu. Szedł przez las na oślep, nie zdając sobie sprawy, którędy idzie.

Upłynęła wieczność, zanim zobaczył plażę. Naoko wciąż tam była, oparta o skałę.

Jednocześnie usłyszał przebijający się przez szum morza warkot silnika łodzi, która płynęła z powrotem do wyspy.

Nieprzytomny ze zmęczenia podszedł do żony i osunął się na ziemię obok niej. Nie wiedział, co powiedzieć, ale nie musiał, jego obecność mówiła wszystko — z tej walki nie mogły wyjść z życiem dwie osoby.

Naoko uniosła się i go objęła. Gwałtowność tego uścisku go zaskoczyła. Wyczuł w niej czułość, jakiej nie okazywała od lat.

— *Ie ni kaerimasyou* — szepnęła.

Nie nauczył się nigdy japońskiego i nigdy się go nie nauczy. Mimo to jakimś cudem domyślił się znaczenia tych kilku słów.

Był pewien, że Naoko powiedziała: „Wracamy do domu".

Spis treści

Polecamy thriller Jeana-Christophe'a Grangé

PASAŻER

*Jestem ofiarą. Jestem zabójcą. Jestem jego celem. Chcąc urato-
wać życie, muszę uciec przed swoim prześladowcą. A jeśli sam
nim jestem? Jeśli ucieczka jest niemożliwa?*

Mathias Freire, lekarz psychiatra w szpitalu dla psychicznie chorych,
próbuje ustalić tożsamość włóczęgi zatrzymanego na terenie dwor-
ca kolejowego w Bordeaux. Mężczyzna zdradza objawy zaawanso-
wanej amnezji – nie wie, kim jest, gdzie mieszka ani skąd wzięła
się krew na jego rzeczach. Równolegle trwa dochodzenie, które
prowadzi młoda kapitan policji Anaïs Chatelet. Ofiarą morderstwa,
upozowaną na mitologicznego Minotaura, z łbem byka wciśniętym
na głowę, jest kloszard. Jego okaleczone zwłoki znaleziono na
bocznicy kolejowej. Przypuszczając, że istnieje związek pomiędzy
zabójstwem a tajemniczym pacjentem z amnezją, Anaïs nawiązuje
kontakt z Mathiasem. Pomiędzy obojgiem rodzi się nić sympatii,
a nawet wzajemna fascynacja. Tymczasem sprawy przyjmują niespodziewany obrót: Freire odkrywa, że sam cierpi na zaniki pamięci, że jego własne życie jest jednym wielkim oszustwem. Nie
jest tym, za kogo się dotąd uważał, lecz człowiekiem o wielu osobo-
wościach i tożsamościach. Szanowanym psychiatrą w Bordeaux.
Bezdomnym w Marsylii, Victorem Januszem, obecnie głównym podejrzanym w sprawie o zabójstwo „Minotaura". Szalonym malarzem
w Nicei. Kim jest prawdziwy Freire? Chcąc to ustalić, Mathias, za
którym wysłano list gończy, musi przeżyć swoje życie w odwrotnym
kierunku, odtworzyć każdą ze swoich osobowości w nadziei, że
odkryje tę pierwszą. Jego prywatnemu śledztwu towarzyszą kolejne
morderstwa. I najemni zabójcy, którzy nie cofną się przed niczym...